A

Romain Puértolas

Der kleine Kaiser ist zurück

Roman

Aus dem Französischen von
Maja Ueberle-Pfaff

Atlantik

Die Originalausgabe erschien 2015 unter dem Titel *Re-vive l'Empereur!*
im Verlag le dilettante, Paris.

Atlantik Bücher erscheinen im
Hoffmann und Campe Verlag, Hamburg.

1. Auflage 2018
Copyright © 2015 by le dilettante, Paris
Für die deutschsprachige Ausgabe
Copyright © 2018 by Hoffmann und Campe Verlag, Hamburg
www.hoca.de   www.atlantik-verlag.de
Satz: Pinkuin Satz und Datentechnik, Berlin
Gesetzt aus der Chaparral Pro
Druck und Bindung: C. H. Beck, Nördlingen
Printed in Germany
ISBN 978-3-455-60049-0

Ein Unternehmen der
GANSKE VERLAGSGRUPPE

*Für Papa, ein Genie des Krieges,
für Mama, ein Genie des Feierns*

Jeden Tag ein Abenteuer mit Käpt'n Iglo!
Werbung aus den achtziger Jahren

Das Herz, das ist so etwas wie ein großer Hut.
Napoleon Bonaparte

Napoleon entdeckt die Cola light

Das erste Wort, das Napoleon Bonaparte von sich gab, als ihn Flug SK0407 der Scandinavian Airlines nach einer Abwesenheit von zwei Jahrhunderten nach Frankreich zurückbrachte, war ein amerikanisches.

»Coca-Cola.«

Dieses Wort hatte für ihn noch keinerlei Bedeutung, es war nichts weiter als ein merkwürdiger Schnörkel aus weißen Buchstaben, der sich über den roten Grund der komischen geschwungenen Trinkflasche zog, die auf dem Tablett seines Sitznachbarn stand. Und als die Flugbegleiterin, eine hochgewachsene Blondine, die sich in eine viel zu enge blaue Uniform gezwängt hatte und ein Hütchen in Form einer Camembert-Schachtel trug, in der Schublade ihres Wägelchens kramte, wiederholte er das Wort mit leiser Stimme, wie eine Beschwörungsformel, um sein Wesen zu ergründen und dem Geschmack des schwärzlichen Gebräus auf die Spur zu kommen, das in dem Becher neben ihm sprudelte und ihn an die Funkengarben erinnerte, die an jenem lang vergangenen Nachmittag des 14. Juli 1789 die Festung der Bastille illuminiert hatten. Er war damals erst zwanzig gewesen, aber er hatte es nie vergessen.

Coca-Cola.

Der Exkaiser hätte nie geglaubt, dass er jemals wieder gezwungen sein würde, Englisch zu sprechen. Zum einen, weil er sich für tot gehalten hatte und die Toten, bis zum Beweis des Gegenteils, weder die Sprache Shakespeares noch irgendeine andere Sprache sprechen, zum anderen, weil er gegenüber dem

Volk mit den rosigen Wangen und dem oberlehrerhaften Akzent einen grenzenlosen Groll empfand, den die langen Jahre in Krieg und Exil nur noch verschärft hatten.

»Normal, Zero, light, Cherry? Mit oder ohne Eis? Ein Scheibchen Zitrone? Eine grüne Olive? Ein Cocktailschirmchen?«, fragte die Flugbegleiterin in ihrem überkorrekten Französisch und lächelte strahlend, über die kleine, bartlose Person gebeugt, die so tief in ihrem Sitz versunken war, dass sie fast wie ein Kind wirkte.

Und da sich Napoleon während seiner Karriere als großer Eroberer immer alles genommen hatte, was sich ihm bot, verlangte er eine »Cola normal, Zero, light, Cherry, mit Eis, einem Scheibchen Zitrone, einer grünen Olive und einem Cocktailschirmchen« und wartete darauf, dass man ihm alles servierte.

Wie er es gewohnt war.

Der wunderbare Fischzug

Zwei Wochen zuvor hatte der norwegische Kutter *Usenkbare* vor der norwegischen Küste mit seinen Netzen zwei riesige Holzkisten aus dem Meer gehoben, in denen die Fischer zu ihrer großen Verwunderung einen Menschen und ein Pferd entdeckt hatten. In den dreißig Jahren, die sie das Meer vor Norwegen durchkämmten, war ihnen so einiges an Müll ins Netz geraten. Einzelne Schuhe, Schirme mit geknickten Streben, leere Benzinkanister und Plastiktüten von Supermärkten aus der ganzen Welt. Dutzende von Plastiktüten von der Sorte, die dem Meer noch Jahrhunderte im Magen liegen würde; die Tüten schenkten sie Mårten, dem Sohn des Dorfkrämers Gunnfrød. Er hatte angefangen, sie zu sammeln. Die geographischen Kenntnisse des Jugendlichen beschränkten sich allerdings auf die Logos der verschiedenen Marken, die er an seine Zimmerwände pinnte. Carrefour, Tesco, Lidl, Neukauf, Walmart, Ikea, Amazon, Migros, Aldi, Penny, jede Menge exotischer Namen, die auf seine geblümte Tapete – und in seinen Kopf – die Umrisse eines neuen Kontinents zeichneten. Diese Reise um die Welt in vierundzwanzig Markennamen wäre eine sehr sympathische Sache gewesen, hätte sie nicht für Mårten in der Schule ärgerliche Folgen gehabt. Der Lehrer sollte sich sein Leben lang an die Prüfung erinnern, bei der er seine Schüler aufgefordert hatte, die bedeutendsten Denkmäler der europäischen Hauptstädte aufzuzählen. Auf dem Blatt des Krämersohnes standen statt Eiffelturm, Big Ben und Brandenburger Tor Neukauf, Ikea und Lidl.

Einmal hatten die Fischer sogar eine Volvo-Tür in ihrem Netz gefunden, ein anderes Mal einen Motor, mehrere Autoreifen, aber niemals genug Teile für ein vollständiges Automobil. Und das wäre bitter nötig gewesen, denn der alte Škoda von Kapitän Vebjørn Hansen hatte zwei Jahre zuvor den Geist aufgegeben, und der Käpt'n hatte aufs Fahrrad umsteigen müssen.

Ja, sie hatten schon ziemlich merkwürdiges Zeug herausgefischt, aber bei Gott noch nie zwei riesengroße Kisten mit einem Menschen und einem Pferd.

Die vier Norweger, schwer verblüfft angesichts ihres Funds, hatten den Körper sofort aus seinem Sarg gehoben, um ihn aus der Nähe untersuchen zu können, und vorläufig das Pferd vernachlässigt, denn ein Gaul war schließlich nur ein Gaul, und der hier würde gewiss nicht so schnell davongaloppieren.

Der Gesichtsausdruck des Mannes war heiter, und hätte man ihn nicht in einer Kiste in den eisigen Gewässern vor der isländischen Küste gefunden, in fast hundert Metern Tiefe, so hätte man meinen können, er schliefe den erholsamen Schlaf des Gerechten. Zweifellos waren eben diese eisigen Gewässer für seinen bemerkenswert guten Zustand verantwortlich.

Die Fischer hatten ihn auf ein Kabeljaupolster gelegt. Vorsichtig. Mehr wegen der Kabeljaus, die sie zu einem guten Preis an einen Marktführer im Bereich Tiefkühlkost mit Namen Iglo verkauften, als wegen des Leichnams, von dem man sich keinerlei Nutzen versprach. Nach der Anzahl der Fische zu urteilen, die er verdeckte, schien der Mann recht klein zu sein. »Ein Meter achtundsechzig!«, hatte der Kapitän der *Usenkbare* gestaunt, der es gewohnt war, mit einem einzigen Blick die Größe seines Fangs abzuschätzen. Die Kleidung des Mannes – ein weites, naturfarbenes Hemd, das mit bräunlich verfärbten Blutflecken gesprenkelt war, eine seltsam geformte Hose und zierliche Schnallenschuhe – sah aus, als stammte sie aus einem früheren Jahrhundert. Und nachdem der Kapitän einem seiner Männer befohlen hatte, Kurs auf den Hafen zu nehmen, hatte die Besatzung ihre Vermutungen geäußert. Ein Österreicher!, hatte ein Fischer versichert. Ein deutscher Offizier!, hatte ein anderer behauptet. Doch dann hatte der Kapitän die Aufmerksamkeit auf die schwarzen Haare des Verstorbenen und seine geringe Körpergröße gelenkt.

»Ein Südländer. Ein Spanier oder Italiener. Vielleicht sogar ein Franzose.«

»Sehen Sie sich das an, Käpt'n«, rief ein dritter Fischer, der sich durch die zuckenden Fische hindurch einen Weg bis zu der größeren der beiden Kisten gebahnt hatte.

Neben dem Pferd kniend, strich er mit seiner rissigen Handfläche über das weiche Fell des Tieres. Vebjørn Hansen stellte sich neben ihn. Er begutachtete die kostbare rote Samtschabracke. Das hier war kein Unbekannter. An der Seite war mit Goldfäden ein N eingestickt, von einem Sonnenkranz umgeben. Derselbe Buchstabe, von einer Krone überwölbt, fand sich als Brandzeichen auf der linken Hinterhand. Dieses Symbol kannte er nur zu gut.

»Leute, wenn der Mann da nicht Napoleon Bonaparte ist, fresse ich mein Boot!«, erklärte der Bärtige kopfschüttelnd.

Napoleon? Die Matrosen starrten ihn mit kugelfischrunden Augen und offenem Mund an, aber sie wussten auch, wie brennend sich der alte Seebär für die französische Geschichte interessierte.

»*Der* Napoleon, meinen Sie?«

»So viel ich weiß, gibt es keine sechsunddreißig!«

Tatsächlich hatte es in Frankreich nur vier gegeben.

Im Hafen hatten sie dann klammheimlich ihre wertvolle Fracht entladen. Und so kam es, dass der Kaiser und Le Vizir, sein treues Ross, in der Eiskammer des Unternehmens Hansen og Sønn gelandet waren, inmitten von Kabeljaus, die bald in hübschen recycelbaren Verpackungen die Regale der französischen Supermärkte schmücken würden. Laut Kapitän mussten sich die beiden tiefgekühlten Körper langsam an die neue Temperatur anpassen, die, wenn auch niedrig für jeden Menschen, der das norwegische Klima nicht gewohnt war – und ausgesprochen niedrig für einen Korsen –, doch noch eher der Temperatur entsprach, in der sie sich bis dahin befunden hatten. Zwei Wochen lang waren also der Franzose und sein Pferd langsam im Kühlraum aufgetaut, geschützt vor neugierigen Blicken und getreulich bewacht von Vebjørn und seinem Sohn.

Niemand hatte je einen solchen Temperaturwechsel überlebt. Niemand außer Napoleon, der schon ganz andere Dinge überlebt hatte. Was war schließlich ein Kühlraum im Vergleich zur Beresina im tiefsten Winter?

Was man über Napoleon weiß

»Sie wollen also eine Cola normal Zero light Cherry mit Eis, einem Zitronenscheibchen, einer grünen Olive und einem Cocktailschirmchen?«, wiederholte die Flugbegleiterin. »Stimmt das so?«

13

Napoleon nickte, und sie brach in ein glockenhelles Gelächter aus.

»Sind Sie unersättlich oder einfach nur unentschlossen?«, fragte sie mit neckischem Unterton.

Kapitän Vebjørn Hansen, der Mann mit dem blonden Rauschebart, der links neben dem Kaiser der Franzosen saß, legte diesem rasch die Hand auf den Arm, damit er nicht noch mehr sagte, und entschuldigte sich bei der jungen Frau mit der Erklärung, es sei die erste Flugreise seines Sitznachbarn.

»Machen Sie sich keine Gedanken«, beruhigte ihn die Flugbegleiterin mit ihrem unentwegten Lächeln, »ich bin an so etwas gewöhnt.«

Dann goss sie dem Fluggast, den sie für ein Kind hielt, auf Anweisung des Rauschebarts, den sie für seinen Vater hielt, eine Cola light ein.

»Guillotine!«

Napoleon war ein Mann der Tat. Er mochte keine langen Sätze, sondern äußerte sich schnell und knapp.

»Wie bitte?«

»Fassen Sie mich nie wieder an!«, fuhr der Kaiser den norwegischen Fischer an, als die Flugbegleiterin weitergegangen war und dabei zehn Sitzreihen mit ihrem billigen Parfüm eingenebelt hatte. »Sonst gebe ich Order, Sie auf der Stelle zu guillotinieren!«

»Es tut mir sehr leid, Sire, aber ich hatte keine andere Wahl«, rechtfertigte sich der Kapitän in seinem gezischelten Nordfranzösisch mit skandinavischem Einschlag. »Es gibt Dinge, deren Funktionsweise Sie noch nicht kennen, und Ihre Drohung mit der Guillotine in unserem Zeitalter des Gesinnungs-Sozialismus ist der Beweis dafür. In Ihrem Land wird sie, glaube ich, seit den siebziger Jahren nicht mehr angewendet.«

»1870?«

»1970«, korrigierte der Seemann. »Ein solcher Irrtum Ihrerseits könnte uns teuer zu stehen kommen. Deshalb möchte ich Sie bitten, künftig so wenig wie möglich mit Unbekannten zu sprechen. Muss ich Sie daran erinnern, dass wir inkognito reisen und es wichtig ist, dass man Sie für einen modernen Menschen hält? In wenigen Stunden werden Sie auf Korsika sein. Danach werden Sie einen zweiten, wohlverdienten Ruhestand antreten, fernab des Weltgeschehens und geschützt vor neugierigen Menschen, und dann können Sie tun, was immer Ihnen beliebt.«

Die Worte des Fischers hallten in Napoleon nach. Nein, es war nicht nötig, ihn daran zu erinnern. Dieses war nicht sein Jahrhundert. Das hatte er nicht vergessen. Wie hätte das auch möglich sein sollen? Was ihm in den vergangenen vierundzwanzig Stunden widerfahren war, grenzte ans Übernatürliche. Er hatte die Augen aufgeschlagen und festgestellt, dass er auf einer Fischtheke lag, in einem Kühlraum. Ein bärtiger Kretin hatte sich über ihn gebeugt – er hatte das Bild noch genau vor Augen – und ihm in gebrochenem Französisch ein heiteres »Willkommen im 21. Jahrhundert« entgegengerufen. Man musste schon ganz schön hart im Nehmen sein, wenn man es schaffte, sich so etwas seelenruhig anzuhören, vor allem, wenn auf dem letzten Kalender, auf den er einen Blick geworfen hatte, dem mit hübschen Stichen verzierten *Almanach des Postes*, noch die Jahreszahl 1821 stand.

Napoleon hatte Hansen sofort als Skandinavier identifiziert. Der Kapitän ähnelte ganz und gar nicht den Männern, die die Britische Insel bewohnten, auf die man ihn verschleppt hatte, damit er dort den Rest seiner Tage absaß. Die Inselmänner hatten einen rosigen Teint, sie wurden beim geringsten Sonnenstrahl rot wie gekochte Krabben, und ihr Haar und ihr Bart ähnelten geraspelten Möhren. Haare und Bart der Nordmänner sahen eher aus wie italienische Pasta al dente.

»Im 21. Jahrhundert?«, hatte der Kaiser gefragt, der nicht recht wusste, wie er die Neuigkeit aufnehmen sollte.

»Ich weiß, Eure Majestät, das muss ein Schock sein. Für uns aber auch, wissen Sie. Ich konnte doch nicht ahnen, dass ich eines Tages Napoleon I. aus dem Meer fischen würde! Übrigens entschuldige ich mich für mein Französisch, es ist ein wenig angestaubt.«

»Was soll ich da erst von meinem sagen!«

Als der Korse merkte, dass er splitternackt war, bedeckte er seinen Intimbereich rasch mit beiden Händen.

»Oh, da ist nichts mehr, was man verstecken müsste«, sagte der Fischer mit traurigem Gesicht.

»Was soll das heißen?«

Immer noch liegend, hatte der Franzose den Kopf gehoben, bis das Kinn die Brust berührte, und langsam die Finger weggenommen. Da, wo man ein männliches Geschlechtsteil erwartete, befand sich lediglich ein dichtes Gekräusel von Haaren. Ansonsten herrschte gähnende Leere.

»Ich muss Ihnen zu meinem Bedauern mitteilen, dass Sie seit Ihrer Autopsie im Jahre 1821 nicht mehr im Besitz Ihres Penis sind. Zunächst wurde Ihr Geschlecht in einem Museum ausgestellt, dann wurde es für 3000 Dollar bei einer Auktion von einem amerikanischen Urologen aus New Jersey ersteigert. Man kann sagen, dass er ganz schön herumgekommen ist.«

In Napoleons Blick glomm Panik auf.

»Ich verstehe nicht.«

»Bei Ihrem Tod, das heißt, als Sie ins Koma gefallen sind, weil Sie ja eigentlich nicht tot sind ... das haben Sie doch verstanden, oder?«

»Ich glaube ja.«

»Denn wenn man Fischstäbchen auftaut, wird der Kabeljau nicht wieder lebendig. Zum Glück. Stellen Sie sich die Rache der panierten Fische vor, die die Welt zurückerobern wollen! *Der Krieg der Welten*, in der Iglo-Neufassung, mit Tom Cruise in der Rolle des Exterminators, der gegen riesige, menschenfressende

Kabeljaus kämpft. Der Horror! Aber ich schweife ab. Bei Ihrem sogenannten Tod wurde also auf Anordnung des Priesters, der Ihnen die Sterbesakramente erteilte, Ihr Geschlechtsteil von dem Chirurgen Francesco Antommarchi abgetrennt, dem Sie den delikaten Auftrag erteilt hatten, Ihre sterblichen Überreste zu obduzieren.«

»Dieser Mistkerl von Vignali! Aber warum haben sie ihn mir abgeschnitten, den ...«

»Wie es scheint, waren Sie und Vignali sich nicht grün. Und Ihre Reaktion bestätigt meine Vermutung.«

»Das ist noch milde ausgedrückt. Aber trotzdem muss man doch nicht gleich ...«

»Es war eine gute Möglichkeit, sich an Ihnen zu rächen und nebenbei ein wenig Geld zu verdienen, und der Streit wurde auf Ihrem Rücken ausgetragen, beziehungsweise Ihrem ... Dabei hat er ihn letztendlich doch nicht verkauft. Er blieb über mehrere Generationen in seiner Familie. Dann wanderte er von Hand zu Hand, wenn Sie mir den Ausdruck erlauben. Unter anderem durch die eines gewissen Rosenbach, das war 1924, ein amerikanischer Büchersammler, der ihn später dem New Yorker Museum für französische Kunst lieh. 1999 kaufte ihn ein Dr. Lattimer, um seiner Liebhaberei nachzugehen.«

»Seiner *Liebhaberei*?«

»Wir sprechen über eine der größten Privatsammlungen historischer Gegenstände aus dem zivilen und militärischen Bereich. Zeichnungen von Hitler, Pistolen aus dem Zweiten Weltkrieg, der blutbefleckte Kragen, den Präsident Lincoln trug, als er ermordet wurde. Und eben auch Ihr Penis, den er offenbar in einer Keksdose unter dem Bett aufbewahrte.«

Napoleon hatte keine Ahnung, wer dieser Hitler oder dieser Lincoln war, und noch weniger, was es mit dem Zweiten Weltkrieg auf sich hatte (er war noch nicht einmal über den Ersten informiert worden), aber er wusste genau, was eine Keksdose war, und die Vorstellung, dass sein Geschlechtsteil in einer gelandet war, amüsierte ihn ganz und gar nicht. Doch er beschloss, über dieses Detail hinwegzugehen, denn immerhin schien sein Geschlechtsorgan, das versteigert und in Museen ausgestellt worden war, zu einem Objekt der Verehrung und Wertschätzung geworden zu sein.

»Na ja, ist kein Grund, sich aufzuregen. Sie waren ja berühmt dafür, dass Sie einen kleinen Penis hatten«, fuhr der norwegische Fischkutterkapitän mit dem Taktgefühl eines norwegischen Fischkutterkapitäns fort. »Es heißt sogar, aus psychoanalytischer Sicht sei es sehr interessant, dass ein Mann, der so viele große Dinge erreicht hat, ein so ... unauffälliges Geschlechtsteil hatte. Freud hat daraus die Grundzüge einer Theorie entwickelt, die sich auf der ganzen Welt verbreitet hat.«

Napoleon verschlug es die Sprache. Er begnügte sich damit, die Fingernägel in das Leder der Armstützen zu bohren.

»Glauben Sie mir, es tut mir sehr leid, dass ich Ihnen das alles so um die Ohren hauen muss, aber ich halte es für meine Pflicht, Sie darüber zu informieren, was meine Zeitgenossen über Sie wissen, bevor Sie es von Google erfahren.«

»Von wem?«

»Google, Internet. Eine Art große Enzyklopädie des menschlichen Wissens.«

»Wie die von Diderot und d'Alembert? Das ist interessant, Sie wissen besser über mich Bescheid als ich selbst. Wenn man Ihnen zuhört, mag man gar nicht glauben, dass Sie nur ein ganz ordinärer Fischer aus dem hintersten Winkel von Norwegen sind.«

Der Mann verfärbte sich.

»Das hindert mich nicht daran, mich unschlagbar gut in der Geschichte Frankreichs auszukennen«, wandte er ein, »und damit auch in allem, was Sie betrifft. Während des Krieges hat mein Vater eine Zeit lang bei der französischen Marine gearbeitet, und so hat sich bei mir ein gewisses Interesse für die See-schlachten Ihres Landes entwickelt.«

Der Kaiser erschauerte bei dem Gedanken, dass dieser Mann nur seine Misserfolge kannte, von der Schlacht bei Trafalgar bis zu den Kapverden, von der Île-d'Aix bis Abukir. Zu Wasser hatte Napoleon sechzehn Niederlagen und zwei Siege zu verzeichnen. Ein Rekord, eher eines Fußballclubs wie Olympique Marseille würdig als eines Kriegshelden.

»Und außerdem müssen Sie heutzutage nur Ihren Namen in Wikipedia eingeben und erfahren alles über sich.«

»Dann ist es das, was das französische Volk von mir behalten hat?«, fragte der Aufgetaute nachdenklich. »Eine Niete in punk-to Seeschlachten, in der Hose ein Minipenis?«

»Oh nein! Seien Sie unbesorgt, es wird auch viel über Ihre Hämorrhoiden gesprochen. Ich scherze. Ihre militärischen Leistungen sind weltberühmt. Man hat Sie als brillanten Kopf, klugen Taktiker und einen der größten französischen Generäle in Erinnerung behalten. Ihr Land verdankt Ihnen Hunderte von Reformen, neuen Gesetzen und eines der besten Bildungs-systeme der Welt. Gymnasien, das Abitur, die Ehrenlegion, die Banque de France, das alles geht auf Sie zurück. Sie haben sämt-liche Völker fasziniert und waren eine geistige Inspirationsquel-le für zahlreiche Staatschefs. Neuerdings werden Sie sogar in Management-Seminaren als Role Model genannt. Sie werden in einem Atemzug mit Paulo Coelho und Sun Tsu genannt, wenn Angestellte motiviert werden sollen. Von McDonald's bis IBM. Nein, ganz ehrlich, man stößt sich nicht an dieser ... dieser ...«

Hansen deutete auf Napoleons Schritt.

»... an dieser Winzigkeit. Wissen Sie, es gibt sogar Leute, die dafür zahlen. Vor allem die Brasilianer. Und außerdem brau-chen Sie ihn ja für Ihren Ruhestand im sonnigen Süden auch nicht. Korsika erwartet Sie! Denken Sie an das süße Nichtstun, an Abende beim Boulespiel, an die Wurstwaren ...«

»Korsika«, wiederholte Napoleon mit einem glückseligen Lächeln auf den Lippen, als würde allein der Klang dieses Wortes mit einem Schlag all die eben gehörten Grässlichkeiten auslöschen.

Zur Feier des Tages trank er den ersten Schluck Cola seines Lebens und wäre fast erstickt.

Eine glanzvolle Ära

Während sich Napoleon mit einer Papierserviette die kaiserlichen Nasenlöcher abtupfte, aus denen die Sprudelbläschen ebenso schnell wieder herauskamen, wie sie hineingekommen waren, biss Vebjørn Hansen herzhaft in einen Schokoriegel, der nach dem König der Tiere benannt war.

»Wissen Sie, was ich dachte, als ich Sie gefunden habe, Sie und Ihr Pferd, mitten im Europäischen Nordmeer?«

»Nein.«

»Dass Sie der größte Fisch und das größte Seepferdchen sind, die mir je ins Netz gegangen sind«, antwortete der Seemann mit einem breiten Lächeln, bei dem sich sein Nikolausbart verformte. »Es gibt nämlich einen Fisch namens Kaiserbarsch, auch Hoplostethus atlanticus genannt.«

Der Korse lächelte höflich, obwohl er dem etwas platten Humor des Fischers nichts abgewinnen konnte. Sein Blick schweifte durch das Fenster auf die ausgedehnte weiße Wolkendecke. Es gab in der gegenwärtigen Ära viel Interessanteres als den Kaiserbarsch. Dieses Flugzeug zum Beispiel. Wie konnte eine Maschine, in der er zusammen mit hundertfünfzig anderen Personen saß, eine Geschwindigkeit von achthundert Stundenkilometern erreichen? Napoleon war sehr intelligent, aber das ging über seinen Horizont. Es war das Zehnfache der Geschwindigkeit, die Marengo, das stärkste seiner Pferde, erreichte. Der Fischer hatte ihm gesagt, die Reise dauere nur drei Stunden. Drei mickrige Stunden von Norwegen nach Frankreich. Das war unglaublich! Zu seiner Zeit hätte die Reise mehrere Tage gedauert. Der Kaiser betrachtete die Flügel der Maschine. Anders als bei den Vögeln, flatterten sie nicht. Woher kam dann diese unsichtbare Kraft, die das Flugzeug in den Himmel schleuderte? Berührte wirklich kein Teil der stählernen Konstruktion den Erdboden? Es war eine großartige Erfindung, eine phantastische Kriegsmaschine, die man gut bei Trafalgar gegen die englische Flotte und diesen Hundsfott Nelson hätte einsetzen können. Oh ja, hätte er in dieser Schlacht Flugzeuge gehabt, wäre die Sache ganz anders ausgegangen! Was gab es Besseres als einen Angriff aus den Wolken? Man war unerreichbar. Die Welt lag einem zu Füßen. Und die Schlachtschiffe der Engländer waren lächerliche, winzig kleine Ameisen, ganz weit unten.

»Als ich Sie gefunden habe, Sire«, fing der Skandinavier wieder an, »wusste ich zuerst nicht, was ich mit Ihnen anfangen sollte. Was tun, wenn Sie erst einmal aufgetaut waren? Was würde passieren, wenn Sie noch am Leben waren? Stellen Sie sich diese Verantwortung vor! Mein Sohn hat mir spaßeshalber vorgeschlagen, doch einmal ›Napoleon wiedergefunden‹ zu googeln. Verrückt, was? Aber es hat funktioniert. Wir haben eine Webseite gefunden, die BUH hieß, www.napobuh.com. Dabei handelt es sich um den Bund der Unglücklichen Haudegen, eine alte korsische Organisation, die einige Zeit vor Ihrem Tod gegründet wurde. Früher hätte ich so etwas für eine Farce gehalten. Doch unter den gegebenen Umständen habe ich dort angerufen.«

Sieh mal einer an, neuerdings beschäftigten sich die Fischer in ihrer Freizeit mit der Lektüre von Enzyklopädien, dachte Napoleon amüsiert. In der heutigen Welt war offenbar der primitivste Sardinenfischer nicht weniger gebildet als der intelligenteste seiner Offiziere.

»Sie können sich vorstellen, wie sehr sie sich gefreut haben«, fuhr der Kapitän fort. »Sie haben seit Jahren auf diesen Augenblick gewartet, ach, was sage ich, seit Jahrhunderten! Sie haben mich aufgefordert, Sie wenigstens nach Paris zu bringen, zum Flughafen. Dort würden sie dann übernehmen. Sie haben mir sogar einen Pass geschickt, damit Sie problemlos die Kontrollpunkte passieren können. Ein gewisser Professor Bartoli erwartet Sie und wird Sie nach Korsika begleiten. Mehr haben sie mir nicht gesagt. Ich würde Ihnen gern erklären, wie Sie von der Insel St. Helena nach Norwegen gekommen sind, aber ich habe selbst nicht die geringste Ahnung. Alle vermuten Sie im Invalidendom, in Paris. Das heißt, Ihre Asche …«

»Invalidendom«, wiederholte der kleine Korse versonnen, und sein Gesicht leuchtete auf wie ein Weihnachtsbaum.

Sie hatten sich also an seine Verfügungen gehalten. Diese Nachricht ging ihm ans Herz. Viele schöne Erinnerungen wurden wach. Er dachte an die prunkvolle Zeremonie anlässlich der allerersten Verleihung der Orden der Ehrenlegion. Das war am 15. Juli 1804 gewesen. Von Licht umflossen hatte er auf seinem Thron gesessen. Aus Goldfäden gestickte Bienen hatten am Krönungstag seinen Mantel geschmückt. Aus der königlichen war eine kaiserliche Biene geworden. Die Bienen waren überall, auf Mänteln, Vorhängen, Wänden. Gestickt, modelliert. Zwei große Becken voller Orden standen zu Füßen des Kaisers, der im Chor thronte; in dem einen befanden sich die Orden in Gold für die Großoffiziere, Kommandeure und einfachen Offiziere, in dem anderen die silbernen für die Ritter. Er erinnerte sich, wie er die funkelnden Auszeichnungen an die Brust der verdienten Männer geheftet hatte. Armeeangehörige, Kirchenmänner, Wissenschaftler, Ärzte, aber auch Maler, Musiker – alle, die mit ihm gemeinsam ihren Beitrag zum Ruhm und zur Größe Frankreichs geleistet hatten. Er sah Joséphine vor sich, in diesem summenden Bienenhaus, im Kreis ihrer Hofdamen, herrlich und glanzvoll wie tausend Sonnen.

»Ich denke, Professor Bartoli wird Ihnen mehr darüber erzählen können.«

Der Kaiser seufzte. Hätte man ihn verbrannt, wie vorgesehen, wäre er nie in den Genuss gekommen, nach so vielen Jahren wieder ins Leben zurückzukehren und sein schönes Land wiederzusehen. Ihm wäre auch die Chance entgangen, Coca-Cola zu entdecken. Ah, hätte es Cola light nur zu seiner Zeit schon gegeben, dann wäre die Schlacht von Waterloo ganz anders ausgegangen! Sein Leben lang hatte er nur Champagner und Burgunderwein getrunken, genauer gesagt, fünf Jahre alten Chambertin, sein Lebenselixier, eine halbe Flasche zu jeder Mahlzeit, geliefert vom Haus Soupé et Pierrugues (was wohl aus denen geworden war?) an jeden beliebigen Ort, in die Stadt oder aufs Land, bei der Liebe oder im Krieg. Das Paradies zu sechs Francs pro Flasche. Er erinnerte sich mit Abscheu an den Clairet, an den er sich während seines Exils auf St. Helena zähneknirschend hatte gewöhnen müssen. Ein echter Rachenputzer. Um den bitteren Geschmack der Erinnerung zu vertreiben, bestellte Napoleon noch eine Dose Cola. Dieses Gebräu hatte den wohltuenden Effekt, kurzfristig die Magenschmerzen zu lindern, unter denen er litt, seit er denken konnte. Ein wahrer Zaubertrank.

»Es ist weit mehr als ein simples Getränk, ich betrachte es als Heilmittel für mein Magengeschwür«, rechtfertigte sich der Kaiser. »Schade, dass es keine Auswirkungen auf die Hämorrhoiden hat ...«

»Coca-Cola ein Heilmittel? Vielleicht ganz zu Anfang. Ein amerikanischer Apotheker hat es erfunden, um sich von seiner Morphiumsucht zu heilen. Und was wäre besser geeignet, eine Sucht zu heilen, als die eine durch eine andere Sucht zu ersetzen, hm? Sie können mir glauben – seit ich die Glimmstängel aufgegeben habe, rauche ich viel mehr Pfeife! Mit Cola putze ich die Türgriffe auf meinem Kutter. Es heißt, dass es Löcher brennt ...

Vielleicht doch nicht das allerbeste Mittel, um Magengeschwüre zu kurieren … Sie sollten Rennie nehmen.«

»Hat Google Ihnen das alles beigebracht?«

»Nein, das war die Rote Liste.«

»Sagen Sie, wie viele Seiten hat denn Ihre Enzyklopädie Internet?«

»Oh, das ist kein Buch, wie Sie es kennen. Es ist ein bisschen kompliziert. Lassen Sie es sich gelegentlich mal vorführen. Aber Sie haben recht, wir leben in einer glanzvollen Ära!«

Und nun verbreitete sich der Schiffskapitän des Längeren und Breiteren über die Sitten und Gebräuche, die Verhaltensweisen und sozialen Normen seiner Zeitgenossen aus dem 21. Jahrhundert. Die SMS, das Fernsehen, die Computer, die Krise Europas, die Arbeitslosigkeit, das Wahlrecht der Männer, dann das der Frauen, dann das der Schwarzen, das Kino, die Invitro-Fertilisation, der Nespresso, der Busen von Sabrina, der im Videoclip *Boys, boys, boys* aus dem Bikinioberteil gerutscht war, die Geschichte vom kontaminierten Blut, das Recht auf ein Leben in Würde, für Männer, dann für Frauen, dann für Tiere, dann für Schwarze, dann für Homosexuelle, der Bau der Berliner Mauer, der Fall der Berliner Mauer, und dazwischen wieder der Busen von Sabrina, der bei einer Wohltätigkeitsgala, die von einem großen italienischen Fernsehsender übertragen wurde, aus dem Abendkleid gerutscht war. Und das alles hatte Napoleon verpasst!

»Aha, dann kopuliert man neuerdings mit kleinen Glasröhrchen, um Kinder zu bekommen?«, folgerte der kleine Korse, sichtlich beeindruckt.

»Gelegentlich, aber nicht immer.«

»Unglaublich.«

»Und das Bildtelefon ist Ihnen auch entgangen. Aber Sie sind gerade noch rechtzeitig zur Erfindung des Selfie-Stick wiedergekommen!«

»Hätte mir all das zu meiner Zeit bereits zur Verfügung gestanden, hätte ich die ganze Welt erobert! Daran besteht kein Zweifel. Trafalgar, Beresina, Waterloo wären Siege gewesen ...«

»Ich weiß nicht, wie Ihnen ein Selfie-Stick hätte helfen können, Waterloo zu gewinnen! Aber Sie sind sehr streng mit sich, Sire. Was ist mit Austerlitz, Wagram, Jena? Das wissen auch alle. Machen Sie sich nicht fertig. Nach Ihren Siegen sind einige der schönsten Straßen von Paris benannt. Und Beresina bleibt zur Hälfte ein Erfolg, auch wenn man den Namen heutzutage in pejorativem Sinn gebraucht. Dank des Heldenmuts einer Ihrer Generäle konnten Sie der russischen Schlinge entkommen, die sich um Sie zugezogen hatte.«

»Der arme Eblé, er starb wenige Tage später, wo ich ihn doch zum Grafen ernennen wollte. Ich und die ganze Welt haben an jenem Tag einen großen Mann verloren ... Der kaiserliche Bienenstock hat eine große Arbeitsbiene verloren.«

Die Erwähnung seiner Siege schien den Kaiser, der sich nie mit dem begnügte, was er hatte, sondern immer mehr wollte, nicht zu trösten. Das traf sich gut, denn das Schicksal, das häufig zu Späßen aufgelegt ist, sollte ihm eine neue Chance geben, der Liste seiner Siege einen weiteren hinzuzufügen – und dieser war nicht von schlechten Eltern.

Der Angriff der Killerbiene konnte beginnen.

Die Geburt der kleinen Biene, die einmal die Welt retten sollte

An einem Novembermorgen des Jahres 1804, wenige Wochen vor seiner Krönung, spazierte Napoleon Bonaparte, die Hände hinter dem Rücken verschränkt, mit seinem zweiten Konsul Jean-Jacques Régis de Cambacérès durch die zauberhaft angelegten Alleen des Jardin du Luxembourg, als er Zeuge eines höchst unerwarteten Schauspiels wurde. Ein Mann, der als einzigen Schutz einen Strohhut trug, von dem ein Schleier über das Gesicht hing, war in eine anscheinend sehr gefährliche Tätigkeit vertieft. Mit einem einfachen Schaber kratzte er den Honig, der von einem Holzgitter tropfte, in einen Zinkeimer. Über ihm summte bedrohlich eine dichte Wolke aus Bienen. Er ließ sich von ihrem Kriegstanz jedoch nicht beeindrucken und schabte unbeirrt weiter.

»Die Biene«, sagte Napoleons Berater und deutete mit dem lackierten Nagel seines Zeigefingers auf den Bienenstock, der ein paar Meter vom Wegrand entfernt stand.

»Wie – die Biene?«

»Sie haben mich gefragt, Sire, welches Tier, neben dem Adler, sich gut für Ihr Wappen eignen würde, und ich antworte Ihnen: die Biene. Sie ist eines des ältesten Herrschaftssymbole.«

»Die Biene?«, fragte Napoleon, der nicht recht wusste, ob er die Bemerkung als Beleidigung auffassen sollte oder ob das eine weitere völlig überspannte Phantasie seines Freundes war.

Er blieb stehen und starrte seinen Begleiter so befremdet an, als hätte dieser statt seines Hutes einen Kochtopf aufgesetzt, als er am Morgen aus dem Haus ging. Aber bei Cambacérès war alles möglich.

»Ich rede von einem Adler oder von einem Löwen, und Sie erzählen mir etwas von Insekten?«, protestierte der kleine Korse. »Warum nicht gleich eine Ameise oder Kakerlake?«

»Sire, ich glaube, Sie hegen Vorurteile gegenüber Insekten, die Sie noch einmal überdenken sollten. Gehen wir doch zu dem guten Mann und bitten wir ihn, uns zu erhellen.«

Bei diesen Worten machte er Anstalten, auf den Bienenstock zuzugehen. Der zukünftige Kaiser hielt ihn am Arm zurück.

»Tun Sie das nicht, Unglücklicher! Und wenn nun eine Sie stechen würde?«

»Eine Bagatellwunde«, entgegnete sein Begleiter lächelnd.

»Und wenn alle Sie stechen?«

»Dann würde ich sterben, kein Zweifel.«

Napoleon war beeindruckt. Konnte es sein, dass sein Vertrauter, homosexuell noch dazu, mutiger war als er?

»Bleiben Sie hier«, sagte er, um nicht als Feigling zu gelten. »Sie sind mir noch von Nutzen. Es wäre doch albern, gerade dann zu sterben, wenn ich Sie zum Staatskanzler ernennen will.«

Also warteten sie. Nach einigen Minuten kam der Imker, wie Napoleon insgeheim gehofft hatte, mit dem Eimer in der Hand auf sie zu. Er erkannte den Mann, von dem ganz Frankreich sprach, zog den Hut und grüßte mit einer anmutigen Geste.

»Kosten Sie, Sire.«

Der Herrscher steckte den Finger in den Eimer und führte ihn an die Lippen. Ein wundervoll kräftiger Geschmack nach Akazienblüten breitete sich auf seiner Zunge aus.

»Köstlich«, befand er.

»Das beste Gelée royale von ganz Paris, Sire.«

»Impériale«, verbesserte Cambacérès. »Bald wird man es ›Gelée impériale‹ nennen müssen.«

Die drei Männer lächelten.

»Sagen Sie, mein Bester, welches ist Ihr Geheimnis, dass diese schrecklichen Tiere Sie nicht stechen?«

»Man beißt nicht in die Hand, die einen nährt«, antwortete der Imker, nachdem er eine Biene von seiner Schulter gepustet hatte. »Geben Sie ihnen eine hübsche, gut eingerichtete Behausung, einen selbst im Winter blütenreichen Garten, und Sie können sie gefahrlos herumscheuchen, ohne dass sie jemals ihren fürchterlichen Stachel gegen Sie erheben.«

»Ihren fürchterlichen Stachel«, wiederholte Napoleon nachdenklich. »So unauffällig und zugleich so tödlich. Mein Freund rät mir, dieses Insekt als kaiserliches Wappensymbol zu wählen. Wie ist Ihre Meinung dazu?«

»Dass Ihr Freund ein Mann von Geschmack ist, Sire.«

»Das habe ich nie bezweifelt«, log der Herrscher und warf einen schrägen Blick auf die grauen Löckchen und den von Perlen und Diamanten besetzten Gehrock seines Begleiters, den er insgeheim Tante Turlurette nannte und der an diesem Vormittag einer in die Jahre gekommenen abgetakelten Operndiva ähnelte.

Cambacérès achtete mehr auf junge Männer als auf seine Garderobe.

»Ich kann dies nur bejahen«, fuhr der Imker fort, die Gedankengänge des Herrschers unterbrechend, der nicht gleich begriff, dass der Mann sich nicht auf die extravaganten Vorlieben seines Freundes bezog. »Wissen Sie, dass der Mensch, sollten die Bienen von der Erde verschwinden, nur noch vier Jahre zu leben hätte?« Der Mann ahnte nicht, dass über ein Jahrhundert später ein deutscher Physiker namens Albert Einstein sich diese Formel aneignen würde.

Das Gespräch wurde immer interessanter. Napoleon steckte den Finger gleich noch einmal in den Eimer. Er betrachtete ein paar Sekunden die goldene Flüssigkeit, die über seine Fingerkuppe floss, und saugte sie dann so geräuschvoll ein, als schlürfe er eine Auster.

»Wollen Sie damit sagen, dass die Bienen uns retten werden?«

»Ihnen verdanken wir es, dass wir jeden Tag Nahrung haben, Euer Hochwohlgeboren. Wir verdanken ihnen über ein Drittel dessen, was wir auf unserem Teller vorfinden. Ihr Wunderwerk der Bestäubung ist für die Fortpflanzung im Pflanzenreich verantwortlich und indirekt für alle Früchte und Schätze, die uns die Natur bietet. Ohne Bienen kein Leben mehr. Und wenn Sie nach einem geeigneten Symbol Ausschau halten, so sind die Bienen ein Musterbeispiel für Organisation und Fleiß. Eine perfekte Nation, wenn man so will. Mit Herzblut bei der Arbeit, alles für das Vaterland.«

»Glauben Sie es mir nun, Sire?«, fragte der Berater, um Napoleon daran zu erinnern, dass die gute Idee von ihm stammte.

»Ihre Sprache ist viel besser entwickelt als die unsere. Eine Honigbiene kann den anderen auf einen Meter genau den Ort anzeigen, an dem sie die Blume gefunden hat, die dann zum Ziel aller wird.«

»Ein Meter? Ist das nicht eine recht beträchtliche Abweichung, proportional gesehen, für die Biene?«, fragte der künftige Kaiser.

»Sire, wenn Christoph Kolumbus nicht zufällig auf Amerika gestoßen wäre, würde er heute noch auf der Suche nach Indien durch den Atlantischen Ozean paddeln ... Ein Meter ist wenig. Selbst für eine Biene.«

Darüber mussten alle drei lächeln. Cambacérès brach als Erster das Schweigen.

»Wenn meine Erinnerung aus Schulzeiten mich nicht trügt, legt die Königin die Eier ganz allein, ohne Beteiligung eines Männchens, nicht wahr?«

»Das ist zutreffend. Im Bienenstock gibt es um die 50 000 Individuen, die alle von einem einzigen Weibchen abstammen, der Bienenkönigin. Das Männchen, das man ›Drohne‹ nennt, ist in dieser weiblichen Gesellschaft so etwas wie ein Paria. Da er nicht in die täglichen Pflichten eingebunden ist, wird er als Parasit betrachtet. Er hat ein schweres Leben.«

»Eine vollkommene, männerlose Gesellschaft, könnte man sagen«, schloss Cambacérès, der exakt vom Gegenteil träumte.

»Sehr schön, das war eine hochinteressante Unterhaltung«, sagte der Herrscher und setzte ihr damit ein Ende. »Vielen Dank für die wertvollen Einblicke.«

Und er setzte seinen Spaziergang fort, die Hände auf dem Rücken verschränkt, an der Seite seines zweiten Konsuls, der lächelnd neben ihm einherstolzierte, behängt mit Troddeln,

Quasten und schmückendem Beiwerk aller Art. Sie waren noch keine zehn Meter gegangen, als der Imker ihnen hinterherlief. »Sire, die Ägypter!«, rief er, nach Atem ringend. »Die Ägypter!«

»Wo sind die Ägypter?«, fragte der kleine Korse argwöhnisch und fuhr herum. Hatten ihn seine Gegner aus dem Ägyptenfeldzug womöglich bis nach Paris verfolgt? Aber hinter ihm stand – nur ein Stück entfernt – ungerührt seine Leibgarde. Keine einzige bandagierte Mumie weit und breit.

»Ich habe ganz vergessen, es Ihnen zu sagen«, keuchte der Imker. »Die Ägypter haben schon zu Pharaos Zeiten Bienenzucht betrieben. Sogar in ihren Hieroglyphen findet man Bienen.«

»Und weiter?«

»Nun, Sire, Sie sind doch auf der Suche nach einem Symbol. Für die Ägypter stand die Biene für Unsterblichkeit und Auferstehung. Nehmen Sie die Biene in Ihr Wappen auf, und Sie werden niemals sterben ...«

Napoleons Miene erhellte sich, und in seine Augen trat ein neuer Glanz. Er fragte seinen Berater, wie lange es dauern würde, seine Kleidung mit Bienen zu besticken, anstelle der Lilien, die bisher die Könige traditionell auf ihrer Kleidung zur Schau trugen. Aber nein, zum Teufel, er musste jetzt schon kaiserlich handeln! Es spielte keine Rolle, wie lange es dauern würde. Er befahl, dass seine mit goldenen Bienen bestickte Garderobe ausnahmslos bis zum 2. Dezember fertig sein müsse, dem Tag seiner Krönung. Dann schritt er von dannen, die Hände auf dem Rücken, in angenehme Tagträume versunken, in denen er zum kaiserlichen Insekt wurde, das eines Tages die Welt retten und niemals sterben würde.

Napoleon begegnet einem Landsmann

Es ließ sich nicht leugnen: Ohne seinen Zweispitz war Napoleon Bonaparte nicht zu erkennen. Umso weniger, als er eine schwarze Anzugjacke, ein weißes Hemd, eine hautenge Slim-Fit-Jeans und an den Füßen ein Paar Converse trug. So bekleidet landete er in Begleitung des alten Seemanns an einem schönen Frühlingsmorgen auf dem Pariser Flughafen Charles de Gaulle.

»Dort ist Professor Bartoli«, verkündete der Norweger, als sie vor dem nächsten Abflug-Gate standen. »Er wird Sie nach Korsika begleiten.«

Er deutete auf einen Mann um die fünfzig, ein mediterraner Typ, hochgewachsen und dünn wie Pergament, der in einen Roman von Deon Meyer vertieft war. Er entsprach voll und ganz der Fotografie, die er dem Kapitän geschickt hatte, mit dem einzigen Unterschied, dass er seinen mit Angelhaken besetzten Regenhut gegen eine etwas urbanere Kopfbedeckung eingetauscht hatte, nämlich eine Baselballcap der Lakers.

»Einer Ihrer Landsleute, ein Korse. Sie haben immer noch Tausende von Fans auf der Welt, müssen Sie wissen, die Ihr Ableben bedauern. Es gibt sogar einige, die behaupten, Sie seien noch am Leben und im Casino beim Kartenspiel mit John Lennon und Elvis Presley gesehen worden.«

Das war Blödsinn, Napoleon hätte keine Minute seiner wertvollen Zeit mit Kartenspielen vergeudet, mit Dschonle Non und El Vipressli oder sonst wem, aber damit, dass er nicht tot war, hatten sie ja recht.

Als sie sich dem Gate näherten, hob der Mann, der davor wartete, den Blick von seiner Lektüre. Seine Augen wurden rund und groß wie Untertassen.

»Unmöglich!«, stieß er hervor.

»Unmöglich ist kein französisches Wort«, antwortete Napoleon.

Bartoli beäugte den Neuankömmling wie ein Zollbeamter, der am Grenzübergang in Ventimiglia die Vuitton-Tasche eines französischen Touristen inspiziert. Das ist er, er steht tatsächlich vor mir, dachte er, der große Mann, der große Mann mit seinen 1,68 Meter … Jetzt verstand er, warum Napoleon seine geringe Körpergröße immer durch seine Gier nach Macht und Eroberungen kompensiert hatte.

»Ein königliches Vergnügen!«, erklärte er, nachdem er seine eingehende Musterung beendet hatte.

»Sie meinen wohl kaiserlich«, korrigierte Napoleon und warf einen misstrauischen Blick auf die Pranke, die der Unbekannte ihm entgegenstreckte.

»Professor Bartoli, vom BUH, dem Bund der Unglücklichen Haudegen.«

Das Wort Haudegen stimmte den Kaiser gleich milder. Seine tapferen Haudegen, seine Grognards, seine treuen Soldaten. Sie nörgelten ständig, doch das hinderte sie nicht daran, immer weiter vorzudringen, in Kälte und Schlamm, krank oder wohlauf, sie folgten ihm und triumphierten oder steckten Niederlagen ein, immer mit ihm gemeinsam auf dem Schlachtfeld.

Er ergriff die Pranke des Mannes und drückte sie herzhaft.

»Was ist das für ein Bund?«

»Das ist eine lange, haarige Geschichte. Der BUH ist eine Geheimgesellschaft, die 1821 gegründet wurde, mit der einzigen Absicht, sich Ihrer sterblichen Hülle anzunehmen und sie nach Korsika zu überführen, wo sie bestattet werden sollte.«

»Dann ist wohl nicht alles nach Plan verlaufen«, spöttelte Napoleon.

»Aus diesem Grund bin ich heute hier, Sire. Um die Mission zu vollenden, die meine Vorgänger begonnen haben.«

»Da wir schon von Mission sprechen«, unterbrach der Seemann das Gespräch, »meine ist hiermit beendet. Ich fahre nach Hause zurück. Mein Kabeljau wartet!«

»Ich bin Ihnen unendlich dankbar, dass Sie Kontakt mit mir aufgenommen haben, Monsieur Hansen«, sagte Professor Bartoli mit Wärme. »Korsika ist Ihnen etwas schuldig. Sie sind dort jederzeit willkommen. Jederzeit.«

»Ihr Mittelmeer ist eine Suppe. Zu warm. Aber danke für die Einladung. Professor. Sire.«

Der alte Seebär streckte dem Kaiser die Hand entgegen, der Kraft, Respekt und Herzlichkeit in seinen Händedruck legte.

»Ich danke Ihnen, Vebjørn, dass Sie mich geborgen und aufgetaut haben.«

»Das ist mein Beruf«, erwiderte der Norweger lächelnd. »Essen Sie hin und wieder Fischstäbchen und denken Sie dabei an mich ... Und genießen Sie Ihren Ruhestand. Muße ist das wahre Leben. Und Sonne. Sie sollten etwas Farbe ins Gesicht bekommen, Sie sind käsebleich.«

»Ein Zeichen von Adel.«

»Nicht mehr, Sire. Heutzutage liegt Bräune im Trend.«

Mit diesen Worten nickte der Kapitän Professor Bartoli zu, drehte sich um und verschwand im Strom der Touristen.

»Ich fasse es nicht«, sagte der Professor, als sie allein waren. »Das kommt so unerw...«

»Wo ist mein Pferd?«, unterbrach ihn der Kaiser, unbeeindruckt von der Bewunderung seines Landsmanns.

»Beunruhigen Sie sich nicht, der Amtsschimmel wiehert, aber er wird bald weitertransportiert.«

»Ich habe Sie nicht nach seinen stimmlichen Äußerungen gefragt, aber besten Dank für die Information.«

»Oh«, rief Bartoli aus, als ihm die Doppeldeutigkeit seiner Worte aufging. »Das ist nur eine Redensart dafür, dass die Bürokratie ihre Zeit braucht. Ihr Reittier wird bald zum Zielort gebracht. Sie werden es in Ajaccio wiederbekommen. Das hat nichts mit Ihrem Schimmel zu tun ... ach, wie drollig!«

»Schon gut«, grummelte Napoleon, der nicht in Stimmung für Scherze war.

»Wir haben noch eine gute Stunde bis zum Boarding. Wollen Sie, dass ich Ihnen Sudoku beibringe? Es ist lustig, Sie werden sehen.«

»Spielen? Lustig? Halten Sie mich für ein Kind, das unterhalten werden muss? Erzählen Sie mir lieber, wie es kommt, dass ich in Norwegen auftauche, obwohl alle Welt glaubt, dass meine Asche im Invalidendom liegt.«

Der Professor bat den Kaiser, Platz zu nehmen. Er selbst setzte sich auf den Plastiksessel neben ihm und räusperte sich ausgiebig, als habe er die Absicht, vor dem Kaminfeuer eine lange Geschichte zu erzählen.

Wir erfahren, wie Napoleon bis hierher gekommen ist

»Sie haben, könnte man sagen, einen weiten Weg zurückgelegt, Sire. Offiziell sind Sie am 5. Mai 1821 um 17 Uhr 49 in Longwood House gestorben. In Wirklichkeit sind Sie um diese Uhrzeit ins Koma gefallen. Koma oder Ableben, das war für die Ärzte jener Zeit kein großer Unterschied. Außerdem warteten sie voller Ungeduld darauf, Sie aufschneiden zu können, um Ihren Geheimnissen auf die Spur zu kommen. Manche behaupteten sogar, Sie seien vergiftet worden.«

»Vergiftet? Aber von wem denn?«, fragte Napoleon, der auf einmal eine leichte Zyankalinote aus seinem letzten Schluck Cola herauszuschmecken glaubte.

»Oh, es gibt jede Menge Bücher darüber, aber endgültig geklärt wurde es nie. Genau wie bei JFK, was aber nichts mit den

Hähnchen-Nuggets zu tun hat. Wie auch immer, wir konnten ein solches Gemetzel nicht dulden. Obwohl Sie selbst das Blutbad in gewisser Weise angeordnet hatten. Sie hatten doch tatsächlich gewünscht, dass Ihr Herz dem Körper entnommen und Ihrer zweiten Ehefrau Marie-Louise übersandt werden sollte, was – das muss ich anerkennen – von einer beispiellos romantischen Veranlagung zeugt.«

»Meine arme Marie-Louise ... Ich habe sie sowieso nicht geliebt. Ich habe sie nie geliebt. Da ich ihr als Lebender mein Herz nicht schenken konnte, wollte ich es ihr wenigstens posthum überlassen.«

»Sie hat eines bekommen, aber es war das Herz eines Ochsen ... Das Ihre schlägt weiterhin hier«, er deutete auf die Brust des Kaisers. »In Wahrheit hatten meine Vorfahren die Idee, Ihre kaiserlichen Überreste mit denen eines armen Kerls zu vertauschen, der an akutem Durchfall verstorben war, nachdem er die unsterblichen Worte ›Rasch, bringt mir einen Nachttopf‹ von sich gegeben hatte. Nur leider sind wir etwas zu spät gekommen. Der Kirchenmann hatte bereits Ihr Geschlecht zwischen seinen dicken Fingern ... die im Grunde normal groß waren, nur wirkten sie riesig im Vergleich zu Ihrem kleinen ...«

»Ich weiß, ich weiß«, sagte Napoleon leicht pikiert. »Joséphine und Marie-Louise und auch all die anderen Damen, die ich auf dem Schlachtfeld oder in den Bordellen während meiner Feldzüge beehrt habe, haben sich nie beklagt.«

Natürlich bewahrte er Stillschweigen über den Tag, an dem Madame Duchâtel beim Schäferstündchen in Gelächter ausgebrochen war.

»Das ist Ihre Privatangelegenheit. Kommen wir auf unsere Geschichte zurück. Stellen Sie sich die Szene vor: Der Priester nimmt Ihr Geschlecht in die Hand ...«

»Schwer vorstellbar.«

»... wir hauen ihm eins über den Schädel, und dann vertauschen wir die Körper. Ich sage ›wir‹, aber Sie verstehen sicher, dass ich von meinen Vorfahren spreche.«

»Das verstehe ich sehr wohl. Es wäre idiotisch anzunehmen, dass jemand, der vor zweihundert Jahren dabei war, heute davon erzählen könnte ...«

»Kurz, wir haben Sie auf Eis gelegt, im Ganzen, mitsamt Ihrem Pferd. Ein wenig wie in *Louis taut auf.* Ah, Sie haben den Film nicht gesehen ... natürlich. Und Sie kennen auch Louis de Funès nicht ...«

Der Kaiser schüttelte den Kopf.

»Sie lagen also auf Eis, zu Zwecken der Konservierung, und der BUH wollte Sie entführen und nach Korsika transportieren, um Sie dort zu bestatten, obwohl Sie in Ihrem Testament ausdrücklich gewünscht hatten, dass Ihre Asche an den Ufern der Seine verstreut werden möge. Aber wissen Sie, wir Korsen sind ein wenig wie die jüdischen Mütter, wir teilen unsere Kinder auch nicht gern. Die Engländer haben es abgelehnt, um die Heldenverehrung nicht zu befördern, und Sie deshalb auf der Insel behalten, das heißt, denjenigen, den sie für Sie gehalten haben, und der in Wirklichkeit der Typ mit dem Dünnschiss war. Sie können mir folgen? Währenddessen hat man Sie in Kisten gelagert und abgewartet, dass Gras drüber wuchs. Nicht über Sie. Die Situation. Dass Sie in Vergessenheit geraten.«

Napoleon verzog das Gesicht. Er wäre lieber in einen Tümpel voller Krokodile geraten als in Vergessenheit.

Während der echte Bonaparte gut gekühlt auf der Insel lag, erklärte der Professor weiter, war der falsche nach Paris zurückgekehrt, wenn auch nicht ohne Schwierigkeiten. Bartoli erläuterte die Finanzierungsprobleme in Zusammenhang mit der Repatriierung, die Geschichte vom Schiff, das aufgrund des Sturzes der Thiers-Regierung in Cherbourg aufgehalten wurde, sowie die Einrichtung eines neuen antibonapartistischen Ministeriums und den Bau des Grabmals im Invalidendom. Der Hoch- und Tiefbau hatte einen beispiellosen Boom erlebt.

»Und dann waren Sie an der Reihe, aber nicht in dieselbe Richtung, sondern mit Kurs auf Korsika. Nur leider hat auf der Höhe der Kanarischen Inseln eine englische Brigg das Schiff angegriffen, auf dem Sie sich befanden.«

»Schon wieder diese verdammten Engländer! Wann werden sie endlich aufhören, mich zu quälen!«

»Sie haben Ihr Schiff in ihr Land geschleppt, ohne nachzusehen, was sich im Schiffsraum befand. Aber die schlechten Wetterbedingungen haben den Engländern übel mitgespielt – und damit auch Ihnen. Sie haben vor Schottland Schiffbruch erlitten, und dann haben die beiden Kisten, das heißt Sie und Le Vizir, die Reise allein fortgesetzt. Jahrelang trieben Sie in den eisigen Gewässern nördlich von Norwegen. Den Rest kennen Sie ... Gepriesen sei der Iglo-Kutter! Ich konnte es kaum glauben. Ehrlich gesagt, hielten wir es nicht mehr für möglich.«

»Auf jeden Fall könnte man sagen, dass Gott immer noch über mich wacht«, schloss der Kaiser. »Da es dem BUH nicht gelungen ist ...«

»Aber der BUH hat Sie wiedergefunden!«

»Nun gut, es lebe der BUH.«

»Es lebe der BUH!«, rief der Professor und reckte eine Siegerfaust in die Höhe.

Da der Reisende, der sich gerade neben sie gesetzt hatte, ein Abgeordneter des Front National auf dem Weg nach Ajaccio, darin eine gegen sich persönlich gerichtete Provokation sowie ein schlechtes Omen für seine erste Reise nach Korsika sah, täuschte er den dringenden Wunsch nach einer Zigarette vor, sprang auf und verschwand mit gebeugtem Rückgrat und eingezogenem Schwanz.

Die Frauen und die Hose

Der Kaiser wandte den Kopf und bemerkte aus dem Augenwinkel eine drei Mann starke Patrouille in einem merkwürdigen grünen Aufzug. Komische kleine Gewehre hingen ihnen um den Hals.

»Wer ist das?«, fragte Napoleon.

»Vigipiraten.«

Der kleine Korse erstarrte. »Piraten?«

»Im Gegenteil. Es handelt sich um die französische Armee. Sie sind zu unserem Schutz abgestellt«, erklärte der Professor, peinlich berührt.

»Soldaten!«, rief der Exchef der französischen Armee, und seine Augen leuchteten wie tausend Medaillen. Er wollte aufstehen und auf sie zugehen, aber Professor Bartoli packte ihn am Arm. Es war schon das zweite Mal seit seiner Rückkehr ins Leben, dass jemand sich erdreistete, ihn mit einer solchen Unverfrorenheit anzufassen.

»Guillotine!«

»Wie bitte?«

»Tun Sie das nie wieder!«, herrschte der Kleine den Großen an, während er sich dessen Griff entwand. »Ich weiß, dass man heutzutage keine Köpfe mehr abschlägt, aber ich kenne andere Mittel, Sie ruhig zu stellen.«

»Entschuldigen Sie, Sire, ich weiß, dass Sie vor Verlangen brennen, diese Soldaten kennenzulernen, aber ich möchte Sie daran erinnern, dass Ihre Identität geheim bleiben muss. Sie wissen sicher nicht, wer Sacha Guitry ist, aber er hat etwas Nützliches gesagt: ›Um glücklich zu leben, müssen wir im Verborgenen leben.‹«

Und nun erklärte Bartoli, wie der alte Fischer vor ihm, dass die Welt nicht über seine Rückkehr informiert werden dürfe. Es wäre ein zu großer Schock. Keiner könne wissen, wie man auf diese Nachricht reagieren würde. Wer weiß, vielleicht würde er zum Versuchskaninchen für skrupellose Wissenschaftler. Bartoli kannte sie gut, er war schließlich selbst einer und wusste, was sie mit lebenden Fröschen anstellten. Er frischte das Gedächtnis des Kaisers auf, indem er ihn an seine Rückkehr von Elba im Februar 1815 erinnerte. Diese – bei den Franzosen sehr umstrittene – Rückkehr hatte Napoleon in den Untergang getrieben. Erst die Herrschaft der Hundert Tage, dann Waterloo.

»Und in unserer Zeit können Sie nicht herumspazieren und lauthals verkünden, Sie seien Napoleon Bonaparte. Man würde Sie in eine psychiatrische Anstalt sperren.«

Der Kaiser betrachtete das als einen sehr merkwürdigen Brauch. Andererseits konnte er es nur gutheißen, dass man Leute einsperrte, die vorgaben, er zu sein. Eine derartige Anmaßung konnte man in seinem Reich nicht dulden. Es hatte immer nur einen Napoleon Bonaparte gegeben und würde immer nur einen geben. Ihn.

Er deutete mit dem Finger auf die Person in der Mitte des Trios. Es war eine junge Frau mit dunkler Haut und sehr ansprechenden Kurven, die die Uniform ordentlich strapazierten und jeden Moment zu sprengen drohten. Ihn erstaunte nicht so sehr die Anwesenheit einer Nachfahrin von Sklaven in der Hauptstadt, denn er hatte 1815 die Abschaffung des Sklavenhandels verfügt, um die Gunst der Briten zu gewinnen, nein, was ihn weit mehr erstaunte, war die Tatsache, dass sie als Soldat verkleidet war. Und dass sie eine Hose trug.

»Seit wann kämpfen Frauen?«, fragte er seinen Landsmann.

»Und seit wann tragen sie Hosen? Das letzte Mal habe ich so etwas während der Revolution gesehen.«

Er deutete auf die vielen jungen und weniger jungen Frauen um ihn herum, die Hosen trugen. Neuerdings, erklärte der Professor, arbeiteten Frauen genauso wie die Männer, sie trugen Hosen, rauchten und waren sexuell emanzipiert.

»Wie kann man sie dann von Männern unterscheiden?«, fragte Napoleon, der ein praktisch denkender Mensch war.

»Man versucht sie ja gerade nicht mehr zu unterscheiden.«

»Mein Gott!«

»Es gibt sogar Frauen, die Männerhüte aufsetzen. Geneviève de Fontenay zum Beispiel.«

»Und ich habe Cambarérès für ein verkommenes Subjekt gehalten, dabei war er in Wirklichkeit ein Visionär ...«

»Es heißt Gleichberechtigung der Geschlechter«, fuhr der Professor fort. »Manche Frauen sind sogar Regierungschef. In Deutschland zum Beispiel herrscht eine Frau.«

»Der Rheinbund ... von einer Frau beherrscht?«

Den Kaiser überkam ein plötzliches Verlangen, das Nachbarland zurückzuerobern.

»Wo wir schon dabei sind – was ist eigentlich aus meinen vielen deutschen Staaten geworden?«

»Deutsche«, antwortete Professor Bartoli. »Alle in einem einzigen Land.«

»Ah.«

Er hatte das unangenehme Gefühl, dass dies nicht das einzige verlorene Territorium war. Man konnte keine dreißig Sekunden weg sein. Da er seine Nerven schonen wollte, wechselte er das Thema.

»Wo ich auch hinblicke, überall sehe ich Menschen verschiedenster Rassen und Herkunft – Schwarzafrikaner, Nordafrikaner, Asiaten, und sogar hin und wieder ein paar Franzosen.«

»Sie sind alle Franzosen, Sire. Nur ihre Hautfarbe unterscheidet sich«

»Oh. Sie haben demnach ein Mittel gefunden, sie zu integrieren, in Harmonie zusammenzuleben, gemeinsam, alle miteinander, trotz aller Schwierigkeiten ... Bravo!«

»Ganz so begeistert müssen Sie nicht sein. Was Sie da sehen, ist rosarote Tünche. Unter der Oberfläche ist der Mensch dem Menschen immer noch ein Wolf. Es gibt immer noch Ungerechtigkeit, Rassismus, Intoleranz. Die Völker führen immer noch wegen der Hautfarbe oder der Religion Krieg ...«

Dem letzten Wort verlieh der große Korse besonderen Nachdruck.

»Das erklärt die Soldaten inmitten der Zivilisten«, folgerte Napoleon mit gerunzelten Brauen. »Soll ich das so verstehen, Professor Bartoli, dass wir uns im Krieg befinden?«

Die Zeichnungen der Zwietracht

»Ein Attentat!«

Napoleon schwenkte ungläubig eine Zeitung.

Auf der Titelseite stand in Großbuchstaben: DER SCHOCK! ANSCHLAG AUF DIE ZEITSCHRIFT HEBDO CHARLOT, 14 ZEICHNER ERMORDET. Darunter zeigte eine unscharfe Fotografie zwei Männer, von Kopf bis Fuß in Schwarz gekleidet, die neben einem schräg auf der Straße stehenden Clio Sturmgewehre in die Höhe hielten.

Der Professor biss sich auf die Oberlippe und nickte.

Napoleons Körper vibrierte wie der einer Honigbiene, die im Bienenstock die Vollversammlung auf eine unmittelbar drohende Gefahr aufmerksam machen will. Er war derjenige französische Herrscher, der die größte Anzahl von Attentaten überlebt hatte. In Frankreich, in Ägypten, als Zielscheibe der Jakobiner und selbst der Royalisten, die seiner Herrschaft und seinem Leben ein Ende setzen wollten, war der Kaiser viele Male dem Tod entgangen. Doch im Grunde war er selbst sein größter Feind gewesen. Mit fünfundzwanzig wollte er sich unter einen Wagen werfen, und bei seiner ersten Abdankung hatte er Gift geschluckt. Als tapferer Soldat war er weder auf dem Schlachtfeld noch bei einem Attentat noch durch einen Suizid verschieden. Nein, der Tod hatte ihn nicht gewollt. Das Leben schien andere Pläne mit ihm zu haben, wie seine überraschende Rückkehr bewies.

»Weiß man, wer den Anschlag verübt hat?«

»Islamisten.«

»Dann stecken also die Freimaurer ausnahmsweise einmal nicht hinter einer weltweiten Verschwörung.«

»Ich wollte es Ihnen gegenüber nicht erwähnen, um Sie nicht zu beunruhigen, aber Sie hätten von den Ereignissen früher oder später auf Korsika sowieso erfahren. Was diese Männer da getan haben, ist eine namenlose Barbarei. Die Gewalt kennt keine Grenzen mehr. Es ist unerträglich. Nicht einmal die FLNC hat etwas Derartiges verübt.«

»Die FLNC?«

»Die Front de libération nationale corse – die Nationale Befreiungsfront Korsikas.«

»Befreiung? Ist Korsika besetzt?«

»Nein, nur einige Insulaner beharren immer noch auf ihrer Unabhängigkeit gegenüber Frankreich. Und das einzige Mittel, das sie gefunden haben, ist, an allen möglichen Orten Bomben hochgehen zu lassen.«

»Dann befinden wir uns also auch gegen die Korsen im Krieg!«

»Einen Krieg kann man das nicht nennen.«

»Aber wenn sie doch Bomben hochgehen lassen«, widersprach Napoleon.

»Ja, aber verglichen mit den Islamisten sind sie Chorknaben.«

»Und wie reagieren wir auf diese Angriffe?«

»Mit Zeichnungen.«

»Pardon?«

»Wir reagieren auf die Waffen der Terroristen, indem wir Bleistifte schwingen.«

»Das verstehe ich nicht. Bleistifte? Gut gespitzt, nehme ich an, und wie Bajonette auf Gewehrläufe gesteckt.«

»Nein, nein, die Bleistifte sind ein Symbol. Weil es so feige ist, Karikaturisten mit Sturmgewehren umzubringen. Man muss sich nicht monatelang in Afghanistan ausbilden lassen, um einen Zeichner töten zu können.«

Karikaturisten. Dieses Wort erinnerte den Kaiser der Franzosen an eine schmerzliche Phase seines Lebens. Eine Phase der Erniedrigung und des Spotts. Er musste an die Zeichnungen des Briten Gillray und seiner Kollegen denken, die ihn, den Kaiser, zum Thema gehabt hatten. Er erinnerte sich an Leute, die er wegen eines einzigen Wortes oder einer einzigen Zeichnung ins Gefängnis gesteckt hatte. Karika-Terroristen ... Upps, dachte Napoleon, als ich an der Macht war, habe ich Karikaturisten guillotinieren lassen. Es schien nicht angebracht, an dieser Praxis festzuhalten. Die öffentliche Meinung vertrat offenbar mittlerweile eine ganz andere Sicht der Dinge.

»Manchmal hält man Karikaturisten für harmlos, aber keine Waffe ist gefährlicher als die ihre«, sagte er schließlich.

»Unsere Vorfahren haben für die Meinungsfreiheit gekämpft ...«

»Ich weiß«, unterbrach der Kaiser, »das hat man mir berichtet. Die Rechte der Männer, der Frauen, der Tiere, der Schwarzen und der Homosexuellen, geht es darum? Und die Brüste einer gewissen Sabrina.«

Der Professor starrte ihn an, als wäre er ein Kind, das schmutzige Wörter nachplappert, die es in der Schule aufgeschnappt hat.

»Nun ja, unsere Vorfahren haben für die Meinungsfreiheit gekämpft ... und diese Terroristen kommen einfach so daher und machen sie lächerlich.«

»*Diese wilden Soldaten, sie kommen bis in Eure Arme, um Euren Söhnen, Euren Gefährtinnen die Kehlen durchzuschneiden ...*«, deklamierte Napoleon. »Was wollen diese Leute denn?«

»Sie haben keinen Sinn für Humor. Sie haben keinen Sinn für die Freiheit, in welcher Form auch immer. Und da sie nicht intelligent oder kultiviert genug sind, um mit Argumenten zu streiten, kämpfen sie eben mit Waffen und ermorden Zivilisten. Sie zerstören Zeitungen mit Hilfe von Bomben. Das ist so viel leichter, als sich in Talkshows auf eine Diskussion einzulassen.«

»Als ich Herrscher war, habe ich Zeitungen verboten. Viele Zeitungen.«

»Das ist wahr, Sie haben die Presse gewaltig zensiert.«

»Hätte ich das nicht getan, wäre ich keine zwei Monate an der Macht geblieben. Für mich war es eine Frage des Überlebens.«

»Aber diese Leute verbrennen Bücher. Wie die Nazis oder wie in dem Film von Truffaut. Ah, richtig, Sie kennen die Nazis nicht, und Truffaut ebenso wenig. Manchmal kommt es mir vor, als würde ich mit einem Teenager reden oder mit einem Kandidaten von *Big Brother*, der zu lange im Container geblieben ist. Also, der Islamische Staat verbrennt alle Bücher, die aus seiner Sicht die westliche Kultur repräsentieren. Den letzten *Harry Potter* zum Beispiel.«

»Harry Potter?«

»Ja, zugegeben, der letzte ist, ehrlich gesagt, nicht so toll, aber ihn deshalb gleich verbrennen ... Stellen Sie sich vor, die wollen alle Bücher zerstören, damit nur noch eines übrig bleibt – der Koran. Sie wollen eine Gesellschaft, in der man nur noch ein einziges Buch liest. Das ist schrecklich. Ganz gleich, welches das betreffende Buch wäre, der Koran oder die Bibel oder meinetwegen der OTTO-Katalog – eine solche Kultur wäre dem Untergang geweiht, vollkommen aufklärungsfeindlich, es herrschte eine Diktatur der Ignoranz.«

Napoleon erinnerte sich, dass der Norweger und er im Flughafen-Terminal auf dem Weg von dem Gate, an dem sie angekommen waren, zu dem, an dem sie sich nun befanden, an mehreren Buchhandlungen vorbeigekommen waren, die auch nur ein einziges Buch in ihrer Auslage präsentierten. Konnte es sein, dass man auch hier nur ein Buch las?

»Die Bibel?«, fragte Professor Bartoli interessiert, als der Kaiser ihm seine Beobachtung mitteilte.

»Nein, es heißt 50 *Shades of Grey*. Um auf unsere Terroristen zurückzukommen, in wessen Namen kämpfen sie?«

»Im Namen ihres Gottes, Allah, und seines Propheten. Sie predigen eine religiöse Diktatur.«

»Welcher Gott kann seine Anhänger beauftragen, Unschuldige umzubringen oder Zeichner?«

»Es ist nicht ihr Gott, der ihnen das Töten befiehlt. Sie töten in seinem Namen, das ist etwas ganz anderes. Dostojewski hat gesagt: ›Wenn es keinen Gott gibt, dann ist alles erlaubt.‹ Bei ihnen ist es genau umgekehrt: Wenn es Gott gibt, ist nichts erlaubt.«

»Diese Leute sind verrückt!«

»Das hört man ständig. Aber ich halte diese Sicht für etwas zu vereinfacht. Ich glaube nicht, dass sie verrückt sind, nein. Sie gehen bei ihrem Projekt der Rückeroberung, Zerstörung und Schlächterei sehr planmäßig vor. Sie wissen, was sie tun und warum sie es tun.«

»Dann sind sie also Unmenschen?«

»Oh, im Gegenteil, sie sind allzu menschlich! Nur ein Mensch kann grundlos töten. Die Tiere töten, um sich Nahrung zu beschaffen. Man sagt, Hitler sei ein Unmensch gewesen. Das stimmt so nicht. Hitler war sehr menschlich, denn was er getan hat, hätte kein anderes Wesen – Tier, Pflanze oder Mineral – tun können. Töten aus Dummheit, foltern aus Sadismus, morden, um Schmerzen zuzufügen, das ist dem Menschen vorbehalten.«

»Wenn ich Sie recht verstehe, sind diese Leute weder wütend noch unmenschlich, und jetzt werden Sie mir gleich noch erzählen, dass sie im Recht sind!«

»Das würde ich nie sagen, ich versuche nur, nicht nur die

landläufige Meinung nachzuplappern, die besagt, dass diese Typen nicht wissen, was sie tun und nicht alle Tassen im Schrank haben. Wir müssen auf der Hut sein. Halten wir sie besser nicht für debil, wir könnten sonst noch eine Überraschung erleben. Ich rechtfertige ihre Handlungen nicht, auf gar keinen Fall, aber ich versuche, ihre Motive zu verstehen. Sie lehnen unsere Kultur und Zivilisation in Bausch und Bogen ab. Wie wir. Wir lehnen ihre ab.«

Napoleon warf einen mitleidigen Blick auf sein Volk, das im Terminal hin und her eilte, und entdeckte dabei einen jungen Mann in einem merkwürdigen, kragen- und ärmellosen Hemd, auf dem in Großbuchstaben ICH BIN CHARLOT stand.

»Ist das eine Strafe? Zu meiner Zeit verurteilten wir Räuber und Diebe dazu, Schilder zu tragen, auf denen ihre Verbrechen benannt wurden. Eine Art öffentlicher Demütigung.«

»Oh, nein«, wehrte Bartoli ab, »das hängt mit dem Anschlag zusammen. Die Zeitschrift heißt *L'Hebdo des Charlots*. Als Zeichen ihrer Solidarität fühlt sich die ganze Welt ein wenig wie Charlot und zeigt das offen.«

»Die ganze Welt?«

»Die ganze Welt hat ihre Unterstützung kundgetan. Überall haben Millionen Menschen auf den Straßen demonstriert. In allen Ländern. Sogar in einigen islamischen Ländern.«

Napoleon hatte Demonstrationen nie gemocht, sie störten die öffentliche Ordnung. Doch in der Gegenwart, dachte er, hatte er keine andere Wahl, als die neuen Sitten zu akzeptieren. Heutzutage bekundeten die Bürger ihre Unzufriedenheit, indem sie etwas organisierten, das sie Demonstration nannten, eine Art friedlicher Revolution, die nur ein paar Stunden dauerte und nie irgendeine Veränderung bewirkte.

Professor Bartoli klärte ihn über alle wichtigen Entwicklungen auf. Al-Qaida, der Islamische Staat, die Dschihadisten, die Anschläge in Frankreich seit 1995, der Anschlag auf die Twin

Towers in New York am 11. September 2001, der Anschlag auf den Bahnhof von Madrid am 11. März 2004, der in London am 7. Juli 2005, Osama Bin Laden. Und Napoleon, der sehr intelligent war, nahm all diese Informationen mit bewundernswerter Gelassenheit auf. Und dann machte sich eine ungeheure Trauer in ihm breit.

Jede Zivilisation hatte einen Anfang und ein Ende, und es schien, als habe der Niedergang der bestehenden eingesetzt. Das Dummheitsgen hatte sich beim Menschen mit Abstand am hartnäckigsten und beständigsten vererbt. Darwin hatte es außer Acht gelassen, und damit war seine gesamte Theorie im Eimer. Nicht die intelligentesten Wesen überlebten, sondern die dämlichsten. Der Dschihadismus war der Beweis dafür. Die Idiokratie hatte gewonnen. Es war nicht mehr nötig, sich zu fragen, wie und warum die Dinosaurier vom Angesicht der Erde verschwunden waren. Ein Tyrannosaurus Rex hatte sich eines Tages einen Bart wachsen lassen, hatte seine gefräßigen Kumpel davon überzeugt, dass der Gott der Dinosaurier, wenn sie alle anderen auffraßen, jedem von ihnen zweiundsiebzig jungfräuliche Tyrannosauretten im Paradies bereithielt, und alles war geritzt. Sie hatten die Welt von ihrer Spezies schneller befreit, als Dustin Hoffman in *Rainman* die Zahnstocher am Boden zählen kann. Bravo!

Als der Professor seinen Bericht beendet hatte, warf er einen Blick auf die Uhr an seinem Handgelenk. Noch fünf Minuten bis zum Boarding.

»Entschuldigen Sie, ich muss zur Toilette. Sie haben nicht das Bedürfnis ...?«

Der traurige Blick des Kaisers erinnerte Bartoli daran, dass der Penis des kleinen Korsen sich über zehntausend Kilometer entfernt in einer Keksdose befand, unter einem Bett, als Teil der bizarren und äußerst heterogenen Kuriositätensammlung eines pensionierten Arztes irgendwo in New Jersey.

»Entschuldigung ... das hatte ich vergessen«, sagte er teilnahmsvoll. »Gut, es dauert nur eine Minute. Rühren Sie sich auf keinen Fall von der Stelle. Und sprechen Sie mit niemandem.« Der große Korse verschwand in der öffentlichen Toilette, und Napoleon versenkte sich in die Betrachtung der Bildchen auf den Türen. Ein Mann in Hosen für die Männer, eine Person im Kleid für die Frauen. Der Kaiser lächelte. Die Französinnen von heute trugen zwar Hosen, doch auf der Tür der Latrinen hatten sie doch wieder Kleider und Korsett an.

Er dachte wieder an die Worte seines Landsmannes. Die Anschläge, der IS, die Religionskriege gegen sein Volk. Napoleon konnte Frankreich nicht in dieser Situation belassen. Er hatte sein Land nie im Stich gelassen. Und er würde jetzt nicht damit anfangen. Die kaiserliche Biene würde ihren Bienenstock nicht allein lassen. Der Frieden ist der beste Weg zum Überleben der Spezies, dachte er. Und das Schicksal hatte zweifellos einen guten Grund, ihm ein zweites Mal das Leben zu schenken. Es gab immer einen Grund. Er hatte immer an Zeichen geglaubt. Schon in früheren Zeiten hatte er einen ausgeprägten Sinn für das Übernatürliche besessen, auch noch, als das ganze von der Aufklärung erleuchtete Land sich dem Atheismus verschrieben hatte.

Sein fehlender Penis hinderte ihn nicht am Urinieren, aber er hielt sich lieber zurück und nutzte die günstige Gelegenheit, um sich still und heimlich davonzumachen. Er wollte der Einladung des Schicksals folgen. Sich im Leben ein Ziel zu suchen, war der erste Schritt auf dem Weg ins Glück. Und in den Krieg gegen die Dschihadisten zu ziehen und Frankreich zu retten, erschien ihm wie ein gutes Ziel. Er erinnerte sich an die Devise, die ihn während seines ganzen früheren Lebens begleitet und immer dazu geführt hatte, die richtigen Entscheidungen zu treffen: *Am Ende deines Lebens wirst du die Dinge, die du nicht getan hast, mehr bedauern als deine Taten.*

Sein wohlverdienter Ruhestand im Bergland von Korsika musste warten. Ruhestand. Dieses Wort hatte er sowieso noch nie leiden können.

Napoleon versteht nicht

Während der ersten Minuten seiner Eskapade trudelte Napoleon orientierungslos durch den Terminal, wie eine Biene, der man die Fühler abgeschnitten hat, noch ganz benommen von den Worten Professor Bartolis, die unablässig in seinem Kopf umherschwirrten.

Um verstehen zu können, was der Islamische Staat ist, hörte er den Professor sagen, müsse man verstehen, was die Worte »Salafist« und »Dschihadist« bedeuten. Um das Wort »Salafist« zu verstehen, müsse man den Begriff »Islam« kennen. Und um »Dschihadist« zu verstehen, reiche es, das Wort »Gewalt« zu verstehen, und dieses Wort müsse man nicht im Wörterbuch suchen, das sei nicht der Mühe wert, denn jeder kenne es. Sogar Sie, hatte er gesagt. Der Islamische Staat war demnach eine bewaffnete salafistische Organisation, die die Rückkehr zu einem Islam forderte, der sich auf eine über tausend Jahre alte Interpretation des Koran berief, und gleichzeitig eine dschihadistische Organisation, die die islamistischen Ziele mit Mitteln der Gewalt durchsetzte. Sie war auch unter dem transkribierten arabischen Akronym Daesh für *ad-daula al-islamiya fi l-iraq wasch-scham* bekannt. Das klang ein bisschen kompliziert, was ganz normal war, denn es war Arabisch. Und außerdem verlangte niemand, dass man es im Kopf behielt. Es bedeutete Islamischer Staat im Irak und in Al-Scham, einer Region, die die derzeitigen Staaten Syrien, Jordanien, Palästina und Libanon umfasste. Der Daesh wollte diese Länder beherrschen (bevor er die Weltherrschaft antrat) und dort eine strenge und harte Version der Scharia einführen, ein weiteres Wort, zu dessen Verständnis mehrere andere Wörter notwendig waren, es hörte einfach nicht auf, aber man konnte es als eine Gruppe von Regeln zusammenfassen, die sowohl das öffentliche als auch das private Leben der Muslime bestimmten, ein Haufen sozialer und kultureller Normen, deren Verhöhnung eine *Fatwa* nach sich ziehen konnte, ein Rechtsurteil.

Kurz gesagt, um Daesh zu verstehen, muss man ein ganzes Bündel anderer Wörter verstehen, in aller Regel arabische, was gar nicht so schlecht ist, denn unsere Eltern haben uns immer eingetrichtert, dass es gut ist, Fremdsprachen zu lernen, und das trifft noch mehr zu, wenn sie im eigenen Land gesprochen werden. Das Problem ist nur, dass es, selbst wenn man alle Wörter kennt, selbst wenn man sie im Wörterbuch nachgeschlagen und ihre Bedeutung, ihren Sinn und ihre Verwendung verstanden hat, immer noch unmöglich ist, Daesh zu verstehen.

Es ist unmöglich, Daesh zu verstehen, weil Daesh Kinder umbringt, einzig und allein, weil sie sich ein Fußballspiel angeschaut haben, und weil Daesh nun mal Kinder kreuzigt oder lebendig begräbt.

Es ist unmöglich, Daesh zu verstehen, weil Daesh Frauen, die zu gebildet sind und darum rasch zur Bedrohung werden, weil sie sich gegen die Tyrannei der Ignoranz wenden, kurzerhand exekutiert.

Es ist unmöglich, Daesh zu verstehen, weil Daesh Bücher verbrennt und Museen plündert, weil Daesh die Kultur und Geschichte zerstört, weil Daesh nur seine eigene Kultur und seine eigene Geschichte liebt.

Es ist unmöglich, Daesh zu verstehen, weil Daesh junge Mädchen beschneidet, das heißt, ihnen die Klitoris abschneidet, die kleinen und großen Schamlippen, mit dem einzigen Ziel, die sexuelle Lust der Männer durch die Verengung der Vagina zu erhöhen und den weiblichen Orgasmus zu verhindern, der als gesundheitsschädlich gilt. Diese Verstümmelung ist nicht nur grausam, respektlos und unwürdig, sie ist auch schmerzhaft, unsinnig und unumkehrbar. Ein wenig so, als würde man den Neugeborenen die kleinen Finger abschneiden, damit sie nie in den Genuss kämen, sich damit im Ohr kratzen zu können.

Es ist unmöglich, Daesh zu verstehen, weil Daesh alle auspeitscht, die es wagen, eine Zigarette zu rauchen (man weiß ja, dass Rauchen der Gesundheit schadet) und denjenigen den Kopf abschlägt, die Alkohol trinken (richtig, durch Alkohol verliert man leicht den Kopf).

Es ist unmöglich, Daesh zu verstehen, weil Daesh Christen in Käfige sperrt und diese dann in Brand setzt, weil Daesh nur seine eigene Religion liebt.

Soweit sich Napoleon erinnerte, waren die Kosaken die wildesten und perversesten Gegner gewesen, gegen die er je hatte ins Feld ziehen müssen, und doch schienen sie neben einer solchen Grausamkeit wie harmlose Lämmchen. Auch er selbst hatte Menschen getötet, mehr, als ihm lieb gewesen war. Der Krieg war ein ausgehungertes Ungeheuer, dass sich von vielen Seelen nährte, aber nie und nimmer hatte er absichtlich mehr Leid verursacht als nötig, nie mehr als das, was durch eine tödliche Wunde auf dem Schlachtfeld notgedrungen entstand. Es hatte ihm nie Freude bereitet, ein Leben auszulöschen. Darin unterschied sich der Mensch, der tötete, um Krieg zu führen, von einem Menschen, der Krieg führte, um zu töten. Das war der Unterschied zwischen einem Menschen und einem Monster.

Napoleon war, wie gesagt, sehr intelligent, aber er war soeben auf etwas gestoßen, das er nie verstehen würde. Den Daesh. Und das, obwohl er sich die allergrößte Mühe gab. Und zum ersten Mal, seitdem sie in dieser neuen Welt aufgewacht war, ließ die kaiserliche Biene die Flügel hängen.

Napoleon im Duty-free-Shop

Napoleon begegneten auf seinem Weg seltsame Objekte. Ein Apparat, der Getränke ausspie, aber keine Cola light, der Staubsauger einer Putzfrau, die Anzeigetafeln der Flüge. Da er sehr intelligent war, geriet er angesichts dieser technologischen Wunderwerke nicht in Verzückung, aber er musste dennoch die immensen Fortschritte bewundern, die seine Nachkommen erzielt hatten. Offensichtlich hatte sich die Lebensqualität deutlich verbessert. Man sah keine Armen, keine Krüppel, keine zerlumpten Bettler mehr. Die Leute waren viel sauberer, sie spuckten nicht mehr auf den Boden, sie verrichteten ihre Notdurft an eigens dazu eingerichteten und gekennzeichneten Orten, an denen man hätte vom Boden essen können, sie hatten schöne, weiße Zähne, rochen gut, wirkten gesund und waren gut gekleidet (auch wenn ihr Aufzug manchmal etwas befremdlich wirkte). Kurz gesagt, es war eine perfekte Welt. Und der Kaiser hätte sich fast im Paradies geglaubt, wenn er nicht gewusst hätte, dass er noch am Leben war.

Auf einmal war er eingekeilt in einem Trupp russischer Touristen, die gerade aus Moskau gelandet waren. Wie ein Lachs versuchte er, gegen den Strom zu schwimmen. Doch die Russen schoben sich in diesen Breiten stets in ganzen Schwärmen vorwärts, und es war ihm unmöglich, eine Richtung einzuhalten, sodass er resigniert den Fischen folgte. Verdammte Russen, hatten sie ihn doch tatsächlich in die Enge getrieben, über zweihundert Jahre nach der Schlacht an der Beresina, in einem Flughafen am Stadtrand von Paris.

Natürlich konnte die kleine russische Episode nur an einem Ort enden: der Spirituosenabteilung der Verkaufsfläche, die man hier Duty-free-Shop nannte (und schon wieder ein englisches Wort!). Neugierig flanierte der Franzose zwischen den Regalen auf und ab. Welch eine Farbenpracht! Die Verkaufsstände waren gut ausgestattet und beleuchtet. Lange Warteschlangen an den Kassen zeugten von einem allgemeinen Wohlstand und einer Kaufkraft, die die früherer Zeiten weit überstieg. Die Menschen konsumierten. Das war ein gutes Zeichen. Die Wirtschaft des Landes war offensichtlich gesund. Obwohl der norwegische See-mann behauptet hatte, Frankreich stecke in einer Krise. Von wegen! 1810, ja, da hatte Frankreich in der Krise gesteckt! Heu-te floss allem Anschein nach das Gold in Strömen, auch wenn man nirgendwo Münzen sah. Die Metallstücke schienen von rechteckigen Karten ersetzt worden zu sein, die man nur in den Schlitz kleiner Kästen einführen musste.

Inmitten der optischen Reizüberflutung zog ein Plakat seine Aufmerksamkeit auf sich, das eine junge blonde Schönheit mit dem Namen Barbara Gould zeigte, die sich eine Creme auf die Wangen strich. Ewige Jugend, versprach der Slogan – *ich bin Barbara Gould*. Napoleon, der dies als Wink des Schicksals verstand, trat an die Auslage und griff nach einem Töpfchen Anti-Aging-Creme. Zuerst besah er sich die Verpackung. Da er befürchtete, dass sich bei ihm der Alterungsprozess infolge der Enteisung beschleunigen könnte, glaubte er hier ein Gegenmittel gefun-den zu haben, das den Prozess aufhalten oder zumindest ver-zögern würde. Er beschloss, dass auch er Barbara Gould sein würde, und ließ die Creme in seine Jackentasche gleiten. Dann ging er zu einem anderen Regal und nahm sich ein Sechserpack Cola light. Sein schwarzer Champagner. Doch, dieses Getränk war durchaus vergleichbar mit Champagner, nur konnte er da-von beliebige Mengen trinken, ohne dass sich ihm alles im Kopf drehte. Ohne dass er die Kontrolle verlor. Eine entscheidende Qualität in Kriegszeiten.

Auf dem Nachbarregal entdeckte er einen Rucksack mit dem Schriftzug *I love Paris* und steckte die Dosen und die Tages-creme hinein, ein wenig enttäuscht, weil der Rucksack nicht größer war und nicht mehr von dem schwarzen Champagner hineinpasste. Zur Stärkung riss er eine Dose auf und trank sie aus. Jedes Mal, wenn er sich den amerikanischen Zaubertrank einverleibte, kam ihm dies wie ein kleiner Verrat an Frankreich vor. Aber er konnte nicht anders. Dann war es eben ein kleiner Verrat. Ein Mini-Verrat. Und schließlich hatte der norwegische Kapitän ihm versichert, dass Coca-Cola Tausende von französischen Familien in Lohn und Brot brachte. Beruhigt von diesem Gedanken, schwang die kaiserliche Biene, die immer das Beste ihres Stocks gewollt hatte, den Rucksack auf die Schulter. Das war nicht schlecht als ein erster Kriegsproviant.

Da er kein rechteckiges Kärtchen besaß, mit dem er das alles hätte bezahlen können, schlenderte er möglichst unauffällig auf den Ausgang des Shops zu. Er war immerhin der Kaiser. Er hatte nie Geld gebraucht. Zu seiner Zeit hatte er sogar sein eigenes Geld eingeführt, mit seinem Namen und Abbild darauf. Damals hatte das Fernsehen noch nicht existiert, das Volk kannte das Gesicht seines Herrschers nur durch das, was von ihm auf dem *Franc germinal* zu sehen war.

Als er zwischen zwei Sicherheitsschranken hindurchging, schrillte neben ihm ein Alarm, den er für das Gekreisch eines Vogelschwarms hielt. Er erschrak. Aber da gleichzeitig mit ihm eine junge Frau den Shop verließ, die in jedem Punkt dem Roma-Klischee entsprach – geblümter Rock, weiße Söckchen, Sandalen, dunkelbrauner Zopf bis zum Po –, hielten es die Muskelmänner von der Security für angebracht, sich die Unschuldige zu schnappen und stürzten auf sie zu. Und so kam der wahre Dieb ungeschoren davon und steuerte unbehelligt die nächstgelegene Toilette an.

Das Pudel-Syndrom

Als Professor Bartoli die Toilette verließ, überfiel ihn ein höchst unangenehmes Gefühl: Einsamkeit. Das Syndrom der alten Dame, die aus dem Supermarkt kommt und feststellt, dass der Zwergpudel, den sie an einen Baum gebunden hat, verschwunden ist.

»Scheiße!«, entfuhr es ihm in seiner Muttersprache, und ihn ergriff eine panische Angst.

Entsetzt blickte er sich nach allen Richtungen um. Sein Herz klopfte immer schneller, und in seinen Schläfen hämmerte das Blut, so wie es das tut, wenn man gerade sein Kind zwischen den Supermarktregalen aus den Augen verloren hat und nicht weiß, ob es womöglich entführt wurde und man es nie wiedersehen wird. Er stellte sich vor, wie ihn in ein paar Minuten eine todernste, boshafte Stimme, durch ein Gerät oder ein simples Taschentuch verzerrt, anrufen und Hunderttausende Euros verlangen würde, wenn er den Kaiser widersehen wollte. Ging ihm die Phantasie durch, weil er zu viele amerikanische Krimis gesehen hatte, oder einfach, weil er Korse war?

»Sire«, murmelte der Professor. »Mein Gott, Sire, wo sind Sie? Sagen Sie mir, dass das nicht wahr ist!«

Er lief auf eine Putzfrau zu, die einen riesigen Staubsauger hinter sich herzog. Doch gerade, als er das Wort an sie richten wollte, wurde ihm bewusst, dass er die Leute hier nicht einfach ansprechen und fragen konnte, ob sie Napoleon Bonaparte gesehen hätten.

Der Bär von Mossul

Einige Tausend Kilometer entfernt, irgendwo in Syrien zwischen Al-Raqqa und Al-Thawra, lebte ein Bär. Um Abstand von den Menschen zu wahren, die er gar nicht, aber auch so gar nicht mochte, hatte er sein Quartier in einem alten, ausgedienten Fußballstadion aufgeschlagen, kilometerweit von jeder bewohnten Behausung entfernt. Er war in Mossul, seiner Heimatstadt, aufgebrochen und dann auf Syrien zumarschiert, und er hatte das Land, das er durchquerte, erobert wie ein zweiter Attila. Da, wo ich hintrete, wächst kein Gras mehr, sagte er, bis einer seiner Gefolgsmänner ihn darauf aufmerksam machte, dass in den Wüstengegenden, die sie passiert hatten, sowieso nicht der winzigste Grashalm wuchs. »Na siehst du, es funktioniert schon!,« hatte der Bär geantwortet. Denn er glaubte, dass sogar die Natur ihn fürchtete.

Als der Bär den Ort entdeckt hatte, der zu seiner neuen Zuflucht werden sollte, war dieser noch nicht menschenleer. Man konnte dort noch Kinderlachen hören und Jubelschreie bei jedem Tor, das fiel, und auch Pfiffe, mit denen die gegnerische Mannschaft bedacht wurde, von der man hoffte, der böse Blick möge sie treffen. Es war noch ein Ort der Begegnung, des Spiels und der Freude.

Ein Ort der Unzucht, meinst du wohl!, hatte der Bär gedacht. Und er hatte dieser Dekadenz ein Ende bereitet. Nicht mit Bleistiften, nein, mit Kalaschnikows. Er war ein moderner Bär, auch wenn seine Vorstellungen von der Welt, der Religion und den Frauen schon ein paar Jahrhunderte alt war. Sagen wir, er liebte die Moderne, wenn es ihm passte, vor allem dann, wenn sie die Form eines Satellitentelefons oder eines Militärhubschraubers annahm. Was er auf gar keinen Fall liebte, war Fußball, ein Instrument des Bösen, erfunden von den Leuten im Westen, um seine Zivilisation zu erniedrigen. Er war davon überzeugt, dass sich in dem kleinen Ball eine Bombe versteckte, die seine Kultur, seinen Glauben und sein Volk vernichten sollte.

Demnach war alles, was er tat, ein reiner Akt der Verteidigung, aber das schien keiner im Westen zu verstehen. Der Bär war nicht verrückt, wie sie glaubten, seine Handlungen waren kalkuliert und konsequent. Er und seine Gefolgschaft hatten sich einer allumfassenden Logik verschrieben, die diese Kretins von Europäern und Amerikanern nie begreifen würden. Sie waren rettungslos verloren.

Ja, er verteidigte sich lediglich, sich und seine Brüder. Er war nur ein in die Enge getriebener Bär, den die Jäger mit allem Möglichen bombardierten – mit Bibeln, Coca-Cola, unanständigen Karikaturen, Pornofilmen und Ikea. Aber das alles wollte er nicht, er wollte keine Bibeln, keine Coca-Cola, keine Karikaturen von seinem Propheten, kein Kino und keine Möbel in Obstkisten. Er wollte ihre Bücher nicht, und auch nicht ihre Kunst – ihre Gemälde und ihre profanen Skulpturen. Sie hatten hier schon alles, was sie brauchten. Also verbrannten sie die Bücher und schlugen den Skulpturen die Köpfe ab, und dann wunderte sich die Welt darüber. Wenn ein pickeliger Mormone an Ihre Tür klopft, haben Sie doch auch das Recht, ihn abzuweisen, Sie können ihm die Tür vor der Nase zuknallen, wenn er sich mit seinen verdammten Bibeln und seinen salbungsvollen Worten ungebeten in Ihrem Wohnzimmer einnistet, Sie haben das Recht, alles ins Feuer zu werfen, oder etwa nicht?

Warum ließen sie ihn dann nicht in Ruhe? Warum verfolgten sie ihn bis in seine Höhle und wollten ihm Sachen verkaufen, die er für seine Kinder, seine Frauen und sich selbst nicht wollte?

Ja, er verteidigte sich lediglich. Er wollte nur seine Familie schützen, er wollte, dass die tausend Jahre alten Werte, die seine Eltern und seine Vorfahren ihm überliefert hatten, nie untergehen würden. Und so schützte er sie. Mit Hilfe legitimer Gewaltanwendung.

Er wusste, was Daesh war und musste dazu nicht einmal ein Wörterbuch aufschlagen. Denn er war Daesh. Er war im Recht. Er wollte der Welt eine andere Lebensform vorschlagen, eine, die sich grundlegend von der oberflächlichen und verdorbenen unterschied, die der Westen ihm bot. Deshalb diente er Daesh, denn seiner Meinung nach waren die Werte, die er dort fand, die wahren, echten Werte, da sie das Denken und Tun der Seinen schon seit tausend Jahren durchdrangen. Seine Methoden stießen auf Kritik, aber wer herrschen wollte, musste hart sein. Das Volk wusste nicht, was ihm guttat. Deshalb wandte er eine strenge und unerbittliche Form der Scharia an. Weil er keine andere Wahl hatte. Sobald man den Leuten ein wenig Freiheit ließ, fraßen sie einen auf, oder sie fraßen sich gegenseitig, und das arbeitete den Westlern in die Hände, die nur auf so etwas warteten.

Sie exekutierten Kinder, aber das taten sie aus gutem Grund, denn man durfte sich die Zukunft nicht verderben. Wenn man in einem Obstkorb einen fauligen Apfel fand, warf man ihn weg, damit er die übrigen nicht ansteckte, nicht wahr? Möge derjenige, der nie einen verfaulten Apfel weggeworfen hat, den ersten Stein werfen.

Aus demselben Grund exekutierten sie Frauen mit zu viel Bildung. Weil diese sich sonst eines Tages gegen ihr eigenes Volk erheben würden, aufgebläht von Hochmut und Ideen, die direkt aus ihren Zeitschriften stammten. Man musste sich doch nur ansehen, was die Feministinnen auf der anderen Seite des Globus schon erreicht hatten. Kastriert hatten sie die Männer, sie behandelten sie wie geprügelte Hunde, als wären sie Köter, die sich mit unstetem Blick und eingeklemmtem Schwanz vor ihnen duckten. Also wurden die widerspenstigsten Frauen umgebracht, um ein Exempel zu statuieren. Und die Mädchen wurden beschnitten, damit sie nie einen Orgasmus haben konnten. Denn eine Frau, die einen Orgasmus hat, ist der Beginn allen Übels. Mit dem Orgasmus fängt es an, und dann stellt sie Forderungen, will dieselben Rechte, das sieht man bei den Wahlen, und am Ende machen sie aus dem ganzen Land einen Sauhaufen. Die Europäer waren dermaßen begriffsstutzig. Wann hatte er denn jemals eine Frau respektlos behandelt? Der Bär liebte Frauen. Alle. Er ließ zu, dass sie ihn bedienten. Er ließ zu, dass sie ihn befriedigten. Das war doch schon mal nicht schlecht. War es etwa nicht die Aufgabe einer Frau, dem Mann zu dienen? Hatte das in den fünfziger Jahren des vorigen Jahrhunderts in Spanien oder Frankreich denn so anders funktioniert?

Sie kritisierten den Niqab, dabei hatte er für die Frauen im Orient das Ende der Sklaverei eingeläutet. Was immer die Ungläubigen davon hielten, die Frauen hier waren frei. Befreit von dem erdrückenden und sehr ungerechten Diktat der Schönheit. Bedeckt von einem alles verhüllenden Tuch, mussten sie sich keine Gedanken mehr um ihr Äußeres machen, wie zum Beispiel um ihre Fettpölsterchen, sie mussten nicht mehr zum Friseur oder zur Kosmetikerin gehen, sich Botox spritzen lassen, ein Vermögen in utopische Diäten oder neue Brüste investieren. Die Musliminnen mussten nicht lernen, auf Bleistiftabsätzen herumzustöckeln. Sie mussten sich nicht unter Schmerzen die Beine mit heißem Wachs enthaaren lassen. Sie mussten sich auch nicht die Bikinizone epilieren lassen. Sie waren frei. Wahrhaft frei. Ja, wie man es auch drehte und wendete, der Islam vereinfachte das Leben der Frauen.

Aus all diesen Gründen verstand der Bär den Daesh und diente ihm.

Auf der einen Seite standen die Dschihadisten, auf der anderen die Ungläubigen.

Wie immer in solchen Fällen glaubten beide Lager, das Recht auf ihrer Seite zu haben und der *good guy* der Geschichte zu sein.

Ähnlich wie ein Liebespaar, das sich gegenseitig zerfleischt, weil es vollkommen uneins ist, und dennoch würde keiner der beiden von seiner Position abweichen. Bei näherer Betrachtung erscheint es einem verrückt, dass das, was auf der einen Seite des Mittelmeers unbegreiflich ist, es nicht auch auf der anderen Seite ist.

Der Angst und Schrecken verbreitende Bär von Mossul, der im Zivilleben auf den schönen Namen Mohammed Mohammed hörte (quasi der doppelte Mohammed, als wäre einer noch nicht genug!), war, wie jeder Bär, der etwas auf sich hält, empfindlich und absolut humorlos.

Das wäre noch nicht so schlimm gewesen, hätte er nicht die ganze Welt zu seiner Weltsicht bekehren wollen.

Napoleon begegnet einem Bettler, der sein Denken verändert

Der Kaiser blickte prüfend in den Spiegel, aber er bemerkte keine wesentliche Veränderung an seinem Gesicht, höchstens, dass seine Haut ein bisschen mehr leuchtete als vorher, etwa so wie bei einem schleimigen Fisch. Er stellte die Tagescreme von Barbara Gould auf das Waschbecken. Vielleicht trat die Wirkung nicht so schnell ein, wie er geglaubt hatte.

Neben ihm wusch sich ein dicker Tourist in einem dieser seltsamen, kragenlosen Hemden die Hände und warf ihm dabei einen misstrauischen Blick zu.

»Wie lange braucht das, bis es wirkt?«, fragte der Korse, auf das Cremetöpfchen deutend.

Der Dicke gackerte los.

»Sie wollen mir doch wohl nicht erzählen, dass Sie ein so dummes Geschwätz glauben! Das sind Ammenmärchen! Die Cremes kosten ein Heidengeld und funktionieren genauso wenig wie der Teelöffel in der Sektflasche, der verhindern soll, dass die Kohlensäure entweicht. Ebenso gut können Sie sich Wasser ins Gesicht spritzen, das ist gesünder und wirkt genauso gut.«

Der Kaiser wollte gerade darauf reagieren, als eine Stimme über seinem Kopf ertönte, die ihn direkt ansprach. Die Stimme Gottes. Tief und kraftvoll. *Monsieur Napoleon Bonaparte wird an der Info-Theke in Terminal 2F erwartet. Monsieur Napoleon Bonaparte.* Als er den Blick zur Decke hob, deutete der Dicke auf die Toilettenlautsprecher.

»Da reißt so ein Spaßvogel mal wieder einen Witz«, sagte er, während er sich die Hände an einer merkwürdigen Windmaschine trocknete.

»Sicherlich«, antwortete der Kaiser, der, nachdem die erste Überraschung verflogen war, in der Durchsage eine Strategie des Professors Bartoli erkannte, um ihn wieder einzufangen.

»Wie nennen Sie das?«, fragte er, indem er auf das kragen- und ärmellose Hemd deutete, das hier so gut wie jeder trug.

»Mein T-Shirt?«

»Ein Tieschört? Was für ein komischer Name. Warum nennt man es so?«

Der Mann hob die Schultern.

»Das weiß ich nicht. Vielleicht wegen seiner Form, die wie ein T aussieht. T-Shirt. Das ist Englisch, wissen Sie ...«

»Schon wieder diese verdammte Sprache!«, ereiferte sich Napoleon. »Eine wahre Plage!«

Konnte es sein, dass Frankreich dem Hoheitsgebiet von Großbritannien einverleibt worden war? Denn die kleine isolierte Insel im Norden – falls sie das noch war – hatte offenbar dem Kontinent ihre Sprache und damit ihre Denkweise aufgezwungen. Sie war in dem Punkt erfolgreich gewesen, wo er versagt hatte. Selbst wenn es sich nur um eine linguistische Herrschaft handeln sollte. Demnach hatten die Engländer, denen ein ebenbürtiger Gegner fehlte, seine jahrhundertelange Abwesenheit genutzt, um ihre finsteren Pläne in die Tat umzusetzen: Frankreich unterwerfen, um so die Welt zu beherrschen.

»Ist sie ein Opfer des Anschlags?«

Der Kaiser zeigte auf das Frauengesicht, das unübersehbar auf dem T-Shirt prangte.

»Der Anschlag auf *L'Hebdo des Charlots*?«, fragte der Dicke.

»Ja.«

»Machen Sie Witze?«

»Ich mache nie Witze über Anschläge.«

»Das ist Shakira!«, sagte der Mann und zupfte an seinem T-Shirt.

Napoleon runzelte die Brauen.

»Sie kennen Shakira nicht?«

»Ich hatte noch nicht das Vergnügen.«

»Aber einen von ihren Hits haben Sie garantiert schon mal gehört.«

Zur Illustration seiner Worte fing der Mann an, *Waka Waka, this time for Africa* zu summen.

»Sie wissen doch, die Fußball-WM.«

»Kenne ich nicht.«

»Also echt, Sie sind vielleicht ein Witzbold! Egal, ich hab's bei einem von ihren Konzerten in Paris gekauft. Sie ist toll. So was braucht man dringend in unseren trüben Zeiten.«

»Sie sind also auch Charlot?«

»Und ob ich Charlot bin!«, schmetterte der Mann lauthals, und es klang wie ein Schlachtruf.

Gleich darauf fuhr er herum, von panischer Angst ergriffen, in einer der WC-Kabinen hinter ihm könnte ein Dschihadist sitzen.

Napoleon begriff, dass das Volk sich ausgesprochen einig war und dass er seine religiösen Empfindlichkeiten und sein Misstrauen gegenüber Karikaturisten beiseitelassen musste, wenn er das Herz der Franzosen gewinnen wollte. Willst du das Herz des Volkes anrühren, sprich seine Sprache, dachte er. Die Bienenkönigin musste sich einen volksnahen Anstrich geben und sich unter die Arbeiterinnen und Honigsammlerinnen, Brutpflegerinnen und Kundschafterinnen mischen.

»Wäre es Ihnen genehm, Ihr T-Shirt gegen mein Hemd zu tauschen?«

Der Mann beäugte das weiße Hemd des Unbekannten misstrauisch. Sollte das schon wieder ein Scherz sein? Dann sah er, dass der Fremde es ernst meinte.

»Kommt drauf an. Welche Marke ist es denn?«

»Welche Marke? Wollen Sie wissen, welcher Schneider es entworfen hat?«

Der Mann prustete los.

»Sie sind ein Komiker. Welcher Schneider ... Lassen Sie mich mal sehen.«

Er trat näher und steckte seine Wurstfinger zwischen den Hemdkragen und den kaiserlichen Nacken.

»Dolce & Gabbana! Donnerwetter!«

Er stieß einen bewundernden Pfiff aus.

»Oh, ein korsischer Schneider«, rief Napoleon erfreut. »Der gute alte Hansen hat doch an alles gedacht.«

»Korsisch? Sagen Sie bloß zu keinem Korsen, dass Dolce & Gabbana von seiner Insel stammen, sonst klemmt er Ihnen eine Bombe unters Auto!«

Der Tourist kicherte hysterisch. Gleich darauf fuhr er herum, von panischer Angst ergriffen, in einer der WC-Kabinen hinter ihm könnte ein Korse sitzen.

»Wenn ich's recht verstehe, wollen Sie Ihr Dolce & Gabbana gegen mein Shakira-T-Shirt tauschen.«

»Das haben Sie richtig verstanden.«

»Okay, einverstanden«, sagte der Tourist; ein Shakira-T-Shirt konnte er sich problemlos neu kaufen, ein so teures Hemd von Dolce & Gabbana dagegen nie und nimmer.

Die beiden Männer verzogen sich in eine Ecke der Toilette und tauschten ihre Kleidung unter den Augen eines verdutzten Penners, der sich neben ihnen rasierte.

Als der dicke Mann mit seinem hochmodischen Hemd zufrieden lächelnd abgezogen war, steckte Napoleon die Hand auf Höhe des Magens unter sein neues Kleidungsstück und posierte vor dem Spiegel.

»Sehe ich gewöhnlich genug aus?«, fragte er den Penner. »Ähnele ich dem Volk?«

»Schaust aus wie der gute alte Napoleon im Shakira-T-Shirt«, antwortete dieser sehr zutreffend.

Bei der Erwähnung seines Namens bekam der Kaiser einen Schrecken. Argwöhnisch betrachtete er den struppigen Alten mit den fettigen Haaren, dem zahnlosen Mund, dem faltigen Gesicht. Möglicherweise war er jünger, als er aussah. Das Elend ließ die Menschen altern. Es war der erste Vagabund, dem er begegnete. Selbst die Armen von heute wirkten sauberer und fitter als früher. Der Alte trug ein T-Shirt mit der Aufschrift ICH BIN CHARKLO. Das bedeutete, dass sogar der Bettler für sein Volk einstand ... Obwohl er doch sicher andere Sorgen hatte, als sich mit dem Terrorismus zu beschäftigen. Ein paar Centimes erbetteln, für Essen. Was für ein schönes Beispiel für Patriotismus! Was für ein schönes Beispiel für Brüderlichkeit!

»Es tut mir sehr leid, aber ich habe keine Münze, die ich Ihnen geben könnte, guter Mann. Ich meine, ich habe keine rechteckige Karte.«

»Oh, mach dir mal keinen Kopf wegen mir. Kann mich nicht beklagen im Moment. Wegen dieser Geschichte da ...«

Der Alte blickte sich verstohlen um, wie jemand, der etwas Illegales tun oder ein Geheimnis lüften will. Als er sich vergewissert hatte, dass er mit Napoleon allein war, hob er eine Carrefour-Tüte hoch und zog eine große Zeitschrift mit grünem Einband heraus, die einen weinenden Mann mit Turban zeigte.

»*L'Hebdo des Charlots*, das Heft, auf das alle scharf sind! Überall ausverkauft. Ich hab mir welche besorgen können. Ich kauf sie für 3 Euro das Stück und verkauf sie für 150, 200 auf ebay. Ein Kumpel von mir arbeitet im Internetcafé.«

Ibee? Was war das nun wieder? Ein Marktplatz, auf dem die Handwerker zusammenkamen?

»Sie verdienen Geld mit diesen schrecklichen Ereignissen ... das ist unmoralisch.«

»Ach, Gottchen, wenn alles, was ich mache, moralisch wär, tät ich mir schon längst die Radieschen von unten angucken. Und die Moral nützt einem nicht mehr viel, wenn man tot ist. Außerdem bin ich Charlot, egal, was die Leute davon halten. Die Sache geht mir ans Herz, ganz ehrlich, aber futtern muss ich schließlich auch. Meine gute Tat ist, dass ich die beknackte Zeitschrift aufkaufe! Willst du eine? Ich geb sie dir für 50 Mäuse. Deine Nase ist mir sympathisch ...«

»Nein, danke.«

Enttäuscht schob der Mann die Zeitung in die Tüte zurück.

»Ein Gutes hat die Sache ja, verstehst du, weil ich finde, man muss immer das Positive sehen, sogar bei so tragischen Sachen, und zwar, dass sich so viele Leute spontan gegen diese Sauerei zusammengetan haben; Hautfarbe, Nationalität, Kultur, Religion, Reichtum und der ganze Kram war plötzlich egal. Diese schreckliche Geschichte hat die ganze Welt vereint wie noch nie. Auf einmal lieben alle das Zeug, was sie noch zwei Tage vorher nicht ausstehen konnten. Gangnam Style, Céline Dion und diese affigen Kochshows. Weil, auch wenn sie bescheuert sind, sie tun keinem was zuleide, im Gegenteil, die Leute amüsieren sich. Der ganze Schwachsinn hat etwas Gutes. Es ist ein gesunder Schwachsinn. Der einen zum Lachen bringt. Nicht der, der Hunderte von kaputten Familien zum Heulen bringt. Das sollte uns eine Lehre sein. Auch wenn bestimmt in drei Wochen alles wieder beim Alten ist. Denn der Mensch als Kreatur hat von

Rücksicht keine Spur. Das Hemd ist einem näher als der Rock, das ist nun mal 'ne Tatsache. Stimmt's nicht?«

Der Penner schielte auf das Foto der hübschen Frau auf dem Deckel der Anti-Aging-Creme.

»Und Sie, haben Sie 'ne kleine Freundin, damit Sie sich nicht so allein fühlen?«

»Eine kleine Freundin?«

Napoleon warf einen Blick hinter sich, aber er sah nur einen Mann, der auf ein Pissoir zu rannte.

»Barbara Gould.«

»Ah.«

»Ich geh auch nie ohne meinen Kumpel weg. Meister Proper.«

Der Penner zog aus seiner Plastiktüte eine Flasche Allzweckreiniger und stellte sie vor den Spiegel auf das Spülbecken. Ein breitschultriger Glatzkopf in der Pose eines Disco-Türstehers grinste ihn mit über der Brust verschränkten Armen an. Der Alte rasierte sich weiter, als wäre nichts geschehen und beobachtete im Spiegel den kleinen Mann im Shakira-T-Shirt und Slim-Fit-Jeans, der sich nicht von der Stelle gerührt hatte und immer noch seinen Magen festhielt.

»Hast du Angst, dass er runterfällt?«

»Was?«

»Dein Magen.«

»Oh ...«

Der Korse zog die Hand zurück.

»Du hältst dich wohl für den guten alten Napoleon?«

Der Kaiser beschloss, auf die Frage mit einer Frage zu reagieren.

»Sie mögen Napoleon?«, wollte er wissen.

»Mann, das war schon ein Klassetyp! Nicht wie unsere Politiker heutzutage! Alles Schwächlinge. Man sieht ja, wohin das führt! Anschläge alle naselang, ohne dass jemand was dagegen unternimmt. Wie auch immer, wenn er heute da wäre, würde er endlich mal 'n bisschen Ordnung in diese Geschichte bringen, das sag ich dir!«

Der Penner fuchtelte mit seinem haargespickten Rasierpinsel wie mit einem Säbel.

»Hab ich nicht recht, Meister Proper?«

Der Muskelprotz auf dem Flaschenetikett zeigte sein Dauergrinsen. Er schien seiner Meinung zu sein.

Eigentlich musste ein Kaiser dem Volk nicht ähnlich sehen. So wie er war, war er gut. Manchmal versuchte man, den anderen zu gleichen, weil man dachte, dass die Menschen einen dann ein bisschen mehr mögen würden, aber da täuschte man sich. Die Leute hatten einen lieber so, wie man war. Authentisch. Weil sowieso alle einzigartig und verschieden sind. Ich bin Barbara Gould, ich bin Charlot, ich bin Meister Proper. Napoleon fand, dass man in der neuen Zeit ein bisschen zu viel auf einmal war. Und nicht genug man selbst. Er beschloss, wieder der zu werden, der er war: Napoleon Bonaparte, Oberster Befehlshaber der Armee und Oberhaupt der Franzosen. Plötzlich überkam ihn die Lust, diesen Entschluss zu feiern.

»Wie wäre es mit einem Schluck schwarzem Champagner?«

»Champagner? Aber hallo!«

Die Augen des Penners funkelten. Der Kaiser holte eine Dose aus seinem Rucksack und hielt sie dem Mann hin, der mit einer schrecklichen Grimasse ablehnte. Wer war dieser Spaßvogel, der Coca-Cola für Champagner hielt? Lieber trank er Rasierwasser von Adidas als das!

Während der kleine Korse seinen Durst löschte, begann er zu bedauern, dass er sein Hemd gegen dieses furchtbare Shakira-Tischört eingetauscht hatte. Er hätte so bleiben sollen, wie er war, sich seine Unverwechselbarkeit bewahren und nicht ein anderer werden wollen. Wäre er als junger Mann in der anonymen Masse untergegangen, hätte er sich der Norm angepasst, wäre er niemals Napoleon I. geworden. Er hätte niemals die Welt verändert. Nur die Menschen, die sich zu ihrer Einzigartigkeit bekannten, hinterließen Spuren in der Geschichte. Seit dem Märchen vom hässlichen Entlein hatte man den Leuten einzureden versucht, dass derjenige, der anders war, unrecht hatte, dass das schwarze Schaf sich im Mehl wälzen musste, um den anderen Schafen zu gleichen und Erfolg zu haben. Dabei würde es, wenn es schwarz und damit sich selbst treu blieb, seine Chancen, zum Vorbild zu werden, verzehnfachen. Weil es einzigartig war und jeder es im Grunde seines Herzens beneidete. Weil man sich immer einzigartig fühlen will. Und irgendwann würde sich die ganze Herde in Kohlestaub wälzen, um ihm zu ähneln.

»Sie haben recht«, sagte der Kaiser. »Ich werde mal 'n bisschen Ordnung in diese Geschichte bringen, wie Sie es ausgedrückt haben.«

Er betrachtete sich erneut im Spiegel und rümpfte unzufrieden die Nase. Etwas fehlt, dachte er, damit ich wieder der bin, der ich immer war. Etwas fehlt. Er musterte sein Spiegelbild aufmerksam. Dann begriff er. Sein Hut fehlte. Ohne seinen berühmten Zweispitz konnte er nicht wieder der große Napoleon werden. Manchmal brauchen selbst die Robustesten und Mächtigsten einen einfachen Gegenstand, der ihnen lieb und teuer ist, damit sie ihr Selbstvertrauen wiederfinden. Ein Amulett, einen Glücksbringer.

Bevor er ging, überließ er seine Barbara-Gould-Creme dem Bettler, damit dieser in neuer Jugendfrische erstrahlen würde und nicht mehr so allein war. Das Foto der hübschen Blondine auf der Verpackung würde ihm Gesellschaft leisten. Ihm und seinem Kumpan. Auch das Grinsen von Meister Proper war breiter geworden. Oder spielte Napoleon seine Einbildungskraft einen Streich?

Napoleon begibt sich auf die Suche
nach seinem Hut

Als er sich quer durch den Terminal in Richtung Ausgang bewegte, der durch ein obskures Schild mit der Aufschrift Paris-RER B
angezeigt wurde, begann in Napoleons Kopf eine Idee Gestalt
anzunehmen. Immerhin war es der Kopf eines glänzenden Stra-
tegen. Er dachte an die Zeitschrift und an sein Gespräch mit Professor Bartoli, der sich inzwischen vermutlich die allergrößten
Sorgen um ihn machte.

Auch er war Charlot. Ja, der große Napoleon I. war Charlot,
Charlot I. Und das hätte er in Großbuchstaben auf sein Tischört
geschrieben, wenn dort nicht Shakiras Gesicht schon den ganzen Platz eingenommen hätte.

Wie sollte man auf die Bomben der islamistischen Terroristen
reagieren? Auf Bomben mit Bomben antworten? War das die
Lösung? Die einzige Lösung? Und dann – wo fände er überhaupt
diese Bomben? Nein, ihm schwante, dass die Antwort anderswo
lag und er keinen Krieg mit Waffen führen musste. Sondern
einen Krieg des Geistes. Einen Krieg der kleinen grauen Zellen.
Er seufzte, ratlos. Diese Männer töteten Menschen, die zeichneten. Sie warfen Handgranaten auf Buntstifte. Er hatte auf
seinen Feldzügen nie Zivilisten getötet. Zumindest hatte er es
versucht. Weil es Regeln gab. Wenn man sie vom Flughafen aus
betrachtete, war die neue Welt schön, still und wohlriechend.
Und er würde alles dafür tun, dass sie so blieb.

Napoleon dachte an den Frieden. *Wer den Frieden will, bereite
den Krieg vor.* Vegetius' Maxime war in die Jahre gekommen.
Andererseits, wie konnte man Krieg führen, wenn man nicht
wusste, über welche Streitkräfte man selbst und über welche der
Gegner verfügte? Zum ersten Mal im Leben hatte der glänzende
Stratege nichts mehr unter Kontrolle. Und das war ihm ein Graus.

Er dachte an sein Pferd, dass gerade nach Korsika transportiert wurde. Pech für Le Vizir, dann würde es eben noch etwas dauern, bis er ihn wiederbekam. Und was sollte ihm auch sein altes Ross nutzen, wo heutzutage Flugzeuge den Himmel durchkreuzten?

Der Kaiser stand vor einer automatischen Tür, die aufglitt, um ihn hindurchzulassen. Mit stolzgeschwellter Brust schritt er hindurch. Trotz seiner Verkleidung hatten ihn die Türflügel erkannt und begrüßten bereits seine Rückkehr.

Auf der Suche nach dem Zug-der-unter-der-Erde-fährt drang er tief in ein Labyrinth vor, das an Schützengräben erinnerte, sprang über ein Drehkreuz, wie die meisten Passanten, und stieg in die erstbeste U-Bahn, die heranrauschte.

Er warf einen Blick auf den Übersichtsplan, der neben der Tür des Waggons hing, und stellte fest, dass es tatsächlich eine Station mit dem Namen *Invalides* gab. Es gab sogar eine Haltestelle namens *Wagram* und eine, die *Gare d'Austerlitz* hieß. Er konnte sich vor Glück kaum halten.

Beim Umsteigen begegnete er der nächsten Militärpatrouille. Er hielt sich zurück, obwohl er darauf brannte, sie anzusprechen und ihnen seine Identität zu enthüllen. Er brauchte eine Armee, so viel stand fest, aber vielleicht sollte er lieber direkt mit dem Vorgesetzten der Soldaten sprechen. Außerdem fiel ihm unwillkürlich die Warnung von Professor Bartoli wieder ein, der ihm eingeschärft hatte, dass er in einem Irrenhaus enden würde, sollte er jemals seine wahre Identität enthüllen. Er fasste einen Entschluss: Sobald er seinen Zweispitz wiedergefunden hatte, würde er den derzeitigen Herrscher von Frankreich aufsuchen und ihm seine Hilfe anbieten. Und dann auch endlich wieder seine Armee kommandieren. Der Plan nahm Form an.

An der Station *Invalides* fuhr er hinauf ins Freie. Dort überfiel ihn ein plötzliches Bedürfnis zu urinieren. Er trat von einem Bein aufs andere, führte ein kleines Stepptänzchen auf, während er sich hektisch umsah, um einen vor Blicken geschützten Ort zu finden. Man hatte nicht immer drei oder vier Berater zur Hand, die eine menschliche Mauer bildeten, hinter der man ein wenig Privatsphäre fand. Napoleon schimpfte vor sich hin. Die Esplanade des Invalides war eine breite, offene Promenade mit Grasflächen, weithin einsehbar. Entlang einer Avenue entdeckte er einige merkwürdige Kutschen ohne Pferde – sicherlich die »Autos«, von denen Hansen gesprochen hatte – und befand, dass sie einen geeigneten Abort darstellten.

Er schlüpfte zwischen zwei Fahrzeuge, ließ seine enge Hose herunter und kauerte sich hin. Durch die unbequeme, anstrengende Position brannten seine Schenkel, und auch seine Hämorrhoiden meldeten sich. Welch eine Plage! Seit man ihm sein Geschlecht amputiert hatte, musste er pissen wie ein Mädchen. Eine solche Demütigung hätte er zu seiner Zeit kaum ertragen. In der neuen Zeit jedoch, in der man alles tat, damit sich Männer und Frauen gleichberechtigt fühlten, war die bittere Pille leichter zu schlucken. Frauen rauchten und trugen Hosen. Frauen konnten Soldaten werden und Länder regieren. Warum sollten Männer dann nicht im Sitzen pinkeln?

Explosive Bananen

Im selben Augenblick betrat in London ein Mann die Spielzeugabteilung von Harrods, zog seinen weiten Regenmantel aus und zeigte den Sprengstoffgürtel, den er sich umgebunden hatte. Er sah ein wenig aus wie Josephine Baker, nur mit Dynamitstangen statt Bananen um den Bauch.

Er drückte auf den roten Knopf der Fernsteuerung in seiner Hand, wodurch er den Auslöser aktivierte. Und in weniger Zeit, als man brauchte, um *Allahu Akbar* zu sagen, wurde es dunkel.

Napoleons Rückkehr in den Invalidendom

Eine unbeschreibliche Freude durchströmte den kleinen Kaiser, als das majestätische Gebäude vor ihm aufragte. Es sah noch genauso aus, wie er es gekannt hatte. Sie hatten es nicht zerstört. Welch ein Vergnügen, etwas Vertrautes wiederzufinden, wenn fast alles um einen herum sich verändert hat!

Mit federnden Schritten durchquerte er den großen Hof des Invalidendoms. Als er das Gebäude gerade betreten wollte, bemerkte er im Zentralbogen der oberen Galerie die grünliche Statue eines kleinen Mannes mit Zweispitz, Gehrock und Stiefeln, dessen linke Hand auf der Höhe des Magens unter seiner aufgeknöpften Weste steckte. So, wie sie da stand, hätte man nie vermutet, dass die Figur 1871, als sie vor den Kämpfen geschützt werden sollte, bei ihrem Transport vom Schiff in die Seine gefallen und der Kaiser dabei rüde enthauptet worden war.

Napoleon überkam ein seltsames Gefühl.

Die Statue stellte ihn dar, daran bestand kein Zweifel. Auch wenn die Nase nicht besonders gelungen war und mehr einem Adlerschnabel ähnelte. Also erinnerte man sich noch an ihn, nach fast zweihundert Jahren. Man hatte nach seinem Bild sogar eine hübsche Statue gegossen. Mein Gott, wie er die modernen Franzosen liebte!

Es war nicht schwierig, das Grabmal zu finden. Es war für die Öffentlichkeit zugänglich, auch wenn die Touristen gerade wegblieben, weil sie andere Museen vorzogen, in denen die Welt als Scherbenhaufen vorgeführt wurde. Das ärgerte ihn ein wenig, doch andererseits war er froh, allein und ohne Zeugen zu sein, denn das erleichterte ihm sein Vorhaben. Auf einem steinernen Sarkophag, der mitten in dem großen Raum stand, las er die Inschrift:

Ich wünsche, dass meine Asche an den Ufern der Seine inmitten des französischen Volkes, das ich so sehr geliebt habe, ihre letzte Ruhe findet.

Richtig, genau so hatte er es in seinem Testament verfügt. Ohne zu ahnen, dass es sich dabei um die Asche eines armen, durchfallgeplagten Tropfs handeln würde.

Als er den Blick durch den Raum schweifen ließ, entdeckte er seinen Zweispitz in einer Vitrine an der Wand. Er zog seine Anzugjacke aus, wickelte sie sich um den Arm und schlug gegen die Glasscheibe. Sie zerbrach sofort. Er schob die Hand durch die Lücke und zog den Zweispitz heraus. Darunter war ein schwarzer Mantel drapiert, den er bei dieser Gelegenheit gleich auch noch mitnahm. Er zog den langen Mantel über das T-Shirt. Dann griff er nach dem Zweispitz und drehte ihn zwischen den Fingern. Er betrachtete ihn wehmütig, mit einem Lächeln auf den Lippen und glänzenden Augen, wie einen guten Freund, den man nach Jahren der Trennung wiedersieht. Er inspizierte alle Nähte. Der Hut hatte sich nicht verändert. Napoleon setzte ihn auf. Sobald er den Hut auf dem Kopf hatte, fühlte er sich als Herrscher der Welt – das war eine bedauerliche Angewohnheit, aber nun mal nicht zu ändern. Er fühlte sich durchströmt von einer wunderbaren Kraft.

Mit seinem Gehrock und dem Zweispitz fühlte sich Napoleon gleich wieder wie der alte Bonaparte. Doch irgendetwas fehlte, dachte er, als er sich in der Vitrine betrachtete. Ja, es fehlt etwas, sagte seine innere Stimme, wie schon vor dem Spiegel in der Flughafentoilette. Ich habe meinen Zweispitz, meinen Gehrock, meinen Killerinstinkt und meine Cola light. Und da ging ihm auf, dass ihm das Wichtigste noch fehlte. Seine Armee.

Dschihadisten 3.0

Im selben Augenblick stellte Bruno Lopez jenseits der Seine, in einem riesigen Gebäude des Fernsehsenders TF1, das über der Stadt aufragte, seine dampfende Kaffeetasse auf den Schreibtisch. Sein Blick fiel auf die kleine Hand, die mit grüner Farbe auf das weiße Porzellan gemalt war, und er lächelte. Die Tasse war das letzte Vatertagsgeschenk seiner zweijährigen Tochter Eva.

Dann warf er einen Blick auf den Bildschirm seines PC, und sein Lächeln erlosch.

In kürzerer Zeit, als das Wort ERROR404 auf seinen drei 40-Zoll-Bildschirmen aufleuchten konnte, war die offizielle Website des Fernsehsenders, an deren Gestaltung er mehrere Monate mitgewirkt hatte, zum Propagandainstrument radikaler Islamisten geworden und rief zum Mord auf.

Napoleon im Élysée-Palast

Wie er es sich vorgenommen hatte, lenkte der kleine Korse seine Schritte zum Élysée-Palast auf der anderen Seite der Seine. Das Gebäude würde wohl auch dem aktuellen Oberhaupt der Franzosen als Residenz dienen. Zumindest war das zu hoffen. Und da er nun mit Gehrock und Zweispitz äußerlich wieder als Kaiser der Franzosen erkennbar war, konnte er seinen Kollegen treffen und ihm seine Hilfe anbieten, ohne allzu viele Erklärungen abgeben zu müssen.

Nach einer halben Stunde stand er endlich vor dem Palast, den er im Jahre 1805 am Tag der Abreise seines Schwagers Joachim Murat nach Neapel zu seiner kaiserlichen Residenz erkoren hatte.

Ein Wachposten in einer merkwürdigen Uniform stand vor dem Portal des Gebäudes, das von einem hübsch vergoldeten, schmiedeeisernen Gitter geschützt wurde. Es war ein seltsames Gefühl, vor diesem Palast zu stehen, der jahrelang ihm gehört hatte, und ihn nicht einfach nach Belieben betreten zu können; so ergeht es oft Leuten, die aus einem Haus ausziehen und dann eines Tages an ihrem ehemaligen Garten vorbeikommen, in dem Kinder spielen, die nicht ihre sind. Wie viele Mieter musste der Élysée-Palast nicht schon beherbergt haben, seitdem er ausgezogen war! Schon zu seiner Zeit hatten sich die Bewohner die Klinke in die Hand gegeben. Nach der Scheidung von Joséphine hatte Napoleon ihr das Anwesen überlassen, ehe er es 1812 im Tausch gegen Schloss Laeken nördlich von Brüssel wieder in Besitz genommen hatte. Er bezog es mit Marie-Louise und seinem kleinen Sohn, dem König von Rom. Zwei Jahre später hatte Zar Alexander I., der Sieger im Russisch-Französischen Krieg, sich den Palast angeeignet, nachdem er ihn von seinen Männern aus Furcht vor Bomben gründlich hatte durchsuchen lassen. Und dann hatte Napoleon das Interesse an der Sache verloren. In seinem Exil auf St. Helena hatte er wahrlich andere Probleme.

Zum letzten Mal hatte er den Élysée-Palast am 25. Juni 1815 gesehen. Dieses Datum hatte sich in sein Gedächtnis eingebrannt. Im Geiste sah er sich das Gebäude durch die Pforte am hinteren Ende des Parks verlassen, da sich vor dem Hauptportal eine große Menschenmenge eingefunden hatte. Eine Art Flucht; wenige Tage zuvor hatte er seinen Sohn, Napoleon II., zum französischen Kaiser erklärt. Das war seine letzte Erinnerung an das imposante Gebäude.

»Ich war mit Fouché, dem Polizeiminister, Ihrem ehemaligen Chef, persönlich bekannt.«

»Bitte?«

Das merkwürdige Ansinnen und die Beharrlichkeit des schrägen Vogels, der da in Zweispitz, Gehrock und Shakira-T-Shirt vor ihm stand, bewog den Wachposten am Eingang, den Assistenten des Assistenten des Generaldirektors zu verständigen, welcher wiederum den Assistenten des Generaldirektors verständigte, welcher wiederum den Generaldirektor verständigte, welcher den Kabinettsdirektor verständigte, welcher den Pressechef verständigte, welcher den Chef des Generalstabs verständigte, welcher den Präsidenten der Republik verständigte, welcher, da Gott nicht verfügbar war, niemanden mehr verständigte.

»Sie stören mich beim Indoor-Golf, um mir mitzuteilen, dass ein Kerl, der sich als Napoleon Bonaparte ausgibt, mit mir über die unglücklichen Ereignisse sprechen will, die Frankreich derzeit beuteln?«, fragte François Hollande, deutlich entnervt, weil er ein Loch verfehlt hatte. »Geben Sie ihm fünfzig Euro und die Adresse der nächstgelegenen Psychiatrie.«

Das war heute schon die zweite Störung mitten bei der Arbeit. Beim ersten Mal hatten sie ihm mitteilen wollen, dass ein französischer Bürger aus Gers, der auf den reizenden Namen Abdullah Ben Afaf hörte, in London in der Spielwarenabteilung von Harrods in London zusammen mit dreißig Kindern in die Luft gegangen war. Dass die Araber ihr Temperament nicht im Zaum halten konnten, wusste man ja, aber mussten sie ihn deswegen bei seinen wichtigen Staatsgeschäften unterbrechen? Daraufhin wurde ihm erklärt, dass mit der Wendung »in die Luft gehen« eigentlich »sich in die Luft sprengen« gemeint war. Und das war doch ein kleiner Unterschied. Wie einem jeder Tatortreiniger bestätigte, der an den Ort eines Verbrechens geschickt wurde!

»Ich weiß, es klingt vielleicht dumm, aber anscheinend kann dieser Mann beweisen, dass er Napoleon ist«, sagte der Chef des Generalstabs. »Ich hoffe nur, er hat bessere Argumente als sein Äußeres.«

»Sein Äußeres?«

»Die Wache hat mich informiert, dass er einen Zweispitz trägt und ... Slim-Fit-Jeans ...«

»Slim-Fit-Jeans? Lächerlich! Napoleon hat niemals Slim-Fit-Jeans getragen! Napoleon war nicht schwul, soviel ich weiß.«
Der Chef des Generalstabs, der genau das war, verstand die Bemerkung nicht, da er grundsätzlich keine engen Hosen trug.

»Oh, und das ist noch nicht das Auffälligste, Monsieur. Er soll auch ein T-Shirt mit dem Bild von Shakira tragen.«

François Hollande brach in Gelächter aus.

»Von Shakira?«, wiederholte er. »Das wird ja immer besser. Hören Sie, das kann doch nicht Ihr Ernst sein. Napoleon in einem T-Shirt von Shakira ...«

»Der Mann meint es aber ganz ernst. Und er behauptet, dass er eine Lösung für die Anschläge der Dschihadisten hat. Eine Lösung ohne Risiko. Ohne Blutvergießen, ohne Verluste. Eine saubere Entscheidungsschlacht. Die vollständige Ausmerzung der islamistischen Religionsfanatiker. Das Ende des Dschihadismus in Frankreich und weltweit. Denken Sie darüber nach, vielleicht sollten Sie ihm eine Chance geben ... Wenn Sie nicht lieber abwarten möchten, bis uns Valls aus dem Schlamassel zieht ...«

»Okay, ich habe verstanden«, seufzte François Hollande. »Und lassen Sie das mit Valls, verstanden? Er tut sein Bestes. Und er ist schließlich nicht Bruce Willis!«

Hollande reichte seinen Schläger an einen Mitarbeiter weiter, der ihn sofort an sich nahm und ihn in die Golfbag steckte, in dem sich schon mehrere Drivers, Wedges, Hybrids und Putters befanden. Anschließend rollte der Mitarbeiter den Kunstrasen auf, baute die Minigolf-Anlage ab und verstaute die ganzen Gerätschaften mit ihren unaussprechlichen englischen Namen in einem Golfwägelchen. Dann verließ er den Raum.

»Also gut«, sagte der Staatschef mit einem Blick auf die Armbanduhr. »Aber ich gebe ihm nicht mehr als fünf Minuten. Meine Zeit ist kostbar.«

Der Chef des Generalstabs verständigte den Pressechef, welcher seinerseits den Kabinettsdirektor verständigte, welcher den Generaldirektor verständigte, welcher den Assistenten des Generaldirektors verständigte, welcher den Assistenten des Assistenten des Generaldirektors verständigte, welcher den Wachhabenden an der Pforte verständigte, welcher den Mann im Gehrock eintreten ließ.

Fünf Minuten später setzte Napoleon den Fuß auf den riesigen, mit Goldfäden durchwirkten Teppich in seinem ehemaligen Arbeitszimmer, wo zwei Männer ihn erwarteten. Ein großer Dünner mit einem sonnengebräunten Teint und ein kleiner Dicker mit kränklicher Gesichtsfarbe.

Zielstrebig ging er auf den kleinen Dicken mit der Brille zu und warf ihm den Zweispitz, den Gehrock und den mit Coladosen vollgestopften *I love Paris*-Rucksack in die Arme. Dann trat er zu dem gut aussehenden, hochgewachsenen Weißhaarigen.

»Herr Präsident ...« Er streckte ihm die Hand entgegen. Der andere räusperte sich verlegen.

»Das ist nicht der Präsident«, sagte eine dumpfe Stimme hinter Hut, Mantel und Rucksack hervor.

»Oh, verzeihen Sie«, antwortete der Korse. »Könnte ich mit ihm sprechen? Es ist eine Angelegenheit von äußerster Dringlichkeit.«

»Er steht vor Ihnen«, sagte François Hollande.

»Sie haben mir doch gerade mitgeteilt, dass dieser Herr nicht der Präsident ist«, rief der Kaiser und deutete mit dem Kinn auf den Berater, der amüsiert lächelte.

»Machen Sie die Augen auf, da steht noch ein anderer vor Ihnen.«

Napoleon blickte sich nach allen Seiten um. War es möglich, dass sich in diesem Raum ein Mann mit mehr Charisma befand als der große Weißhaarige oder er selbst? Er wandte sich wieder dem Domestiken zu und zuckte die Achseln. »Ich sehe niemanden.«

»*Ich* bin der Präsident der Republik Frankreich«, sagte Hollande verärgert.

Der Berater, dem es sehr gefiel, dass man ihn für den Staatschef gehalten hatte, nahm leicht enttäuscht den Gehrock, den Hut und den kleinen Rucksack an sich.

»Oh, das ist mir sehr peinlich«, entschuldigte sich Napoleon.

»Ich dachte, Sie wären weniger ... beziehungsweise mehr ...«

»Schon gut, schon gut, setzen Sie nicht noch eins drauf. Was ist Ihr Problem? Sehen Sie nie fern oder sind Sie einfach nur dumm?«

»Ich habe tatsächlich noch nie ferngesehen«, gestand der Korse.

»Es hätte mich auch erstaunt, wenn Sie mir geantwortet hätten, dass Sie ein Dummkopf sind! Nun gut, ich habe nicht den ganzen Tag Zeit. Was wollen Sie von mir?«

Ein Gipfeltreffen

Napoleon saß halbwegs bequem auf einem Louis-Quinze-Sessel, ein zufriedenes Lächeln auf den Lippen. Es war ein seltsames Gefühl, einen anderen an der Spitze des eigenen Landes zu erleben, aber an diesen Gedanken hatte er sich schließlich schon gewöhnen müssen, als er vor Zar Alexander I. abdanken musste. Wenigstens war sein Gegenüber diesmal ein Franzose, so blieb es in der Familie. Der Neue war ein etwas dicklicher Brillenträger, ein eher schlichtes Gemüt. Schlicht, aber sympathisch. Um sich seinem Volk anzupassen, trug er unter der Anzugjacke, über Hemd und Krawatte, ein weißes T-Shirt mit der Aufschrift *Ich bin Charlot*; zwischen *bin* und *Charlot* hatte er mit schwarzem Filzstift ganz unauffällig das Wörtchen *ein* gequetscht.

Monsieur François Hollande stand vor Staunen der Mund offen. Er ließ Kupferstiche und Gemälde aus der Zeit Napoleons herbeiholen. Der kleine Mann, der vor ihm stand, sah dem Ersten Konsul von Frankreich zum Verwechseln ähnlich. Sein Hut, den man unter Tausenden erkannt hätte, schien echt zu sein. Sein ernster Gesichtsausdruck und seine feste Stimme übten eine so starke Wirkung aus, dass weder die Slim-Fit-Jeans noch Shakira noch der *I love Paris*-Rucksack die Aura von Entschlossenheit schmälerten. Der Regierungschef hatte noch nie einen Menschen mit einem derartigen Charisma erlebt. Und er wurde auf der Stelle grün vor Neid. Umgehend bestellte er Manuel Valls zu sich. Und Nicolas Sarkozy. Nicht weil Letzterer ein großer Kenner des Napoleonischen Zeitalters gewesen wäre, sondern weil die Presse ihn unzählige Male mit dem Korsen verglichen hatte. Er ließ den Leiter des Louvre kommen und dazu noch mehrere Historiker, die sich auf das Thema Napoleon spezialisiert hatten. Dennoch war es der kleine Expräsident auf seinen hohen Absätzen, der schlüssig und definitiv die Ansicht vertrat, dass es sich bei dem Mann in der engen Jeans um den Kaiser der Franzosen handeln musste. Der derzeitige Präsident war sprachlos.

Nicolas Sarkozy war hell entzückt. Endlich hatte er einen gefunden, der kleiner war als er selbst! Denn Napoleon und er maßen zwar beide 1,68 Meter, doch seine Absätze ließen ihn ein paar Zentimeter größer erscheinen. Und nichts auf der Welt konnte ihm mehr Befriedigung verschaffen: Er war größer als der größte Staatsmann, den Frankreich je gehabt hatte! Er konnte es kaum erwarten, am Abend nach Hause zu kommen und Carla alles brühwarm zu erzählen. Er musste ihr unbedingt eine SMS schicken! Gleich. Sofort.

Während der Expräsident auf seinem Smartphone herumtippte, um sein Wiegenlieder singendes Top-Model zu beeindrucken, drängten sich die Historiker, sichtlich bewegt, um den aufgetauten Kaiser. Endlich würde sie die ganze Wahrheit erfahren. Denn die Historiker verbreiteten ihr Leben lang Tatsachen und Wahrheiten, deren sie sich nicht sicher waren. Das war frustrierend, aber auch aufregend. Frustrierend, weil sie mit einem Material arbeiteten, das unzuverlässig und fehlerhaft war – dem Gedächtnis des Menschen. Historische Quellen und Studien förderten häufig widersprüchliche Informationen zutage. Aufregend, weil nie irgendein Merowinger auftauchen und ihnen widersprechen würde. Sie konnten demnach frei erfinden, was immer sie wollten. Sie waren, kurz gesagt, die Erfinder der Geschichte. Und nun bekamen sie zum ersten Mal im Leben die Chance, ihre Theorien über jenen Staatslenker zu verifizieren, den schon immer eine geheimnisvolle Aura umgeben hatte. Wie hatten Napoleons letzte Worte auf dem Sterbebett gelautet? »Frankreich, die Armee, Joséphine«, wie manche behaupteten? Oder »Kopf, Armee, mein Gott«, wie es in seinen Memoiren von St. Helena stand? Warum steckte der Kaiser immer die Hand unter die Weste? War er wirklich so intelligent wie Albert Einstein?

Hollande verstand die plötzliche und unerwartete Rückkehr des Kaisers als Wink des Schicksals. Als Lösung für die Welle dschihadistischer Anschläge, die das Land vergifteten. Denn Valls war weit davon entfernt, eine Lösung zu sein, und ging nicht gerade zimperlich vor. Er sorgte immer nur für Polemik und eine schlechte Presse. Wie konnte man die bösen Muslime bekämpfen und gleichzeitig die lieben schützen? Über diese Frage grübelte Hollande Nacht für Nacht. Er durfte es sich nicht mit den fünf Millionen Muslimen verderben, die in Frankreich lebten. Fünf Millionen Muslime, das war mehr als die Bevölkerung der Vereinigten Arabischen Emirate. Eine Wählerstimme war eine Wählerstimme, und in Zeiten wie diesen, in denen Wahlfälschung gang und gäbe war, konnte eine Stimme hin oder her den Ausschlag geben. Und so sah Hollande endlich das

Licht am Ende des Tunnels, und in diesem Licht die Silhouette von Napoleon. In Slim-Fit-Jeans.

»Ich bedauere es zutiefst, dass ich Sie wie einen Idioten behandelt habe, Herr Kaiser«, entschuldigte sich der Präsident, während er seinem Gast die Hand schüttelte. »Ist das so richtig? Ich gestehe, dass ich etwas unsicher bin. Sie waren Erster Konsul, Kaiser der Franzosen, General der Armee, König und später Präsident der Republik Italien, Protektor des Rheinbundes, Mediator der Helvetischen Republik ... Wie soll ich Sie ansprechen?«

»Keine Förmlichkeiten, bitte. Nennen Sie mich einfach Sire.«

»Gut, Sire. Ich bin François Hollande.«

»Sehr erfreut, François von Holland.«

»Nein, einfach nur Hollande«, korrigierte der Staatschef, und dabei kam ihm der Gedanke, dass es vielleicht gar keine schlechte Idee sei, sich ein Adelsprädikat zu erwerben, wie es der Vater von Giscard d'Estaing getan hatte.

»Der wievielte?«

»Wie bitte?«

»Es gibt einen François I. und einen François II. Der wievielte sind Sie? Ich muss zugeben, dass ich während meiner Abwesenheit nicht mitgezählt habe.«

»Ich hätte Sie gerne gebeten, mich Francois I. zu nennen, aber der neue Papst hat mich namensmäßig knapp geschlagen. Aber das alles ist im Grunde nicht von Bedeutung, Sire ... Sie sind auf dem Laufenden über die schrecklichen Ereignisse in unserem schönen Land?«

»Der BUH hat mich darüber informiert«, antwortete Napoleon. François Hollande runzelte die Stirn.

»Der BUH?«

»Der Bund der Unglücklichen Haudegen.«

Der Präsident stieß erleichtert die Luft aus. »Den kenne ich nicht.«

Er nahm sich vor, von seinen Geheimdiensten Aufklärung über die neue Gruppierung zu verlangen.

»Und warum sind sie unglücklich?«

»Wer?«

»Nun ja, die Haudegen.«

»Das weiß ich auch nicht«, erwiderte Napoleon achselzuckend. »Vielleicht weil sie dachten, ich sei tot.«

»Natürlich ... Aber Sie sind es nicht mehr. Aber bleiben wir beim Thema.«

»Ja, genau, wie sieht denn nun Ihr Plan zur Bekämpfung des Terrorismus aus?«, fragte Valls, von Neid geplagt.

»Man hat mich über die Situation in Kenntnis gesetzt, und ich werde alles unternehmen, damit das aufhört. Es ist sehr gut, dass Sie diesen jungen Mann aus Mali, der den Geiseln geholfen hat, sich im Supermarkt zu verstecken, mit der französischen Staatsbürgerschaft belohnt haben, aber Sie sollten auch das Gegenteil in Betracht ziehen. Sie müssten allen Personen, die an einem Training von Al-Quaida oder ähnlichen Organisationen teilgenommen haben, die französische Staatsbürgerschaft aberkennen und ihnen verbieten, französischen Boden zu betreten. Verstehen Sie, man kann doch nicht hinnehmen, dass diese Leute sich in Dschihadisten-Camps ausbilden lassen, und bei ihrer Rückkehr mit einem Blumenstrauß an der Grenze begrüßt werden, sodass sie hier ihr unauffälliges Leben weiterführen, ihr Baguette kaufen, sonntags im Wohnzimmer *Fang die Kugel* oder *Mensch ärgere Dich nicht* spielen, bis sie uns eines Tages eine Bombe in den Supermarkt werfen. Jeden Tag weisen Sie arme Afrikaner aus, die nichts anderes wollen, als in Frankreich einer ehrlichen Arbeit nachzugehen, und andere Männer dürfen bleiben, nur weil sie einen französischen Pass haben, Männer, die bereit sind, Ihren Kindern den Kopf abzuschneiden? Das verstehe ich, ehrlich gesagt, nicht. Wir dürfen den Feind nicht in unseren Reihen dulden! Wir müssen konsequent sein. Diese

Leute haben sich für eine Seite entschieden. Dann sollen sie dazu stehen. Hinaus mit ihnen! Das ist mein erster Rat, den ich ihnen unentgeltlich erteile.«

»Er ist großartig, nicht wahr?«, begeisterte sich Hollande, an seine Mitarbeiter gewandt. »Auch wenn ich nicht ganz davon überzeugt bin, dass die Terroristen *Fang die Kugel* oder *Mensch ärgere Dich nicht* spielen. Aber sprechen Sie weiter! Wie lautet Ihr Plan? Ihre geniale Idee?«

»Ich enthülle meine Pläne niemals«, verkündete der Korse, der noch keine hatte, mit schneidender Schärfe. »Würde mein Hut meinen Plan kennen, würde ich ihn essen!« Einer der Historiker nickte lächelnd. *Dieses* Zitat war demnach echt.

»Auf jeden Fall wäre es das erste Mal, dass ein Korse uns hilft, uns vor Anschlägen zu schützen«, ätzte Sarkozy. Denn der Expräsident fühlte sich, wie schon gesagt, in seiner Arroganz und Selbstgefälligkeit größer als der größte Staatsmann, den Frankreich je gehabt hatte. Er war die Sorte Mann, die gern alle, die kleiner waren als sie, herablassend und voller Ironie behandelte, nur hatte er bis dato noch nie die Gelegenheit dazu gehabt – er war wie ein Zwergpudel, der dazu verdammt ist, in einer Welt von Dobermännern herumzustreunen. Napoleon schien die Anspielung auf die Korsen nicht zu verstehen.

»Nach der Rückkehr des Dschihad schlägt das Imperium zurück!«, verkündete Manuel Valls mit der Stimme eines Sprechers in einem Filmtrailer.

»Stellen Sie mir einen Raum mit Männern, Karten und kleinen farbigen Fähnchen zur Verfügung«, verlangte der Kaiser entschieden. »Und ich möchte, dass mir auf der Stelle ein Generalstab zur Verfügung gestellt wird!«

François Hollande applaudierte. »Wunderbar! Ist das nicht herzig? Kleine bunte Fähnchen!«

Valls, der nun nicht mehr ganz so hoch in der Gunst seines Vorgesetzten stand, zog in seiner Zimmerecke Grimassen wie ein Flamencosänger. Hollande schlug sich mit der Hand gegen die Stirn.

»Napoleon auftauen und ihn losschicken, um den Dschihadisten eins aufs Maul zu geben! Warum habe ich nur nicht früher daran gedacht!«

Der Berater des Präsidenten räusperte sich. »Weil sie es nicht gewohnt sind, so viel zu denken, Monsieur.«

»Wie bitte?«, fragte Hollande beleidigt.

Der Berater ruderte zurück. »Ich wollte sagen, dass Sie Leute haben, deren Aufgabe darin besteht, für Sie zu denken.«

»Ah.«

»Und um ganz ehrlich zu sein, haben wir auch nicht daran gedacht, weil es nicht viel Sinn hat, Asche aufzutauen ...«

»Unsere Jugend ist verloren«, beklagte sich daraufhin Hollande bei Napoleon. »Unsere Jugend zweifelt. Ich sehe in Ihrer unverhofften Rückkehr einen Wink des Schicksals, mit Hilfe dessen wir das Image unserer geliebten Republik aufpolieren können. Die jungen Leute brauchen Orientierung, sie müssen die Werte unserer Nation kennen. Und wer könnte besser als Napoleon I. höchstpersönlich die Werte der Republik in den Herzen unserer irrenden Jugend neu beleben? Napoleon, der Spross der Französischen Revolution! Ich gestehe Ihnen, dass ich mir für Sie gut eine Tournee durch die Jugendzentren Frankreichs vorstellen könnte, wo Sie den jungen Leuten begegnen und sie auf den rechten Pfad führen.«

»Napoleon – demnächst auch in *deinem* JUZ«, schmetterte Valls und fuchtelte mit dem Zeigefinger durch die Luft.

»Ich träume von einer starken, laizistischen, hochtalentierten, aufgeklärten Jugend! Und Sie?«

»Wenn ich aufrichtig sein soll«, sagte der Kaiser, »ich träume von einem schönen Bad.«

Der Monolog des Präsidenten langweilte ihn maßlos. Er war nicht gekommen, um über die Jugend oder die Bildung zu diskutieren, sondern um Männer, eine Armee, einen Generalstab und kleine bunte Fähnchen zu fordern. Eile war geboten. Der Mordlust dieser Allah-Fanatiker musste ein Ende bereitet werden, bevor es in Frankreich keine Jugend mehr gab, die man retten konnte. Und keine Jugendzentren. Auch wenn er nicht wusste, was das Wort bedeutete.

»Unsere Jugend braucht einen Kompass«, fuhr Hollande fort, die Bemerkung des Kaisers ignorierend. »Wir können unseren Kindern nicht beibringen, dass Gewalt die einzige Antwort auf Meinungsverschiedenheiten ist. Unsere Kinder haben die Orientierung verloren, und als Beweis dafür möchte ich anführen, dass viele von ihnen überhaupt nicht begreifen, was hierzulande geschehen ist. Sehen Sie, mir wurde kürzlich mitgeteilt, dass die Fünftklässler einer Schule in Marseille sich geweigert haben, die Schweigeminute für die Opfer der Anschläge einzuhalten. Manche sagen sogar, die Anschläge seien eine gute Sache, die Charlots hätten sich niemals über den Propheten lustig machen dürfen, sie hätten sich ihr eigenes Grab geschaufelt, sie hätten bekommen, was sie verdienten. Können Sie sich das vorstellen? Aus dem Mund zehnjähriger Rotznasen? Ganz sicher haben ihre Eltern sie zu Hause gehörig aufgehetzt. Aber zum Glück sind Sie jetzt da. Sie werden uns aus dieser schwierigen Lage heraushelfen, Monsieur le Sire.«

»Könnte ich Sie unter vier Augen sprechen, Herr Präsident?«, bat der Berater leicht besorgt.

»Natürlich, Jacques.«

Sie zogen sich in ein Nebenzimmer zurück, außerhalb der Sicht- und Hörweite des Korsen, und dort verfiel der Vertraute des Staatschefs in den leisen, beschwichtigenden Therapeutensingsang, der dem Präsidenten jedes Mal das unangenehme Gefühl gab, für einen Idioten gehalten zu werden.

»Dann verstehen Sie es immer noch nicht, Monsieur?«

»Was denn?«

»Sehen Sie nicht, dass er Ihnen nur Ihre Position streitig machen will? Sie sind im Begriff, einen schweren Fehler zu begehen!«

Hollande prustete los. »Einen Fehler? Sie sehen überall Gespenster, Jacques. Aber gut, dazu habe ich Sie ja engagiert! Weil Sie so ganz und gar das Gegenteil von mir sind … Hören Sie, mir ist klar, dass Sie mich schützen wollen, und das weiß ich zu schätzen, aber so ein verdammtes Glück hatte ich noch nie! Napoleon Bonaparte. DAS KRIEGSGENIE! Sunzi kann einpacken! Und dann erscheint er auch noch genau in dem Moment, in dem diese verdammten radikalen Islamisten einen Kreuzzug gegen uns anfangen. Wenn das kein Wink des Schicksals ist! Es schickt uns seinen besten Spieler!«

»Es handelt sich nicht um Fußball, Monsieur.«

»Krieg, Fußball, das ist doch fast das Gleiche. Bei beidem hofft man, dass die eigene Mannschaft gewinnt. Verstehen Sie nicht? Napoleon gibt mir Anweisungen. Wir befolgen sie haargenau, wir gewinnen den Krieg, wir schießen ein Tor, und ich gehe als Sieger vom Feld. Die Franzosen bejubeln mich, ich werde wiedergewählt, etc. pp.«

Der Blick des Pressechefs verdüsterte sich. Sein sanfter Tonfall bekam einen Stich ins Zynische.

»Lassen Sie sich nicht von ihm einwickeln. Er ist ein erstklassiger Manipulator. Glauben Sie wirklich, dass Napoleon Bonaparte im Schatten bleiben wird und Sie die ganze Ehre einheimsen lässt? Ich kenne ihn nicht gut. Um ehrlich zu sein, bin ich diesem Typ vorher noch nie begegnet, aber ich habe in Geschichte gut aufgepasst, wenn Sie wissen, was ich meine.«

»Nicht wirklich, nein …«

»Der Kerl ist ein Eroberer, ein Raubtier, ein Despot. Ein Haifisch, der allein schwimmt, ein Auftragskiller, der solo arbeitet. Er jagt alleine, und er frisst seine Beute alleine auf. Wenn es sein muss, näht er sich auch seine Wunden selbst zu, wie Rambo. Verstehen Sie jetzt, was ich Ihnen sagen will?«

»Äh, ja …«, antwortete der Präsident ein wenig zögerlich. »Rambo, ja …«

»Sie wissen, warum die Engländer ihn nicht in den Londoner Tower oder, wie vorgesehen, in ein schottisches Gefängnis gesperrt, sondern ihn schleunigst ans andere Ende der Welt verfrachtet haben, nach St. Helena, auf eine der abgelegensten Inseln im Südatlantik? Achtung, die Antwort ist in der Frage enthalten.«

»Weiß ich nicht.«

Der Berater seufzte. »Weil dieser Typ gefährlich ist. Die Engländer wollten ihn so weit von Europa festhalten, wie nur irgend möglich. Mit seinem gewaltigen Zweispitz erkennt man ihn schon von weitem. Wenn die Franzosen erfahren, dass Napoleon wieder da ist, sind wir verloren. *Sie* sind verloren. Verzeihen Sie, Monsieur, aber gegen ihn kommen Sie nicht an. Gegen ihn kommt niemand an. Nicht einmal Sarko, nicht mal mit einem zehn Zentimeter hohen Absatz an jedem Fuß und schon gar nicht mit Carla Bruni am Arm. Die isst nur Karotten! Wenn Sie Napoleon die Befehlsgewalt über Ihre Soldaten überlassen, wird sich das herumsprechen. Er wird Sie zur Lachnummer machen, und das können wir momentan wirklich nicht gebrauchen.« Und Sie schaffen das auch allein, konnte er sich gerade noch verkneifen. »Wenn Sie mir nicht glauben, verlassen Sie sich wenigstens auf das Prinzip der morphologischen Alternanz.«

Hollande putzte verlegen seine Brille am T-Shirt mit der Aufschrift *Ich bin ein Charlot* und setzte sie wieder auf.

»Was soll das sein?«

»Ich habe da eine Theorie. Mit ihr kann ich bei jeder Wahl den neuen Präsidenten voraussagen, allein aufgrund seiner Körpergröße.«

»Seiner Körpergröße? Sie meinen, das Wahlprogramm ist völlig nutzlos?«

»Ich enttäusche Sie nur ungern, aber nur die Zentimeter zählen, auch wenn die Frauen das Gegenteil behaupten. Mir ist aufgefallen, dass in Frankreich ein hochgewachsener Präsident immer auf einen kleineren folgt. Und umgekehrt.« François hob den Blick zur Decke, um sich seine Vorgänger besser vorstellen zu können.

»De Gaulle maß 1,93 Meter«, fuhr der Berater fort, um es ihm leichter zu machen. »Pompidou, der nach ihm kam, maß 1,82 Meter, war also kleiner. Ihm folgte Giscard d'Estaing, der 1,89 Meter war, dann war wieder ein kleinerer dran, nämlich Mitterand mit 1,72 Metern, anschließend war mit Chirac, der 1,90 Meter maß, ein größerer an der Reihe, dann wieder ein kleinerer, Sarkozy, 1,68 Meter ohne Absätze. Schließlich Sie mit Ihren 1,74 Meter. Eine Berg-und-Tal-Fahrt gewissermaßen.«

»Ich weiß nicht, worauf Sie hinauswollen.«

»Ganz einfach. Nach allem, was ich Ihnen gerade erklärt habe, können Sie mir sicher sagen, ob der nächste Präsident größer oder kleiner sein wird als Sie.«

Hollande dachte nach. Er schien komplizierte mathematische Berechnungen anzustellen.

»Er müsste ... kleiner sein?«, sagte er zögernd, wie ein Kind, das sich nicht sicher ist, ob er seinem Lehrer die richtige Antwort gibt.

»Bravo!«

»Es stand fifty-fifty, und ich habe mich für die erste Antwort entschieden, die mir in den Kopf gekommen ist. Außerdem dachte ich ... Napoleon ist kleiner als ich.«

»Genau!«

Der Berater sparte sich seine zweite Theorie, die vom Kapillarprinzip. Sie besagte, dass in Russland auf einen Präsidenten mit Haupthaar immer ein Glatzkopf folgte.

»Dann wird's nichts mit der Tournee durch die Jugendzentren.«

Sein Berater durchbohrte ihn mit Blicken.

»Was sollen wir denn tun?«, fragte Hollande, von einer plötzlichen Panik ergriffen. »Wir können ihn nicht einfach wieder wegschicken, raus auf die Straße, so tun, als wäre nichts und aller Welt sagen, dass er zurück ist. Darin sind wir uns einig?«

»Wir werden ihn aber auch nicht beseitigen! Nicht das, was Mitterand mit Coluche, Balavoine und Le Luron gemacht hat!«

Der Berater trat zu seinem Präsidenten und legte ihm die Hand auf die Schulter.

»Napoleon hat weder ein Motorrad noch einen Hubschrauber, und schwul ist er meines Wissens auch nicht. Machen Sie sich keine Sorgen, Monsieur. Lassen Sie mich das erledigen. Es gibt Orte, an denen niemand schockiert ist, wenn sich jemand für Napoleon Bonaparte hält ... Wenn Sie wissen, was ich meine.«

Er legte den Kopf schief und lächelte vielsagend. Der Präsident wusste absolut nicht, was er meinte.

Napoleon zieht sich aus der Affäre

Napoleon war nicht dumm. Auf das Risiko hin, uns zu wiederholen: Er war sogar sehr intelligent. Eine der intelligentesten Personen, die die Menschheit je hervorgebracht hatte. Napoleon Bonaparte, Albert Einstein, Stephen Hawking, Sylvester Stallone – in der Menschheitsgeschichte tauchten in regelmäßigen Abständen herausragende Denker auf, die die Welt mit ihrer Intelligenz erleuchteten und die Voraussetzung für beachtliche Entdeckungen schufen, ein jeder auf seinem Spezialgebiet: Militärstrategie, Physik, Kosmos, Boxtraining mit Rinderhälften.

Der Kaiser hatte, als sich die beiden Männer ins Nebenzimmer verzogen, sofort den Braten gerochen. Er besaß einen sechsten Sinn für faule Machenschaften. Dank dieser Gabe hatte er sich schon häufig, in Kriegszeiten wie im zivilen Leben, aus der Affäre ziehen können. Manchmal allerdings ein bisschen zu spät, man denke nur an Waterloo.

Heute war es jedoch noch nicht zu spät, und er gedachte diesen Umstand zu nutzen. Unter dem Vorwand, seine Parkuhr füttern zu müssen, entwischte er dem Expräsidenten, dem Premierminister, dem Leiter des Louvre und den zehn Historikern, die ihn immer nur anstarrten wie ein Weltwunder und nicht wagten, ihm die Fragen zu stellen, die ihnen auf der Zunge brannten. Keine Minute später verließ er den Élysée-Palast und grüßte den Wachtmeister, dem er im Vorübergehen versicherte, welch eine eminent wichtige und notwendige Funktion innerhalb der Nationalpolizei er habe. Die Bemerkung gefiel dem jungen Mann, denn als er zur Bewachung der Pforte abkommandiert worden war, hatte er sich zu einem simplen Hauswart degradiert gefühlt.

Wie auch immer, Napoleon konnte nicht auf die Unterstützung des Staates und der Militärstreitkräfte seines Landes zählen, er musste seine Armee ganz allein ausheben, ohne irgendwelche Hilfe. *Unmöglich ist kein französisches Wort,* sagte er sich, um sich Mut zu machen, wie er es schon immer getan hatte, wenn er kurz davor war, die Hoffnung zu verlieren.

Während er ziellos durch die Straßen von Paris wanderte, begann der Kaiser sich eine schöne, starke und mächtige Armee auszumalen. Eine Armee, die in ihrem Charakter den Zwecken des heutigen Frankreich diente. Der Kaiser holte eine Dose Cola light aus seinem Rucksack und trank einen Schluck. Der erste ist immer der beste. Gott, wie gut das schmeckte! Er spürte, wie der Schmerz, der sich permanent in seinem Magen eingenistet hatte, durch die Wirkung des Heiltranks abnahm. Gleichzeitig spürte er, wie sich seine Blase füllte. In wenigen Minuten würde er also wieder zwei Motorkutschen finden müssen, zwischen denen er sich verstecken konnte.

Der große Verlierer

Passagier Annonciade Bartoli, ich wiederhole, Annonciade Bartoli, gebucht auf Air Corsica Flug XK3456 nach Ajaccio, wird gebeten, sich umgehend an Gate D43 einzufinden. Die Ansage hallte durch die Lautsprecher des Flughafens. Als sein Name aufgerufen wurde, hob Professor Bartoli, der immer noch suchend durch die riesigen Hallen der verschiedenen Terminals irrte, lauschend den Kopf. Er musste sich eingestehen, dass er Napoleon verloren hatte. Zum zweiten Mal seit seiner Gründung hatte der BUH den Kaiser verloren. Würden sie ihn eines Tages so effektiv schützen können, wie es von ihnen erwartet wurde? Was für ein Versager er doch war! Der Professor vergrub das Gesicht in seinen gewaltigen Pranken. Er hatte soeben Napoleon Bonaparte verloren. In wenigen Minuten würde er auch noch seinen Flug nach Ajaccio verpassen. Dann würde er im Flughafen herumirren und vielleicht sogar den Verstand verlieren. Es gab nichts daran zu rütteln: Er hatte auf der ganzen Linie versagt.

Napoleon bekommt sein Pferd wieder und gewinnt fast dreihundert Euro

Während Napoleon auf den gigantischen, a-förmigen Metallturm zustrebte, der in der Ferne in die Höhe ragte (wie viele Jahrhunderte blickten wohl von dort oben auf ihn herab?), tauchte an der Straßenecke Le Vizir auf und löste damit bei seinem Besitzer eine unbändige Freude aus. Das Pferd musste am Flughafen ausgebüxt sein und seine Spur aufgenommen haben. Was für ein herrliches Tier!, dachte der Kaiser, ganz sein Herr! Er streichelte seine Nüstern und flüsterte ihm »braves Tier« und »mein treuer

Diener« zu, Worte, auf die das Pferd mit einem breiten Grinsen reagierte, bei dem es sein rosiges Zahnfleisch entblößte.

Was der Kaiser nicht wusste: Als er beim Boarding nicht erschienen war, hatte man die große Kiste, die auf seinen Namen registriert war, wieder ausgeladen. Als schlichte Sicherheitsmaßnahme. So etwas kam immer wieder vor, und es ging doppelt so flott, wenn das Gepäck einem Passagier mit korsischem oder arabischem Namen gehörte. Neugierig geworden, weil der Inhalt der Kiste schnaubte und gegen das Holz klopfte, hatten zwei Flughafenmitarbeiter die Kiste geöffnet und einen majestätischen Schimmel vor sich gesehen. Sie hatten für ihn Wasser in einen Eimer gegossen und sich gefragt, was ein solches Tier wohl fraß. Karotten? Äpfel? Die Männer mussten sich nicht sehr lange den Kopf zerbrechen, denn kaum hatte das Tier seinen Durst gestillt, stellte es sich auf die Hinterbeine und wieherte laut. Dann war es über die Landebahn davongaloppiert, und der Flughafen Paris-Charles-de-Gaulle hatte sich für kurze Zeit in eine Pferderennbahn verwandelt. Das Tier hatte die Fluglotsen, die eher an fliegende Tauben als an galoppierende Pferde gewöhnt waren, in Panik versetzt und schließlich einen Ausgang gefunden, durch den es entwischt war, immer dem Kabeljaugeruch nach, der nie ganz von seinem Herrn gewichen war, seitdem man sie beide aus dem Meer gefischt hatte.

Nach diesem rührenden Wiedersehen stieg der Kaiser auf und lenkte Le Vizir im Schritt zum nächsten Zeitungskiosk. Dort fragte er, wo er radikale Islamisten finden könne.

»Für die versteckte Kamera?«, fragte der Verkäufer.

Eine versteckte Kamera? Napoleon war es nicht gewohnt, sich vor seinen Feinden zu verstecken, ganz im Gegenteil. Was er zu sagen hatte, sagte er ihnen ins Gesicht. Nein, Napoleon versteckte sich nie, höchstens zwischen zwei Motorkutschen, wenn ihn ein dringendes Bedürfnis überkam. Doch er hielt es nicht für angebracht, dies seinem Gegenüber zu erläutern.

»Jedenfalls werden Sie die Islamisten nicht im 16. finden!«, sagte der Zeitungsverkäufer. »Suchen Sie besser in Barbès oder in neun drei.«

»Neun drei?«

»Im Norden. Das 93., das Département Seine-Saint-Denis.« Seine-Saint-Denis? Nein, das kannte Napoleon nicht. Dieses Département musste nach ihm geschaffen worden sein. Zu seiner Zeit war das 93. Département noch das der beiden Nethen gewesen, mit Hauptort Antwerpen, als der Landstrich noch französisch und nicht belgisch war. Doch 1815 hatte er es verloren. Ach, wie anders hatte die Karte Frankreichs während seiner Regierungszeit ausgesehen! Sie hatte ganz Belgien, Luxemburg, Holland und ein gutes Stück des heutigen Italien umfasst. Nicht dieses kleine, magersüchtige Frankreich von heute, das er im Schaufenster einer Reiseagentur auf einer Karte entdeckt hatte. Es war niederschmetternd. Man konnte keine dreißig Sekunden weg sein!

»Übrigens habe ich die letzte *Hebdo des Charlots*, wenn Sie wollen. Sie ist überall ausverkauft. Ich hab noch eine.«

Der Verkäufer kam aus dem Kiosk heraus, legte die Wange an die Flanke des Pferdes und sagte:

»Wenn Sie sie auf ebay einstellen, kriegen Sie ein hübsches Sümmchen. Mein Cousin hat heute früh eine für dreihundert Euro verkauft!«

Napoleon erkannte die Zeitschrift wieder, die der Penner ihm in der Flughafentoilette gezeigt hatte. Dasselbe unmoralische Angebot. Was für eine komische Macke, mit dem Unglück anderer Leute Geld zu verdienen! Napoleon begnügte sich damit, dem Pferd die Absätze in die Flanke zu rammen, woraufhin Le Vizir sich aufbäumte und in Richtung Seine-Saint-Denis jagte, zur Hochburg der Dschihadisten. Endlich konnte der Krieg beginnen.

Napoleon hat eine Idee

Der Kaiser ritt nach Norden. Immer nach Norden. Und noch weiter nach Norden.

Wenn man zu seiner Zeit nach Norden ritt, fand man dort Volksstämme mit blondem Haar, porzellanheller Haut und Augen, so blau wie der Himmel an sonnigen Tagen. Man traf auf Wikinger. Heutzutage sahen die Gesichter der Wikinger anders aus, und Napoleon kam es vor, als habe er auf seinem Ritt nach Norden, ohne es zu merken, einmal die Welt umrundet und sei in Afrika gelandet.

Die gebräunten Gesichter und die Sprache der Menschen versetzten ihn geradewegs zurück zu seinem Ägyptenfeldzug von 1798. Derselbe Geruch nach Gewürzen und Hühnchen, dieselben Schnurrbärte, dieselben Sandalen. Die Wikinger hatten anscheinend irgendwann mal einen Krieg verloren und sich aus ihrem Land werfen lassen. Eine andere Erklärung gab es nicht.

Während sich Napoleon einen Weg durch den Straßenverkehr bahnte, wurde ein Mann spontan von dem unwiderstehlichen Bedürfnis überkommen, einen Gebetsteppich zu entrollen und mitten auf der Straße niederzuknien. Innerhalb weniger Minuten taten es ihm Dutzende von Gläubigen nach, auch sie von dem zwingenden Wunsch getrieben, ihr Gesicht in den Hintern ihres Vordermannes zu rammen. Sie blockierten damit die Straße und entfesselten den Zorn der Autofahrer. Ein ohrenbetäubendes Hup-Konzert ertönte, ohne dass irgendjemand eine Reaktion zeigte. Abgesehen von ein paar Pariserinnen, die, da sie für ihre Pilateskurse sowieso schon zu spät dran waren, die Gelegenheit nutzten, ihre Schaumstoffmatten entrollten und Aufwärmübungen machten.

Der Kaiser beneidete diese Völker. Sie waren ein gefundenes Fressen für Despoten, denn diese konnten die Menge einfach nur dadurch fanatisieren, dass sie sich zu Propheten ernannten. Jetzt verstand er, auf welchem Kompost die Terroristen gekeimt und gewachsen waren. Es war ein Boden, der von einem blinden, engstirnigen Glauben gedüngt worden war. Hier also befand sich der Schlupfwinkel der Dschihadisten. Der Zeitungsverkäufer hatte sich nicht getäuscht.

Schnell fiel ihm auf, dass seine Anwesenheit im Viertel nicht unbemerkt blieb. Lag es an dem Schimmel? Am Zweispitz? Ein Kamel und ein Fes hätten besser in das orientalische Ambiente gepasst. Wie auch immer, dachte er, es war vielleicht besser, sich nicht allzu lange allein in dieser Gegend aufzuhalten, selbst wenn die Bevölkerung alles in allem friedlich wirkte. Doch bevor er zum Angriff blasen konnte, musste er seine Truppen sammeln, Kundschafter losschicken, die wie Einheimische in Djellaba, Trainingsanzug oder Kunstlederjacke gekleidet waren, eine Menge Sandalen kaufen, ein Geländeprofil erstellen, einige strategische Auskünfte einholen und einen schlüssigen Plan ausarbeiten, damit er dem Usurpator, der sich aufführte wie in einem besetzten Land, den Sieg entreißen konnte. Er würde den Wikingern ihr Land wiedergeben.

Auf seinem Rückzug gen Süden fand sich Napoleon bald in einem von Prostituierten und Zuhältern bewohnten Viertel wieder, das ihn vage an seine eigene Zeit erinnerte, woraufhin sich eine gewisse Nostalgie in ihm breitmachte.

Nachdem ihn drei junge Frauen mit ballonartig aufgeblähten Brüsten – und das ganz ohne Korsett! – angesprochen hatten, erblickte der Kaiser eine rote Mühle, deren Flügel sich ohne jeden Luftzug drehten. Am Gebäude prangten in großen roten Leuchtbuchstaben die Worte »Moulin Rouge«. Wer sich das ausgedacht hatte, konnte nicht gerade über viel Phantasie verfügen.

Und wieso standen die Touristen Schlange vor einer gewöhnlichen Mühle? Hatten sie noch nie gesehen, wie Mehl hergestellt wurde? Seine Nachfahren waren wirklich unglaublich. So viel technologischer Aufwand, nur um am Ende vor einer einfachen Getreidemühle in Verzückung zu geraten!

Als er näher heranritt, fiel sein Blick auf großformatige Plakate, auf denen junge Frauen in blau-weiß-roten Kleidern tanzten, die aussahen, als hätte man Po und Taille mit riesenhaften Stoffkokarden umwickelt. Um die bis auf Höhe des Gesichts hoch geschwungenen Beinen ringelten sich Strumpfbänder in den Farben Frankreichs. Napoleon war überwältigt von so viel Nationalstolz. Da war alles, was er brauchte. Hochmotivierte junge Frauen. Junge Soldatinnen, Symbole der Ära der Gleichheit unter den Geschlechtern. Eine gute Gelegenheit für den Kaiser, sein Image aufzupolieren, indem er die von Testosteron strotzende Welt des Krieges mit eine Prise Weiblichkeit versüßte.

Er betrachtete die verführerischen Pariserinnen und lächelte glücklich und zufrieden.

Endlich hatte er seine Neue Große Armee gefunden.

Ein gefährliches Bad

Im selben Augenblick betrat ein Mann mit einer brennenden Zigarette im Mund ein städtisches Hallenbad und ging auf das Schwimmbecken zu. Er holte aus seiner Badehose das, was alle für eine großzügige Gabe der Natur gehalten hatten und was sich nun als Dynamitstange entpuppte, und führte es an die Zigarette.

Und in weniger Zeit, als man braucht, um sich Lungenkrebs zu holen, verschwand er mitsamt seiner Umgebung in einer großen Wolke aus schwarzem Rauch.

Eine Armee in den Farben des Cancan

Als der junge Security-Mitarbeiter einen Mann in Hut und Gehrock auf sich zureiten sah, glaubte er, einen neuen Schauspieler für die Revue vor sich zu haben. Er kannte Napoleon nicht (weil er den Geschichtsunterricht geschwänzt hatte, um heimlich Joints zu rauchen), und selbst wenn er ihn gekannt hätte, wäre es dem armen Kerl schwergefallen, sich vorzustellen, dass der Kaiser aus der Asche auferstanden beziehungsweise aus der Eisscholle herausgeschmolzen war. Er starrte ihn an, wie er da hoch zu Ross vor ihm saß, mit seinem Hut, der die Form eines klassischen Pariser Taxischilds hatte, dem großen schwarzen Superman-Umhang und dem Shakira-T-Shirt. Diese Künstler waren schon eigenartige Wesen. In den drei Monaten, in denen er hier arbeitete, waren ganze Heerscharen exzentrischer Künstler an ihm vorbeigezogen.

Der Kaiser zügelte sein Pferd, stieg ab und drückte dem jungen Nordafrikaner – in seinen Augen eindeutig ein Gastwirt, der bereit stand, um die Gäste zu begrüßen – die Zügel in die Hand. Dann betrat er ungezwungen und forsch, wie es seine Art war, das Gebäude. Verdutzt fragte sich der Security-Mann, was er mit dem Tier machen sollte, das zu allem Unglück in diesem Moment auch noch seinen Darm auf den roten Teppich entleerte.

Der kleine Korse stand in einem sehr großen Raum, an dessen hinteren Ende sich eine Bühne befand. Die Tische und Stühle ließen an die Ausstattung eines Restaurants denken. Nach den Gedecken, den Gläsern und hübsch bestickten Servietten zu urteilen, speisten die Gäste, während sie die Darbietungen der jungen patriotischen Tänzerinnen genossen.

Napoleon machte sich zielstrebig auf die Suche nach dem Backstage-Bereich. Hinter der Bühne entdeckte er einen langen, geraden Flur, aus dem weibliche Stimmen und Gelächter drangen. Man fühlte sich unvermittelt in ein Mädchenpensionat versetzt. Die Stimmen klangen äußerst vergnügt, und der Kaiser lächelte. Genau das suchte er. Gute Stimmung, eine positive Lebenseinstellung, hochmotivierte, tapfere Soldatinnen.

Das Gelächter drang aus einer kleinen Garderobe. Die Tür stand offen, und der Korse warf einen Blick hinein.

Vor ihm stand eine junge Frau im Rüschenrock, die einen Schrei ausstieß, als sie ihn sah. Eine anderer legte schützend mit gespreizten Fingern die Hände über ihre Brüste.

»Entschuldigen Sie«, sagte Napoleon und wandte den Blick ab.

Diejenigen der jungen Frauen, die noch nackt waren, zogen sich rasch etwas über. Nachdem der erste Schreck sich gelegt hatte, kicherten sie wie kleine Mädchen. Die Situation war ja auch ziemlich lustig. Und was hatten sie schon von einem Knirps in Umhang, Hut und Shakira-T-Shirt zu befürchten?

Es ging zu wie in der Schiffskabine der Marx Brothers, so eng drängte sich die farbenfrohe Gesellschaft zusammen.

»Freut mich, ich bin Charlotte«, sagte die junge Frau, die Napoleon am nächsten stand.

Das Herz des Kaisers tat einen gewaltigen Satz. Charlotte glich aufs Haar seiner Marie Josèphe, seiner ersten Frau und ersten Liebe, der er den hübschen Kosenamen Joséphine gegeben hatte. Seine einzig wahre, seine große Liebe. Charlotte hatte die hübscheren Zähne und ein strahlendes Lächeln. Nicht das schiefe Lächeln, das Joséphines liebes Gesicht zierte, nachdem ihr vorzeitig die Zähne abgefault waren. Joséphine, ah, Joséphine, wie sehr hatte er sie geliebt! Sie hatten sogar das Bett geteilt – wenn das kein Liebesbeweis war! Zumindest bis er Konsul wurde, denn in den begüterten Schichten seiner Zeit waren getrennte Schlafzimmer üblich.

»Charlotte?«, stammelte Napoleon. »Oh ja, ich bin auch Charlot«, fügte er hinzu, in dem Glauben, sie spiele auf die traurigen Ereignisse an, die Frankreich erschüttert hatten.

»Charlot? Das ist ulkig. Wie der Charlot von den Anschlägen«, kiekste eine andere der jungen Frauen.

»Ach was, das kommt von Charlie Chaplin, du Spatzenhirn«, hielt eine dritte dagegen. »Als seine Eltern ihm seinen Namen gegeben haben, waren die Anschläge auf *L'Hebdo des Charlots* doch noch gar nicht passiert!«

»Valentin, der Gummimensch, zu Ihren Diensten«, stellte sich ein feminin wirkender junger Mann vor. »Aber Sie können mich Valentin nennen, kurz und bündig.«

»Sehr erfreut, Valentin Kurzundbündig. Ich heiße Napoleon«, erwiderte der Korse und ergriff geistesabwesend Valentins Hand, die die Konsistenz von Marshmallows hatte. Er war immer noch von seinen Gefühlen überwältigt.

Wie kam es, dass diese Frau seiner verstorbenen Liebsten so ähnelte? Joséphine, Joséphine. Er hatte sie nie vergessen, auch nicht nach der Scheidung von ihr, und ihr Gesicht war das letzte Bild, das ihm auf dem Sterbebett erschienen war. Ihr Name war das letzte Wort, das er ausgesprochen hatte, bevor er zum letzten Mal die Augen geschlossen hatte. Du hast alles verdorben, Joséphine, dachte er. Hättest du mich nur nicht betrogen, mit diesem erbärmlichen Hippolyte Charles, diesem hundsordinären Husarenleutnant. Du hast einen General gegen ein kleines Würstchen eingetauscht!

»Heißt du jetzt Charlot oder Napoleon?«, fragte eine Tänzerin weiter hinten, die gar nichts verstanden hatte.

»Ich bin Napoleon«, antwortete der Kaiser.

Charlotte konnte nicht Joséphine sein. Joséphine war tot. Aber auch er hatte geglaubt, tot zu sein, und trotzdem ... Wäre sie tatsächlich seine frühere Liebste gewesen, hätte sie ihn erkannt. Sie hätten sich geküsst und aufs Neue geliebt. Doch

Charlotte nahm ihn nicht in die Arme. Sie blieb stehen und lächelte, zurückhaltend, aber interessiert.

»Napoleon?«, sagte eine, die intelligenter war als die anderen. »Das sieht man doch. Der Gehrock, der Zweispitz.«

»Die Sneakers und das Shakira-T-Shirt«, legte eine andere nach. Wieder kicherten alle los.

»Lasst ihn mal zu Wort kommen«, murmelte Valentin und beugte sich leicht zu dem Neuankömmling vor. »Womit können wir Ihnen dienen?«

»Ich bin auf der Suche nach Soldaten und einer Armee für Frankreich! Auf der Suche nach Patriotismus! Nach Frauen, die in blau-weiß-roten Röcken tanzen! Nach Überzeugungen! Nach Mut! Ich will eine Welt, die sich gegen die Barbarei erhebt, nach dem Motto der Neuen Französischen Revolution!«

Alle Anwesenden starrten ihn sprachlos an.

Endlich brach eine der Frauen das Schweigen. »Kommst du von *Frankreich sucht den Superstar*?«, fragte sie atemlos.

Ihre Aufregung steckte die anderen an. »Oh ja, ich will auch, ich will auch«, riefen alle durcheinander.

Die muntere Truppe war fest davon überzeugt, dass sich ihnen hier die Chance ihres Lebens bot. Sie konnten die Stars von morgen werden! So wie der Besucher ausstaffiert war, handelte es sich bestimmt um ein Bühnenstück über das Leben von Napoleon Bonaparte, vermutlich in einer etwas moderneren Fassung, wenn man das T-Shirt in Betracht zog. Ja, es ging ganz bestimmt um eine Musical-Comedy des berühmten Produzenten Dove Attia, eine Show über Napoleons Eroberungen, aufgepeppt mit den heißen Beats und Songs der attraktiven kolumbianischen Sängerin. Ein echter Knaller. Wenn das kein Hit wurde! Alle wollten dabei sein, denn sie kannten schließlich *Die zehn Gebote*, *1789: Die Liebenden der Bastille* und *Der Sonnenkönig* und wussten, dass die Sänger, die mit von der Partie waren, das große Los gezogen hatten.

Die jungen Frauen sahen sich an. Diese Gelegenheit durften sie sich nicht entgehen lassen. Denn die Arbeitsbedingungen für Cancan-Tänzerinnen im Moulin Rouge waren an der Grenze des Erträglichen. Es war schon so weit gekommen, dass die fünf Freundinnen die Kinder beneideten, die in Bangladesch für Nike schufteten. In ihrem Vertrag war festgelegt, dass sie nicht mehr als fünf Kilo zunehmen durften (dabei waren sie alles andere als wohlgenährt!), dass sie eine strenge Diät einhalten mussten, auf der Basis von Algensaft und mit Vitaminen angereicherten Runkelrüben (und da hieß es, Bergarbeiter hätten ein schweres Schicksal!), und dass sie an endlosen Proben teilnehmen mussten, sogar am Wochenende, und täglich anstrengende Gymnastikübungen zu absolvieren hatten, die nach und nach ihren Körper deformierten und ihre Muskeln ruinierten. Valentin hatte genug davon, sich zu verbiegen und alle naselang beim Spagat auf seine Geschlechtsorgane zu knallen. Er trug zwar einen Schutz, aber der linderte den Aufprall nur wenig. Bald würde er weniger Nüsse haben als die Bioschokolade. Dir kann das doch egal sein, du bist schwul, hörte er andauernd, du wirst sowieso ein Kind adoptieren müssen. Ja, schön, aber es gab ja auch noch die Möglichkeit einer Leihmutter, und außerdem war das kein Grund, sich jeden Abend vor einer Busladung chinesischer Touristen die Hoden zu quetschen! Nein, es war an der Zeit, die brutale Laufbahn eines Revuetänzers zu beenden und in die magische Welt der Popmusik und des Theaters einzutauchen. Valentin hatte schon immer davon geträumt, auf der Bühne zu singen, vor Tausenden von Menschen, vor Franzosen und nicht vor Chinesen, die für einen Abend von den Galeries Lafayette herangekarrt wurden und seine Darbietung vergaßen, sobald sie im Bus saßen. Chinesen, die im Billigflieger über zehntausend Kilometer zurücklegten, nur um in Paris Souvenirs zu kaufen, die in ihrem Land produziert wurden.

»Wir kommen mit!«, erklärten alle im Chor, ein XXL-Lächeln auf den Lippen.

Welch eine Begeisterung!, dachte der Kaiser, nicht weniger strahlend. Seine Neue Große Armee war geboren.

Napoleon im Hôtel Napoléon

Napoleon konnte nicht gleich mit Valentin und den jungen Frauen losziehen, sondern musste erst noch das Ende der Probe abwarten. Am meisten staunte der Kaiser darüber, dass sich diese Traumfrauen, die auf der Bühne, wenn sie mit Perücke und Schminke in ihrem frechen Outfit Cancan tanzten, wie Fünflinge wirkten, überhaupt nicht mehr ähnlich sahen, sobald er sie in Jeans und ICH BIN CHARLOT-Shirt (sie also auch!) vor sich hatte. Das war ein wenig beunruhigend. Nur Charlotte glich auch ohne Schminke und Tanzdress immer noch Joséphine. So ein Ärger! Er würde diese Frau nie anschauen können, ohne dass sein Herz wie wild pochte und seinen Brustkorb zu sprengen drohte.

Der Korse zwang sich, die Gedanken wieder auf die Gegenwart zu richten. Was für eine schöne, gut gelaunte Armee, sagte er sich, als sie das Moulin Rouge verließen. Denn die Tänzerinnen hinter ihm prusteten bei jeder Gelegenheit los.

Schockiert war er von der Körpergröße der jungen Damen. Sie überragten ihn gut und gerne um drei Köpfe. Und hatten endlos lange Beine. Prompt machte sich sein Minderwertigkeitskomplex bemerkbar, und er nahm dem jungen Security-Mitarbeiter eilig die Zügel aus der Hand, damit er sich auf Le Vizir schwingen und an Höhe gewinnen konnte. Das imponierte der holden Weiblichkeit gewaltig. Ein Pferd? Dove Attia hat sich wirklich nicht lumpen lassen, sagte sich Valentin. Und so trotteten alle dem drolligen Kerlchen hinterher, das hoch oben auf seinem Vollblut thronte, und träumten von der glorreichen Zukunft, in die es sie führte.

Schon versank die Sonne am Horizont von Paris, und Napoleon fand es nur logisch, dass er seine erste Nacht im Neuen Frankreich im Hôtel Napoléon verbringen würde, das zwischen den Champs-Élysées und dem Arc de Triomphe lag. Er war überzeugt, dass man ihm, wo schon das Hotel seinen Namen trug, den roten Teppich ausrollen und die königliche Suite zur Verfügung stellen würde, kostenlos natürlich.

Aber davor machte er einen Umweg über den Arc de Triomphe. Er hatte ihn noch nie in fertigem Zustand gesehen. Die Idee dazu hatte er am Tag nach Austerlitz auf dem Schlachtfeld gehabt. Seine Soldaten sollten durch einen imposanten Triumphbogen marschieren, wenn sie nach Hause zurückkehrten. 1806 war mit dem Bau begonnen worden. Vier Jahre später, der Bogen war immer noch nicht fertig, hatte er für Marie-Louise, die er zu ehelichen gedachte, ein provisorisches Modell in Originalgröße errichten lassen, damit sie darunter Einzug halten konnte. Eine schöne Zeremonie, die bewies, dass er ein großer Romantiker war – oder zumindest Sinn für Details hatte.

Das fertige Bauwerk entsprach genau Napoleons Vorstellungen, es war so, wie er es sich so häufig ausgemalt hatte, wie er es auf den Planskizzen von Chalgrin und Raymond und als simples Stuckmodell gesehen hatte, unter dem er hindurchgeritten war. Er lächelte. Es war doch eine gute Idee gewesen! Jahrelanges Werkeln und Warten, Geld in den Sand gesetzt, aber trotzdem eine gute Idee, doch, ja. Dass Hunderte von Touristen sich neuerdings vor den schönen steinernen Fassadenreliefs fotografierten, bestärkte ihn in seiner Meinung.

Vor dem Luxushotel ließ der Kaiser Le Vizir am Straßenrand stehen und betrat mit seiner Truppe das Foyer. Wenn es einen Ort gab, an dem er sich ganz zu Hause fühlte, dann hier. Das Fünf-Sterne-Hotel war ein Ort, an dem die Eleganz und das goldglänzende Dekor des 19. Jahrhunderts eine organische Verbindung mit dem Design und der Technologie des 21. Jahrhunderts eingingen. Die Lampen, die Pflanzen, die Holztäfelung erinnerten an die heimelige Wärme der kaiserlichen Gemächer, in denen der kleine Korporal so gerne Diskussionen geführt und Tabak geschnupft hatte.

»Napoleon Bonaparte«, sagte er zum Empfangschef, »Kommandierender General der Armeen und Oberhaupt der Franzosen«, und legte seinen Zweispitz mit theatralischem Schwung auf die Marmortheke.

Der Mann dachte sofort an Serge Lama, der den kleinen Korsen im gleichnamigen Musical darstellte. Der Sänger stieg häufig in diesem Hotel ab. Hatte er in der Nähe einen Auftritt? Aber eigentlich trieb er seine Späße nie so weit, dass er Hut oder Gehrock seines Idols auf der Straße trug. Das hieß, er war noch einen Tick wahnsinniger geworden. Armer Serge Lama. Doch als er sein Gegenüber etwas genauer in Augenschein nahm, merkte er, dass er sich getäuscht hatte.

»Was wünschen Sie, Monsieur?«

»Die kaiserliche Suite, für den Kaiser.«

»Sofort, Monsieur.« Der Empfangschef stürzte zum Computer.

»Kann ich bitte Ihren Ausweis sehen. Eine reine Formsache.«

Napoleon zog das kleine bordeauxrote Heftchen aus der Tasche, das ihm der norwegische Fischer für seinen Flug nach Paris gegeben hatte. Er reichte es dem Mann, der ihm daraufhin sein schönstes Lächeln schenkte.

»Und Ihre Bankkarte, bitte?«

Der Kaiser verstand die Frage nicht. »Meine Bankkarte?«

Er drehte sich zu Valentin, dem Gummimann, um, der hinter ihm stand.

»Er will Ihre Kreditkarte«, erklärte dieser. »Um das Zimmer zu bezahlen, nehme ich an.«

»Oh, die kleine rechteckige Karte! Ich fürchte, hier liegt ein winziges Missverständnis vor«, erklärte der Korse dem Empfangschef. »Ich bin Napoleon Bonaparte, erster Kaiser der Franzosen. Derjenige, dessen Porträt Sie da oben auf der Radierung sehen können.« Er deutete auf das gerahmte Bild, das hinter dem Empfangschef an der Wand hing.

»Sie haben wirklich eine erstaunliche Ähnlichkeit mit Napoleon«, bestätigte der Mann, ohne sich umzudrehen, »aber er ist seit fast drei Jahrhunderten tot. Eine Kleinigkeit, werden Sie sagen. Außerdem ist Ihr Pass auf den Namen Lionel Messi ausgestellt.« Vergnügt deutete der Empfangschef auf die Seite, auf der sich das Passfoto befand.

»Me-ssi?«, wiederholte der Kaiser ungläubig, mit Betonung auf der ersten Silbe. Der gute Hansen hatte sogar daran gedacht, in die falschen Papiere einen echten korsischen Namen einzusetzen. Wie zartfühlend und rücksichtsvoll!

»Aber wenn Sie weiter behaupten, Napoleon zu sein, oder meinetwegen Lionel Messi«, fuhr der Empfangschef fort, »sehe ich mich gezwungen, zum Telefonhörer zu greifen. Ich schwanke noch zwischen der Polizei und der Psychiatrie. Haben Sie eine Präferenz?«

Dann war sein Eigenname also nicht der Einzige, der einen ins Irrenhaus brachte. Es gab da noch diesen Lionel Messi. Und wer weiß, wie viele andere.

»In Ordnung, Sie haben gewonnen. Wie viel kostet das Zimmer?«, fragte Napoleon resigniert.

»1400 Euro pro Nacht, Monsieur. Ohne Mehrwertsteuer natürlich.«

Der Kaiser drehte sich zu Valentin um und forderte ihn mit einer Handbewegung auf zu bezahlen. Dem jungen Mann ploppten fast die Augen aus dem Kopf.

»Aber sicher doch, Sire«, antwortete er. »Ich zahle Ihnen ein Zimmer für 1400 Euro die Nacht, das ist ja bloß ein Monatsgehalt. Kein Problem, dann esse ich eben in den nächsten Wochen nur Nudeln und geh im Bois de Boulogne auf den Strich, wenn ich pleite bin.«

»Danke, Valentin, Ihre Opferbereitschaft ehrt Sie.«

»He, bei dem piept's wohl! Der glaubt mir auch noch. Ich bin für die Produktion engagiert, genau wie Sie! Fragen Sie Dove Attia. Der bezahlt Sie doch, oder?«

Dove Attia? Wer war denn nur dieser Dove Attia, von dem sie die ganze Zeit plapperten? Ein General der italienischen Armee? Nein, bestimmt ein Theatermann.

In der Garderobe hatten sie etwas von einem Musical geschwatzt. Um nicht wie ein Idiot dazustehen, gab der Kaiser vor, den Mann zu kennen.

»Ah ja, Dove Attia! Natürlich …« Er wandte sich an den Empfangschef. »Stellen Sie das Zimmer Dove Attia in Rechnung.«

Sekunden später setzte die Security des Luxushotels Napoleon und seine Truppe kurzerhand vor die Tür.

Napoleon und die englischen Königinnen

Auf dem Bordstein sitzend, die Füße im Rinnstein, erzählte Napoleon seine Geschichte.

»Dann sind Sie kein Mitarbeiter von Dove Attia?«, fragte eine der Frauen enttäuscht, als der General mit seinem Bericht fertig war.

»Klappe, Mireille, das ist Napoleon, siehst du doch! NA-PO-LE-ON! Hallo, Mireille? Hallo, hier Erde, kannst du mich hören? Da sitzt Napoleon vor dir, und dir fällt nichts Besseres ein, als von Dove Attia zu faseln! Wo doch nicht mal meine Oma weiß, wer Dove Attia ist!«

»Warum? Vielleicht ist Napoleon ein Producer!«, warf eine andere junge Frau ein.

»Napoleon …«, murmelte Valentin ungläubig.

»Napoleon …«, wiederholte Charlotte mit glänzenden Augen.

»Und wie können wir sicher sein, dass er wirklich Napoleon ist?«, fragte Hortense.

»Stellen Sie mir eine beliebige Frage, und ich werde antworten. Dann werden Sie sehen, dass ich sehr wohl der erste Kaiser der Franzosen bin!«

Aber Allgemeinbildung war nicht gerade die Stärke von Mireille, Charlotte, Peggy, Adeline, Hortense und Valentin. Und Geschichte noch weniger.

»Wenn Sie Franzose sind, warum haben die dann Ihre Rolle in *Der letzte Kaiser* mit einem kleinen Chinesen besetzt?«, war die intelligenteste Frage, die Peggy einfiel. Napoleon starrte sie ziemlich verständnislos an.

»Ich kann Ihnen mein Geschlecht zeigen«, erwiderte er endlich, als könne er so jeden Zweifel ausräumen.

Niemand verstand, was er damit beweisen wollte, und der Vorschlag wurde freundlich abgelehnt. Dass man ihn aus seinem eigenen Hotel hinausgeworfen hatte, war seinem Nervenkostüm offenbar schlecht bekommen.

»Armer Napoleon, was für eine Schande!«, sagte Adeline mitfühlend.

Valentin erklärte dem Korsen sanft und liebenswürdig, dass 1400 Euro ein saftiges Sümmchen darstellten. Zum besseren Verständnis versuchte eine der Tänzerinnen sogar, den Betrag mit einer Smartphone-App in *Francs germinal* umzurechnen, aber das war die einzige Währung, die fehlte. Es gab den Schweizer Franken, den Pazifik-Franc, den Kongo-Franc, den Kambodscha-Franc und sogar den Albanien-Franc, aber nirgendwo eine Spur von einem Franc germinal. Sie klappte ihr Telefon zu. Immerhin hatte sie wieder etwas gelernt. Fünfundzwanzig Arten von Francs wurden auf der Welt verwendet! Nachmacher!

»Ich bedaure sehr, dass ich Sie in dem Glauben ließ, es handele sich um eine Musikkomödie«, sagte der Kaiser zu seiner Truppe. »Ich wollte nur gegen die Terroristen kämpfen und den Frieden in Frankreich wiederherstellen, für uns, für die Kinder unseres Vaterlandes.«

Valentin und die Tänzerinnen blickten ihn traurig an. Den gestürzten Kaiser. Den geschwächten Adler. Die Biene unter dem umgestürzten Wasserglas. Den großen Eroberer, befallen von tiefster Verzweiflung. Das Musical konnten sie vergessen, aber es gab schließlich noch etwas anderes auf der Welt.

»Wir helfen Ihnen«, sagte Charlotte.

»Schließlich sind wir alle Charlot!«, ergänzte Mireille.

»Wir sind alle Napoleon«, verkündete Peggy.

»Und Charlot sein bedeutet, für unsere Freiheit zu kämpfen«, sagte Adeline. »Zu den Waffen greifen gegen diejenigen, die uns zum Schweigen bringen wollen!«

»Genau, wir hauen ihnen eins auf die Fresse, diesen dreckigen Arabern!«, ereiferte sich Valentin mit Schaum vor dem Mund. Napoleon brach in Gelächter aus.

»Ich habe auf meinem Ägyptenfeldzug viele Araber getroffen, Valentin, und ich kann Ihnen versichern, dass sie ganz und gar nicht dreckig sind. Sie waren sogar viel reinlicher als ich, obwohl ich fast jeden Morgen ein Bad nahm! Und ich halte mich für einen der saubersten Menschen des Reiches.«

Er erklärte, wie die Ägypter sich nach jedem Gang auf den Abort den Hintern mit einem Schwamm und einem Eimer Wasser reinigten, während er und seine Männer sich mit dreckigem Papier abwischten. Rauem, trockenem Papier, das, das ... oh, mein Gott, das ...

»Das einem den Allerwertesten wund reibt wie das rosa Klopapier im TGV?«, fragte Valentin. Napoleon wusste nicht, was ein TGV war, aber die Grimasse des Tänzers sagte alles über die Qualität des Papiers.

»Ja, wie das Klopapier im Tee Schewee«, bestätigte er, »wenn man nicht gar mit Brennnesseln und Disteln vorliebnehmen musste.«

Und der Kaiser begann, pikante Histörchen über seine schöne Reise an die Quellen des Nils zu erzählen. Die Araber seien sauber, versicherte er, und besäßen eine großartige Kultur. Sie hatten vielleicht nicht die Ziffern erfunden, wie es immer hieß (dieses Verdienst gebührte den Indern), aber sie hatten die Alchimie und die Algebra erfunden. Sie hatten die Null bekannt gemacht, die sie in einem alten indischen Manuskript gefunden hatten, sie hatten die erste Weltkarte gezeichnet, die Lichtbrechung und die Magie der Spiegel entdeckt, sie hatten mit Hilfe der Gestirne die Zeit gemessen und eine der wichtigsten medizinischen Abhandlungen verfasst. Und nun zerstörten die Kindeskinder der Kindeskinder dieser Menschen das jahrtausendealte Wissen mit ihren Kalaschnikows und ihren gnadenlosen Schlagbohrern, und mit irgendwelchem Schwachsinn, mit dem sie vertrauensselige Gläubige einlullten. Ja, die Araber entstammten einer großartigen Kultur. Sie hatten wunderbare Dinge geschaffen. Wäre das Trüppchen bis zur Place de la Concorde weitergelaufen, hätte Napoleon sogar ein ganz besonderes Schmuckstück bewundern können – den majestätischen Obelisken, der zu seiner Zeit noch vor dem Tempel von Luxor gestanden hatte und mittlerweile als eines der schönsten Monumente von Paris galt.

Das Trüppchen spazierte munter durch die Straßen von Paris, der Kaiser hoch zu Ross, die anderen zu Fuß, andächtig seinen Erzählungen lauschend. Vor ihrem geistigen Auge fegte der brennend heiße Wüstenwind Chamsin über das Pflaster der Hauptstadt, und es verschwand unter staubigen Pfaden, die sich zwischen farbenfrohen, von Lärm erfüllten Marktbuden von Kairo hindurchschlängelten. Einen Moment lang verwandelte sich Le Vizir in Anhour, ein Dromedar, auf dessen schwankendem Höcker ein friedlicher Napoleon mit seinem unstillbaren Eroberungsdrang thronte.

Doch es dauerte nicht lange, bis die Gedanken des Eroberers wieder zu Paris und den merkwürdigen neuen Landessitten zurückkehrten.

»Eigentümlich, dass es nicht mehr Unglücksfälle gibt. Alle stecken die Nase in ihr Telefon. So nennt man das doch, oder?« Die Frage hatte sich ihm aufgedrängt, denn die Tatsache, dass alle Passanten, denen sie begegneten, in ihre kleinen Apparate vertieft waren, faszinierte ihn.

»So ist es«, antwortete Valentin.

»Aber sie telefonieren nicht!«

»Sie telefonieren, sie chatten, sie texten, sie schicken E-Mails.«

»Oh.«

Um sie herum taten die Touristen aller Nationalitäten mit ihren Telefonen etwas, das »Fotografieren« hieß, ein cleveres Verfahren, durch das man die Leute, die man liebte, in eine kleine Schachtel sperren und in die Tasche stecken konnte. Ein Telefon war nicht nur Taschenrechner, Enzyklopädie, Playstation, Popcorn-Maschine und Hausfreund, sondern auch eine Art Herz und künstliches Gedächtnis für all jene, die so etwas nicht besaßen.

»Telefone nimmt man, um über große Entfernungen miteinander zu sprechen«, fuhr Valentin fort. »Sehr große Entfernungen.«

»Wie Geschosse?«

»In etwa, nur geht es viel schneller. Praktisch zeitgleich, könnte man sagen. Man braucht keinen Boten.«

»Die Menschen wissen nicht, was ihnen entgeht. Ein Bote hat viel für sich. Ihn hat man immer als Ersten umgebracht. Aber was haben sie sich denn alle so Wichtiges zu sagen? Nicht einmal auf dem Schlachtfeld habe ich meinen Männern so viele

Befehle gegeben oder Neuigkeiten von der Front nach Paris oder an meine Nachhut gemeldet.«

»Sie posten Ereignisse aus ihrem Leben auf Facebook. Das ist eine phantastische Erfindung! Stell dir vor, du müsstest fünfhundert Leute telefonisch darüber informieren, dass du schlafen gehst, oder ihnen mitteilen, was du isst!«

»Und das interessiert jemanden?«

»Das ist mega! Die Leute kommunizieren mit der ganzen Welt! Sie sind mit ihren Freunden zusammen!«

»Ja, aber sie laufen doch allein mit ihrem kleinen Apparat herum. Sie sind nicht mit ihren Freunden zusammen.«

Valentin war beeindruckt von so viel Unschuld. Und so viel Scharfsinn.

»Ja, aber durch ihren kleinen Apparat, wie du ihn nennst, können sie mit allen Menschen zusammen sein, die sie lieben. Auf der ganzen Welt. In Echtzeit.«

Vor lauter Rührung und Ergriffenheit war der Cancan-Tänzer zum Du übergegangen. Napoleon nahm keinen Anstoß daran. Er erinnerte sich an die Zeit, an der er alle dazu gezwungen hatte, ihn zu siezen, sogar seine Mutter. Sie hatte sich als Einzige darüber hinweggesetzt. »Maman, bitte, ich bin immerhin der Kaiser!«, hatte er auf ihren Affront reagiert. »Und ich bin deine Mutter!«, lautete ihre Standardantwort. Letizia Bonaparte, ebenso schön wie resolut, trug den Kopf eines Mannes auf einem weiblichen Körper. Ihr widersprach man nicht, selbst der mächtigste Mann Frankreichs hätte den Kürzeren gezogen. Heute beschloss er, auf seine Prinzipien zu verzichten. Schließlich waren alle seine Freunde und Bekannten schon lange tot. Valentin und die jungen Frauen waren ein wenig wie eine neue Familie.

»Aber sie sind nicht mit den Menschen zusammen, die sie lieben«, wiederholte er hartnäckig, »weil sie ganz allein durch die Straßen laufen, nur mit ihrem kleinen Apparat als Gesellschaft.«

»Vielleicht hast du recht«, gestand ihm der Tänzer zu. »Es kommt ihnen so vor, als hätten sie Begleitung. Aber in Wirklichkeit sind sie allein.«

Beim Anblick einer Familie, die in einem Straßencafé saß, verzog der kleine Korse das Gesicht. Der Vater und die beiden Kinder starrten beim Essen auf ihr Smartphone; die Mutter schien ein Selbstgespräch zu führen. Ich habe ein Mobiltelefon geheiratet, dachte sie wahrscheinlich. Und ich habe mit ihm zwei süße kleine Mobiltelefone bekommen.

Jedes Mal, wenn Napoleon und seine Neue Kleine Große Armee einer Patrouille von Vigipiraten begegneten, stieg der Kaiser vom Pferd und versuchte sie davon zu überzeugen, dass sie sich seiner Sache anschließen müssten. Da seine Taktik bei den Staatslenkern nicht funktioniert hatte, konnte er sie ebenso gut direkt bei den Soldaten anwenden.

Napoleon war ein fähiger, volksnaher Redner, der wusste, wie man mit den einfachen Leuten sprach, sie anrührte und dazu motivierte, in ihr Unglück zu rennen. Allem zum Trotz, was in den Geschichtsbüchern über Napoleon stand, war er ein Mann von großer Menschlichkeit und nicht das Ungeheuer, als das er oft dargestellt wurde.

An diesem Tag jedoch antworteten die Soldaten ihm, wenn er sich als Napoleon Bonaparte, erster Kaiser der Franzosen vorstellte: »Klar doch, und ich bin die Königin von England!«, und Napoleon staunte nicht schlecht, wie viele Soldaten beiderlei Geschlechts Frankreich hervorgebracht hatte, die sich für das gekrönte Haupt Britanniens hielten. Es gab demnach verbotene Namen wie »Napoleon Bonaparte« und »Lionel Messi«, und Namen, die gestattet waren, wie zum Beispiel »Königin von England«. Er wusste nicht recht, was er davon halten sollte.

Anschließend bogen sich die Soldaten jedes Mal vor Lachen. Lag es an den Cancan-Tänzerinnen? Am Pferd? An Valentin und dessen Schlenkergang, der an eine Marionette mit ausgerenkten Gliedmaßen erinnerte? Gut, zugegeben, sein Trüppchen hatte etwas von einem Wanderzirkus, aber hier ging es nun mal um die Rettung Frankreichs. Er liebte sie, seine hübsche, vielfarbige Truppe. Hätte er Geld besessen, hätte er natürlich Söldner angeworben, aber er besaß keinen Sou und kein kleines rechteckiges Kärtchen. Normalerweise füllte er seine Kassen nach einem Krieg, nicht vorher, indem er die besiegten Länder zu Steuern verdonnerte. Aber bisher hatte er noch kein Land besiegt, und er brauchte dringend Kapital, hier und jetzt.

Napoleon und der Front National

»Im Grunde ist diese ganze Sache mit den Dschihadisten ein gefundenes Fressen für den Front National«, sagte Valentin, einen Grashalm zwischen den Lippen.

»Front National?«

Napoleon tätschelte seinem Pferd die Flanke. Das Tier, das gerade aus einem niedrigen Wasserbecken getrunken hatte, hob das tropfende Maul und fing an, den Rasen abzugrasen. Ganz in der Nähe trocknete sich ein Schwan in der Sonne die Federn. Le Vizir freute sich sichtlich über den kurzen Zwischenstopp im Park Monceau und die unverhoffte Rast im Grünen. Die jungen Frauen ebenfalls. Sie hatten es sich im Schatten einer Eiche bequem gemacht und plauderten lachend über Mädelskram. Das war mal eine willkommene Abwechslung zu den harten, stressigen Proben im Moulin Rouge! Beobachter der bukolischen Szene hätten nie geglaubt, dass sich die Truppe mitten im Herzen von Paris befand, und nur ein paar neugierige Gaffer standen herum, die nichts Besseres zu tun hatten, als das, was sie für Dreharbeiten zu *Napoleon II.* hielten, mit dem Handy zu verewigen.

»Der Front ist eine politische Partei. Sie müsste dir gefallen, ihr Programm ist eine Art Zeitmaschine, mit der man in die

Vergangenheit reist. Zurück ins Mittelalter. Vielleicht wäre das eine Lösung für dich, denn wenn der FN die Wahlen gewinnt, kannst du wieder nach Hause!«

»Ich bin 1769 geboren, mein Junge, wo bleibt deine Bildung, zum Teufel! Das Mittelalter dauerte vom 5. bis zum 15. Jahrhundert, das heißt, bis zum Beginn der Renaissance. So alt bin ich nun auch wieder nicht!«

»Alles ist relativ ...«

»Es gibt also inzwischen Wahlprogramme? Und ich habe mich mit der Organisation eines Staatsstreichs herumgeplagt! Was bieten sie den Franzosen, diese FNler?«

»Wieder welche zu werden, ganz einfach. Wieder französisch werden. Sie predigen die Rückkehr zum Franc, die Schließung der Grenzen, das Ende der Zuwanderung, den Bruch mit der Europäischen Union, die Rückkehr zur Souveränität und den ganzen Kram.«

»Das Ende der Zuwanderung? Du weißt, ich selbst bin ein Kind der Zuwanderung, auch wenn es eine Binnenwanderung war. Ich stamme aus einfachen Verhältnissen und habe erst mit zehn Französisch gelernt. Was zeigt, dass jedermann eine Chance hat, wenn er sich anstrengt und den Willen dazu aufbringt. Das Wort Einwanderer bedeutet gar nichts, das Entscheidende ist, ob man sich als Franzose fühlt. Und was den Bruch mit der Europäischen Gemeinschaft angeht, so halte ich ihn für einen groben Irrtum. Gemeinsam sind wir stärker, das ist ein unwiderlegbares Gesetz der Logik. Und ich sage das, obwohl ich die Engländer hasse, um die Deutschen einen Bogen mache und die Spanier meinen Bruder mit einem Tritt in den Hintern aus ihrem Land geworfen haben! Trotzdem war ich immer für ein vereintes Europa!«

»Sag lieber, du hättest gern ein Frankreich in den Dimensionen von Europa! Du hast die Grenzen immer weiter nach außen verschoben, als wäre drinnen nie genug Platz.«

»Du hast recht, ich bin nun mal auf einer Insel geboren … Auf jeden Fall habe ich an Europa geglaubt. Für mich ist ein Krieg zwischen Europäern ein Bürgerkrieg, nicht mehr und nicht weniger. Und ich bin wirklich glücklich über das, was ihr zustande gebracht habt. Zusammenleben ist immer schwierig, weißt du. Es ist wie bei alten Ehepaaren. Man ist die kleinen Marotten des anderen leid, die Perücke, die unordentlich zum Trocknen auf dem Türgriff hängt, den Flitter, den der andere nicht ablegt, bevor er ins Bett geht und den du am nächsten Tag zwischen den Pobacken wiederfindest. Aber wenn ein Problem auftaucht, wenn ein Krieg ausbricht, steht man vereint dem Feind gegenüber und würde für den anderen sterben. Portugal hat sein Leben für Polen hingegeben, obwohl alles sie trennt – die Sprache, die Traditionen, Tausende von Kilometern –, das gefällt mir. Nenne mich einen Romantiker, aber darin liegt für mich eine unvergleichliche Schönheit.«

»Es klingt, als hättest du deine Ansprüche zurückgeschraubt«, sagte der Tänzer, der die weiße Kruppe von Le Vizir streichelte.

»Was für eine lustige Idee. Ich habe im ganzen Leben keine Schraube angefasst!«

»Du wurdest immer für ein Kriegsgenie gehalten, das die Welt zermalmen wollte.«

»Das ist eine ziemlich beschränkte Sicht meiner Person. Wie auch immer, die Schließung der Grenzen und der Einwanderungsstopp sind meines Erachtens eine Dummheit. Dein Front National überzeugt mich nicht im Mindesten.«

»Ich weiß nicht recht. Ich bin mir da unsicher. Nach allem, was passiert ist, ertappe ich mich dabei, dass ich denke, vielleicht … könnte es eine Option sein, den FN zu wählen.«

»Vielleicht? Eine Option? Sehr überzeugt klingt das nicht.«

»Es widerspricht ein wenig meinen Prinzipien, aber ich habe Angst. Ich habe den Eindruck, wir lassen es zu, dass die Islamisten uns schlucken. Das heutige Frankreich muss dir sehr anders vorkommen als das zu deiner Zeit.«

»Das kannst du laut sagen. Aber besser, Valentin. Glaub mir. Dass ihr in der heutigen Zeit leben könnt, ist eine unerhörte Chance für euch. Und ich sage das nicht wegen der Cola light oder der Wahlprogramme. Ich spreche vom Frauenwahlrecht, von dem Impfstoffen, der Sozialversicherung, dem Recht auf Arbeit, dem Zugang zur Bildung. Früher herrschten in großen Teilen der Bevölkerung Not und Gewalt, glaub mir. Man bewertet das eigene Glück nie hoch genug, Valentin. Du bist ein freier Mann, du lebst. Freue dich darüber!«

In den Augen des jungen Mannes funkelten Sternchen.

»Du weißt, wie man mit den Menschen redet! Du weißt, wie man Lebensfreude weckt.«

»Das ist notwendig, mein Junge, wenn man ganze Armeen in den so gut wie sicheren Tod führt. Ich jedenfalls weiß, warum ich den Front National nie wählen würde.«

»Warum?«

»Weil ich überhaupt keine Lust habe, in meine Zeit zurückzukehren, Valentin.«

Napoleon schläft im Formule 1

Das »Hôtel Napoléon« war nicht das einzige Hotel mit unerschwinglichen Zimmerpreisen. Die meisten Pariser Hotels waren teuer. Nun war jedoch Geld das Rückgrat der Kriegsführung. Thomas Morus hatte das bereits 1516 in *Utopia* formuliert. Und seitdem hatten sich die Dinge nicht wesentlich geändert. Der Kaiser hatte immer nach dieser Devise gehandelt. Auch wenn heute sein Rückgrat ziemlich strapaziert war. Er war das viele Reiten einfach nicht mehr gewohnt.

Und da es Wahnsinn war, ohne Geld Krieg zu führen, bat er

Valentin, ihm ein wenig unter die Arme zu greifen. Als Erstes musste er für sich ein bezahlbares Hotelzimmer finden. »Ich habe ein Elf-Quadratmeter-Zimmer im Marais«, schlug der biegsame Tänzer vor.

Dem Korsen entfuhr ein erschrockenes »Im Sumpf?«, und Valentin fühlte sich bemüßigt, rasch ein paar Erläuterungen nachzuschieben: »Oh, du glaubst, dass du ein Zelt unter freiem Himmel aufstellen musst, im Morast, von Stechmücken geplagt! Keine Sorge. Die Gegend heißt nur so, ist aber in Ordnung.«

»Ich kenne das Marais. Das Viertel hat zu meiner Zeit schon existiert. Vor der Revolution hat dort sogar der Pariser Adel residiert. Danach wurde es zu einem Viertel der Arbeiter und Handwerker.«

»Und jetzt ist es unser Viertel«, sagte Valentin stolz. »Das der Gay Community, meine ich. Und das der Juden. Und das der schwulen Juden.«

»Gay? Ist das nicht schon wieder Englisch, zum Teufel? Und heißt es nicht ›fröhlich‹? Dann gibt es also fröhliche Juden? Interessant, ich habe immer nur niedergeschlagene kennengelernt. Schön, dass sie ihren Optimismus wiedergefunden haben. Ihr dort im Marais seid also fröhlich. Ich bin auch immer fröhlich, wenn ich einen Schluck guten Champagner getrunken habe!«

»Gay heißt schwul, nicht fröhlich. Ich bin gay.«

Der kleine Korse schwieg verwirrt.

»Das Wort bedeutet heute etwas anderes. Ich bin homosexuell, Napoleon, ein gleichgeschlechtlich empfindender Mensch, queer …«

»Quer?« Napoleon verstand gar nichts mehr.

»Ich bin ein Mann, der Männer liebt.«

Schweigen.

»Ah«, sagte der Kaiser schließlich.

»Stört dich das?«

»Ganz und gar nicht.«

Vor seinem inneren Auge erschien das Bild seines Freundes Cambacérès. Seines guten Freundes. Tante Turlurette. Anscheinend bereitete es dem Schicksal ein diebisches Vergnügen, ihn mit Männern zu umgeben, die Männer liebten. Macht wirkte wie ein Magnet, auf Männer wie Frauen, ohne Ansehen des Geschlechts. Der zweite Konsul hätte ein Phantasiewort wie »gay« sicherlich geliebt. Vielleicht hätte es ihm geholfen, öffentlich zu seinem Anderssein zu stehen, das er immer mit dem Begriff »Junggeselle« verbrämt hatte (als Mann über fünfzig, haha). Er hätte seine Homosexualität noch unter der Folter geleugnet. Napoleon erinnerte sich an einen Tag, an dem sich Cambacérès verspätet hatte und sich darauf berief, dass er von Damen aufgehalten worden sei. Ungehalten hatte ihn der kleine Korse angeherrscht: »Wenn man mit dem Kaiser verabredet ist, sagt man diesen Damen, dass sie ihren Hut und ihren Stock nehmen und verschwinden sollen!« Nur um zu demonstrieren, dass er sich nicht zum Narren halten ließ. Wenigstens war Valentin ein stolzer Gay. Er hatte recht. Was immer die anderen dachten, man musste im Leben immer stolz auf das sein, was man war.

»Wie hat man das früher genannt?«, wollte der Revuetänzer wissen.

»Man sagte widernatürlich.«

Valentin brach in Gelächter aus.

»Na, super.«

»Das ist nicht meine Meinung. Die Medizin hat die Homosexualität als eine Geisteskrankheit betrachtet. Und für das Gesetz war sie ein Verbrechen, das mit Folter bestraft wurde. Ich habe den Straftatbestand abgeschafft.«

»Das war nett von dir. Na, jedenfalls lebe ich im Marais, seit ich mich vor drei Jahren geoutet habe, gewissermaßen aus dem Schrank gekommen bin. Obwohl es eigentlich alle schon ahnten. Also, schläfst du nun bei mir?«

Armer Kerl, dachte der Kaiser. Seine Eltern haben ihn gezwungen, in einem Schrank zu leben. Und dann hatte er sich befreit, nur um in einer Schuhschachtel zu landen. Das Leben ging mit manchen Menschen wirklich hart um. Er hatte nichts gegen Valentin, aber die Vorstellung, die Nacht mit einem Mann, der Männer liebte, in einem Elf-Quadratmeter-Zimmer zu verbringen, behagte ihm nicht sonderlich.

»Ich bin müde«, log er.

Napoleon war sehr intelligent, und Napoleon war niemals müde. Wenn es zwei unumstößliche Tatsachen auf dieser Erde gab, dann diese. In Wahrheit wollte er seine erste Nacht lieber ungestört im eigenen Zimmer verbringen. Er wollte allein sein, um ein wenig nachdenken zu können. Und ein schönes Bad nehmen.

»Immer allein inmitten der Menschen, kehre ich in mein Inneres zurück, um zu träumen und mich ganz der Melancholie zu ergeben«, deklamierte er; diesen Satz hatte er als Zwanzigjähriger niedergeschrieben.

»Was redet er da?«, fragte Mireille, die auf die beiden Männer zukam.

Valentin gab Napoleon einen Fünfzig-Euro-Schein und riet ihm, an den Stadtrand von Paris zu reiten, zu einem Hotel der Kette Formule 1. Dort würde er auch leichter sein Pferd parken können.

»Ich gebe dir fünfzig Euro, aber ich weiß, du wirst morgen noch mal fünfzig haben wollen. Warum verkaufst du deinen Hut nicht? Auf ebay würdest du garantiert einen Idioten finden, der bereit ist, ein paar Hunderttausend Euro für den authentischen Hut von Napoleon zu berappen! Und damit könntest du dir dann eine Baseball-Cap kaufen. Die sind viel praktischer und weniger ... auffällig.«

Ih Bäh, das musste der berühmte Markt sein, von dem ihm schon der Penner am Flughafen und der Zeitungsverkäufer am Kiosk erzählt hatten.

»Meinen Hut verkaufen«, empörte sich der Kaiser.»Niemals!«
Ende der Diskussion. Die Truppe zerstreute sich, nicht ohne vereinbart zu haben, dass sich am nächsten Tag alle wieder treffen würden.

Zwei Stunden später stand Napoleon auf dem Parkplatz des Formule I an der Porte de Châtillon am Südrand von Paris. Formule 1, murmelte der Kaiser vor sich hin, das muss ein gutes Hotel sein. Dafür sprach die »1«. Und das traf sich gut, denn Napoleon hatte immer darauf geachtet, bei allem der Erste zu sein. Und Formule 1 war wenigstens mal ein französischer Name. Nicht wie die Hotels, die er unterwegs gesehen hatte und die alle mit »Inn« aufhörten, zum Beispiel Holiday Inn, was wieder einmal die sprachliche Überlegenheit des Englischen veranschaulichte. Das einzige Hotel, in dem er gerne geschlafen hätte, wäre das Joseph Inn gewesen ...

Er band Le Vizir unter einem Metalldach fest, zwischen zwei Karossen namens Clio und 406, die er nicht als Abort verwenden wollte, und mietete sich mit der Banknote, die Valentin ihm gegeben hatte, ein Zimmer.

Das Zimmer kostete 44 Euro. Als er den Restbetrag bekam, sah er mit Begeisterung, dass das kleine Münzgeld noch existierte. Er kaufte sich am Automaten an der Rezeption ein fades Thunfisch-Sandwich mit Mayonnaise, das er sich mit seinem Ross teilte, wodurch ihm innerhalb von Sekunden die ungeteilte Aufmerksamkeit der Hotelgäste zuteilwurde.

Als er sein »Apartment« in Augenschein nahm, wusste er, warum er hier 44 Euro bezahlt hatte und die königliche Suite im Hôtel Napoléon das Dreißigfache kostete. Er inspizierte den Raum. Mit einem Blick. Denn ein einziger Blick genügte, um ihn in seiner Gesamtheit zu erfassen. Biwakieren war für das hier gar kein so unangemessener Ausdruck. Möbel gab es praktisch keine, und der Einrichtungsstil ließ einen gewissen Mangel an Geschmack erkennen, aber wenigstens war es sauber. Das war schon viel wert. Er würde sich nicht die Krätze holen wie 1793 bei der Belagerung von Toulon.

Der Kaiser betrat das Badezimmer, wenngleich auch hierfür die Bezeichnung unzutreffend war, denn es handelte sich weder um Zimmer noch um ein Bad, weil die Badewanne fehlte. Zum ersten Mal im Leben bedauerte es Napoleon, nicht kleiner zu sein. Dann hätte er im Waschbecken baden können. Was war das für eine Herberge, in der man sich nicht einmal entspannt in ein paar Handbreit heißes Wasser legen konnte, um seine Hämorrhoiden zu kurieren? Seit zweihundert Jahren hatte der Kaiser kein schönes, heißes Bad mehr genommen, und er träumte von nichts anderem. Er erinnerte sich an die Badewanne, die seine Männer auf den Feldzügen überallhin mitschleppten, sogar an die Front. Nach einem langen Tag auf dem Schlachtfeld gab es nichts Wohltuenderes als ein Bad, das ihn in der anheimelnden Wärme des kaiserlichen Zeltes erwartete.

Die Entscheidung war gefallen. Morgen würde er sich eine tragbare Badewanne kaufen. Doch dann fiel ihm wieder ein, dass er kein Geld hatte, und er dachte an Valentins Worte. Er wollte nicht als Fürsorgeempfänger oder gar als Parasit, als »Drohne« gesehen werden. Das war er nie gewesen, und er würde gewiss nicht jetzt damit anfangen. Vielleicht war es an der Zeit, sich von seinem alten Hut zu trennen. Das Bad lief nicht weg. Er dachte an den Krieg, den er zu führen gedachte. Es ging um den Fortbestand Frankreichs. Das Überleben seines Volkes. Die Bienenkönigin würde ihren Stock retten.

Napoleon verkauft seinen Hut auf ebay

Napoleon ging ins Erdgeschoss zur Rezeption.

Bei Betreten des Hotels hatte er einen kleinen Computer gesehen, eines dieser drolligen Maschinchen in Form eines Fensters, die ihm der norwegische Kapitän auf dem Flug nach Paris beschrieben hatte. Computer, vom lateinischen *computare*, berechnen. Er mochte dieses Wort, es klang nach Ordnung und Klarheit. Imperator war auch ein lateinisches Wort, von *imperare*, herrschen, die Befehlsgewalt innehaben. Es hatte ihm sehr gefallen, sich als Imperator porträtieren zu lassen.

»Darf ich?«, fragte er einen trübsinnig dreinblickenden Mann, der hinter einer Sperrholztheke hockte.

»Das kostet 10 Euro die Stunde.«

Napoleon blickte auf seine Handfläche. Er besaß nur 3,50 Euro.

»Und für drei Euro fünfzig?«

»Bekommen Sie zwanzig Minuten.«

»In Ordnung.«

Er reichte dem Mann die Münzen, und dieser gab ihm einen kleinen Zettel mit einem Code.

»Sie können sich einloggen.«

»Könnten Sie mir ein wenig erklären, wie das funktioniert? Ich bin nicht sehr bewandert in derlei Dingen.«

Der dunkel gekleidete Mann mit dem traurigen Gesicht musterte sein Gegenüber von Kopf, sprich Hut, bis Fuß. Er starrte auf das Shakira-T-Shirt. Dann schleppte er sich im Schneckentempo zu dem Computer. Er musste an die endlosen Stunden denken, die er mit seinen Eltern vor dem PC verbracht hatte, wenn er sonntags zu ihnen zum Essen kam. Immer und immer wieder hatte er ihnen die Grundlagen erklären müssen. Seine Mutter notierte alles gewissenhaft in ein Heft. Aber seine Eltern kapierten es nicht und würden es nie kapieren. Sie waren nicht in der richtigen Zeit geboren, das war nun mal nicht zu ändern. Sie sollten sich endlich damit abfinden. Und der Mann, der vor ihm stand, war auch nicht in der richtigen Zeit geboren.

»Sie sind nicht in der richtigen Zeit geboren«, sagte er zu ihm.

»Woher wissen Sie das?«, fragte Napoleon neugierig.

Der Mann zuckte die Achseln und seufzte, als trüge er die Last der ganzen Welt auf den Schultern. Er sah aus wie der unglückliche Atlas aus der griechischen Sage. »Ich habe den Code eingegeben und das Internet gestartet«, sagte er, nachdem er kurz etwas auf eine Tastatur getippt hatte.

Das Internet, die berühmte Enzyklopädie.

Der Kaiser hatte den Mann von der Rezeption bei seinem Manöver scharf beobachtet. Man musste auf Tasten drücken, auf denen Buchstaben standen, wenn man ein Wort bilden wollte, und mit einer Art Toilettenseife, die mit einer Schnur mit der Maschine verbunden war, lenkte man einen kleinen Pfeil über das Bild. Mit einem Druck auf die Seife konnte man die Fenster, die verschiedenen Suchanfragen entsprachen, öffnen oder schließen. Wie schon gesagt, Napoleon war sehr intelligent. Er hatte sofort kapiert, wie das alles funktionierte. Schneller jedenfalls als die Eltern des Rezeptionisten.

Der Kaiser überlegte, welches Wort er zuerst in den Computer eingeben sollte. Er wartete ab, bis der Mann wieder hinter seiner Empfangstheke saß. Dann rief er sich in Erinnerung, was Professor Bartoli ihm alles erklärt hatte.

IS.

Hochkonzentriert tippte er auf die Tasten. Mit einem Finger. Der Computer hinterließ keine Tintenflecke auf den Fingern wie diese verdammten Federhalter. Wunderbar!

IS. Für Islamischer Staat.

So begannen seine Recherchen. Denn bevor man in den Krieg zog, musste man seinen Gegner kennen. Seine Taten, seine Schwächen, seine bisherigen Niederlagen, aber auch seine Siege und vor allem den Rückzugsort, an dem er sich versteckte.

Napoleon fand all die Worte wieder, die Professor Bartoli ihm bei ihrem Gespräch auf dem Flughafen beigebracht hatte: Daesh, Salafisten, Scharia, Fatwa, Dschihadisten, al-Scham. In den wenigen verbliebenen Minuten speicherte er in seinem

Gehirn alle Informationen über die wichtigste Dschihadisten-Organisation der Welt, den Islamischen Staat (IS oder Daesh), der seinen Einflussbereich wie eine Krake auf Städte wie Ar-Raqqa, die derzeitige Terrorhauptstadt, und Mossul ausgedehnt hatte und der neben den Seelen und Gehirnen der Menschen auch noch die Ölraffinerien kontrollierte. Eine 20 000 Mann starke Armee war bereit zu sterben, um die Ungläubigen, diese Hunde aus dem Westen, zu vernichten. Diesem Zweck dienten 3000 Humvee, ein Mittelding zwischen Jeep und Army-Hummer, 50 schwere Panzer und über 50 000 Handfeuerwaffen, Pistolen, Kalaschnikows, Raketenwerfer und Messer. Am meisten überraschte Napoleon, dass die Ausrüstung ausgerechnet von denjenigen Ländern geliefert worden war, gegen die der IS mittlerweile kämpfte. Russland, China, die Vereinigten Staaten. Das war die Ironie des Lebens. Die Ironie des Krieges.

Der Islamische Staat bestand zum Teil aus Kindern von sechs, sieben Jahren, die von ihren Familien weggeholt, indoktriniert und zum Töten ausgebildet worden waren. Sie mussten als Selbstmordattentäter herhalten, und das war dann das Ende einer Kindheit, die nie wirklich eine gewesen war. Wie in der traurigen Geschichte vom kleinen Radwan, die Napoleon mit feuchten Augen las. Den Frauen war auch kein besseres Los beschieden. Versteckt vor der Außenwelt, sei es unter der Burka oder im Haus, hatten sie das Verlangen ihres Ehemannes zu befriedigen und sich Handarbeiten, der Küche und den Kindern zu widmen. Ein wenig so wie zu seiner Zeit, wenn man es recht besah.

Napoleon begriff, dass er sich getäuscht hatte, dass die Dschihadisten schlimmer waren, als er geglaubt hatte, dass sie seit langem jede Spur von Menschlichkeit abgelegt hatten und nicht in Barbès, im Norden von Paris, lebten, dem Viertel, dass nie den Wikingern gehört hatte, sondern in den weitläufigen Ebenen und Bergen Afghanistans, in Syrien und im Irak. Er prägte sich die genaue Position ihres wichtigsten Trainingscamps auf der Generalstabskarte des französischen Auslandsnachrichtendienstes ein, die dieser bedenkenlos ins Netz gestellt hatte, um zu beweisen, dass er den Ort kannte, weil der französische Geheimdienst der schlaueste Geheimdienst der ganzen Welt war. Napoleon prägte sich das Gesicht von Mohammed Mohammed ein, dem Bären von Mossul, einem bärtigen Dickwanst mit toten Augen und einer Serviette auf dem Kopf anstelle eines Zweispitzes. Der oberste Boss dieser Mörderbande.

Nachdem er sich die Position der Terrorbrutstätte eingeprägt hatte, von der aus der IS – ohne dass UN, NATO, UNICEF, UNESCO und all die anderen schönen Gebilde mit »n« eingriffen – auf die Welt losging, merkte er, dass ihm nur noch fünf Minuten blieben. Nicht für die Rettung der Welt, nein, lediglich fürs Internet. Was hatte Valentin ihm geraten? Nach kurzem Überlegen tippte Napoleon die Buchstaben »IB« ein. Wo sich wohl dieser Markt befand, von dem alle Welt redete?

Nachdem er eine Minute lang die ersten 143 Seiten eines gewissen Monsieur Google überflogen hatte und astronomische Mengen von Informationen über Ingenieurbüros, Erziehungshilfen, Mummenschanz und Völlerei und den Internationalen Bund erhalten hatte, ging ihm auf, dass das Wort IB keinen Pariser Markt bezeichnete.

»Man hat mir gesagt, dass ich persönliche Gegenstände auf Ih Bäh verkaufen kann«, sagte er zu dem Rezeptionisten.

»Ebay?«

»Baye? Ach so! Danke.«

Er tippte das neue Wort ein, aber immer noch fand er nicht das Gesuchte, sondern nur die Biographie und Filmographie einer gewissen Nathalie Baye. Charmant.

»Baye? Ich finde nichts.«

»E-baaay!«, raunzte der Mann an der Rezeption mit übertrieben genauer Artikulation. »E-B-A-Y! Wie ebay!«

Es kam ihm vor, als würde er mit seiner Mutter skypen. Wieder einmal musste sich der Kaiser über die Vorherrschaft des Englischen in der französischen Sprache aufregen, aber er tippte das merkwürdige Wort in den Computer und klickte auf die Website, die sich öffnete.

Wie ein Kind vor dem Schaufenster scrollte er mit glänzenden Augen Seite um Seite über den Bildschirm. Auf ebay wurde alles verkauft. Alles, nur kein Zweispitz, der Napoleon gehört hatte. Das traf sich gut. Er besaß das Monopol. Somit würde er einen guten Preis erzielen.

Und noch bevor seine zwanzig Minuten abgelaufen waren, hatte er die Angelegenheit geregelt.

Die unglaubliche Geschichte von Radwan

Heute hat der zwölfjährige Radwan ein Geschenk bekommen.

Er hat nicht Geburtstag, und derjenige, der es ihm geschenkt hat, ist ihm gänzlich unbekannt. Heute hat Radwan sein erstes Gewehr bekommen. Aber nicht so eines, wie es die kleinen Europäer bekommen, aus Plastik mit einem roten Schalldämpfer. Nein, Radwan hat sein erstes richtiges Gewehr bekommen. Es heißt Kalaschnikow, weil ein gewisser Michail Kalaschnikow es erfunden hat. Der Mann hätte sich an jenem Tag besser ein Bein gebrochen. Seine Todesmaschine ist ein Automatikgewehr, das heißt, solange man den Finger auf dem Abzug lässt, feuert es ohne Pause so viele Patronen ab, wie sich in seinem Magazin befinden. Natürlich nur, wenn man den Finger lange genug darauf lässt. Was für einen kleinen Jungen gar nicht so leicht ist. Sie werden bemerkt haben, dass man Abzug sagt und nicht Drücker. Drücker heißt es im Film. Denn die Leute vom Film wissen nicht viel über echte Waffen, die Menschen töten.

Radwan und sein neuer Freund Kalaschnikow wurden in den

Krieg mitgenommen. Genauer gesagt, wurde er mitgenommen, damit er sich töten lässt. Das Kind weiß noch genau, wie es war: das Gewicht der Waffe, die ihm um den Hals hängt, die Explosionen, die ihm fast das Trommelfell zerreißen, der Sand, der in den Augen brennt, und die Angst, die in seinem Bauch wühlt. Das ist kein Spiel. Nein, das ist nicht wie früher, als er mit seinen Freunden gespielt hat und sie so taten, als wären sie echte, tapfere Soldaten. Es braucht keinen Mut für einen Krieg, in dem man zwölfjährige Kinder vorschickt. Er erinnert sich an das Lächeln und die freundlichen Worte der bärtigen Männer, an den allgegenwärtigen Geruch nach Schweiß und Blut. An die anderen Kinder, die wie er ein Geburtstagsgeschenk bekamen, durch das sie mit einem Schlag zehn Jahre älter wurden und sich in Männer verwandelten.

Radwan ist erst zwölf, er hat ein Grübchen auf der rechten Wange, das die Mädchen verrückt macht, und ist im Begriff, ein Mann zu werden. Er denkt an sein Leben in seinem Elternhaus in Syrien, in diesem schönen, von den jüngsten Ereignissen schwer entstellten Land. Er erinnert sich an Demonstrationen auf der Straße und an seinen großen Bruder, der für einen guten Zweck in den Krieg gezogen ist, für ein freies Syrien, kurz gesagt, im Namen der Freiheit. Denn so hat alles angefangen. Auch Radwan will ein Teil des Krieges sein, denn er ist ein Junge, und die Gesellschaft, das Fernsehen und die Bücher bemühen sich seit langem, ihm den Gedanken ins Hirn zu setzen, dass jeder Junge die Pflicht hat, im Krieg zu sterben. In den spannenden Geschichten, die da erzählt werden, ist der Krieg immer so schön und so romantisch, und der junge Soldat kehrt am Ende stets gesund und munter zurück, noch schöner als vorher, weil eine kleine Narbe seine rechte Augenbraue kreuzt und ihn sehr verwegen aussehen lässt; er kehrt zurück und heiratet das Mädchen, das er im Dorf zurückgelassen hat und über alle Maßen liebt. Aber im echten Leben ist der Krieg hässlich und stinkt nach Scheiße. Denn er stinkt nach Tod, und der Tod stinkt nach Scheiße. Und im Dorf erwartet einen niemand, weil das Dorf niedergebrannt wurde, und aus der Narbe an der rechten Augenbraue ist ein Auge weniger geworden, oder ein Arm weniger, alles ist weniger geworden, nicht mehr.

Radwan hat in einer Ecke seines Zimmers den platten Fußball liegen lassen, mit dem er auf der Straße gespielt hat, bevor die Bomben ihn zwangen, im Haus zu bleiben. Die gute Nachricht ist, dass er nicht mehr zur Schule gehen muss. Aber er sieht auch seine Schulkameraden nicht mehr. Und deshalb weiß er nicht, was er glauben soll. Viele von ihnen sind schon tot. Und außerdem sind seine Kameraden neuerdings bärtige, bis an die Zähne bewaffnete Erwachsene, die Sachen sagen, die sinnvoll klingen, denn um ihn herum hat nichts mehr einen Sinn. Sie nennen sich Daesh. Sie behaupten, dass sie die Revolution unterstützen und für die Freiheit kämpfen. Radwan, der berauscht ist von der Idee der Gerechtigkeit und dem Wunsch, ein Held zu werden, genügt das als Grund, sich ihnen anzuschließen. Er möchte auch gern einen Bart haben, aber seine Wangen sind so glatt wie ein Säuglingspopo. Statt sich in den Krieg zu stürzen, hätte er auf die ersten Hinweise achten sollen, die das Schicksal ihm gab. Sein Bruder ist tot. Schade drum, er zieht trotzdem los. Umso ungeduldiger, weil er ihn rächen will. Ohne es seinen Eltern zu sagen, ohne irgendeinem Menschen etwas zu sagen. Aufs Sterben pfeift er. Sie haben ihm viele schöne Geschichten erzählt, was ihm bevorsteht, wenn er für die gute Sache als Märtyrer stirbt. Sie versprechen ihm keine Jungfrauen, weil er noch nicht weiß, was das ist, aber sie versprechen ihm, dass er im Paradies zweiundsiebzig nagelneue Fußbälle bekommen wird, prall aufgeblasen, wunderschöne Fußbälle in den Farben der Mannschaften, deren Spiele er sich immer so begeistert angeschaut hat. Das genügt ihm, auch wenn ihm der Preis dafür anfangs hoch vorkam. Kein Fernsehen mehr, keine Comics, keine Bonbons, mit alledem ist jetzt Schluss. Er ist ein Mann geworden und muss sich wie einer verhalten. Ein Mann, der mit einer Kalaschnikow in der Hand eine Aufgabe zu erledigen hat. Er will alles richtig machen. Immer, wenn er jemanden tötet, glaubt er, im Recht zu sein. Also schießt er und schießt und schießt, auf Männer, auf Frauen, auf Kinder, die nicht älter sind als er. Er schießt und schießt, hört gar nicht mehr auf zu schießen, lädt nach und schießt weiter. Er hat keinerlei Schuldgefühle, wenn er den Abzug betätigt. Sie sagen ihm, er sei ein guter Muslim, er glaubt ihnen, und je mehr Menschen er tötet, glaubt er, desto größer wird Allahs Lohn sein. Vorläufig beschränkt sich die Dankbarkeit seiner Kollegen auf zwanzig Dollar im Monat. Sein erster Lohn. Unter anderen Umständen ein Vermögen, aber kümmerlich für das, was er aushalten muss. Seine Angst ist wesentlich mehr wert. Bald spürt er, dass er nicht mehr kämpfen will, dass er keine Lust mehr hat, in furchtbar lauten, nachts eiskalten Behelfsunterkünften Scheiße zu fressen, er merkt, dass er sein warmes Zuhause wiederhaben will, seine Mama und seinen Papa, dass das hier nicht der richtige Ort für ihn ist. Dass er nicht der tapfere Soldat seiner Träume ist, dass er nicht einmal ein richtiger Mann ist. Das weiß er, weil er weint wie ein Kind, jeden Tag, jeden Abend, jede Nacht, und weil er »Mama« flüstert. Ein Mann heult nicht und sehnt sich nicht nach seiner Mutter. Und dann sieht er eines Tages etwas, das er nicht hätte sehen sollen. Er sieht, wie sie diejenigen behandeln, die dummerweise nicht gehorcht haben. Es ist verboten zu rauchen, Alkohol zu trinken und zu stehlen. Das ist in Ordnung, denn Radwan war immer der Ansicht, dass so etwas nicht gut ist, nichts für Jungen in seinem Alter. Denn so hat ihn seine Mama erzogen. Aber er ist nicht der Meinung, dass Verstöße so grausam bestraft werden sollten. Die Schuldigen werden geschlagen und gefoltert. Seine Mama hätte ihn nie derartig brutal geschlagen, sie hätte ihn nie gefoltert, wenn er eine Zigarette geraucht oder einen Apfel gestohlen hätte.

Auf einmal versteht er alles. Er hat im hellen Licht des Tages einen Blick auf das Antlitz des Teufels geworfen. Er begreift, dass sie ihm von Anfang an die Wahrheit vorenthalten haben, dass sie ihn abschirmen, damit er blind gehorcht. Er erfährt, dass seine Gegner nicht die Ungeheuer sind, als die man sie darstellt, sondern Soldaten, die kämpfen wie er. Er wird sich bewusst, dass er gegen das Gute kämpft. Er wird sich bewusst, dass er für das Schlechte kämpft. Er versteht, dass der Daesh seinen Bruder und seine Freunde auf dem Gewissen hat. All die Menschen, die er geliebt hat. Er versteht viel für sein Alter. Vor allem, dass er zwischen den Stühlen sitzt – hier seine eigene Armee, die ihn beim geringsten Verstoß liquidieren wird, und dort der Feind, der ihn töten wird, weil er zu einer Verbrecherbande gehört. Er hat nicht die geringste Chance, dem Tod zu entkommen.

Deshalb beschließt Radwan zu flüchten. Er will sein Zuhause, seine Familie, sein früheres Leben wiederhaben. Auch wenn er nie wieder der unschuldige kleine Junge mit den fröhlich blitzenden Augen sein wird. Auch wenn für ihn eine Kinderpistole aus Plastik nie mehr so aussehen wird wie früher. Mit Angst im Bauch desertiert er eines Nachts und erreicht tatsächlich nach mehreren Stunden Fußmarsch sein Dorf. Doch zu Hause ist die Geschichte noch nicht vorbei. Denn die Bärtigen sind überall. Sie haben ihr engelhaftes Lächeln abgelegt, und dahinter verbirgt sich ein teuflisches Grinsen. Denn sie haben ihre Maske abgenommen und exekutieren inzwischen am helllichten Tag die Dorfbewohner wegen Lappalien. Ein finsterer Blick, eine Widerrede. Seine Eltern verstecken Radwan nach seiner Rückkehr im Keller. Sie warten auf die Ankunft internationaler Streitkräfte, die den Islamischen Staat aus ihrer Region, ihrem Land, ihrem Leben, von der Erde vertreiben. Sie beten und warten darauf, dass die Amerikaner, die Europäer, die Russen kommen und ihre Kinder beschützen. Sie warten darauf, dass der Rest der Welt sich für sie interessiert.

Sie warten.

Und warten.

Und während sie warten, sterben sie.

Napoleon gewinnt ein Auto

»Ich habe gerade einen Ferrari Testarossa gewonnen, wie finden Sie das?«

Der Mann am Hotelempfang machte sich nicht einmal die Mühe aufzusehen. Mit dem Kopf auf den Unterarmen döste er hinter der Rezeption weiter.

»Ferrari«, wiederholte der Kaiser, als sauge er genüsslich den ganzen Zauber dieses Wortes in sich ein. »Fe-rra-ri«, sagte er noch einmal, mit rollendem R und der Betonung auf der zweiten Silbe. »Die Korsen bauen wirklich schöne Automobile.«

»Ich finde, Sie sollten nicht alles glauben, was man Ihnen im Internet weismachen will«, murmelte der Rezeptionist mit matter Stimme.

»Und warum nicht?«

»Das ist Abzocke.«

»Mein Gott, glauben Sie wirklich, dass man versucht, mich abzuzocken?«

Als der Mann sah, dass sein Gast ihn nicht in Ruhe schlummern lassen würde, richtete er sich widerstrebend auf.

»Ich weiß nicht mehr, wie viele Autos ich in meinem Leben schon gewonnen habe! Früher lag manchmal sogar der Schlüssel von so einer Karre im Briefkasten. Und zum Abholen musste man zum nächstgelegenen Autohändler gehen. Und wenn Sie erst mal bei dem gelandet sind, sind Sie verratzt. Der zeigt Ihnen die Fußnoten und das Kleingedruckte auf dem Prospekt, Sie erfahren, dass Sie eine Anzahlung leisten müssen, und alles Mögliche. Kurz, Sie haben zwar nachher tatsächlich ein Auto, aber auch einen Kredit am Hals, den Sie zehn Jahre lang abbezahlen müssen.«

»Sapperlot, was erzählen Sie mir da für grässliche Dinge!«

Erstens konnte es Napoleon gar nicht, aber auch gar nicht leiden, begaunert zu werden. Zweitens wollte er sich keinen Kredit auf zehn Jahre ans Bein binden. Er hatte ja schon Mühe, zehn Minuten Internet in einem Formule 1 zu bezahlen. Er erinnerte sich an das Zwei-Milliarden-Staatsdefizit, das in Frankreich unter seiner Herrschaft aufgelaufen war infolge all der Darlehen, die er hatte aufnehmen müssen. Ihn fröstelte. Nur keine Kredite mehr!

»Ach, wissen Sie, es gibt Schlimmeres ... Sie haben nichts bezahlt, hoffe ich.«

»Ich wollte eigentlich nur meinen Hut verkaufen«, erklärte Napoleon.»Gegen Geld, versteht sich. Notfalls auch gegen einen Kühlschrank, in dem ich meine Coladosen kühlen kann, oder eine tragbare Badewanne, die ich in einem Hotel Ihrer Güteklasse schmerzlich vermisse, wenn ich das nebenbei bemerken darf. Es wurde sehr hoch geboten, und ein Mann hat mir seinen Ferrari angeboten. Er hat eine Fotografie des Wagens geschickt. Als ich das Logo sah, ein schwarzes Pferd auf gelbem Grund, habe ich sofort den Wink des Schicksals erkannt. Es hat mich an Marengo erinnert, mein kühnes Ross. Das mir von allen das liebste war. Der Sieg von Marengo in Italien war so durchschlagend, dass ich dem Pferd, auf dem ich während der Schlacht saß, den Namen des Ortes gab. Um es kurz zu machen – weil mir nur noch dreißig Sekunden im Internet blieben, habe ich dem Tausch zugestimmt.«

»Ich habe keine Ahnung, wovon Sie reden«, sagte der Rezeptionist.

Von Neugier getrieben, stand er auf, umrundete die Empfangstheke und stellte sich neben den Kaiser Der Bildschirm war schwarz. Die Sitzung war beendet.

»Warten Sie, wir rufen das Internet wieder auf. Das geht aufs Haus ...«

Der Mann holte einen neuen Zugangscode und tippte ihn ein.

»So, jetzt haben wir eine Stunde Zeit.«

Napoleon ergattert einen Privatjet

Nachdem Napoleon am nächsten Tag seine erste Dose Cola getrunken hatte, machte er sich auf den Weg, um seinen Ferrari Testarossa abzuholen. Er schritt durch die Rezeption und grüßte den graugesichtigen Mann, den die in der Nacht gesprossenen Bartstoppeln noch gräulicher aussehen ließen. Der Graugesichtige nickte zurück. Er kam nicht aus dem Staunen heraus. Wie konnte man nur einen Ferrari gegen einen simplen Hut eintauschen? Er hatte sich vorgenommen, am nächsten Sonntag den Schrank zu durchforsten, in dem sein Vater seine alten Hüte aufhob, sie zu fotografieren und allesamt auf ebay zu stellen. Er würde auch eine Luxuskarosse gewinnen! Am Steuer seines Flitzers würde er losbrausen und das schäbige Formule 1 hinter sich lassen, in dem er nachts herumsaß und wunderliche – und mittellose – Gäste abfertigte. Wunderliche und mittellose Gäste, die nicht einmal einen Computer bedienen konnten, ihn erst um Hilfe baten und dann am Abend einen Ferrari-Schlüssel in der Tasche hatten. Nur weil er ihnen geholfen hatte. Es ging wirklich ungerecht zu auf der Welt.

Während der Rezeptionist mit offenen Augen träumte, stieg Napoleon auf Le Vizir und trabte auf Neuilly zu. In zwei Stunden war er mit den Cancan-Tänzerinnen und Valentin, dem Gummimann, am Fuß des Arc de Triomphe vor dem Grabmal des Unbekannten Soldaten verabredet. Napoleon liebte Symbole. Wie würde seine Armee staunen, wenn er am Steuer seines neuen Wagens aufkreuzte! Er lächelte. Dann dachte er an den

Krieg gegen die Dschihadisten, der ihm bevorstand. Und sein Lächeln erlosch.

Neuilly war nicht mehr das ruhige kleine Fleckchen von früher, ein paar Kilometer von Paris entfernt. Der Ort war von der Großstadt verschluckt worden, wie alle Dörfer, die einst die Peripherie der Stadt gebildet hatten und durch einen Streifen Land von ihr getrennt gewesen waren.

Der Kaiser traf den Millionär auf dem Privatparkplatz einer exklusiven Wohnanlage. Als Napoleon in majestätischer Haltung und hoch zu Ross erschien, starrte er ihn voller Bewunderung an und streckte die Waffen.

»Na so etwas!«, rief er aus. »Wenn ich gewusst hätte, dass Sie auch das Pferd haben, hätte ich Ihnen meinen alten Rolls dafür geboten, den ich von meinem Großonkel geerbt habe, oder ein Flugzeug.«

Bei dem Wort »Flugzeug« horchte Napoleon auf. Eine Flugmaschine – das würde ihm die Umsetzung seiner Pläne gewaltig erleichtern. Mehr noch als ein Ferrari. Der Kaiser erinnerte sich an das Allmachtsgefühl, das ihn auf seinem ersten Flug mit dem alten Seebären ergriffen hatte. Was konnte man sich Besseres wünschen als einen Angriff aus den Wolken? Man selbst war unerreichbar. Die Welt lag einem zu Füßen. Und die Schiffe der Engländer wären lächerliche, winzige Ameisen tief unter einem. Das würde sicher auch bei den Dschihadisten funktionieren.

»Ein Flugzeug?«

»Ich habe einen kleinen Privatjet, einen Embraer Phenom 100 E. Ein Zweimot. Neuwertig.«

Der Korse verstand kein Wort von diesem Kauderwelsch, aber für den Krieg schien die Maschine perfekt geeignet. Er liebte sein Pferd, keine Frage, aber mit einem Flugzeug konnte Le Vizir nicht mithalten. Napoleon hatte gelernt, dass man sich im Leben nicht zu sehr an etwas binden darf, denn die Gefühle kamen häufig dem Verstand in die Quere, und Krieg war immer noch Krieg.

»Der Ferrari ist in Ordnung? Ich meine, abgesehen davon, dass er hübsch aussieht. Funktioniert er gut?«, fragte der Kaiser, auf den roten Wagen deutend, der in der Sonne glänzte.

»Das will ich meinen. Dreihundertneunzig Pferdestärken unter der Haube und ein Hengst auf dem Fahrersitz, wenn ich das so sagen darf.«

»Dreihundertneunzig Pferde unter dieser mickrigen Haube?« Unmöglich! Nicht mal so viele Ponys würden darunter passen.

»Und es ist ein Testarossa ... Damit haben Sie leichtes Spiel bei den Damen.«

Napoleon war zufrieden, er hatte schon immer ein Faible für das Beste vom Besten gehabt. Aber befand sich allen Ernstes ein Rennstall unter der Kühlerhaube? Das kam ihm doch sehr unglaubwürdig vor. Außerdem würde ihn schon allein das Futter ruinieren. Und wer sollte sich um die Tiere kümmern?

»Und Ihr Pferd ist authentisch?«, fragte der Millionär, während er das Tier langsam umrundete.

»Darf ich Ihnen Le Vizir vorstellen. Pfirsichblütenfarbenes Fell, leichte Anklänge an rotbraune Forelle, reinrassiger Araber, ein Geschenk von dem türkischen Sultan Selim III. Er hat sich in zahlreichen Schlachten ausgezeichnet und mich bis an mein Lebensende begleitet. Was ja aber nicht das Ende gewesen zu sein scheint ...«

Der Mann pfiff anerkennend.

»Le Vizir ...«

Er strich über das Brandzeichen auf dem Schenkel des Tieres. Ein gerades N, überwölbt von einer Krone.

»Das ist merkwürdig, ich habe ihn vor gar nicht langer Zeit ausgestopft im Armeemuseum gesehen.«

»Es muss sich um eine Fälschung handeln. Den echten haben Sie hier vor sich.«

»Sie mögen recht haben, denn es bestanden immer gewisse Zweifel an seiner Echtheit. Wussten Sie übrigens, dass der Anfangsbuchstabe von Napoleons Pferden einen Hinweis auf den Zeitpunkt ihres Ankaufs durch den kaiserlichen Marstall gibt? Sie haben sich an das Alphabet gehalten, so ähnlich wie bei den Hurrikans in den Vereinigten Staaten. Das V von Vizir deutet darauf hin, dass es eines der letzten Pferde des Kaisers war, wenn nicht das letzte.«

»Interessant, das wusste ich noch nicht«, log der Kaiser.

Natürlich hatte er diese geniale Gedächtnisstütze selbst eingeführt.

»Kann ich den Hut sehen?«

Der kleine Korse stieg vom Pferd und reichte ihn dem Millionär, der ihn von allen Seiten begutachtete.

»Kein Zweifel, es ist der echte«, erklärte er schließlich. »Es ist Jahre her, dass ich etwas Vergleichbares in Händen gehalten habe. Bei seiner Rückkehr aus Waterloo ließ Napoleon seinen Zweispitz bei Poupard und Delaunay, seinem Hutmacher in Paris, um ihn ein wenig herrichten zu lassen. Er hat ihn nie wieder abgeholt.«

Du liebe Güte, richtig, dachte der Kaiser, das hatte er ganz vergessen.

»Die Enkelin des Hutmachers fand ihn später in einer Hutschachtel und beschloss, sich von ihm zu trennen. Sie gab ihn einem kleinen Provinzmuseum, obwohl ich ihr ein hübsches Sümmchen bot. Aber es hat sich gelohnt, bis heute zu warten, will ich meinen ... Und das ist der Mantel?«

Der Mann gestattete es sich, mit den Fingerspitzen den voluminösen schwarzen Mantel zu berühren, um dessen Qualität abzuschätzen. Auch an seiner Echtheit bestand für ihn kein Zweifel.

»Wo wir schon dabei sind – Sie haben nicht noch mehr?«, fragte er. »Ich bin Sammler und Experte für Bonaparte, wie Sie vielleicht schon bemerkt haben. Für Bonaparte und seine Epoche. Ah, was für eine Zeit! Unsere ist wirklich Dreck dagegen.«

Das Volk beklagte sich also immer noch, genau wie damals. Jeder glaubte, er wäre in der schlimmstmöglichen Zeit geboren und in künftigen Jahrhunderten wären seine Probleme alle gelöst. Doch das war eine Illusion. Wer in einer Epoche unglücklich war, hatte gute Chancen, es auch in einer anderen zu sein. Ein Glücklicher dagegen war zu allen Zeiten glücklich. Wer mit dem, was er hatte, nicht zufrieden war, wäre es auch nicht mit dem, was ihm zu seinem Glück noch fehlte. Das lag auf der Hand. Aber heute jammerten die Leute einfach nur, um zu jammern. Dabei hatten sie Glück. Sie hatten alles, was sie brauchten. Das Leben war so leicht. Es gab sogar Maschinen, die ihre Wäsche für sie wuschen! War das nichts?

»Und, haben Sie noch andere Sachen?«, fragte der Mann noch einmal und riss damit den Kaiser aus seinen Gedanken.

Abgesehen von seiner Person hatte der Korse nichts weiter anzubieten.

Dann fiel ihm etwas ein. »Sie haben nicht zufällig das Geschlechtsteil von Napoleon?«, fragte er zurück.

»Ach nein, das hat man mir gewissermaßen unter der Nase weggeschnappt, zu meinem großen Leidwesen! Ich bin untröstlich.«

»Nicht mehr als ich, glauben Sie mir!«

»Ich habe Löffel, Bienen aus Massivgold, Unterhosen und sogar eine Klistierspritze, die dem Kaiser gehört hat. Sie steht ›voll im Saft‹, wie man so sagt. Und das ist nicht metaphorisch gemeint!«

Napoleon dachte an sehr unerquickliche Momente zurück und verzog das Gesicht.

»Das T-Shirt und der *I love Paris*-Rucksack sind nicht alt«, glaubte er betonen zu müssen, als er bemerkte, dass der Mann begehrliche Blicke auf Shakira warf.

»Gut, dann tausche ich Ihren Zweispitz, Ihren Mantel und Ihr Pferd gegen meinen Ferrari und meine Embraer. Beide vollgetankt mit Treibstoff.«

Napoleon war noch nie ohne seinen Zweispitz, seinen Mantel und sein Pferd in den Krieg gezogen. Doch nun war der Augenblick gekommen, sich von dem Krimskrams zu trennen und an sich zu glauben. Ein für alle Mal. Für den ganzen alten Kram hatte er künftig keine Verwendung mehr. Man musste sich anpassen. Anpassung war ein Zeichen von Intelligenz. Und Napoleon, erinnern wir uns, war sehr intelligent. Er schwieg eine Weile. Sein Gegenüber interpretierte sein Schweigen als Zögern.

»Ich gebe noch einen Kanister Benzin drauf.«

Einen Kanister Benzin konnte er ohne weiteres draufgeben. Das war eine großartige, ja, einzigartige Gelegenheit. Der Hut, der Mantel und das Pferd von Napoleon um den Preis eines Ferrari und einer Embraer. Verrückt! Vor ein paar Jahren hatte ein koreanischer Industrieller bei einer Auktion allein für einen von Napoleons Hüten zwei Millionen Euro berappt! Zwei Millionen für einen Zweispitz, das war eine Menge Geld pro Spitze! Und nun bekam er für ungefähr drei Millionen Euro das ganze Paket. Oh ja, einen Kanister Benzin konnte er ohne weiteres springen lassen.

»Zwei Kanister!«, forderte der Korse. »Und eine tragbare Badewanne und einen Kühlschrank.«

»Abgemacht! In dem Jet ist eine Minibar und eine Minibadewanne.«

Der Kaiser drückte dem Millionär die Hand und küsste sein Pferd zum endgültigen Abschied auf die Nüstern.

»Übrigens«, sagte der Millionär, bevor er seine Embraer holen ging, »Sie sehen Napoleon Bonaparte zum Verwechseln ähnlich! Wenn ich nicht wüsste, dass seine Asche im Invalidendom ruht, würde ich Sie sofort gegen eine Villa an der Côte d'Azur eintauschen, 1200 Quadratmeter tatsächliche Wohnfläche, dreißig

Zimmer, Infinity Pool, Jacuzzi mit 36 Positionen, Billardzimmer, Bibliothek, Kinosaal, große Garage, ideal für einen Ferrari und eine Embraer ... praktisch neuwertig.«

Napoleon war kurz in Versuchung, entschied sich dann jedoch dagegen.

Die Rückkehr zum Arc de Triomphe

Am späten Vormittag fuhr Napoleon am Triumphbogen vor, am Steuer seines Ferrari, der einen Anhänger zog, auf dem die Embraer und zwei große Benzinkanister standen.

Es war nicht gerade praktisch, mit diesem ganzen Kram durch die engen, verstopften Straßen von Paris zu kurven, aber nicht mehr lange, dann wäre er weit weg, auf den geraden, breiten Sandpisten von Syrien, in der Nähe von Raqqa, wo er in aller Ruhe rangieren konnte.

Rasch hatte er seine kleine Armee ausfindig gemacht und hupte. Die Tänzerinnen und Valentin starrten den Sportwagen verblüfft an, bis sie durch die leicht getönte Windschutzscheibe den Mann erkannten, denn sie Napy nannten und der ihr Freund geworden war.

»Fe-rrra-ri!«, rief Napoleon, während er das Fenster herunterließ. »Ein Auto aus Korsika!«

Natürlich wussten alle, dass Ferrari eine italienische Marke war, aber keiner wollte ihm widersprechen. Seine Begeisterung rührte sie. Und außerdem war für ihn das alles ja auch nicht leicht zu durchschauen. Von jetzt auf nachher in eine Welt katapultiert zu werden, in der es keinen Bezugspunkt gab, an den er sich halten konnte.

Am Steuer seiner Luxuskarosse bekam Napoleon in den Augen der Tänzerinnen gleich eine viel eindrucksvollere Statur, und auch Valentin, der von reichen, mächtigen Männern träumte, war beeindruckt. Die kleine Truppe stürzte sich auf den Neuankömmling wie ein Schwarm Bienen auf eine Blume. Die jungen Frauen streichelten die glänzende Kühlerhaube des roten Sportwagens, als wollten sie sichergehen, dass sie nicht träumten, und Valentin setzte sich auf den Beifahrersitz. Nur Charlotte ließ sich Zeit und schien immun gegen den Charme des rasanten Flitzers.

»Gestern gebe ich dir fünfzig Euro, und heute tauchst du mit einem Ferrari und einem Privatjet auf?«, sagte der Gummimann halb entrüstet, halb amüsiert.

»Ich habe auch noch eine Badewanne und einen Kühlschrank voller Cola light!«, erwiderte der Kaiser, während er die Ray-Ban-Sonnenbrille auf die Nase senkte, die der Millionär ihm geschenkt hatte. »Deine fünfzig Euro sind gewinnbringend angelegt, oder nicht?«

»Dann verrate mir doch bitte das Rezept ... und gib mir meine fünfzig Euro wieder!«

»Unmöglich. Ich habe kein Geld.«

Valentin schnaubte.

»Das ist wahr. Ich habe alles gegen verschiedene Kleinigkeiten eingetauscht. Ich habe keinen Schotter mehr.«

»Schotter? Du hast den neuen Slang ja ziemlich schnell gelernt!«

»Ach was, das hat man zu meiner Zeit schon gesagt.«

»Dürfen wir uns in dein Flugzeug setzen, bitte? Dürfen wir rein?«, bettelten die jungen Frauen im Chor.

»Wir folgen dir bis ans Ende der Welt«, setzte Hortense enthusiastisch hinzu.

»Das trifft sich gut, meine Damen, denn genau dahin werden wir reisen!«, antwortete der Kaiser.

Er hob den Blick zum Arc de Triomphe.

Ein gutes Omen für den sich anbahnenden Krieg.

Die Neue Kleine Große Armee
(NKGA)*

Am Steuerknüppel des Flugzeugs, das sich seinen Weg durch den Pariser Verkehr bahnte, staunte Napoleon nicht schlecht über seine Männer beziehungsweise seine Frauen und seinen Mann. Er lenkte natürlich nicht selbst, denn er thronte auf dem Anhänger, aber er mimte den Kapitän, indem er an jeder Straßenecke am Steuerhorn rüttelte und auf einen der tausend Knöpfe drückte, deren Funktion er nicht kannte. Vorne lenkte Valentin den Sportwagen, Peggy an seiner Seite und ein XXL-Lächeln auf den Lippen.

Napoleon rekapitulierte. Fünf hübsche Cancan-Tänzerinnen mit aufregend langen Beinen, mit denen sie die Dschihadisten bezirzen und ablenken konnten, und Valentin, der Gummi-mann, der durch jede noch so kleine Öffnung schlüpfen oder sich in einen winzigen Koffer zusammenfalten konnte. Dazu ein Privatjet, der von einem Fe-rrra-ri gezogen wurde. Was für eine phantastische Neue Kleine Große Armee! An den Soldaten war nichts auszusetzen, doch was sollte er mit ihnen anfangen? Wo bekam er einen Plan her? Denn er hatte noch keinen. Er hatte François Hollande angelogen und seine Truppe ebenfalls. Bisher war ihm noch keine zündende Idee gekommen. Sie steckte gewissermaßen noch im Eis fest.

Eines allerdings wusste er: Er brauchte noch mehr Männer. Und Waffen, das hieß Gegenstände, mit denen er die bösen Dschihadisten besiegen konnte. Auch wenn die Jahre vergangen waren, auch wenn sich die Zeiten geändert hatten, manches war gleich geblieben. Ohne eine Armee war er nichts. Ein Niemand.

---

* Durch ein Akronym wirkt alles gleich viel seriöser, siehe UNO, ADAC oder FIFA

Nur ein kleiner Mann, der sich als großer Zampano aufspielte. Und das machte ihm schwer zu schaffen.

Die Nachkommenschaft der Biene

Napoleon drückte auf die Hupe der Embraer, und der Ferrari hielt in der zweiten Reihe. Mitten auf der Rue de Rivoli wurde ein außerordentlicher Kriegsrat abgehalten, denn zunächst einmal, erläuterte Napoleon, müsse man einen Ahnenforscher ausfindig machen.

»Einen Ahnenforscher? Wozu denn das?«, fragte Valentin neugierig.

»Sieh uns doch an. Wir sind noch längst nicht genug, und von den Dschihadisten gibt es Tausende. Ich habe mir überlegt, dass wir unsere Neue Große Armee mit meinen Nachkommen aufstocken könnten. Wenn die Soldaten sich unserer Sache nicht anschließen wollen – meine Nachkommen können sich nicht verweigern. Sie sind Blut von meinem Blut, Fleisch von meinem Fleisch.«

»Wie viele hast du?«

»Wäre ich eine Biene gewesen, und noch dazu eine kaiserliche, wäre ich eine Beutefängerin, wenn du weißt, was ich meine.«

»Dann müsste deine Nachkommenschaft groß genug sein, um mit ihr eine Große Armee zu bilden, mit der sich diese dreckigen ... pardon, diese sauberen Dschihadisten besiegen lassen.«

»Nein, Valentin, für die Dschihadisten ist der Begriff ›dreckig‹ alles andere als unangebracht ...«

Wo Napoleon beweisen muss, dass er Napoleon ist

Die Büroräume des Ahnenforschers Dominique Dessouches befanden sich im ersten Stock eines Altbaus mit einer schönen Fassade (wobei das Wort »Altbau« für einen Mann aus dem 18. Jahrhundert natürlich relativ war). Der Kaiser hatte, als er mit seinem Sportwagen durch die Straßen gondelte, zufällig an einer Hauswand ein goldglänzendes Schild entdeckt. Vorher hatte ihm Valentin in einem Crashkurs das Autofahren beigebracht, und Napoleon hatte es aus den bekannten Gründen sehr schnell gelernt. Außerdem hatte er mit einiger Erleichterung festgestellt, dass sich unter der Kühlerhaube keine dreihundertneunzig Pferde drängten. Das Pferd, beziehungsweise die Pferdestärke, war nur eine Maßeinheit, mit der man die Stärke eines Pkw-Motors maß, ausgehend von der eines Arbeitspferdes, das fünfundsiebzig Kilo zieht, also einen Meter pro Sekunde.

Das Parken war allerdings ein bisschen komplizierter als bei einem Pferd. Deshalb war Napoleon ein wenig nervös, als er zum ersten Mal in seinem Leben ein Auto in eine Parklücke manövrierte. Zum Glück hatte er den Anhänger mit dem Privatjet auf dem Parkplatz des Formule 1 abgestellt! Er schlug sich nicht schlecht für einen Anfänger (der umsichtige Valentin hatte darauf bestanden, einen entsprechenden Aufkleber auf der Heckscheibe anzubringen), aber dennoch blockierte er für ein paar Minuten – jedoch auch nicht länger als die Betenden in Barbès – den Verkehr und entfesselte damit den Zorn der männlichen Neidhammel, die hinter ihm warten mussten und schon immer davon geträumt hatten, einmal ein so feudales Auto zu fahren. Doch Napoleon ignorierte die Pfiffe und Buhrufe, stieg ungerührt aus seinem Ferrari Testarossa und grüßte sein Volk. Wie er es gewohnt war. Dann betrat er das Gebäude.

Er stieg zu Fuß ins erste Stockwerk, klingelte an einer Tür und stand kurz darauf im Flur einer Altbauwohnung mit abgenutztem Parkettboden. Große Bilder, die entlang der Wände hingen und Bäume darstellten, säumten den Flur wie ein wunderbar grüner, zweidimensionaler Wald. Napoleon drückte die Nase gegen das Glas eines Bilderrahmens und sah, dass auf jedem Blatt ein Vorname und ein Familienname geschrieben stand.

»*Ligni Vitae*«, sagte eine Stimme hinter ihm. »Der Baum des Lebens.«

Napoleon drehte sich um. Er sah einen hochgewachsenen Mann um die fünfzig, der mit elegantem Schritt auf ihn zukam. Er hatte eine Glatze und trug ein Jackett aus grünem Samt, aus dessen Brusttasche die Spitze eines malvenfarbenen Tuchs hervorlugte, das farblich auf seine Hose abgestimmt war. Seine spitz zulaufenden roten Schuhe glänzten wie neu. Seine grüne Krawatte war zu einem Schmetterlingsknoten gebunden. Er sah aus, als wäre er Michelangelos Farbpalette entsprungen. Nach seiner Garderobe zu urteilen, war dieser Mann eindeutig auch nicht im richtigen Jahrhundert geboren. Napoleon fragte sich, ob ihn der Iglu-Kutter wohl auch tiefgefroren in einer Kiste aus dem Meer vor Norwegen gefischt hatte.

Mit exquisiter Anmut ließ der Ahnenforscher seinen sehnigen Zeigefinger über einen der Glasrahmen gleiten, vom Wipfel des Baumes bis zu seinen Wurzeln.

»Ich bin kein Gärtner«, sagte er, »und dennoch habe ich mein Leben den Bäumen gewidmet. Die Äste, die Blätter, die abertausend Namen, die wie Knospen sprießen, all diese Geschichten, diese Geheimnisse, diese Leidenschaften, die unter den Jahren und dem Vergessen begraben sind, all diese Familiendramen! Ich nehme an, dass es mir bestimmt war, weil in meinem Namen schon das Wort *souche*, Wurzel, steckt. Man sagt oft, der Mensch stamme vom Affen ab, und der Affe sei vom Baum heruntergeklettert. Aber auch der Mensch ist vom Baum gestiegen, und er steigt wieder hinauf; es hängt ganz davon ab, was er sucht. Wollen Sie in den Baum klettern oder herabsteigen?«

»Entschuldigen Sie«, sagte Napoleon, ratlos und verblüfft von diesem Monolog, der ihn überfordert hatte, »ich verstehe Ihre Frage nicht.«

»Sind Sie auf der Suche nach Vorfahren oder Nachkommen?«

»Nachkommen.«

»Gut, gut«, sagte der Dandy und legte den Kopf schief, ohne das Shakira-T-Shirt aus den Augen zu lassen, das er offensichtlich geschmacklos fand. »Im Allgemeinen sucht man einen Ahnenforscher auf, um Ahnen aufzuspüren, berühmte Ahnen ...«

»Um ehrlich zu sein, bin ich in diesem Fall der berühmte Ahne«, scherzte Napoleon.

Aber der Mann ignorierte seine Bemerkung und sprach weiter.

»Bei Nachkommen wendet man sich besser an Privatdetektive oder an die Polizei, aber Sie haben ein sympathisches Wesen, und deshalb möchte ich Ihnen helfen. Sie haben Glück, dass Sie den besten Ahnenforscher von Paris ausfindig gemacht haben. Den besten von Frankreich sogar. Und gewisse berühmte Persönlichkeiten meinen sogar, ich sei der beste der Welt. Meine große Bescheidenheit verbietet es mir, Ihnen ihre Namen zu nennen. Folgen Sie mir.«

Er bat Napoleon in sein Arbeitszimmer, einen riesigen Raum, in dem eine unbeschreibliche Unordnung herrschte. Er schien nie jemanden bei sich zu empfangen und hatte dennoch jede Menge zu tun. Vorsichtig hob er eine große schwarze Katze hoch, die auf einem aufgeschlagenen Buch auf einem Zeitschriftenstapel lag und schlief; den frei gewordenen Sessel bot er nun seinem Besucher an. Dann setzte er sich mit der Katze im Arm an seinen Schreibtisch.

»Ich empfange nie jemanden«, glaubte er erläutern zu müssen. »Internet.« Er deutete auf seinen PC.

Der kleine Korse wusste nicht recht, ob der Mann stolz darauf war, dass er Internet besaß, oder ob er sagen wollte, dass er nie jemanden empfing, weil seine Kunden seine Dienste via Internet in Anspruch nahmen. Der Kaiser neigte zur zweiten Option.

»Bitte sagen Sie mir alles.«

»Nun ja, ich hätte gern, dass Sie meine Nachkommen finden.«

»Ja, das haben Sie bereits gesagt. Kinder? Enkel?«

Der Kaiser hob den Blick zur Decke.

»Enkel, offen gestanden, das heißt Urenkel oder besser Ururenkel.«

»Was Sie nicht sagen!« Der Mann riss einen Arm in die Höhe, wodurch die Katze aufwachte, mit einem Satz auf den Fußboden sprang und in dem Ozean von Papieren verschwand, der den Boden bedeckte. »So alt sind Sie doch noch gar nicht!«

»Älter, als Sie glauben«, antwortete der Kaiser augenzwinkernd, »aber ich nehme das als Kompliment. Das Eis wirkt konservierend«, ergänzte er, um anzudeuten, dass auch er in einem Eisblock aus dem Meer gefischt worden war.

Falls sein Gegenüber auch in einer anderen Epoche geboren war, würde er die Anspielung verstehen. Aber der Ahnenforscher reagierte nicht. Er schien, im Gegensatz zu Napoleon, nicht aus der Vergangenheit zu stammen. Er war einfach nur ein Original.

»Und außerdem bin ich vertraut mit Barbara Gould«, hob der Kaiser hervor.

Der Dandy machte große Augen. Mein Gott, dachte er, da sitzt schon wieder so ein Verrückter vor mir. Warum musste er sich andauernd mit Verrückten abgeben? Warum interessierten sich die Verrückten so sehr für ihre Vorfahren? Was hofften sie am oberen Ende ihrer Abstammungslinie zu finden? Genies? Leute wie Goethe, Pascal, Platon, Napoleon? Dabei zeugten Verrückte immer nur noch mehr Verrückte, die wiederum nur Verrückte zeugten. Émile Zola hatte sich nicht geirrt.

»Gut. Dann nennen Sie mir bitte als Erstes Ihren Namen.«
Der Ahnenforscher griff nach einem eleganten Füllfederhalter, zog ein Blatt Papier zu sich heran und wartete.

»Bonaparte. Napoleon Bonaparte.«

Er schrieb die ersten Buchstaben nieder, wie ein folgsames Kind, dann stockte er. Er hob den Kopf und starrte sein Gegenüber an. Wieder blieb sein Blick an dem Shakira-T-Shirt hängen.

»Wie, *der* Napoleon Bonaparte?«

Der Kaiser nickte bestätigend.

Der Mann schlug sich mit der Handfläche gegen die Stirn, als sei endlich der Groschen gefallen. Er schraubte den Deckel auf seinen Federhalter und steckte den Stift ein. Dann erhob er sich, ging um den Schreibtisch herum und machte Anstalten, den sitzenden Kaiser am Arm von seinem Stuhl zu ziehen.

»Sie haben sich im Stockwerk geirrt, Monsieur! Es tut mir leid, dass ich Sie mit meinen Geschichten von Bäumen, Blättern und Wurzeln behelligt habe, ich dachte, Sie wollten mit einem Ahnenforscher sprechen. Die Praxis von Dr. Tocquaine liegt ein Stockwerk höher. Aber das macht nichts, ich bin es gewohnt, dass die Leute die beiden Stockwerke verwechseln. Manche, die zu mir kommen, glauben sogar, sie seien bei Dr. Tarrin gelandet, dem Zahnarzt aus dem dritten Stock. Finden Sie auch, dass mein Büro einer Zahnarztpraxis nicht ganz unähnlich ist?«

Während er sprach, zerrte er weiter an Napoleons Arm, aber dessen imperiales Hinterteil hatte sich noch keinen Millimeter vom Sitz erhoben.

»Ich wollte keineswegs zu Dr. Tocquaine«, widersprach der Kaiser verärgert. »Ich wollte zu Ihnen! Ich brauche die Auskünfte eines Ahnenforschers.«

»Ich weiß, dass man beim ersten Mal ein komisches Gefühl hat, aber Dr. Tocquaine ist ein ausgezeichneter Psychiater. Sie können unbedingtes Vertrauen zu ihm haben, Monsieur Napoleon Bonaparte. Er schreibt sogar Bücher!«

In diesem Augenblick erinnerte sich der kleine Korse an Professor Bartolis Mahnung. Sie war so kristallklar wie das Meer vor St. Helena: Sagen Sie niemals, dass Sie Napoleon sind, sonst sperrt man Sie ins Irrenhaus. Ihm blieb nichts anderes übrig, als dem Ahnenforscher einen Beweis für seine Identität zu liefern.

»Stellen Sie mir eine beliebige Frage, und ich werde sie beantworten. Daran müssten Sie erkennen, dass ich tatsächlich Napoleon I. bin!«

Das Argument, das bei den Cancan-Tänzerinnen nicht gezogen hatte, traf bei dem Ahnenforscher ins Schwarze. Als Liebhaber der Napoleonischen Epoche ging ihm bei einem solchen Angebot das Herz auf. Verrückt, wie die Leute von heute ihren Napoleon liebten!

»Sie ähneln ihm enorm, das ist wahr, aber er ist 1821 mit zweiundfünfzig Jahren gestorben. Und selbst, wenn nicht, würde das nichts ändern. Er wäre jetzt über zweihundert Jahre alt!«

»Ich habe Ihnen doch schon erklärt, dass es am Eis lag und an der Tagescreme von Barbara Gould. Nur zu, stellen Sie mir eine Frage.«

Der Ahnenforscher lächelte.

»Sie sind wirklich rührend, aber was würde das beweisen? Sie könnten ohne weiteres alles Wichtige über das Leben des großen Mannes auswendig gelernt haben. Ich kenne es selbst ja auch, ohne Napoleon zu sein ...«

»Stellen Sie mir eine Frage, die nur Napoleon beantworten kann.«

»In diesem Fall wüsste ich die Antwort nicht, und Sie könnten mir alles erzählen.«

»Da haben Sie recht«, musste der Kaiser gestehen. »Nehmen wir also die Wissenschaft zu Hilfe. Die Biologie, die Genetik. Die Wissenschaft wird niemand anfechten, nicht wahr? Wie groß war Napoleon?«

»Er war sehr klein«, sagte der Ahnenforscher in zärtlichem Ton, ganz so, als würde er ein Kätzchen beschreiben. »Man spricht übrigens vom ›Napoleon-Komplex‹ oder dem ›Komplex des kleinen Mannes‹. Dr. Tocquaine kennt sich da bestens aus. Er könnte Ihnen das besser erklären als ich.«

»In Wirklichkeit war ich mittelgroß für meine Zeit«, verteidigte sich der Korse. »Heutzutage sind Sie alle groß. Und außerdem wurde ich häufig von meiner kaiserlichen Garde begleitet, Männern, die man aufgrund ihrer beeindruckenden Körpergröße und ihrer breiten Schultern ausgewählt hatte. Neben ihnen wirkte ich natürlich ...«

»Alle Historiker und Experten sind sich einig, dass Napoleon 1,68 Meter maß.«

»Gut, dann messen Sie mich.«

Der Ahnenforscher bat den Kaiser, sich an die Messlatte an seiner Tür zu stellen, und maß exakt 1,68 Meter. Kein Millimeter mehr, kein Millimeter weniger.

»Na und?«, sagte er. »Ein Zufall, weiter nichts. Wenn alle ein Meter achtundsechzig großen Männer Napoleon wären, gäbe es einen Riesenauflauf vor dem Élysée-Palast ...«

Unglaublich, was man alles anstellen musste, um sich als Napoleon auszuweisen! Seine Truppe hatte ihm aufs Wort geglaubt. Dieser Dessouches war ein Pedant. Eine echte Nervensäge.

»Mag sein. Dann untersuchen Sie mich. Ich habe ein Magengeschwür, ein Loch von der Größe eines kleinen Fingers, wie es scheint.«

Er zeigte auf seinen Magen. Der Ahnenforscher starrte auf Shakira.

»Heben Sie bitte Ihr T-Shirt.«

Napoleon entsprach seinem Wunsch. Aber auf seinem Bauch war nichts Ungewöhnliches zu erkennen.

»In den Berichten der damaligen englischen Ärzte«, sagte Dominique Dessouches »und namentlich in denen von Dr. Rutledge, war als Grund für die Schmerzen in Ihrem Bauch von einem Spalt die Rede, so groß, dass man den kleinen Finger hindurchstecken konnte. Das Problem ist nur, dass man ein Geschwür nicht mit bloßem Auge sehen kann. Bei einer Autopsie jedoch wird der Körper übel zugerichtet ... Napoleon wurde kurz nach seinem Ableben auf der Insel St. Helena obduziert. Doch bei Ihnen sieht man keine Anzeichen dafür.«

Der Ahnenforscher lächelte, zufrieden mit seiner Beweisführung. Das war geschafft, damit war die Angelegenheit erledigt.

»Es gab keine Autopsie«, korrigierte der Korse. »Sie haben meinen Leichnam gegen einen anderen vertauscht. Und meine Asche ist nicht im Invalidendom ausgestellt, denn ich sitze hier, vor Ihnen, und rede mit Ihnen. Aber wenn Sie nur Ihrem Augenschein trauen, schauen Sie her!«

Mit diesen Worten zog er sein T-Shirt wieder über den Bauch und ließ die Slim-Fit-Jeans und den Slip bis zu den Knöcheln herunter.

Dominique Dessouches blieb der Mund offen stehen.

»Monsignore Vignali hat Napoleon den Penis abgeschnitten«, stammelte der Ahnenforscher.

»Das ist richtig. Zu meinem allergrößten Bedauern ...«

Dessouches ließ sich wie betäubt auf seinen Stuhl sinken.

Er schlug die Hände vors Gesicht. Entweder hatte sich der Verrückte allen Ernstes sein Geschlechtsteil amputieren lassen, nur um seinem Idol zu gleichen, oder er war eine Frau, oder vor ihm saß tatsächlich der echte Napoleon Bonaparte. Das Schlimmste war, dass ihm von den drei Möglichkeiten eine aberwitziger erschien als die andere.

Napoleon stellt zwei Bedingungen

Napoleon war ein schneller Leser.

Deshalb blätterte er mit atemberaubender Schnelligkeit das dicke Buch durch, das er aus einem der Bücherregale gezogen hatte.

»Haaah!«, stieß er auf einmal hervor und drückte eine Hand auf den Magen, »das stimmt doch gar nicht!«

»Was denn?«, fragte der Ahnenforscher, der damit beschäftigt war, sein Handy auf Kameramodus umzustellen.

Aber die Technik war irgendwie nicht sein Ding.

»Waterloo.«

»Wie funktioniert bloß dieses verdammte iPhone«, fluchte der Ahnenforscher.

In seinen jüngeren Jahren hatte jedes Gerät eine klar definierte Funktion gehabt, und man hatte nur auf einen Knopf drücken müssen, um es einzuschalten. Heutzutage war alles in einen einzigen Apparat gepackt, und man musste sich mit Tausenden von Knöpfen herumschlagen. Man verstand gar nichts mehr. Wie bei diesen Universalfernbedienungen. Immer wenn er den Videorekorder einschalten wollte, öffnete sich die Kühlschranktür; um den DVD-Player in Gang zu setzen, brauchte er eine halbe Ewigkeit.

»Hier steht, dass ich sieben Fahnen und Standarten verloren habe, in Wirklichkeit habe ich über zehn verloren!«

Dann merkte der kleine Korse, dass er sich dessen vielleicht lieber nicht brüsten sollte, hörte auf, höhnisch zu lachen und verstummte.

»Okay, ich schaffe es nicht«, sagte Dessouches resigniert, spürbar enttäuscht darüber, dass er seinen außergewöhnlichen Kunden nicht fotografieren konnte. »Wir versuchen es später noch einmal. Ich bin ganz ruhig. Ich bin ganz ruhig. Alles ist gut. Vor mir steht Napoleon und liest ein Buch ...«

Dessouches kniff ein paar Mal die Augen zu. Aber wenn er sie wieder öffnete, stand Napoleon Bonaparte in seinem Zimmer, mit Shakira-T-Shirt, Slim-Fit-Jeans und einem *I love Paris*-Rucksack, und krümmte sich vor Lachen bei der Lektüre eines durchaus ernsthaften Buches über die Schlacht bei Waterloo. Litt er unter Halluzinationen, weil er zu viel arbeitete?, fragte sich der Ahnenforscher. War er wahnsinnig geworden? Sollte er einen Termin bei seinem Nachbarn von unten vereinbaren?

»Wie steht's, nehmen Sie den Auftrag an?«, fragte der Kaiser und knallte das Buch zu.

»Äh, ja.«

»Ich habe zwei Bedingungen.«

»Sprechen Sie.«

»Ich habe nicht viel Zeit.«

»Ich arbeite sehr schnell! Und außerdem – wer kennt Ihre Geschichte nicht! Das wird das reinste Kinderspiel!«, beteuerte der Ahnenforscher enthusiastisch.

»Ich habe kein Geld. Keinen Schotter. Aber da jede Arbeit ihren Lohn verdient, kann ich Ihnen als Bezahlung eine kleine Ausfahrt in meinem Ferrari Testarossa anbieten. Er ist draußen geparkt.«

Mit diesem Vorschlag hatte er den erklärten Liebhaber schöner Automobile entwaffnet.

»Und wie hat sich Napoleon einen Ferrari verschafft, wenn das keine indiskrete Frage ist?«

Der Kaiser erzählte ihm die ganze Geschichte.

»Darf ich nun meinerseits eine Bedingung stellen?«, fragte der Ahnenforscher, als der Korse seinen Bericht beendet hatte.

»Wenn es mir gelingt, Nachkommen von Ihnen ausfindig zu machen, was ich nicht bezweifle, werde ich Ihnen lediglich einen Namen pro Tag verraten und Ihnen die Kontaktdaten geben, und Sie lassen mich jedes Mal ein Stündchen mit Ihrem Wagen fahren. Einverstanden?«

»Sehr gut. Abgemacht«, sagte Napoleon.

Und sie tauschten einen herzhaften Händedruck.

»Ich werde morgen Vormittag zurückkommen.«

»Und ich werde Neuigkeiten für Sie haben. Das verspreche ich Ihnen. Wo wohnen Sie?«

»Im Formule 1.«

»Mein Gott, das ist skandalös! Sie können bei mir übernachten. Dann zeige ich Ihnen meine Sammlung von Publikationen über Sie. Sie können sich die ganze Nacht blendend amüsieren, wenn Sie feststellen, dass alles ganz anders war.«

»Sind Sie gay?«

Die Augen des Ahnenforschers wurden rund wie aufgeblasene Michelin-Reifen.

»Wie bitte?«

»Spielt keine Rolle«, wiegelte der Kaiser ab. »Ich danke Ihnen für die Einladung, aber mein Formule 1 passt mir gerade wunderbar. Ich fühle mich dort wohl. Die erste Nacht ist immer die schwerste.«

»Ich verstehe. Dann bis morgen?«

»Bis morgen.«

Dominique Dessouches konnte es nicht fassen. Aber falls er tatsächlich Halluzinationen zum Opfer gefallen war, würde er es am nächsten Vormittag herausfinden.

Napoleon verliebt sich

Als er ins Formule 1 zurückkam, stand Charlotte auf dem Parkplatz. Sie erwartete ihn, an den Rumpf der Embraer gelehnt.

»Was machst du denn hier?«, fragte der kleine Korse beunruhigt.

»Ich wollte dich sehen. Ein bisschen reden ... Dich kennenlernen.«

Napoleon klopfte das Herz bis zum Hals.

»Komm«, sagte er, »wir gehen besser in mein Zimmer. Ich habe noch schwarzen Champagner.«

»Schwarzen Champagner?«

»Ja, ein paar Dosen Cola light.«

Auch wenn die Historiker über die Jahre hinweg verbreitet hatten, dass er nicht der weltbeste Liebhaber war – dass Napoleon wusste, wie man mit Frauen redet, das hatten sie immer eingeräumt.

»Schwarzer Champagner ...«, murmelte Charlotte mit einem Lächeln, das das Herz des größten Kaisers der Menschheitsgeschichte zum Schmelzen brachte.

War er ein Träumer, oder hatte er einfach die Gabe, die Dinge schönzureden? Kein Wunder, dass ihm seine Männer bis in die Hölle gefolgt wären. Wenn für ihn eine Cola light wie Champagner war, was war dann für ihn der Krieg? Eine Party bei Hugh Hefner? Charlotte stellte sich vor, wie er an der Front seinen Männern zubrüllte: »Alle zur ›Playboy‹-Fete! Die Bunnies kommen auch, und es gibt Champagner!« Und alle rannten ihm hinterher, komplett euphorisiert, das Gewehr im Anschlag oder den Säbel gezückt, geladen wie eine 1000-Volt-Batterie, bereit, sich in Russland massakrieren zu lassen.

Im Hotelzimmer setzte sich Charlotte auf den Bettrand, während Napoleon ihr gegenüber stehen blieb. Mit ihren 1 Meter 87 war diese Position – sie sitzend, er stehend – vielleicht die einzige Möglichkeit, sich bequem in die Augen zu schauen.

»Gut«, sagte der Kaiser, verlegen lächelnd, »willst du eine Cola light?«

Die junge Frau nickte und nagte an ihren Lippen, was dem Kaiser ein wenig die Befangenheit nahm. Warum nur verließ ihn regelmäßig der Mut, wenn er einer Frau gegenüberstand, die ihn wirklich reizte, er, der die Preußen und Österreicher besiegt und einen Großteil von Europa erobert hatte?

»Nach allem, was ich über dich weiß, warst du nicht gerade für deine Galanterie berühmt. Welchem Umstand verdanke ich meine Vorzugsbehandlung?«

Wozu leugnen? Sie hatte recht, er stand im Ruf, nicht sehr galant zu sein. In den Salons hatte er keine Skrupel gehabt, den Damen ins Wort zu fallen und sich über ihre Garderobe zu beschweren (»Ihr Kleid ist schmutzig, ziehen Sie sich niemals um?«) oder ihr Äußeres zu kritisieren (»Welche Enttäuschung! Man hatte mir versichert, Sie seien hübsch ...«). Doch seine legendäre Rüpelhaftigkeit war nur eine Verteidigung gegen die Frauen, vor denen er sich wahrhaft fürchtete, diejenigen, die wie mit Keulen gegen die Pforten seines Herzens schlugen. Woraus folgte, dass die Biene mit dem schärfsten Stachel sich manchmal in ein honigsüßes Insekt verwandeln konnte.

»Nur der Dumme ändert seine Meinung nie.«

»Das hat man früher auch schon gesagt?«

»Die heutige Zeit hat kein Monopol auf die Dummheit!«

»Sieh an, du hast wohl die Milch der frommen Denkungsart getrunken.«

Was hatten sie nur alle mit ihrer Milch? Erst Valentin, jetzt Charlotte.

»Ich weiß, was du von Frauen gehalten hast. Deine Frauenfeindlichkeit und so weiter ...«

»...«

»Die Frau ist das Eigentum des Mannes. Die Männer sind für das Licht des Tages geschaffen, die Frauen für die Sphäre der Familie und für das Leben in den heimischen vier Wänden ... Oder so ähnlich. Hast du das wirklich alles gesagt?«

Er konnte es unmöglich leugnen. Sein *Code civil* war zugunsten der Männer verfasst, die Gymnasien und Hochschulen waren den Männern vorbehalten. Alle seine Ideen waren öffentlich zugänglich. Das Internet war ein Angriff auf die intimsten Bereiche. Es war unmöglich geworden, ein Geheimnis zu wahren.

»Weißt du, damals herrschten andere Sitten, es war eine andere Zeit. Das kann man nicht vergleichen.«

»Denkst du heute immer noch dasselbe?«, wollte Charlotte wissen, und ein neuer Ausdruck trat in ihre Augen.

»Ich denke, dass ... dass ich mir Mühe geben könnte.«

Sie lächelten.

Er holte zwei Getränkedosen aus seinem *I love Paris*-Rucksack und reichte Charlotte eine. Er hatte sie gerade erst aus der Minibar seines Privatjets geholt. Sie waren noch kühl. Eiskalt. Genau wie er sie liebte.

»Ich habe leider keine Sektschalen«, entschuldigte er sich.

»Für Cola?«

»Für den schwarzen Champagner«, verbesserte der Kaiser.

Charlottes Mund verzog sich zu einem breiten Lächeln.

»Weißt du was, man nimmt dir dein Alter nicht ab«, sagte sie, während sie die Lasche aufzog.

Ein lautes *pssssschhhhhhhiiit* erklang.

Pssssschhhhhhhiiit, antwortete Napoleons Dose.

»Ist das gut oder schlecht?«

»Du wirkst jünger, keine Frage. Für einen Typ, der dreihundert Jahre alt ist, hast du dich nicht schlecht gehalten, finde ich ...«

Charlottes Worte machte ihm Mut. Obwohl er im Spiegel der Flughafentoilette keinen unmittelbaren Effekt hatte feststellen können, schien die Tagescreme zu wirken.

»Ich bin ein Barbara-Gould-Mann«, verkündete er stolz.

Charlotte prustete los.

Sie hatte hübsche weiße Zähne, wie dazu geschaffen, ihn anzuknabbern.

»Ah, ich verstehe. Napoleon ist metrosexuell!«

Sie legte den Kopf schief und schwieg, als fiele es ihr schwer, das auszusprechen, was ihr auf der Zunge lag, und als versteckte sie ihre Gefühle unter einer Schicht Humor. Sie lächelte verlegen und trank einen Schluck Cola, um sich Mut zu machen. Napoleon tat es ihr nach.

»Es ist gut, dass du Farbe bekennst, es gibt viele Männer, die Gesichtscremes benutzen und nicht dazu stehen«, sagte Charlotte.

»Ich habe immer Farbe bekannt«, verkündete der Kaiser und warf sich kaiserlich in die Brust.

Charlotte lachte. Doch sie wurde gleich wieder ernst, errötete, zögerte und gab sich dann einen Ruck.

»Es gibt da ein Sprichwort, weißt du, aus der Gegenwart. Es heißt ›Unglück im Spiel, Glück in der Liebe‹, aber im Spiel hatte ich nie Glück. Und auch nicht in der Liebe ... Im Lotto habe ich nie einen Cent gewonnen.«

»Lotto?«

»Und in der Liebe bin ich immer auf Nullen reingefallen.«

»Nullen?«

»Langzeitarbeitslose«

»Langzeitarbeitslose?«

»Sozialprofiteure.«

»Sozialprofiteure?«

Das sah nach einem längeren Dialog aus.

Der Korse nickte, obwohl er nicht recht wusste, was das alles zu bedeuten hatte. Aber dem traurigen Lächeln der Tänzerin nach musste es eine üble Sache sein. Charlotte schien das Bedürfnis zu haben, ihm davon zu berichten. Auf seinen Feldzügen hatte Napoleon seine Offiziere – aber auch die einfachen Soldaten – immer von sich erzählen lassen; er ließ sich berichten, was sie am Tag erlebt hatten, was sie empfanden, was sie von den Schlachten hielten, in denen sie kämpften, wie es ihren Frauen und Kindern ging, und was sie vorhatten, wenn der Krieg einmal vorüber war. Das war wichtig. Er hörte ihnen aufmerksam zu und fand immer ein kurzes Wort der Ermutigung.

»An deinen Augen, an deinem Blick kann ich erkennen, dass du ein richtiger Mann bist«, fuhr sie fort. »Du hast nichts von deiner früheren Größe eingebüßt. Männer, die einmal groß waren, bleiben groß, auch wenn die Zeit vergeht. Und die großen Männer, die großen Männer ...«

Im Blick des Kaisers lag die Intensität einer Neutronenbombe. Charlotte verstand jetzt, wie er ganze Armeen mitgerissen hatte, wie er kranke, verwundete, müde, demoralisierte Soldaten dazu gebracht hatte, in die unwirtlichen Gegenden Russlands oder Ägyptens vorzustoßen. Sie verstand, dass man einen wie ihn nicht im Stich ließ. Dass nur der Tod die Kämpfer von ihrem Anführer trennen konnte. Dass sie trotz der Verzweiflung über einen verlorenen Krieg an seiner Seite blieben, um neben ihm zu sterben. Sie verstand, warum er einen so großen Teil der Welt erobert hatte, und wie es kam, dass das Herz der Franzosen bei der Erwähnung seines Namens immer noch höherschlug. Sie verstand, warum sein Name in ihrem Gedächtnis und im Lehrplan der Schulen weiterhin existierte. »Kaiser«, das war keine Rolle, die er sich widerrechtlich angeeignet oder frei erfunden hatte. Nein, diesen Titel trug er in seinen Genen, in seinem Blut. Sie hatte irgendwo gelesen, dass ihn seine Mutter schon als Kind ihren »kleinen Kaiser« genannt hatte, weil ihn schon damals alles, was mit der Armee zu tun hatte, unwiderstehlich anzog. Die für gewöhnlich so sparsame Frau hatte keine Kosten gescheut, um ihrem kleinen Nabulio eine Freude zu machen und ihm, als Ermutigung auf seinem Lebensweg, zum Geburtstag Tamburine und hölzerne Spielzeugsäbel zu kaufen.

Er hatte ein unglaubliches Charisma.

Eine magnetische Ausstrahlung, die Charlotte in ihren Bann zog.

Sie streckte ihm ihre Lippen entgegen.

»Bevor das zwischen uns weitergeht, muss ich dir etwas sagen«, erklärte er mit umwölkter Stirn.

Er wollte ihr die Sache mit seinem fehlenden Körperteil lieber gleich gestehen, bevor er Überraschung oder Entsetzen in ihren Augen las, wenn ihre Hand in seinen Slip glitt und sie dort nichts vorfand.

»Ich weiß, dass du geschieden bist. Das habe ich auf Wikipedia gelesen.«

»Nein, das meine ich nicht, ich ...«

»Psssst ...«

Sie legte ihm den Finger auf die Lippen, und da kleine Räume große Gefühle und eine rasche Annäherung zwischen zwei Lebewesen begünstigen, stürzte sich der Kaiser auf sie, als müsse er ein Land erobern.

»Sachte, sachte«, murmelte sie angesichts eines solchen Ungestüms. »Man könnte meinen, du hättest seit Jahren keine Frau mehr umarmt.«

»Seit Jahrhunderten«, berichtigte er.

Ein unerwarteter Nachbar

Das Taxi setzte Annonciade Bartoli vor dem Formule 1 ab.

Aus dem Augenwinkel nahm er auf dem Parkplatz einen Ferrari mit Anhänger wahr, auf dem ein kleiner Privatjet festgezurrt war. Er fragte sich, welcher Bekloppte in einem Formule 1 übernachtete, wenn er so viel Geld hatte. Zweifellos ein Multimillionär auf der Suche nach extremen Erfahrungen.

In seinem Hotelzimmer holte der Professor aus einer gelben Plastiktüte zwei Flaschen Whisky, die er auf dem Flughafen im Duty-free-Shop erstanden hatte. Er schraubte eine auf, holte den Zahnputzbecher aus dem Bad und genehmigte sich ein bis zum Rand gefülltes Glas Alkohol. Dann schaltete er den Fernseher an und erblickte das sonnenstudiogebräunte Gesicht von Jean-Pierre Jauche. In Großaufnahme. Er seufzte. Statt in seinem kleinen korsischen Landhaus Napoleons Abenteuern zu lauschen, saß er in einem Formule 1 an der Porte de Châtillon, trank billigen Whisky und sah sich *Wer wird Milliardär?* an.

»Kann es noch schlimmer kommen?«, fragte er die beiden Flaschen, die wortlos zurückblickten.

Die Antwort kam aus dem Nebenzimmer. Durch die Rigipsplatte drang das Lustgestöhn einer Frau. Oder war es eine Wölfin? Als er die Worte »Hoch lebe der Kaiser« zu verstehen glaubte, war er sich auf einmal sicher, dass ihm die verrückte Geschichte die Sinne benebelt hatte und er keinen Alkohol mehr vertrug. Ein Glas Whisky, und schon war er betrunken! Verdrossen ging er ins Badezimmer, überzeugt davon, das Opfer akustischer Halluzinationen zu sein, stopfte sich Kügelchen aus Toilettenpapier in die Ohren und goss sich ein zweites Glas ein, um alles zu vergessen.

Beten ist tödlich

Im selben Augenblick betrat in Madrid eine Araberin, die von einer Spanierin nicht zu unterscheiden war, das heißt, sie war von Kopf bis Fuß in Desigual gekleidet, nur ihre Haare waren von einem senfgelben Tuch bedeckt, das Mittelschiff einer Kirche. Mit festen Schritten ging sie auf einen Beichtstuhl zu und kniete vor dem Trenngitter aus Kirschholz nieder.

Und in weniger Zeit, als es brauchte, um »Vergeben Sie mir, Vater, denn ich werde sündigen« zu sagen, holte sie aus ihrer bunten Designer-Handtasche eine Pistole und schoss im Namen Allahs dem Priester, der gerade den Vorhang zurückgezogen hatte, zwei Kugeln in den Kopf. Dann drehte sie sich um und entleerte das Magazin auf ein Dutzend anderer Personen, die ins Gebet vertieft waren, womit sie einigen Frommen ihren

Wunsch erfüllte, denn sie waren an den heiligen Ort gekommen, um ein wenig Ruhe zu finden.

Die Brüste der Frauen

Als Napoleon am nächsten Morgen erwachte, gab er als Erstes Charlotte einen Kuss. Voller Zärtlichkeit. Sie lag an ihn geschmiegt und schlief noch. Seine Gedanken schweiften zurück zu der wilden Nacht. Er erinnerte sich, wie er, auf ihr liegend, nach dem ersten feurigen Kuss ihre langen Locken gestreichelt hatte.

»Ich muss dir wirklich unbedingt etwas sagen.«

Sie hatte ihn angesehen, fest davon überzeugt, dass nichts, was er sagen konnte, etwas an ihren Gefühlen ändern würde. Und er hatte ihr gestanden, dass er nicht imstande sein würde, mit ihr Liebe zu machen. Weil er keinen Penis mehr hatte. Das heißt, weil sein Penis ihm nicht mehr gehörte, sondern in der Keksschachtel eines pensionierten amerikanischen Arztes lag, Tausende von Kilometern entfernt, jenseits des Atlantiks. Nachdem ihre erste Überraschung abgeklungen war, hatte sie ihm geantwortet, dass ein fehlender Penis weder die Liebe noch das Machen verhinderte. Auch Lesben machten Liebe, oder nicht? Und ein weiterer Beweis sei, dass sie haufenweise wohlausgestattete Männer kannte, die ihr keinen einzigen Orgasmus verschafft hatten. Das hatte Napoleon beruhigt. Und dann folgten die wunderbarsten Umarmungen und Zärtlichkeiten, die Charlottes Ausführungen mehr als bestätigt hatten. Napoleon hatte ihr Lust bereitet. Und was für eine kolossale Lust! Mehr Lust als je ein Mann zuvor. Er war heißblütig, aber aufmerksam. Rücksichtsvoll. Männlich. Sie hatte sich in seinen Armen ganz und gar geborgen gefühlt. Sie hatte sich ihrer animalischen Natur hingegeben. Sie hatte gejault wie eine Wölfin und »Hoch lebe der Kaiser« geschrien, in der Hoffnung, dass niemand sie hörte.

Bei ihr war der Kaiser ein anderer, nicht mehr der Mann von früher, der in wenigen Minuten seine kleinen »Antistress-Maßnahmen« erledigte. Bei Charlotte wünschte er sich, er möge lange andauern, so wie bei Joséphine in der ersten Zeit. Sie waren ein symbiotisches Paar gewesen. Seine Liebe hatte erst einen Dämpfer bekommen, als er erfuhr, dass sie ihm nie Kinder schenken würde. Und dann hatte sie ihn in Italien besucht, mit ihrem Husarenleutnant im Schlepptau. Verräterin! Oh, wenn er sie nur in sein Herz hätte sperren können, hätte er sie dort für immer gefangen gehalten. Anschließend hatte er aus purem Trotz ein Auge auf Marie-Louise geworfen. Eine Siebzehnjährige, die ihm das geben würde, was Joséphine ihm versagt hatte. Einen Erben. Er hatte einen Bauch geheiratet, wie er im Scherz zu sagen pflegte. Er hatte Marie-Louise nie geliebt.

»Da wir schon bei den Geständnissen sind«, sagte Charlotte, »ich muss dir auch etwas gestehen. Ich habe mir die Brust korrigieren lassen ...«

Nun erfuhr Napoleon, dass Brustband, Apodesmos, Gurtband, Schnürmieder, Korsett, Hüfthalter, Büstenhalter, Korselett und andere Folterinstrumente seiner Zeit von diskreten und bequemen Haltevorrichtungen abgelöst worden waren, die auf so barbarische Namen wie Push-up oder Wonderbra hörten. Für Frauen wie Charlotte, die damit nicht zufrieden waren, existierte eine noch viel wirksamere und dauerhaftere Lösung – das Skalpell. Da das aktuelle Schönheitsideal nicht mehr wohlgerundete, vor Gesundheit strotzende Damen von aristokratischer Blässe erforderte, sondern klapperdürre, ausgemergelte Kurtisanen mit verbrannter Haut (wie sie zu seiner Zeit in der Hoffnung auf ein Stück Brot im Invalidendom herumlungerten), passierte es heutzutage nicht selten, dass man auf der Straße Weibsleuten begegnete, die an der Stelle ihrer Brüste ein Paar fleischige Gesäßbacken zur Schau trugen. Schon der gute alte Lavoisier, der unter der Guillotine geendet hatte, wusste: *Nichts geht verloren und nichts wird ursprünglich erzeugt, alles verwandelt sich*, und getreu diesem Ausspruch leerte man die Hintern, um die Brüste zu füllen. In gewisser Weise handelte es sich um das Prinzip der kommunizierenden Röhren, auf die Ästhetik des menschlichen Körpers angewandt. Eine andere, viel schnellere und wirtschaftlichere Lösung hätte darin bestanden, auf den Händen zu laufen, aber das war offenbar keinem eingefallen.

»Du siehst mich entzückt«, sagte der Korse. »Deine heißen, schweren, von Gesäß erfüllten Brüste sind ein unvergleichlicher Genuss.«

»So hätte ich es nicht ausgedrückt, aber gut, ich nehme das als Kompliment. Ich muss dir noch etwas gestehen, Napy ... Ich ...«

Wollte sie über ihre Haare sprechen? Wohin war der warme Pelz entschwunden, den die Frauen früherer Zeiten zwischen ihren Schenkeln und unter ihren Armen kultiviert hatten, um das Herz der Männer zu wärmen?

»Ich heiße nicht Charlotte.«

Daneben! Das Rätsel der fehlenden Behaarung würde für immer ungelöst bleiben.

»Und wie heißt du?«, fragte Napoleon stirnrunzelnd.

»Jos ...«

Ab diesem Punkt schien die Szene in Zeitlupe abzulaufen.

Das Herz des Kaisers raste wie wild.

Konnte es sein, dass diese junge Frau seiner Joséphine, an die er vor fast zweihundert Jahren sein Herz verloren hatte, nicht nur ähnlich sah, sondern auch noch ihren Vornamen trug?

»Jos ...«, setzte die Tänzerin verlegen an.

In Napoleons Schläfen pochte das Blut.

»Josette«, brachte sie schließlich heraus.

Napoleons Schultern entspannten sich schlagartig. Er wirkte erleichtert.

»Uff, ich hatte schon Angst!«

»Ah ja?«, sagte Charlotte überrascht. »Normalerweise reagieren die Typen genau andersherum!«

»Ich finde, Josette ist ein hübscher Name.«

»Mach dich nicht über mich lustig!«

»Ich mache mich nicht über dich lustig.«

»1820 war er vielleicht okay, aber heute ... der Horror, der reinste Liebestöter. Ich hätte gern, dass du mich weiter Charlotte nennst«, bat Charlotte mit einer Kleinmädchenschnute.

»Deine Wünsche sind mir Befehl.«

Es ging ihr durch und durch, dass der größte General, den die Welt je gekannt hatte, so etwas zu ihr sagte. Sie sanken sich erneut in die Arme, von aufloderndem Verlangen überwältigt, und fielen auf das noch warme Laken. Napoleon und Josette-Charlotte.

Napoleons drei Kinder

Napoleon strich eine braune Locke hinter Charlottes Ohr und betrachtete sie ein letztes Mal. Er wusste, dass sie in dem neuen Leben, das das Schicksal ihm geschenkt hatte, eine wichtige Rolle spielen würde.

Kurz überlegte er, ob er ihr ein handgeschriebenes Billett hinterlassen sollte, eines jener Briefchen, die ihm beim weiblichen Geschlecht einen gewissen Ruf verschafft hatten.

Ich erwache, noch ganz erfüllt von dir.

Dein Bild und die Erinnerung an unseren berauschenden gestrigen Abend lassen meine Sinne nicht zur Ruhe kommen. Süße Charlotte, welch eine seltsame Wirkung du auf mein Herz ausübst ... Ich wäre glücklich, heute Abend deinen kleinen Hintern wiederzusehen.

Und da sollte noch einer behaupten, er sei ein Flegel!

Doch der Kaiser musste seine poetischen Anwandlungen aufschieben. Denn abgesehen von der kratzigen Klorolle in der Badenische gab es im Hotelzimmer kein Papier. Er löste sich vorsichtig von dem warmen Körper der jungen Frau, stand auf, zog sein T-Shirt, seine engen Jeans und die Converse an, setzte die Ray-Ban auf und schlich leise aus dem Zimmer.

Dann brauste er mit dem Ferrari zum Büro des Ahnenforschers.

»Ich hatte Erfolg!«, begrüßte ihn Monsieur Dessouches in herzlichem Ton.

Fast noch glücklicher als der Erfolg machte den Ahnenforscher die Tatsache, dass er nicht halluziniert hatte. Der Kaiser der Franzosen, Erster Konsul Frankreichs, war keine Ausgeburt seiner Phantasie. Das war sehr beruhigend, denn dann hatte er sich nicht umsonst die ganze Nacht mit Recherchen um die Ohren geschlagen.

»Gut. Sie sind ein zuverlässiger Mann. Erstatten Sie Bericht, Offizier.«

»Es war nicht ganz einfach, aber es ist mir gelungen. Ich habe meine Geschichtsbücher gewälzt. Ich habe Familienerinnerungen analysiert, ich habe Briefe durchforstet, ich habe …«

Napoleon wartete, von Minute zu Minute nervöser. Er versuchte, sich seine Nachkommen vorzustellen. Er sah große Männer vor sich. Vielleicht Politiker. Oder Fernsehstars. Berühmte Sänger. Er hatte eine große Vorliebe für Musik und schöne Stimmen. Er hätte nicht sagen können, wie viele Sängerinnen zwischen seinen seidenen Laken gelandet waren.

»Ich habe drei Namen.«

»Drei Namen? Mehr nicht?«

Das Vermächtnis Napoleons I. – drei Namen? Drei mickrige Namen? Er wollte doch eine Armee bilden, mit der er die Welt zurückerobern konnte!

»Da Ihr Sohn Napoléon François-Joseph-Charles keine Nachkommen hatte, musste ich mich an die leiblichen Kinder Ihrer
nicht ehelichen Verbindungen mit Éléonore Denuelle, Marie
Walewska und Albine de Montholon halten.«
Die drei Namen weckten beim Kaiser nur vage Erinnerungen.
»Diese drei Nachkommen haben zusammen nur drei direk-
te Abkömmlinge, die noch am Leben sind. Es tut mir sehr leid,
dass ich Ihnen das mitteilen muss. Die gute Nachricht ist, dass
sie alle in Paris oder in der Umgebung von Paris leben.« Der Ah-
nenforscher setzte eine fröhliche Miene auf. »Sie müssen also
nicht durch die ganze Welt reisen.«
»Und die schlechte Nachricht?«
»Woher wissen Sie, dass es eine gibt?«
»Wenn es eine gute Nachricht gibt, muss es doch zwingend
auch eine schlechte geben, oder?«
»Sagen wir mal, sie gehören vielleicht nicht ganz zu der Sorte
Nachkommen, die Sie erwartet haben.«
»Könnten Sie das etwas klarer ausdrücken?«
»Es sind ... Asoziale.«
Der Ahnenforscher biss sich auf die Lippen und senkte den
Kopf. Armer Napoleon. Das musste ein schwerer Schlag für ihn
sein.
»Ich habe mir aber trotzdem meine kleine Runde im Ferrari
verdient, nicht wahr?«, sagte er und nahm seinem Kunden die
Autoschlüssel aus der Hand, bevor dieser es sich anders über-
legen konnte.

Nachkomme Nummer 1

Georgette lebte an der Theke der Bar *Zum rüstigen Rammler* im
Pariser Viertel Pigalle. Sie war dort Stammgast. Gehörte praktisch zum Inventar. War eine Säule des Geschäfts, denn sie sorg-

te mit ihrer permanenten Anwesenheit für den Fortbestand der Bar. Eine ziemlich dicke Säule übrigens. Ein Pfeiler wie die, auf denen Kathedralen ruhen oder die, aus denen die französische Rugby-Nationalmannschaft besteht. Allem Anschein nach hatte man die Bar um sie herum gebaut, denn mit ihrem Umfang passte sie garantiert nicht durch die Tür. Viel Anmut besaß sie wahrlich nicht. Dafür Fett im Überfluss. Waggonladungen voll. Sie hätte einen schwunghaften Handel damit betreiben können. Sie hätte ganz allein den Grundstoff für die Herstellung von zehntausend Stück Labello oder Nivea-Lippenbalsam liefern können. Sie war DIE Lösung für die Massaker an Walen und Robbenbabys auf Grönland. In einem Anfall von verkorkstem Modebewusstsein hatte sie sich in ein vermeintlich aufreizendes, schwarzes ärmelloses Paillettenoberteil gezwängt (weil Schwarz schlank macht), unter dem ein gewaltiger Bauch hervorquoll, gegen den jeder Puddinghersteller gern wegen unlauteren Wettbewerbs prozessiert hätte, sowie zwei schwabbelige Arme mit dem Umfang von Oberschenkeln. Das legendäre vierbeinige Huhn existierte also tatsächlich! Es war keine Erfindung.

Vor Georgette standen ein fast leeres Weißweinglas und eine Schale Erdnüsse. Daneben lagen ein paar zerknüllte Lottoscheine. Auf dieses merkwürdige Geschöpf hatte der Zuhälter gedeutet, der auf den Gehweg auf und ab schlenderte. Er musste sich geirrt haben. Napoleons kaiserliches Blut rann gewiss nicht durch die Adern dieser Frau, die ihren billigen Weißwein wie Wasser in sich hineingoss, in der Hoffnung, dass sich irgendwelche versprengten Passanten in die schäbige Bar verirrten und sich so volllaufen ließen, dass sie ein Abenteuer mit ihr suchten. Abenteuer war das richtige Wort für die Expedition, die den Unglücklichen erwartete. Falls die betreffende Dame überhaupt noch in der Lage war, ihre Dienste anzubieten. Aber welche Dienste eigentlich? Sie schien nicht einmal in der Lage zu sein, ein normales Gespräch zu führen.

Napoleon trat auf sie zu.

»Georgette Glouze-Buonaparte?«

Ein attraktiver Name war das ja nun auch nicht gerade.

»Georgette Glouze-Buonaparte?«

Je häufiger er den Namen wiederholte, desto dämlicher kam er ihm vor.

Es war zehn Uhr vormittags, aber die Frau befand sich bereits in einem Zustand fortgeschrittener Trunkenheit. Sie reagierte nicht. Sie klappte ihre großen, glasigen Reptilienaugen auf und schlürfte die restlichen Tropfen Wein aus ihrem Glas, als wäre er Suppe.

»Georgette?«

Endlich verriet ihr Blick einen Anflug von Neugier. Wer konnte noch ihren echten Vornamen kennen? Es war ewig her, dass jemand sie so genannt hatte.

»Ich heiße Sharon«, nuschelte sie.

Da sie auf einem niedrigen Hocker saß und dem Kaiser nur bis zur Brust reichte, glaubte sie, dass Shakira mit ihr sprach.

»Shakira? Das ist ja mal 'ne Überraschung …«

»Ich bin nicht Shakira«, antwortete Napoleon ungehalten. »Ich wollte mich nur mit Ihnen unterhalten. Ich bin ein Verwandter von Ihnen.«

Georgette hob ein wenig den Blick und linste ihrem Gegenüber ins Gesicht. Einen Moment lang schien so etwas wie Leben in ihr aufzuflackern. Mit zusammengekniffenen Augen musterte sie den Kaiser von Kopf bis Fuß. Dann lachte sie los. Ein tiefes, ordinäres Lachen. Es klang wie ein nicht enden wollendes feuchtes Röcheln. Wirklich ein Herzchen, diese Dame.

»Der ist echt gut! Hast du das gehört, Johnny?«

Napoleon drehte sich argwöhnisch um. Johnny war eine schlaffe, leichenblasse Gestalt, die in der Ecke auf einem Stuhl hing. Ein Speichelfaden rann ihm übers Kinn und tropfte auf den Tisch. Die rosaroten und blauen Lichtstrahlen, die die Discokugel an der Decke in den Raum warf, ließ die Speichelpfütze in den Farben des Regenbogens aufleuchten.

»Ich bin Ihr Ururgroßvater«, sagte der kleine Korse, der sich wieder zu ihr umgedreht hatte. »Napoleon Bonaparte, erster Kaiser der Franzosen.«

Dann wiederholte er das, was ihm der Ahnenforscher zu seinem großen Befremden (und Entsetzen) eine halbe Stunde zuvor in seinem Arbeitszimmer mitgeteilt hatte. Sein Nachkomme, Grégoire de Vinzelles-Buonaparte, hatte mit einer Kupplerin namens Nancy Glouze, die eine Bar in Pigalle führte, ein uneheliches Kind gezeugt. Ein schlauer Bursche, dieser Grégoire. Tagsüber Notar, verheiratet, drei Kinder. Nachts Vabanquespieler, Rauschgiftverkäufer. Dazu zog er sogar die Kleider und hochhackigen Schuhe seiner Frau an. Man blickte doch nie hinter die Fassade der Menschen! Dominique Dessouches hatte seine Geschichte mit der berühmten Theorie von Émile Zola beendet, nach der sich negative Erbanlagen von Generation zu Generation innerhalb einer Familie fortpflanzen. Die Rougon-Macquarts hatten eine ganze Menge davon zu bieten.

»Und was ist mit seinen ehelichen Kindern?«, fragte der Kaiser, schockiert von der Eröffnung.

»Den Kindern von Zola?«

»Nein, von Grégoire de Vinzelles.«

»Alle in ihren zu engen Zara-Klamotten erstickt, nach einer besonders üppigen Prasserei bei McDo. Schrecklich.«

Napoleon war am Ende seiner Erzählung angekommen, doch Sharon reagierte nicht. Nur ganz tief in ihrem Inneren schien sich etwas verändert zu haben. Sie riss die Augen auf und starrte den kleinen Mann aufmerksam an: enge Jeans, Shakira-T-Shirt, blasses Gesicht, schwarze Haare, Glutaugen. Er sah ihr nicht ähnlich, und dennoch strahlte er eine große Güte und Aufrichtigkeit aus, die das Bedürfnis weckten, ihm alles zu glauben, was er sagte. Papa Vinzelles. Sie erinnerte sich gut an die Geschichte, ihre Mutter hatte sie ihr oft genug erzählt. Ein reicher, verklemmter Homosexueller, der sie eines Abends sturzbetrunken geschwängert und dann fallen gelassen hatte, um seinen Ruf nicht zu schädigen. Arme Mama. Dann entstammte dieser Typ hier der Familie ihres Vaters, diesem Mistkerl.

»Du Drecksack!«, brüllte sie ihn unvermittelt an, von plötzlichem Jähzorn gepackt. »Johnny, polier ihm die Fresse!«

Aber Johnny sabberte weiter und rührte sich nicht. Er wirkte nicht so, als könnte er irgendwem die Fresse polieren. Daraufhin brüllte sie noch lauter und warf ihre vier wabbligen Schenkel in alle Richtungen, wie ein Mutantenhuhn, das genmodifiziertes Futter gefressen hat, oder wie Moby Dick auf der Flucht vor Kapitän Ahab.

Als die massige Frau Anstalten machte, sich von ihrem Hocker zu hieven, hielt es Napoleon für angebracht, den Rückzug anzutreten, damit ihn der Zuhälter draußen, vom Wal aufgestachelt, nicht auf deutlich unangenehmere und flinkere Weise hinausbeförderte oder er womöglich noch von seiner Ururenkelin zerquetscht wurde. Duelle mit Frauen sind die einzigen, die man durch Flucht gewinnt, sagte sich der kleine Korse. Das hatte für seine Zeit gegolten. Und das galt vermutlich heute noch. Vor allem an einem Ort wie diesem.

Nachkomme Nummer 2

Der zweite Nachkomme, Jonathan Ducond-Buonaparte, lebte (Euphemismus für »vegetierte«) in der Residenz *Zur Heiligen Rute* (Euphemismus für »Irrenanstalt«), zwei (ehemalige) Tagesreisen von Paris entfernt, die Napoleon mit seinem chromblitzenden Ferrari Testarossa in kürzester Zeit zurücklegte.

Der Kaiser parkte seinen Wagen unter den verstörten Blicken mehrerer sedierter Insassen, die in Morgenrock und Pantoffeln eine kleine Landpartie unternahmen. Auf einen Stein waren die Worte *Residenz Zur Heiligen Rute* geritzt. War da nicht ein Fehler unterlaufen? Musste da nicht ein »h« statt des »e« stehen?, fragte sich Napoleon, höchst erbost, dass das Schicksal ihn andauernd an sein schreckliches Manko erinnerte. Heilige Ruth, ja, so musste es heißen.

Er ging zum Empfangstresen, obwohl eine Vorahnung ihn warnte, dass er umsonst hier war. Was konnte er schon von einem Mann erwarten, der in der Psychiatrie untergebracht war? Die Begegnung mit seiner ersten Nachfahrin war schon misslich genug verlaufen.

»Guten Tag, ich bin ein Angehöriger von Jonathan Ducond-Buonaparte.«

Eine solchen Satz auszusprechen, war ihm im höchsten Maße unangenehm. Jonathan Ducond-Buonaparte. Schon wieder so ein bescheuerter Name. War das ein Merkmal aller seiner Ururenkel?

»Was sagten Sie? Dupond?«

Wenn die Frau am Empfang ihm jetzt auch noch so kam …

»Ducond«, verbesserte der Kaiser mit leiser Stimme, um möglichst wenig Aufmerksamkeit zu erregen. »Wie King Kong, nur mit einem ›c‹ geschrieben.«

Anscheinend wirkte der Fluch tatsächlich, mit dem er in Ägypten belegt worden war, weil er das Land der Pharaonen entweiht hatte. Er war auf sieben Generationen verflucht.

Die alte Dame hob den Hörer an ihrer Telefonanlage und gab einem geheimnisvollen Gesprächspartner die Ankunft des Besuchers bekannt.

»Der Professor kommt«, sagte sie, nachdem sie aufgelegt hatte.

»Danke.«

Napoleon stellte sich ein Stück abseits und wartete. Nach einer Weile schritt ein Unbekannter an ihm vorbei und grüßte ihn mit einer Handbewegung. Aus Höflichkeit grüßte Napoleon zurück. Der Mann wandte sich an die Dame an der Rezeption.

»Guten Tag, Madame Trouillet.«

»Guten Tag, Monsieur Chanteloup, und für wen halten Sie sich heute?«

»Gott hat mir gesagt, dass ich der Papst bin«, antwortete der Mann und setzte ein feierliches Gesicht auf.

»Ah, ich verstehe.«

In diesem Moment fuhr ein alter Mann im Rollstuhl vor und herrschte die beiden an:

»Das ist nicht wahr, ich habe ihm nie etwas gesagt!«

»Ach herrje«, sagte Napoleon mit einem komplizenhaften und mitfühlenden Blick zur Sekretärin, als die beiden Männer weg waren. »Es kann nicht leicht für Sie sein, so etwas zu erleben, tagein, tagaus.«

»Ach, wissen Sie, man gewöhnt sich schnell daran. Ob das ein gutes Zeichen ist, weiß ich natürlich nicht. Sie sind lieb und anhänglich. Und das Personal hat eine unfehlbare Methode, sich abzugrenzen.«

»Tatsächlich?«

»Wir erzählen uns Witze. Dadurch können wir Dampf ablassen. Uns lebendig fühlen. Wissen Sie, es ist gar nicht so leicht, den ganzen Tag unter Zombies zu leben. Und die Witze beweisen uns, dass wir selbst noch nicht verrückt geworden sind. Die Verrückten erzählen nie Witze, und verstehen können sie sie schon gar nicht.«

»Witze, aha, natürlich.«

»Zum Beispiel die Geschichte von dem Mann, der gerade in die Psychiatrie eingewiesen worden ist und, kaum angekommen, ruft: ›Was ist das denn für eine verrückte Welt hier!‹«

Sie brach in herzhaftes Gelächter aus. Der Korse stimmte aus Höflichkeit ein, aber auch, weil er in den Augen der alten Dame nicht wie ein Depp dastehen wollte.

»Na, erzählen wir wieder Witze, Micheline?«, sagte eine freundlich-resolute Stimme hinter ihnen.

»Ja, Herr Professor, ich habe gerade diesem Herrn hier die von dem Verrückten erzählt, der in die Irrenanstalt kommt und ruft: ›Was ist das denn für eine verrückte Welt hier!‹«

Und nun brachen beide in ein hemmungsloses, kreischendes Gelächter aus, das offenbar befreiend auf sie wirkte.

Napoleon, der sofort verstand, dass sie nur so laut lachten, um zu zeigen, dass sie den Witz verstanden hatten und demnach noch nicht verrückt waren, ahmte ihre lächerliche Pantomime nach. Genau in diesem Moment fassten die beiden sich wieder und starrten den kleinen Mann mit dem Shakira-T-Shirt, der als Einziger noch lachte und gestikulierte, grimmig an.

»Guten Tag, ich bin Professor De Cloque«, sagte der Arzt im Tonfall eines stolzen Vaters aus *Voice Kids*, nur ohne Schnurrbart und Videokamera. »Ich freue mich, Sie kennenzulernen. Wir hatten schon die Hoffnung aufgegeben, Angehörige des armen Teufels zu finden. Wissen Sie, Jonathan hat seit seiner Ankunft keinen Besuch bekommen, und das ist drei Jahre her. Es wird ihm sehr gut tun, endlich ein bekanntes Gesicht zu sehen. Wobei ich sagen muss, dass mir Ihr Gesicht auch bekannt vorkommt. Verrückt, wie sehr Sie Marlon Brando ähneln. Jonathan dagegen sehen Sie überhaupt nicht ähnlich. Sind Sie sein Bruder? Ein Cousin?«

»Ich bin sein Vorfahre, Napoleon I.«

Der Kaiser biss sich auf die Zunge. Die Worte waren ihm gegen seinen Willen entschlüpft, sein Stolz hatte ihn dazu verführt. Ein wenig wie in La Fontaines Fabel vom Raben. Er hatte zwar nicht seinen Camembert verloren, doch kaum hatte er seinen Namen ausgesprochen, tauchten wie aus dem Nichts vier Muskelmänner in weißen Kitteln auf, stürzten sich auf ihn und warfen ihn zu Boden. Und er verlor deutlich mehr als einen Käse. Nämlich seine Freiheit.

Die Baumeister des Bösen

Zur gleichen Zeit stießen Tausende von Kilometern entfernt bärtige Männer, einige in Dschellabas, andere in Militäruniform, alle mit einer Kalaschnikow über der Schulter, in einem Museum in Mossul fast eintausendzweihundert Jahre alte assyrische Statuen aus Granit von ihren Sockeln. Eine Skulptur, die König Assurnasirpal II. darstellte, lag ohne Kopf und zerschmettert auf dem Boden, zu Füßen eines Dschihadisten in Sandalen, der verächtlich lächelnd auf sie herabblickte, bevor er einen Schlagbohrer anwarf, mit dem er sie zu Kieselsteinchen zerkleinerte.

Man konnte nicht genau sagen, wer hier den Kopf verloren hatte: das steinerne Standbild oder der Henker.

Der Mann, der sich für Napoleon hielt

Während sich auf der einen Seite der Welt gefährliche Irre in aller Öffentlichkeit dreist austobten, wurden auf der anderen Leute eingesperrt, die keiner Fliege jemals etwas zuleide tun würden.

An jenem Abend befand sich unter all den Fliegen eine kaiserliche Biene. In Gefangenschaft. Die nicht wieder in ihren Stock zurückkehren würde. Die nicht ins Formule 1 zurückkehren würde.

Napoleon schlug die Augen auf und stellte sich vor, wie Charlotte allein zwischen den billigen Laken lag, vielleicht sogar weinend. Auf jeden Fall verängstigt. Er hätte sie gerne wissen lassen, dass er verhindert war, aber er hatte kein Telefon, keines dieser neumodischen Geräte, mit denen man über große Entfernungen hinweg miteinander sprechen oder sich mit berühmten Leuten fotografieren konnte.

Nun hatte er sich doch noch einfangen lassen. Wie ein gewöhnlicher Soldat. Professor Bartolis Warnung hatte sich auf eklatante Weise bewahrheitet. Leute, die behaupteten, er zu sein, wurden eingesperrt. Pech, wenn man wirklich er war. Wenn sich heute alle Irren für Napoleon hielten, für wen sollte sich dann Napoleon halten? Es war wirklich höchst verwirrend.

Er erinnerte sich, dass jemand ihn gezwungen hatte, eine kleine rote Pille zu schlucken, und ihn dann in ein Zimmer gebracht hatte, wo er wenige Augenblicke später eingeschlafen war. Er blickte aus dem Fenster. Nach dem Sonnenstand war es Nachmittag. Siebzehn, achtzehn Uhr. Demnach hatte er drei bis vier Stunden geschlafen.

Er setzte sich aufs Bett und reckte sich ausgiebig. Das Zimmer war größer als das im Formule 1 und besser ausgestattet. Es gab einen Tisch, ein Bett und einen Schrank, alles in Weiß gehalten, genau wie die Wände. Außerdem gab es ein Fernsehgerät, einen dieser Bilderkästen, die im Grunde wie ein Computer aussahen, nur dass man mit ihm keine Recherchen anstellen und nicht das Geringste von ihm lernen konnte. Im Hotel hatte er ihn abends angelassen, damit er schneller einschlafen konnte.

Automatisch drückte Napoleon – dieser Automatismus hatte sich rasch eingestellt – auf die Fernbedienung. Der Bildschirm leuchtete auf, und eine Textzeile erschien: *Gegen eine Gebühr, die Sie bitte an der Rezeption entrichten, können Sie unser breites Angebot an Fernsehkanälen nutzen.*

Napoleon schaltete den Fernseher aus. An die Rezeption würde er bestimmt nicht gehen. Das breite Angebot interessierte ihn nicht. Er hatte Wichtigeres zu tun und würde den Abend dazu nutzen, ungestört nachzudenken und sich einen Plan zu überlegen. Schon 1809 hatte er geschrieben, die Welt sei für ihn eine Quelle der Sorgen und er wünsche sich, in ewiger Einsamkeit zu leben. Allein wie auf der Insel, auf der er geboren war. Allein wie auf der Insel, auf der er gestorben war. Und momentan allein in einer Anstalt für Irre.

Nach einer Weile klopfte es an der Tür, ein dicker Mann mit Schürze und Pferdeschwanz trat unaufgefordert ein und durchbrach seine Einsamkeit. Er schob ein mit Tabletts beladenes Wägelchen.

»Schon 17 Uhr!«, verkündete er betont munter. »Abendessenszeit!«

»Sie kommen mir gerade recht. Ich habe mich gerade gefragt, wie spät es wohl ist.«

»Entschuldigen Sie die Verspätung. Wir hatten kein Kalbfleisch mehr, und deshalb mussten wir rasch improvisieren, weil wir nicht wie vorgesehen das Blanquette de Veau machen konnten. Schließlich haben wir entschieden, die Menüfolge nicht mehr abzuändern. Der Zettel war schon gedruckt. Wir haben das Blanquette behalten, es aber mit Schweinefleisch zubereitet.«

»Logisch.«

»Das sage ich nur, um zu erklären, warum wir das Abendessen heute so spät servieren.«

»17 Uhr soll spät sein? Man geht hier wohl mit den Hühnern zu Tisch.«

»Das müsste Monsieur Albert hören«, sagte der Dicke und stellte einen dampfenden Teller auf den Tisch. »Der Patient aus Zimmer 221, er hält die Menschen für Hühner. Aber er ist ein vornehmer Typ. Ich bin Robert. Alle nennen mich Bob.«

»Sehr erfreut, Ihre Bekanntschaft zu machen, Bob.«

»Das sind Sie vielleicht nicht mehr, wenn Sie erst Ihr Essen probiert haben.«

Beide Männer fingen an zu lachen. Nach einer Weile verstummte der Koch abrupt.

»Sie haben das verstanden?«

»Was?«, fragte der Kaiser.

»Den Witz.«

»Natürlich. Halten Sie mich für schwachsinnig, oder was?«

»Na ja, normalerweise, wenn Sie hier sind ...«

Die Miene des kleinen Korsen verdüsterte sich.

»Nichts für ungut«, sagte der dicke Mann, »aber Sie sehen aus, als wäre Ihnen ein Zacken aus der Krone gefallen!«

»Vielleicht weil ich nicht verrückt bin und man mich in eine Anstalt mit lauter Knalltüten gesperrt hat ... Dass ich Frankreich retten muss, scheint keinen zu interessieren!«

»Ich verstehe«, sagte der Mann in versöhnlichem Ton.

»Das bezweifle ich.«

»Es ist wie im Gefängnis, oder wie im Formule 1 – die erste Nacht ist die schwierigste. Sie werden sehen, morgen geht es Ihnen schon besser. Sie sind weit weg von zu Hause, nicht?«

»Sie wissen gar nicht, wie recht Sie haben«, antwortete der Kaiser.

»Ich kann Ihnen einen Witz erzählen, wenn Sie wollen. Um Sie ein bisschen aufzuheitern. Und da Sie ihn ja wohl verstehen werden ...«

»Nur zu, Bob. Ablenkung ist ja hier sowieso Mangelware.«

Der Dicke räusperte sich.

»Okay. Also, die Geschichte handelt von drei Irren, die in einer Anstalt sitzen und eines Tages vom Anstaltsleiter empfangen werden. Sie sind ein bisschen gestresst, weil ihnen eine Art Prüfung bevorsteht. Wenn sie die Fragen richtig beantworten, können sie nach Hause zurück. Das wissen sie. Wenn sie es vermasseln, müssen sie bis zur nächsten Prüfung dableiben. Der Direktor stellt dem Ersten die Frage: ›Wie viel ist 3×3?‹, und der Irre antwortet wie aus der Pistole geschossen: ›46 569‹. – ›In Ordnung, Sie bleiben noch ein Weilchen bei uns.‹ Der Irre ist traurig und verlässt das Zimmer. ›Dieselbe Frage an Sie.‹ Der Zweite antwortet ›Samstag‹. ›Auch Sie bleiben noch bei uns.‹ Der zweite Irre verzieht das Gesicht und verlässt ebenfalls das Zimmer. Der

Direktor wendet sich an den dritten Irren, mit der Erwartung, auch der werde etwas Dummes antworten. ›Dieselbe Frage an Sie, junger Mann. Wie viel ist 3 × 3? Das ist keine Falle.‹ ›Das ist leicht‹, antwortet der dritte Irre, ›das Ergebnis ist 9.‹ ›Sind Sie ganz sicher?‹, fragt der Direktor erstaunt. ›Ja, natürlich, 3 × 3 ist 9.‹ ›Ausgezeichnet. Darf ich wissen, wie Sie das Ergebnis errechnet haben?‹ Der Direktor freut sich, dass sein Patient seine geistige Gesundheit wiedererlangt hat, und will gerade das Entlassungsschreiben unterzeichnen, als der junge Mann, nicht ohne einen gewissen Stolz, antwortet: 'Das ist einfach, wissen Sie, ich habe 46 569 durch Samstag geteilt!«

Wieder lachten beide schallend.

»Den haben Sie auch kapiert?«

Napoleon zuckte die Achseln.

»Es macht richtig Spaß, mit Ihnen zu reden«, freute sich der Koch. »Wenn Sie wüssten, was für eine nette Abwechslung das ist. Oh, halt, das hätte ich fast vergessen.«

Er holte eine Tablettenbox hervor, öffnete sie bei der Zimmernummer 156 und nahm eine kleine grüne Pille heraus, die er Napoleon gab.

»Was ist das?«

»Das Medikament, das Sie mit dem Essen einnehmen müssen. Es ist ein Beruhigungsmittel. Es wird Sie in einen semikomatösen Zustand versetzen. Zumindest werden Sie sich keine Fragen mehr stellen. Sie werden sich ein bisschen wie ein Kohlkopf fühlen. Und Sie werden schlafen wie ein Stein.«

Die rote Pille macht schläfrig, dachte Napoleon, und die grüne nimmt einem die Urteilskraft. Haben die denn noch nie was von Lavendeltee gehört?

»Ich muss mich jetzt verdrücken«, sagte der Koch, »muss noch in dreißig Zimmern servieren. Guten Appetit, Monsieur Bonaparte.«

Als er wieder allein war, begutachtete Napoleon seine Mahlzeit. Das auf ein Blatt Papier gedruckte Menü beschrieb die merkwürdige Nahrung, die auf den ersten Blick kaum zu identifizieren war.

Geraspelte Möhrchen
Kalbsblanquette
Schwimmende Insel auf Birne Helene

Ein Schauer überlief ihn von Kopf bis Fuß. Schwimmende Insel auf Birne Helene. Insel. Helene. Mein Gott, auch hier schienen sie ein perverses Vergnügen daran zu finden, ihn an seine langen, schmerzlichen Jahre der Verbannung und Gefangenschaft auf der britischen Insel zu erinnern.

Hastig und im Stehen – so hatte er das immer getan – schlang er die geraspelten Möhrchen herunter, dann das Kalbsblanquette aus Schweinefleisch. Das Dessert ließ er stehen, rein aus Prinzip. Immerhin war er hier besser untergebracht als im Formule 1. Das Zimmer war größer, das Bett bequemer, und es kostete nichts. Außerdem waren die Mahlzeiten inklusive und man erzählte ihm lustige Geschichten. Kurz, er wurde wie der Herrscher behandelt, der er war.

Er besah sich die kleine grüne Pille und steckte sie in die Tasche. Vielleicht konnte sie ihm später noch nützen. Vorläufig wollte er im Vollbesitz seiner geistigen Kräfte bleiben.

Dann ging er zur Tür. Der Koch schien beim Betreten oder Verlassen des Raums keinen Schlüssel benutzt zu haben. Er konnte sich demnach in einem gewissen Rahmen frei bewegen.

Auf Zehenspitzen schlich er den Flur entlang. Seine neuen Sportschuhe hatten den Vorteil, dass man sich auf ihnen leiser bewegen konnte als auf den Stiefeln mit den Schnallen und Sporen, die er normalerweise trug. Aber das war auch der einzige Vorteil dieses Schuhwerks.

Alles war still.

Vorsichtig stieß er die Tür zu einem der Zimmer auf. Es glich seinem aufs Haar. Die gleichen Möbel, die gleiche Aufteilung, die gleiche allgegenwärtige Farbe, die alles verdarb. In dem Bett lag niemand, aber ein halb leeres Glas und eine leere Pillenbox auf dem Nachttisch wiesen darauf hin, dass sich noch vor kurzem jemand im Zimmer aufgehalten hatte.

Napoleon öffnete alle Türen, die vom Flur abgingen. Jedes Mal dasselbe Ergebnis.

Nach einer Weile dämmerte es ihm.

Er war allein.

Kurz kam ihm die Idee, aus seinem goldenen Käfig abzuhauen, aber seine lebhafte Neugier behielt die Oberhand. Er konnte sich nur schwer vorstellen, dass man ihn wirklich allein gelassen hatte und es keinen gab, der in einer Einrichtung für Geisteskranke nachts Wache hielt. Das war regelrecht beunruhigend. Deshalb beschloss er, sich das Gebäude genauer anzusehen.

Am Ende seines Flurs bog er links ab und durchmaß einen langen Gang, ohne einer Menschenseele zu begegnen. Keinem Arzt, keinem Patienten.

Dann hörte er in der Ferne Musik. Eine seltsame Musik, mehr Lärm als Melodie, gedämpft durch dicke Wände oder eine Tür. Er ging weiter und konnte bald Frauenstimmen ausmachen, die zu mitreißenden Rhythmen etwas sangen. Mit jedem Schritt wurde das Geräusch lauter und deutlicher, bis es ihm schon fast in den Ohren dröhnte.

Schließlich gelangte er an die Quelle des Lärms. Er steckte den Kopf durch den Spalt einer offen stehenden Flügeltür. In einem großen Saal bewegten sich um die fünfzig Personen aller Altersstufen wie wild hin und her, von heftigen Zuckungen befallen, als litten sie unter schwerer Epilepsie. Alle waren sie da, das Pflegepersonal und die Insassen, und die einen unterschieden sich von den anderen nur durch ihre weißen Kittel.

Napoleon beobachtete das Treiben eine Weile und kam zu dem Schluss, dass die eigenartige Trance eine Art Tanz sein musste, wenn auch deutlich chaotischer als der der Bienen. Schockiert registrierte er, dass die Menschen neuerdings allein tanzten. Im 18. Jahrhundert wäre das undenkbar gewesen, zumindest sehr unerwünscht. Es gehörte zum guten Ton, immer eine Dame aufzufordern, natürlich erst, nachdem der Herr sich in ihre Tanzkarte eingetragen hatte, und Hand in Hand mit ihr zu tanzen. Allein tanzen hätte man als lächerlich empfunden. Und als traurig!

Plötzlich wurde er von einer unwiderstehlichen Kraft mitgerissen. Eine Frau hatte sich aus der Menge gelöst, ihn an der Hand gepackt und auf die Tanzfläche gezogen.

»DAS IST RAP, ICH LIIIIEBE RAP!«

Die Stimme gehörte zu einer großen Blondine (allerdings kamen ihm die Frauen der Gegenwart alle groß vor) mit langen Haaren, die nach teutonischem Stil zu Zöpfen geflochten waren. Sie war gut zehn Jahre älter als er, aber ihr genaues Alter war schwer zu schätzen, so eklatant war der Kontrast zwischen ihrem Gesicht, das faltiger war als ein Akkordeon, und ihrer Kleidung, die aus einem weißen, bis zum Brustansatz aufgeknöpften Flanellhemd und einem schwarzen Leder-Minirock bestand und ihr das Aussehen einer kessen Göre gab. Die Stiefel reichten ihr bis zu den Knien, wie bei den Husaren. Napoleon fragte sich, welche Krankengeschichte sie hierher geführt haben mochte. Sie wirkte nicht wie eine Verrückte. War sie das Freudenmädchen der Irren? Auch Irre hatten schließlich ein Anrecht auf Liebe. Doch bevor er noch eine Antwort auf diese Frage fand, hatte die Frau ihn an der Hand mitten ins Getümmel gezerrt und schüttelte ihn wie ein Pflaumenbäumchen.

»SIE SIND NEU HIER!«, schrie sie dem Kaiser ins Ohr. »WIE HEISSEN SIE, SCHÄTZCHEN?«

Er musste ebenfalls die Stimme erheben, um sich verständ-

lich zu machen. Hier ging es anders zu als in den Salons seiner
Zeit mit ihren kultivierten musikalischen Darbietungen.
»NAPOLEON BONAPARTE«, schrie er zurück, zuversicht-
lich, dass es nicht mehr schlimmer kommen konnte, selbst
wenn er seine wahre Identität enthüllte.
»UND ICH BIN JOSÉPHINE DE BEAUHARNAIS«, schrie die
Frau breit grinsend zurück.
Napoleon wusste, dass sie log, weil sie keine verfaulten Zäh-
ne hatte. Und so ordinär war Joséphine nie gewesen.
»UNMÖGLICH«, brüllte eine Stimme hinter ihnen. »ICH BIN
NAPOLEON I.«
Der echte Napoleon fuhr herum und stand vor einem dunkel-
haarigen Mann von südländischem Typus, der in etwa seine
Statur hatte. Er zuckte zusammen, als hätte jemand einen Spiegel vor ihn hingestellt. Doch nach einigen Sekunden merkte er,
dass der Mann, der ihn neugierig anstarrte, ihm in Wirklich-
keit gar nicht so ähnlich sah. Ihm fehlte die Entschlossenheit
im Blick. Die Entschlossenheit, die ihn zu seinen Siegen geführt
hatte. Außerdem hatte er eine Glatze und quer über den Schädel eine Narbe, die wie ein grinsender Mund aussah. Und als
Krönung des Ganzen trug er einen albernen Zweispitz aus Zeitungspapier, der wie ein Schiffchen auf einem frisch gepflügten
Rübenfeld mit tiefen Furchen trieb.
»WIE BITTE?«
»NAPOLEON BONAPARTE«, wiederholte der Mann. »ERS-
TER KAISER VON FRANKREICH.«
Der Mann mit der Narbe auf dem Kopf streckte ihm eine
feuchte Hand entgegen, die im Licht eines mit Farbfilter aus-
gestatteten Scheinwerfers weinrot aufleuchtete. Aber als der
Kaiser seine Partnerin losließ, um sie zu ergreifen, fuhr der
Mann zurück, rieb sich mit unerwarteter Kraft den Schädel und
zeichnete konzentrische Kreise um sein Hütchen, erst im Uhr-
zeigersinn, dann andersherum, als versuche er, einen Safe mit

Kombinationsschloss zu knacken. Danach beugte er sich vor und sank auf ein Knie.

»ERHEBEN SIE SICH, GUTER MANN«, sagte Napoleon wohlwollend, beeindruckt von so viel Ehrerbietung.

Er war es nicht mehr gewohnt, dass Höflinge vor ihm knieten.

»ICH MUSS WARTEN, BIS DAS VORBEIGEHT«, rief der Kniende.

»Ach so. Dann war es kein Kniefall«, sagte der kleine Korse eine Spur enttäuscht zu der Blondine mit den Zöpfen.

Er hatte die Stimme gesenkt, denn es kam ihm zu lächerlich vor, so zu schreien (und mit den Dialogen in Großbuchstaben soll man es nicht übertreiben!).

»Was macht er da? Ist das Rap?«

Die Teutonin lachte herzhaft.

»Ach, Gottchen, nein, das ist kein Rap. Das ist einfach ein Tic.«

»Rap, Tick, die Namen der Tänze von heute klingen mehr wie Klopfgeräusche als sonst etwas.«

»Ich meinte eine Zwangsstörung«, präzisierte sie. »T – I – C. Übrigens, mein Name ist Jacqueline.«

Der Zwangsgestörte erhob sich und streckte noch einmal seine glitschige Hand aus, die Napoleon rasch ergriff, bevor sich der Mann erneut rechts- und linksherum den Kopf reiben, in die Knie gehen, aufstehen, dreimal bellen und sich dabei den Kopf massieren konnte.

»Es reicht, Ducond, lass uns allein«, sagte die Frau schließlich, entnervt von dem Zirkus.

»Ducond?«

Napoleon erschrak. Dann war dieser Mann sein Nachkomme, Jonathan Ducond-Buonaparte. Der Verwandte, den er gesucht hatte, um die Reihen seiner Neuen Kleinen Großen Armee zu erweitern. Fleisch von seinem Fleisch. Blut von seinem Blut.

Jonathan ignorierte Jacquelines Bemerkung. »Ich wüsste gern, mit wem ich die Ehre habe«, sagte er steif.

»Lionel Messi«, antwortete Napoleon, der sich gerade noch rechtzeitig an den Namen in seinem Reisepass erinnerte. »MEssi. Das ist korsisch.«

»Hocherfreut, einen Landsmann kennenzulernen«, sagte Jonathan, dann rieb er sich erneut rechts- und linksherum den Kopf, ging in die Knie, stand auf, bellte dreimal und massierte sich dabei den Bauch. Zuletzt hüpfte er auf einem Bein auf eine schwarze Fliese.

Er schien »Ochs am Berg« zu spielen, nur dass er seine Anweisungen aus dem Jenseits erhielt oder von einem unsichtbaren Mitspieler, auf jeden Fall von einem Stimmchen in seinem Kopf, das für seine Anwesenheit in dieser Anstalt verantwortlich war. Die Blonde nutzte den Moment, in dem Ducond sein Gleichgewicht wiederzuerlangen versuchte, hängte sich an Napoleon und zog ihn ein Stück weiter, auf eine alte Dame zu, die sich gerade angelegentlich mit einer Grünpflanze unterhielt. Und Napoleon stellte fest, dass es noch traurigere Phänomene gab als Menschen, die allein tanzten. Und zwar Menschen, die mit sich allein redeten.

»Das ist Djamel.«

»Djamel?«, wiederholte der Kaiser, der durch die ruckartigen Bewegungen seiner Partnerin eine leichte Übelkeit verspürte.

Die alte Dame sah nicht aus, als hieße sie Djamel, sondern eher Antoinette oder Louisette. Auf jeden Fall irgendetwas, das auf »-ette« endete. Notfalls Djamelette, aber auf keinen Fall Djamel.

»Er macht hier eine Entziehungskur.«

Er? Erst nach einer Weile begriff Napoleon, dass Jacqueline von dem jungen Mann sprach, der hinter der alten Dame stand. Auch er war in eine angeregte Unterhaltung vertieft, aber nicht mit einer Pflanze. Seine Gesprächspartnerin war eine Stoffpuppe, die er mit spitzen Fingern in der rechten Hand hielt. Sie trug ein schwarzes Stirnband um den Kopf, auf dem in goldenen

Lettern etwas auf Arabisch geschrieben stand. Ihr Stoffgesicht war mit einem dichten schwarzen Bart versehen. Um die Taille trug sie einen Sprengstoffgürtel und in den Armen eine Miniatur-Kalaschnikoff. Sie schien mit Djamel nicht einer Meinung zu sein, ganz und gar nicht einer Meinung, und gab ihm dies deutlich zu verstehen, indem sie den Kopf in alle Richtungen schwenkte.

»Eine Entziehungskur?«

»Er ist Dschihadist. Sagt Ihnen das etwas? Die Kerle, die mit Vorliebe Leute umbringen.«

»Ein Dschihadist in Freiheit!«, rief der Kaiser empört.

»Im Grunde ist er nicht frei, denn er ist hier. Professor De Cloque wollte Djamel mit Hilfe dieser Puppe demonstrieren, dass die Stimmen, die er hörte und die ihm befahlen, massenhaft Leute abzuknallen, nur in seinem Kopf existierten. So ähnlich wie die Stimmen, die Jonathan zu seinen Zwangshandlungen nötigen. Djamel muss ganz bewusst in die Rolle Allahs schlüpfen und der kleinen Person, die auf den Namen Fatwa hört, Befehle geben. Er ist auf dem Weg der Heilung. Seit er hier ist, hat seine Puppe nicht eine einzige Barbie gesteinigt und nur zwei Kens enthauptet.«

»Ah, ich verstehe ...«, log Napoleon, der keinen blassen Schimmer hatte, wovon die Blondine redete.

»Heute Abend kommt er mir besonders aufgeregt vor. Vielleicht hat er gemerkt, dass im Kalbsblanquette genauso viel Kalb war wie Stoff an einem Kleid von Lady Gaga. Du liebe Güte, wenn er wüsste, dass wir ihm Schweinefleisch vorgesetzt haben, würde uns seine Fatwa-Puppe alle umbringen ...«

Entsetzt von ihren eigenen Worten, zog sie ihren Kavalier ans andere Ende des Saals, wo eine junge dunkelhaarige Frau damit beschäftigt war, wie ein Huhn Erdnüsse aus einer Untertasse aufzupicken. Als sie sich beobachtet fühlte, wedelte sie mit den Armen und flüchtete, wobei ihr Kopf rhythmisch nach vorne und hinten ruckte. Sie verzog sich in eine andere Ecke des Raums, wo sie vor neugierigen Blicken geschützt war, und pickte weiter.

»Und worunter leidet sie?«, fragte der Kaiser neugierig.

»Sie sind lustig! Ester ist nicht krank, sie ist Krankenschwester!«

»Ah … Sie trägt keinen Kittel.«

»Den trägt sie nie. Sie fühlt sich ihren Patienten gern nahe.«

»Sie ist ihnen womöglich ein bisschen zu nahe gekommen, oder?«, spekulierte der Kaiser.

»Warum sagen Sie das?«

»Ist es normal, dass sie sich für ein Huhn hält?«

»Sie sehen doch, dass ich nicht verrückt bin!«, funkte ein Mann dazwischen, der unvermittelt neben ihnen aufgetaucht war. »Sie ist ein Huhn! Das habe ich von Anfang an gesagt!«

»Monsieur Albert?«, fragte Napoleon.

»Kennen wir uns?«

»Nun ja, ich habe von Ihnen gehört.«

Der Mann warf sich in die Brust, großspurig wie ein Hahn im Hühnerhof.

»Reden Sie keinen Unsinn, Sie beide«, fuhr Jacqueline dazwischen. »Sie sehen doch, dass sie Erdnüsse pickt!«

»Genau«, entgegneten die Männer im Chor.

»Aber ein Huhn frisst keine Erdnüsse.«

Diese Logik war unwiderlegbar.

Aus den Lautsprechern schallten die ersten Takte eines neuen Songs.

»Oh, das sind ABBA«, rief die Teutonin. »Ich liiiiebe ABBA! Sie auch? *Voulez-vous … La question c'est voulez-vous … Voulez-vous …*«

Sie zerrte ihn mitten auf die Tanzfläche, direkt unter die Lautsprecher. Die Bässe wummerten so gnadenlos auf sie ein, dass sie wieder brüllen mussten.

»NEIN, DANKE, NICHT GLEICH AM ERSTEN ABEND«,
schrie Napoleon, der sich ein wenig über ihre Frage wunderte.

»GUT, GUT«, schrie die Frau zurück, die sich ein wenig über
seine Direktheit wunderte.

Was wollte er ihr mit seiner Antwort andeuten? Dass sie lieber
morgen mit ihm aufs Zimmer kommen sollte? Er war gerade erst
angekommen und gleich wollte er mit ihr schlafen? Jacqueline
hatte sich schon immer für die Neuankömmlinge interessiert.
Sie besaßen die aufregende und geheimnisvolle Aura des Frem-
den. Sie wirkten noch so frisch, so unschuldig. Sie musterte den
kleinen Mann von Kopf bis Fuß; er wirkte südländisch, hatte
einen sehr hellen Teint, wie ein Italiener, der nie an die Sonne kam. In seinem Blick lag eine Kraft, die sie aus der Fassung
brachte. Augen wie glühende Kohlen. Der Blick eines richtigen
Mannes. Sie ließ ihn wissen, dass das Verlangen gegenseitig war,
indem sie sich gegen ihn sinken ließ und an seinem Ohrläpp-
chen knabberte.

»Einverstanden«, murmelte sie.

»Womit einverstanden?«, fragte Napoleon und löste sich be-
hutsam aus ihrer Umklammerung.

Wollte die Verrückte ihm das Ohr abbeißen?

My my, at Waterloo Napoleon did surrender, oh yeah!
Waterloo, I was defeated, you won the war, Waterloo ...

Ein neuer Song hatte angefangen. Zum ersten Mal nahm der
Kaiser den Text bewusst wahr.

»Waterloo?«, fragte er panisch.

»WATERLOO«, brüllte die Blonde und rieb ihr Schambein an
seinem. »DAS IST MEIN LIEBLINGSSONG!«

Aber sie spürte an ihrem Schenkel nicht die unverkennbare
Beule eines Mannes, der sie begehrte. War da ein Mann, der
nicht auf ihre Avancen einging? Das erregte sie nur noch mehr.

Napoleon war schockiert. Was waren das für Franzosen, die die bitterste Niederlage ihres Landes mit Jubel und Tanz feierten? Den Tod von über fünfzigtausend Soldaten beklatschten? Was für ein Affront! In diesen Irrenanstalten hielten sich die Leute nicht nur für Napoleon, sie feierten auch noch seine Niederlagen! War das die einzige Therapie, die ihre Wissenschaftler gefunden hatten? Ihn als einen Versager, als eine erbärmliche Null hinzustellen, damit kein Irrer je wieder Lust hatte, sich als Napoleon auszugeben?

Während Jacqueline zwischen zwei Lachsalven die blasphemische Melodie mitträllerte, entwand sich Napoleon ihrer engen Umklammerung und ließ sie stehen.

»IHR SEID JA WIRKLICH ALLE VERRÜCKT!«, schrie er.

Verrückt.

Er hatte das verbotene Wort ausgesprochen.

Verrückt. Und all die anderen Worte dafür: *bekloppt, durchgeknallt, gaga, nicht ganz bei Trost, anormal, schwachsinnig, geisteskrank, verblödet, übergeschnappt, unzurechnungsfähig, debil.*

Und er erkannte, dass es zwei Wörter gibt, die man in einer Irrenanstalt besser nicht aussprach: *Napoleon* und *verrückt.*

Die wilde Hopserei hörte schlagartig auf, und Panik fegte wie ein kalter Wind durch den Raum. Die Musik brach ab, und eine unerträgliche Stille machte sich breit.

Unter den entsetzen Blicken der Insassen und des Pflegepersonals durcheilte Napoleon mit großen Schritten den Saal, wobei er fast auf seinen Nachkommen Jonathan getreten wäre, der längelang auf dem Fußboden lag und diagonal über die schwarzen Fliesen kraulte, wobei er wie ein Yorkshireterrier kläffte.

»Alles in Ordnung, du kannst schwimmen«, warf ihm sein Vorfahr bitter enttäuscht im Vorbeihasten hin.

Dann stürmte er wutentbrannt in sein Zimmer. Er hatte hier schon viel zu viel Zeit verloren. Das hier war alles gar nicht seriös. Ganz und gar nicht seriös.

Roter Sand

Napoleon streckte sich auf dem Bett aus und schlief ein. Einige Minuten später schlug er gestärkt die Augen wieder auf, verließ sein Zimmer und eilte mit entschlossenen Schritten zum Parkplatz. Er setzte sich in seinen Ferrari und stieß kurz darauf zu seinem getreuen Trüppchen, das ihn auf dem Parkplatz des Formule 1 erwartete. Von dort aus fuhren sie gemeinsam zum Flughafen, bestiegen die Embraer und flogen nach Raqqa.

Valentin war es gelungen, ein Waffenarsenal zu beschaffen, bestehend aus Handgranaten und hochentwickelten Gewehren – jedenfalls viel weiter entwickelt als die alten Steinschlossgewehre –, die fast identisch waren mit jenen, die Napoleon auf dem Flughafen bei den patrouillierenden Soldaten gesehen hatte.

Einige Stunden später landeten sie in Feindesland, und Napoleon kletterte aus dem Flugzeug, dicht gefolgt von seiner Truppe. Krieg und Tod lagen in der Natur des Mannes. Demnach folgte er lediglich seinem Instinkt. Bei seinen Internetrecherchen hatte er gelesen, dass die Dschihadisten der felsenfesten Überzeugung waren, ihnen drohe die Hölle, wenn sie das Pech hatten, sich von einer Frau töten zu lassen. Er hatte deshalb seine Cancan-Tänzerinnen bis an die Zähne bewaffnet und in die vorderste Linie gestellt, damit sie den Terroristen einen heillosen Schrecken einjagten. Das hatte den erhofften Effekt. Seine restlichen Streitkräfte, ein paar Soldaten, die er im letzten Moment rekrutiert hatte, hielten sich an einem strategisch günstigen Ort versteckt. Napoleons Falle, die er über zweihundert Jahre früher in der Schlacht bei Austerlitz zur Anwendung gebracht und die noch längst keinen Staub angesetzt hatte, bestand darin, den Feind glauben zu lassen, die Franzosen hätten nicht genügend Männer beziehungsweise Frauen. Wie sollten fünf »Soldaten« Hunderte von Dschihadisten überwältigen, die vor dem Hauptquartier des Islamischen Staats aufmarschiert waren? Unmöglich. Aber was für einen Dschihadisten unmöglich ist, war es für einen französischen Kaiser noch lange nicht. Wie Napoleon vorausgesehen hatte, richteten die fünf Tänzerinnen ein Blutbad an. Sie schossen auf alles, was sich bewegte, das heißt Hinterteile und Rücken, denn das war alles, was sie von den Flüchtenden zu sehen bekamen, und sie beförderten die Fanatiker stante pede in die Hölle.

Napoleon, in zweiter Reihe hinter ihnen, knallte alles ab, was ihm vor die Flinte kam, feuerte mehr Patronen als Sylvester Stallone in *The Expendables 1, 2* und *3* zusammen und löste von Zeit zu Zeit mit den Zähnen die Zündung einer Handgranate aus, die er auf die Gegner warf und die sie in Stücke riss. Die Erde unter den Sohlen seiner Converse verwandelte sich in ein Massengrab aus abgetrennten Köpfen, Händen und Füßen. Er war wieder farbenblind geworden. Der Sand war nicht mehr gelb, sondern rot. Rot wie Blut.

Sein brillanter Plan hatte darin bestanden, einen Teil seiner Armee einige Stunden vor der Schlacht in einem großen Bogen hinter die Gegner zu schicken, genau an den Ort, an den die Feinde jetzt stürmten, weil sie sich nicht im Mindesten vorstellen konnten, dass sie auf der Flucht vor den Frauen in den Kugelhagel von ein paar Männern hineinlaufen würden, die sie dort erwarteten.

In Austerlitz hatte Napoleon dem Gegner vorgegaukelt, er verfüge über zu wenige Soldaten, verzichte auf die Schlacht und trete den Rückzug an.

Heute griff er von zwei Seiten an und rückte vor wie ein Krieger, der das Land zurückerobert, das man ihm entrissen hat.

Heute würde er keine Schwäche, keine Niederlage, keinen Tod vortäuschen.

Heute wäre das allein das Los seiner Gegner, die davonrann-
ten wie die Hasen, während die Falle zuschnappte.

Heute brachten die Franzosen nicht die Damen von Sankt
Petersburg zum Weinen, sondern die Damen von Raqqa, die
Damen aus den Bergen, die Damen der Mudscheddin.

Nach einiger Zeit legte sich der Lärm. Der Rauch verzog sich.
Aufrecht stand nur noch Napoleons Neue Kleine Große Armee.
Die bösen Muselmanen lagen alle darnieder, in einem Meer von
Blut.

Der Kaiser stapfte auf seine Armee zu, um sie zu beglück-
wünschen. Er watete bis zu den Knien durch Blut, dann bis zur
Taille, dann bis zum Hals. Schließlich tauchte er ganz in die rote
Flüssigkeit ein.

Und dann sah er nichts mehr.

Eine erstaunliche Ähnlichkeit

Zur selben Zeit goss sich Professor De Cloque ein Glas Rotwein
ein und ließ sich wie ein Mehlsack auf das Sofa fallen.

»Was hast du, Chéri?«, fragte seine Frau und trat auf ihn zu,
elegant und misstrauisch wie eine Katze auf dem heißen Blech-
dach.

»Die Arbeit ... Der neue Patient. Ich weiß auch nicht ... Da ist
so etwas ...«

»Woran leidet er?«

»Er hält sich für Napoleon.«

»Und das wundert dich? Es muss ungefähr der neunte sein,
oder? Du könntest bald eine Fußballmannschaft aus lauter Napoleons aufstellen!«

»Ja, aber dieser ist anders. Ich weiß nicht ... Man hat fast den
Eindruck, als wäre er ehrlich.«

»Ohooo! Du befasst dich wohl schon ein bisschen zu lange

mit Verrückten, Chéri. Sie färben allmählich auf dich ab. Irgendwann kommst du noch mit einem Zweispitz auf dem Kopf nach Hause und hältst dich auch für Napoleon und mich für Marie Antoinette.«

»Das war Joséphine de Beauharnais. Marie Antoinette war die Frau von Ludwig XVI.«

»Ist doch dasselbe. Sie haben beide wegen eines Mannes den Kopf verloren, oder?«

Der Professor ignorierte den Witz, weil er sich das zu Hause leisten konnte, und holte ein Handy aus der Tasche. Er zeigte seiner Frau das Foto, das er von dem Neuankömmling gemacht hatte.

»Der in der Mitte«, erklärte er.

»Shakira?«, fragte seine Frau ironisch und legte einen bordeauxrot lackierten Fingernagel auf das Display.

»Findest du nicht, dass er ihm ähnlich sieht?«

»Wem?«

»Na, Napoleon natürlich. Nicht Shakira!«

»Für mich ist es nicht so eindeutig, wem er ähnlich sieht.«

Der Professor stand auf und setzte sich an den Schreibtisch. Er tippte etwas auf die Tastatur, und seine Frau stellte sich mit dem Rotweinglas in der Hand neben ihn. Sie trank einen Schluck, wonach ihre Lippen noch ein wenig röter waren, und reichte das Glas an ihren Mann weiter. Während er daraus trank, legte sie einladend von hinten die Arme um ihn.

»Sieh mal«, sagte er und hielt sein Telefon neben einen Stahlstich von Napoleon, den er auf Google Images gefunden hatte.

»Das ist doch unglaublich.«

Er verglich die beiden Bilder – die Nase, die hohe Stirn, die Ohren. Sie waren vollkommen identisch. Der neue Patient war vielleicht ein ganz kleines bisschen pausbäckiger.

»Robert ist heute nach Dienstschluss in mein Büro gekommen.«

»Robert?«

»Der Koch. Ihn schien etwas zu beschäftigen. Er hat mir erzählt, dass der neue Patient Witze versteht. In den zehn Jahren, in denen er in der Heiligen Rute seinen Dienst versieht, ist ihm das noch nie untergekommen.«

»Das ist nicht möglich. Du hast mir selbst gesagt, dass die Verrückten keine lustigen Geschichten verstehen.«

»Richtig. Und genau das hat ihm zu denken gegeben, und mir auch. Mir ist nämlich eingefallen, dass er bei unserer ersten Begegnung am frühen Nachmittag gerade über einen Witz von Micheline gelacht hat.«

»Micheline.«

»Die Empfangsdame. Ihre Witze taugen nichts, aber egal. Und da kam mir ein schrecklicher Verdacht. Ich fürchte, ich habe eine große Dummheit gemacht. Ich habe eine Person eingesperrt, die im Vollbesitz ihrer geistigen Fähigkeiten ist.«

»Aber nein, das würde ja heißen, dass er wirklich Napoleon ist.«

Beide starrten auf den Computerbildschirm, von dem ihnen der Kaiser mit seinen Glutaugen entgegenblickte.

»Nein«, sagten sie gleichzeitig.

»Du bist müde, Amaury«, gurrte Madame De Cloque.

»Oder womöglich verrückt«, seufzte Professor De Cloque. »So muss es sein. Nach all den Jahren, in denen ich mich dagegen geschützt habe, sind meine Befürchtungen eingetroffen.«

»Hör auf.«

»Würdest du mir einen Witz erzählen, damit du siehst, ob ich ihn verstehe?«

»Du weißt doch, dass Witze nicht gerade meine Stärke sind.«

»Bitte, Schatz.«

»Na gut«, sagte Madame De Cloque und ließ den Blick zur Decke schweifen, als hoffe sie, zwischen zwei Zierleisten einen Witz zu finden. »Also, ein Verrückter geht zum Psychiater, um sich untersuchen zu lassen. ›Herr Doktor, es ist furchtbar, ich glaube, ich leide unter Gedächtnisverlust.‹ ›Aha, und wie lange schon?‹, fragt der Arzt. ›Wie lange was?‹«

Ein drückendes Schweigen breitete sich aus, das nur von dem leisen Summen des Computers gemildert wurde. Madame De Cloque sah ihren Mann erwartungsvoll an.

»Wie, das war's?«, fragte er stirnrunzelnd.

»Ja.«

»Scheiße.«

»Was?«

»Ich verstehe ihn nicht.«

»Du bist überanstrengt, das habe ich doch gesagt.«

»Oder ich bin verrückt! Ja, das bedeutet, ich bin verrückt!«

»Es bedeutet nur, dass mein Witz nichts taugt, weiter nichts. Hör mal, warum vergisst du die Bekloppten nicht mal einen Abend lang«, murmelte seine Frau und schmiegte sich noch enger an ihn. »Ich bin nämlich auch verrückt, weißt du? Verrückt nach dir.«

Und dann gab sie ihm einen langen Kuss, der nach Rotwein schmeckte.

Napoleon hat (endlich) einen Plan

Als Napoleon die Augen aufschlug, stellte er fest, dass er nicht auf blutrotem Sand lag, sondern auf einem Bett mit blütenreinen Laken, und dass er sein Zimmer in der Irrenanstalt nicht verlassen hatte und tiefste Nacht herrschte.

Er erinnerte sich an den antinapoleonischen Abend, an die Musik, an die Blondine mit den Zöpfen, den Rap, die Tics, Jonathan, den Dschihadisten mit der Puppe, die Krankenschwester, die sich für ein Huhn hielt. Erstaunlicherweise ging es ihm besser. Er war erleichtert, weil er in diesen vier Wänden in Sicherheit war; hier würde ihn kein Fanatiker aufspüren und an den Kragen gehen (außer vielleicht in außergewöhnlichen Fällen, zum Beispiel wenn Djamel entdeckte, dass sein Kalbsblanquette in Wirklichkeit ein Schweineblanquette war). Napoleon war erleichtert, aber auch enttäuscht. Denn wenn er hier war, hatte er den Krieg nicht gewonnen. Das stand ihm noch bevor.

Er dachte an seinen Traum zurück und erschauerte. Keine Toten. Das hatte er sich fest vorgenommen. Ein intelligenter, kluger, präziser Krieg. Kein Blutbad. Ein Krieg mit den Mitteln des Geistes, nicht mit Waffen. Er fragte sich, ob seine neuerdings so milde Gesinnung daher rührte, dass er keinen Penis mehr hatte. War ein Mann ohne Geschlechtsteil von Natur aus ein besserer Mensch? Nein, es war nur so: Wenn er alle Dschihadisten aus Raqqa oder Mossul umbrachte, löste das das wahre Problem nicht. Er würde damit die Wurzel des Übels nicht ausreißen. Der Islamische Staat war nur die Spitze des Eisbergs. Es blieben noch Al-Qaida, Al-Nusra und alle anderen Organisationen, die sich auf der ganzen Welt täglich neu bildeten. Nein, er brauchte eine viel nachhaltigere Strategie. Der Tod der Radikalen war keine Lösung. Der Tod ihrer Ideen schon. Er musste nur das richtige Mittel finden, um ihren Wahn auf etwas Gutes umzulenken, etwas Positives. Aber was?

Ihm kam in den Sinn, was Jacqueline ihm über Jonathan und die Dschihadistenpuppe von Djamel erzählt hatte. Die Stimmen, die sie hörten, waren lediglich eine Ausgeburt ihrer Phantasie. Allahs Instruktionen waren nichts weiter als innere Stimmen, die man nur kurzschließen musste und durch positive Befehle ersetzen, genau wie bei dem Muslim mit seiner Stoffpuppe.

Und so formte sich in Napoleons Kopf nach und nach *der Plan*, ganz wie in der guten alten Zeit. Um ihn jedoch in die Tat umsetzen zu können, brauchte er den Rat eines Theatermannes. Der würde dem Projekt den Touch von Glaubwürdigkeit verleihen, der ihm bislang noch fehlte. Er dachte an die Reaktion der jungen Frauen, als er bei ihnen in der Garderobe des Moulin Rouge aufgetaucht war. Wie hatte der Mensch noch mal geheißen, von dem sie gesprochen hatten? Dave? Nein, Dove. Dove Attia. Ja, so hieß er. Dove Attia.

Er nahm sich vor, diesem Dove einen kleinen Besuch abzustatten. Aber davor war noch eine Runde Schlaf angesagt. Wie gut, dass er ein Zimmer und ein bequemes Bett hatte. Er würde im Morgengrauen aufbrechen.

Morgen früh.

Warum eigentlich nicht gleich nach dem Frühstück?

Napoleon zieht sich (wieder einmal) aus der Affäre

»Verzeihen Sie, Dr. Tocquaine«, sagte der Professor, während er ein Stäubchen von Napoleons T-Shirt wischte, »ich bin ein großer Fan!«

Als er merkte, dass seine Huldigung doppeldeutig war, präzisierte er:

»Von Ihnen, nicht von … Shakira.«

Die Strategie, die sich der Kaiser ein paar Minuten zuvor zurechtgelegt hatte, war aufgegangen. Kurz nach dem Frühstück hatte er Professor De Cloque zu sich gebeten und ihm eine der lustigen Anekdoten erzählt, auf die hier alle so versessen waren. Und zwar die vom Irrenhausdirektor, der einen seiner Patienten anschnauzt: »Wie kommen Sie nur darauf, Monsieur Jourdain? Sie haben nicht den geringsten, aber auch nicht den allergeringsten Grund anzunehmen, dass alle Sie für einen Hund halten. Platz, Bello!«

Der Professor hatte sich gekugelt vor Lachen, die Wände des kleinen weißen Zimmers hatten von seinem Gelächter widergehallt. »Hahaha, der ist wirklich gut!«, hatte er übertrieben vergnügt ausgerufen. Dann war er ernst geworden und hatte

Napoleon gefragt, was er von ihm wolle. Der Kaiser hatte ihm geantwortet, er sei nicht verrückt, er sei sogar ein Kollege, und er hatte sich als Dr. Tocquaine vorgestellt, der Psychiater aus dem zweiten Stockwerk des Gebäudes, in dem sein Ahnenforscher forschte. Der Arzt hatte den Köder mit seinen Zehntausend-Euro-Goldzähnen sofort geschluckt. Der Name war ihm nicht unbekannt, ganz im Gegenteil. Dr. Tocquaine war in der kleinen Welt der Psychiatrie, aber auch beim breiteren Publikum berühmt, denn er hatte einen Bestseller verfasst, der in sechsundfünfzig Sprachen übersetzt worden war, darunter das Chamicuro, ein peruanischer Dialekt, den auf der ganzen Welt nur noch zwei Personen sprachen, die sich zerstritten hatten und nicht mehr miteinander redeten: *Totaler Schwachsinn für Dummies* hieß das Buch, das der Direktor der Heiligen Rute gerade als Nachttischlektüre verschlang.

»Es ist mir äußerst unangenehm, Dr. Tocquaine, wirklich äußerst unangenehm«, sagte der Psychiater, während er Napoleon zum Ausgang begleitete. »Doch Sie werden zugeben, wenn man diesen Namen ausspricht ... nun ja, Sie wissen, von wem ich spreche, dieser französische Kaiser ... in einer Einrichtung wie der unseren, dann sind alle natürlich höchst alarmiert. Ihnen muss ich das natürlich nicht erklären. Übrigens ist Jonathan Ducond-Buonaparte aus ebendiesem Grund bei uns. An guten Tagen gibt er vor, der Nachkomme von Sie-wissen-schon-wem zu sein, was an sich nicht so problematisch wäre und sogar plausibel, wenn man seinen Familiennamen berücksichtigt, aber an schlechten Tagen ist er überzeugt, er sei Sie-wissen-schon-wer, was nun doch etwas schwerer wiegt ... Ich bin untröstlich, glauben Sie mir. Aber warum haben Sie sich nicht gleich zu erkennen gegeben? Warum haben Sie zugelassen, dass wir Sie über Nacht dabehalten haben. Mitten unter unseren Debi... Patienten?«

»Machen Sie sich keine Sorgen, Herr Professor. Es lag in meiner Absicht, die Nacht bei Ihnen zu verbringen«, log der Kaiser mit wichtigtuerischer Miene. »Ich bin vom Gesundheitsministerium beauftragt, zu verifizieren, dass kein psychisch Kranker frei herumläuft. Sie haben auf die Erwähnung des Namens von Sie-wissen-schon-wem sehr passend reagiert. Ihre Männer sind gut ausgebildet. Bravo! Des Weiteren ist es meine Aufgabe, den Service zu beurteilen, den Ihr Zentrum bietet, sowie die Einhaltung der Hygienevorschriften, die Schulung des Personals und die Qualität der Mahlzeiten zu überprüfen. Das Kalbsblanquette aus Schweinefleisch war übrigens exzellent. Originell. Die Birne Helene allerdings ... Mein Bericht geht Ihnen Ende des Monats zu.«

Das Lächeln des Arztes gefror. Er überlegte in Windeseile, was er seit dem Vorabend alles getan und geäußert hatte. Hatte er auch keinen Fauxpas begangen? Hatten sich seine Angestellten Dr. Tocquaine gegenüber korrekt verhalten? Hatten sie das Unterbringungsgesetz beachtet, das für die Debi... äh, die Kranken entwickelt worden war? Hatten sie zu keinem Zeitpunkt gegen die Berufsethik verstoßen? Oh Gott, er hatte eine ganze Nacht lang einen Mann beherbergt, der damit beauftragt war, seine Einrichtungen zu kontrollieren! Wie diese Restaurantkritiker im Fernsehen ... Entsetzlich! Und er hatte sich den ganzen Abend ahnungslos beim Liebesspiel mit Patricia vergnügt! Sein Blick wanderte zur Zimmerdecke. Gott sei Dank, wenigstens keine Spinnweben in den Ecken. Das war schon mal positiv. Das Blanquette war in Ordnung gewesen. Nein, exzellent, er hatte »exzellent« gesagt. Und »originell«. Gut. Aber was war mit der Birne Helene gewesen? Er würde den Chefkoch anweisen, dieses Dessert in Zukunft von der Speisekarte zu streichen.

Napoleon seinerseits dachte über die Heuchelei in der modernen Gesellschaft nach. Da gingen sie alle wie ein Mann im Namen der Meinungsfreiheit auf die Straße, alle waren Charlot, sie demonstrierten und skandierten republikanische Parolen, aber wenn jemand es wagte, den Namen Napoleon auszusprechen, sperrte man ihn sofort ein. Ziemlich desillusionierend. Offenbar war doch nicht alles so rosig. Zu seiner Zeit war es dann doch transparenter zugegangen. Allen hatte es frei gestanden zu sagen, was sie wollten, aber sie durften sich nicht beklagen, wenn sie daraufhin ein wenig zurechtgestutzt, man könnte auch sagen, um einen Kopf kürzer gemacht wurden. Damals war der freie Nacken die Trendfrisur Nummer eins gewesen.

»Kann ich noch etwas für Sie tun, Dr. Tocquaine?«

»Wäre es möglich, eine Cola light zu bekommen?«

»Eine Cola light?«, fragte der Direktor, etwas perplex. »Sofort.«

Der Arzt schickte jemanden an den Getränkeautomaten, der eine Dose Cola holen sollte. Wie hatte der kleine Mann mit dem Shakira-T-Shirt und der Vorliebe für Cola light etwas so Außerordentliches wie *Totaler Schwachsinn für Dummies* zustande gebracht? Doch dann fiel ihm Bill Gates ein, mit seiner Topffrisur, seiner Goldrandbrille à la Harry Potter und seinen Schafwollpullovern. Man durfte einen Menschen nie nach seinem Äußeren beurteilen. Er selbst gab jedes Jahr Tausende von Euros für seine Skilehrerbräune und sein blendend weißes Zahnpastalächeln aus, und ihm war nie ein solcher Ruhm beschieden gewesen. Er würde sein ganzes Leben in dieser Anstalt verbringen, umgeben von Geisteskranken und Versagern. Es war zum Heulen.

»Gut, dann mache ich mich jetzt auf den Weg«, sagte Napoleon, nachdem er sein Getränk bekommen hatte.

»Oh, wollen Sie denn nicht noch Jonathan sehen, wo Sie schon hier sind? Er würde sich so freuen! Sagen Sie ihm, dass Sie ein Angehöriger sind, das merkt er garantiert nicht.«

Napoleon zog es vor, sich über die Begegnung mit seinem Nachkommen in Stillschweigen zu hüllen. Der letzte Eindruck von Jonathan – er war über die Bodenfliesen geschwommen – war nicht gerade aufbauend.

»Nein, bedaure, ich muss leider aufbrechen. Ich bin schon spät dran. Die Arbeit ruft.«

»Natürlich. Wissen Sie, ich bin trotzdem erleichtert, dass Sie ein Kollege sind, denn gestern Abend hat mich, wie ich gestehen muss, ein Zweifel überfallen. Ich hatte Angst, ins Fettnäpfchen getreten zu sein. Sie werden lachen, aber ich habe tatsächlich einen Moment lang geglaubt, Sie seien Napoleon Bonaparte!«

Kaum hatte er diesen Namen ausgesprochen, als vier Muskelpakete in weißen Kitteln wie aus dem Nichts auftauchten, sich auf ihren Chef stürzten und ihn zu Boden drückten.

Napoleon und der amerikanische Grill

Der kleine Korse nutzte die allgemeine Verwirrung, um sich aus der Residenz zur Heiligen Rute zu verdrücken. Es deprimierte ihn zutiefst, dass er ohne seinen Nachkommen fortgehen musste, aber was sollte er mit einem Soldaten anfangen, der sich ständig den Schädel rechts- und linksherum rieb und sich womöglich vor der Nase der schwer bewaffneten Dschihadisten zu Boden warf und hundert Meter Brustschwimmen absolvierte? Indem er ihn hierließ, rettete er ihm das Leben. Sie würden sich gut um ihn kümmern. Es würde ihm an nichts fehlen. Und wer weiß, vielleicht war er bald sogar geheilt, mit Hilfe der antinapoleonischen Tanzabende zu antipatriotischen Liedern.

Auf dem Parkplatz stellte der Kaiser fest, dass sich um sein Auto herum ein kleiner Menschenauflauf gebildet hatte. So allmählich gewöhnte er sich an die Wirkung seines Fahrzeugs. Mehrere Männer saßen in Pyjama und Morgenmantel auf Campingstühlen oder Rollstühlen und waren mit derselben Hingabe in die Betrachtung ihrer Spiegelbilder im glänzenden Chassis des Ferrari vertieft, mit der sie sich einen Dokumentarfilm über das Leben der Tiere angeschaut hatten.

»Anscheinend findet die Automobilmesse dieses Jahr in der Heiligen Rute statt«, meinte ein alter Mann.

»Es tut mir leid, dass ich Ihnen widersprechen muss, lieber Freund«, warf ein anderer ein, »aber was Sie für ein Automobil halten, ist in Wahrheit ein roter Grill.«

»Ein Grill?«, wiederholte eine Dame. »So groß? Wirklich?«

»Ein amerikanischer Grill, wenn ich's doch sage!«

»Ein Grill mit Rädern?«, wunderte sich ein junger Mann mit Trisomie.

»Und einem Steuerrad?«

»Die spinnen, die Amerikaner …«

Napoleon bahnte sich einen Weg durch die Menge, setzte sich in seinen Wagen und ließ den Motor an.

»Schaut mal, er zündet ihn an.«

Ein Mann hievte sich von seinem Campingstuhl hoch, und alle anderen folgten seinem Beispiel. In kürzester Zeit hatte sich vor dem funkelnden Kühler des Ferrari eine Warteschlange aus lauter Bekloppten gebildet, ähnlich wie beim Check-in am Flughafen.

»Wo sind die Teller?«, fragte ein junger Hirngeschädigter und sah sich suchend um.

»Glaubst du, sie haben an Merguez gedacht?«, fragte Djamel seine Puppe, die nein sagte und drauf und dran war, alle Wartenden abzuknallen.

»Aber, aber, immer mit der Ruhe. Ich sage euch doch, ihr irrt euch alle, liebe Freunde«, meldete sich der erste Verrückte wieder zu Wort, der sitzen geblieben war und von allen am hellsten wirkte. »Das ist kein Grill. Das ist ein Auto. Ein Feuerwehrauto, um genau zu sein. Natürlich ein altes Modell.«

»Ach was, es hat keine Leiter«, protestierte ein anderer.

Der kleine Korse drückte aufs Gaspedal und bahnte sich eine Gasse durch die Menschen, wie einst Moses durch das Rote Meer, wild entschlossen, sich so weit wie nur irgend möglich von diesem Irrenhaus zu entfernen. Ein Rückzug zur rechten Zeit ist ein Sieg, so hatte schon immer seine Devise gelautet.

»Ich hoffe, dass sie uns was zu knabbern geben, solange die Holzkohle noch nicht richtig brennt«, sagte eine alte Dame, beide Hände auf ihrem Rollator gestützt. »Ich habe so einen Hunger!«

»Knabbern?«, rief Monsieur Albert. »Sie will knabbern? Herrgott, und mir werfen sie vor, dass ich überall Hühner sehe!«

Dieser Satz führte zu einer Flut von Kommentaren. Und niemand merkte, dass der riesige amerikanische Grill schon längst davongefahren war.

Der dritte und letzte Nachkomme

Napoleon wollte keinen Tag länger warten und stürmte deshalb geräuschvoll in das Büro des Ahnenforschers.

»Gestern bin ich um ein Haar von einem Wal und einem Souteneur verprügelt worden«, schrie er wütend, wobei er einen Stapel Zeitschriften vom Stuhl fegte, der ihn am Hinsetzen hinderte.

»Von einem Wal und einem Souteneur?

»Und heute wäre ich um ein Haar lebenslänglich in eine Irrenanstalt gesperrt worden!«, fuhr er fort. »Und seit ein paar Minuten glaube ich selbst, dass ich in einem Grill herumgefahren bin!«

»Wissen Sie, dass alles, was Sie sagen, vollkommen unsinnig klingt? Was ist passiert?«

»Es geht um meine Nachkommen. Mein erster ist ein Wrack, das ist passiert, mein zweiter ein Verrückter ...«

»Und mein Ganzes?«

»Wie, mein Ganzes?«

»Oh Pardon, ich dachte, Sie wollten mit mir Scharade spielen.«

»Basta! Ich kann nicht glauben, dass ich keinen einzigen starken, ehrgeizigen Mann gezeugt haben soll, einen Klassenbesten wie mich. Einen herrlichen Adler. Eine wunderbare kaiserliche Biene.«

»Das macht den Charme der Abstammungslinien aus, Sire. Der Wahnsinn ist erblich. Haben Sie *Germinal* nicht gelesen? Ah, nein, richtig, Zola kam ein Weilchen nach Ihrer Zeit ... Alkoholismus, Geisteskrankheiten ... seine Figuren vererben das von Generation zu Generation ...«

»Hören Sie auf mit Ihrem Zola!«, unterbrach ihn der Kaiser. »Sicher nur wieder so ein Gossenschreiberling, der ein paar Bücher verkauft hat. Aber wenn Sie damit andeuten wollen, dass ich ein Alkoholiker bin, eine Niete, und dass meine Nachkommen mir notgedrungen ähnlich sein müssen, dann ...«

Napoleon ballte die Faust und ließ sie unter dem orangeroten Schmetterlingsknoten von Dominique Dessouches im Kreis wirbeln. Der Adler fuhr die Krallen aus, die Biene zückte ihren Stachel.

»Oh nein, Sire, Sie sind großartig! Ihre illegitimen Kinder allerdings ... Man kann nicht behaupten, dass sie Ihnen ähneln. Das kann passieren, wenn man Bastarde zeugt. Und dann wundert man sich! Ihre sämtlichen Nachkommen gleichen leider ihren Eltern ...«

»Sie haben nur noch eine Chance«, drohte der Korse. »Ich wünsche, dass mein dritter Nachkomme mir ähnlich ist.«

Der Ahnenforscher warf zum Schein einen prüfenden Blick auf seinen PC-Bildschirm, aber er wusste nur zu gut, was darauf stand.

»Wenn man von der Gesichtsfarbe, dem kleinen Schnurrbart und den lockigen Haaren absieht, könnte man sagen, dass er Ihnen gleicht.«

»Zeigen Sie ihn mir!«, verlangte Napoleon und lief um den Schreibtisch herum.

»Sie sehen auf jeden Fall besser aus als er.«

»Was soll das denn sein?«, brüllte der Kaiser und zeigte entsetzt auf den Bildschirm.

Dort prangte das Foto eines Mannes in Djellaba und Sandalen. Eine kleine weiße Häkelmütze saß keck auf seinem Krauskopf. Er posierte lächelnd vor einer Pforte, die wie der Eingang zu einer Moschee aussah.

»Ihr Ururenkel Rachid Bouhalouffa-Buonaparte.«

»Was soll das für ein Name sein?«, rief der Kaiser der Franzosen aus, der Mühe hatte, in dem Familiennamen irgendeinen Zusammenhang mit seiner eigenen Abstammung zu erkennen. »Wollen Sie mich absichtlich ärgern? Bouhalouffa – finden Sie vielleicht, das klingt korsisch?«

Kaum zu fassen. Seine Nachkommen schienen absurde Namen wirklich gepachtet zu haben.

»Finden Sie denn, dass Glouze und Ducond korsischer klingt?«

»Es muss sich um einen Irrtum handeln«, befand Napoleon.

»Ja, das alles ist nur ein schreckliches Missverständnis. Ich werde Ihnen einen Tag länger Zeit lassen, damit Sie Ihre Recherchen vertiefen können.«

Der Ahnenforscher konsultierte erneut seinen Computer.

»Rachid Bouhalouffa. Es handelt sich um Ihren letzten direkten Nachkommen. Das Ergebnis meiner Nachforschungen ist hundertprozentig korrekt. Er ist die Frucht der Frucht der Frucht eines zauberhaften Abends mit einer der ortsansässigen Damen, die Sie 1798 während Ihres Ägyptenfeldzugs kennengelernt haben, wenn Sie verstehen, was ich meine ...«

Napoleon schüttelte ratlos den Kopf. Er hatte recht gehabt. Der Fluch der Pharaonen verfolgte ihn und seine Nachkommen.

»Aber er ist ... Araber!«

»Oh ja, das kann ich bestätigen. Die Dame, mit der Sie jene zauberhafte Nacht in Ägypten verbracht haben, war es auch. Der Apfel fällt nicht weit vom ...«

»Pferd?«

»Vom Stamm, Sire. Der Apfel fällt nicht weit vom Stamm.«

»Ich fasse zusammen«, sagte Napoleon eine Spur sanfter, »mein erster Nachkomme ist ein Freudenmädchen, mein zweiter ein Wahnsinniger und mein dritter ein arabischer Krämer?«

»Aber nein, Monsieur Bonaparte, Rachid Bouhalouffa ist kein Krämer, er ist der Imam der Großen Moschee von Paris!«

Dem Kaiser fiel die Kinnlade herunter.

»Haben Sie ein Problem mit Imamen, Monsieur Bonaparte, oder mit Krämern? Oder ganz allgemein mit Arabern?«

»Ich bin reinblütige Araber geritten. Araber sind die besten Pferde der Welt ... Ihre Geschmeidigkeit, ihre Geschicklichkeit, ihre Intelligenz und ihre Folgsamkeit machen sie zu ausgezeichneten Schlachtrössern. Und was Zweibeiner betrifft, so schätze ich die arabischen Stämme durchaus. Verstehen Sie mich nicht falsch. Es sind nicht die Araber, die ich nicht lieben kann, sondern die Engländer!«

Napoleon fluchte leise vor sich hin. Ihn ärgerte nicht so sehr die Nationalität seines Nachkommen als vielmehr dessen Religion. Schließlich konnte er einen Muslim, der auch noch Imam der Großen Moschee von Paris war, wohl kaum bitten, sich ihm anzuschließen und mit ihm gegen die Dschihadisten in den Krieg zu ziehen.

»Geben Sie mir jetzt den Ferrari?«, fragte der Ahnenforscher und hielt ihm breit lächelnd die geöffnete Hand entgegen.

Die Eroberung der Welt

Mohammed Mohammed saß in seinem Hauptquartier und trank Tee.

Es war nicht 17 Uhr, man befand sich nicht in England, und der Bär hatte seine gute Kinderstube schon seit langem vergessen, aber er hatte die Angewohnheit, immer dann ein Glas Minztee zu trinken und Chamia – kleine Kuchenstückchen mit Pistazien – zu essen, wenn er aufgrund einer wunderbaren Verquickung von Umständen, die er selbst herbeigeführt hatte, froh war, am Leben zu sein.

Nun war der Bär immer dann froh, am Leben zu sein, wenn um ihn herum die Leute starben. Vorzugsweise unter furchtbaren Schmerzen.

Er stand auf, kam hinter seinem wackeligen Schreibtisch hervor und stellte sich vor eine riesige Generalstabskarte, die schief an einer löchrigen Wand hing. Er kramte aus einer ehemaligen Sardinendose ein farbiges Fähnchen hervor und steckte es mit großer Sorgfalt an die Stelle der Hauptstadt von Spanien, die er erst ein paar Minuten lang suchen musste.

Nach London, Paris und Berlin war es nun an Madrid, die Weltkarte bunter zu machen. Mit den Hauptstädten der wichtigsten europäischen Länder hatte er begonnen. Bald jedoch würden die Vereinigten Staaten vor ihm zittern. Wie im September 2001. Sobald er in der faszinierenden Welt des Terrorismus ein wenig mehr an Erfahrung gewonnen hatte. Vorläufig trainierte er noch in Europa.

Orte, an die er niemanden schicken konnte, wurden das Ziel von Cyberattacken. Diese Armee war noch gefährlicher und effizienter, und sie konnte überall eingeschleust werden, per Kabel und durch die Luft. Mit Hilfe von Computern und Trojanern brach das Cyberkalifat in die Häuser der Menschen ein, drang bis ins Schlafzimmer oder Wohnzimmer vor und erwies sich Tag für Tag aufs Neue als enorm talentierter Quälgeist. Niemand konnte sich sicher fühlen, nirgendwo. An keinem Ort. Es machte sich im Leben breit, indem es sich in Twitter- und Facebook-Accounts einhackte. Mit Phishing-Nachrichten klaute es Benutzeridentifizierung und Passwörter, verseuchte die Kontaktdaten und zerstörte sie alle. Es war so leicht, die in USamerikanischen oder europäischen Unternehmen gnadenlos ausgebeuteten Informatikgenies zu rekrutieren und sie mit den kolossalen Summen zu ködern, die von saudi-arabischen Magnaten zur Verfügung gestellt wurden. Die Dschihadisten selbst waren keine genialen Hacker, es lief nicht so wie damals, als sie sich selbst zu Piloten ausgebildet hatten, um Flugzeuge in die Zwillingstürme des World Trade Center krachen zu lassen. Auf dem Gebiet der Informatik beschäftigten sie Subunternehmer. Das funktionierte hervorragend. Nach diversen Fernsehsendern und Verlagen, der Zeitung *Le Monde* und anderen Institutionen der Hochkultur hatten die Cyberdschihadisten mittlerweile auch die Website des Fernsehsenders TF1 gekapert und in ein Propagandainstrument umfunktioniert. Wer sich im Internet über das abendliche Fernsehprogramm informieren wollte, wurde unweigerlich mit der frohen Botschaft von Daesh konfrontiert. Aber im Fernsehen lief ja sowieso immer nur Schrott.

Der Bär trat zwei Schritte zurück und betrachtete mit einem zufriedenen Lächeln sein Werk. Er warf einen begehrlichen Blick auf Paris. Ein Kinderspiel, bei all seinen Getreuen vor Ort. Es genügte, sich die letzte Operation, das Attentat auf *L'Hebdo des Charlots*, vor Augen zu führen. Etwas in dieser Art musste sich schnell, ganz schnell wiederholen. Man durfte ihnen keine Atempause lassen, damit sie keine Zeit hatten zu vergessen. Damit die Hunde aus dem Westen nie wieder sorglos und glücklich über die Champs-Élysées flanieren konnten.

Der Bär stopfte sich gleich mehrere Chamias auf einmal in den Mund und schlang sie gierig hinunter.

Seine Lust auf die Weltherrschaft war geweckt, und nichts konnte ihn mehr aufhalten.

In diesem Augenblick flog eine kleine Biene durchs Fenster, vollführte in der Luft ein paar akrobatische Kunststückchen, als wolle sie den Bären auf sich aufmerksam machen, und setzte sich dann auf die Karte. Etwa einen Fingerbreit von Raqqa entfernt, in Richtung Westen. Genau auf die Stelle, wo er sich verschanzt hatte. Mohammed Mohammed betrachtete sie neugierig. Sie flog ein paar Achten, wobei ihr ganzer Körper vibrierte, dann steuerte sie das offene Fenster an und verschwand ins Freie. Wie ein düsteres Omen, dessen Bedeutung er nicht entschlüsseln konnte.

Aber Bären sind ja nicht gerade für ihre Intelligenz berühmt.

Der islamische Katechismus

»Alle Dschihadisten sind Muslime«, dozierte Rachid mit erhobenem Zeigefinger, »aber nicht alle Muslime sind Dschihadisten. Lob sei Allah! Die Welt wäre unbewohnbar! Selbst für uns Muslime!«

Der Mann war der geborene Redner. Als Imam musste er die Gebete anleiten, in der Moschee das Wort führen und mit den Gläubigen sprechen. Er war eine Autoritätsperson. Auf einem sehr speziellen Gebiet, aber dennoch eine Autorität. Erstaunlich, aber wahr: Rachid war genau der große Mann, den Napoleon unter seinen Nachkommen gesucht hatte.

Der Imam umrundete seinen Schreibtisch und setzte sich hin.

»Sie müssen entschuldigen, ich habe ein Holzbein. Das Stehen fällt mir schwer«, erklärte er.

Der Kaiser warf einen neugierigen Blick auf die Beine seines Gegenübers, aber die lange, spinatfarbene Djellaba verdeckte die Prothese. Napoleon hatte Männer mit Holzbein gekannt. Der Krieg forderte Arme, Beine, Augen. Der Krieg bediente sich bei den Männern wie an einem Buffet. Er holte sich alles, was es von einem Menschen zu holen gab. Doch der Kaiser bezweifelte, dass der Imam der Großen Moschee von Paris sein Bein im Krieg verloren hatte. Vielleicht hatte er es durch eine Krankheit eingebüßt.

»Es gibt die Lieben Muslime, die LM oder L&M, wie die Zigarettenmarke mit dem Löwenwappen, und es gibt die Miesen Muslime, die MM oder M&M, nur dass sie überhaupt nicht so lecker sind wie die aus Schokolade mit den Erdnüsschen darin.« Napoleon verstand kein Wort.

»Die Behauptung, dass die französischen Moscheen den Dschihad predigen, ist absurd«, fuhr der Imam fort. »Ich habe schon Leute sagen hören, der Islam sei eine barbarische Religion, die zu Hass aufruft und die schlimmsten Gewaltakte rechtfertigt. Aber die Menschen haben ein kurzes Gedächtnis. Denken Sie nur an die christlichen Kreuzzüge oder die Heilige Inquisition in Spanien! Denken Sie an die Hunderttausende, die im Namen Gottes und im Namen Jesu sterben mussten.«

Der kleine Korse wusste, wovon der Imam sprach. Das alles war ihm, rein zeitlich gesehen, viel näher als Rachid Bouhalouffa selbst.

»Die Inquisition verbrannte Juden, sogar Abkömmlinge von Juden, wenn sie sich nicht zum Christentum bekehrten. Stellen Sie sich das vor! Das wäre so, als würde die französische Regierung heutzutage jeden Muslim oder Juden zum Tode verurteilen, der nicht zur christlichen Religion übertreten will. Gut, das ist ein schlechtes Beispiel, weil Frankreich laizistisch ist ... Wobei ...«

Der Imam hustete, zog ein Taschentuch aus der Tasche seiner Djellaba und spuckte hinein.

»Eine kleine Lungenentzündung, nichts Ernstes.«

Napoleon hatte Männer gekannt, die an einer Lungenentzündung litten. Der Krieg holte sich Beine, Arme, Hände, Augen, aber auch Lungen. Dennoch bezweifelte er auch diesmal, dass sich der Imam der Großen Moschee von Paris diese Krankheit im Krieg zugezogen hatte.

Der Kaiser, der katholisch war, hatte der Religion und all jenen, die sie praktizierten, immer großen Respekt gezollt. Häufig hatte er erklärt, eine Gesellschaft ohne Religion sei wie ein Schiff ohne Kompass. Zu seiner Zeit hatte es praktisch keine Muslime in Frankreich gegeben, aber er hatte sich für eine Integration der Juden ausgesprochen und nicht gezögert, einige von ihnen in den Offiziersrang zu erheben, ja, sie konnten sogar Volksvertreter werden, was im Europa seiner Zeit unerhört und noch nie dagewesen war. Die Juden waren in ihrer Gesamtheit im März 1791 zu Franzosen geworden und hatten alle Rechte erhalten, die auch die Franzosen besaßen. Napoleon hatte die alten Gesetze abgeschafft, die sie zwangen, in Ghettos zu wohnen, und darüber hinaus andere, die ihren Besitz, ihre Religionsausübung und ihre Arbeitsmöglichkeit betrafen. Napoleon hatte sie integriert und sie damit in Bezug auf den Militärdienst, die Scheidung und Mischehen der Gesetzgebung der Republik Frankreich unterworfen, doch diese Regelungen betrafen auch alle anderen Franzosen. Für ihn hatte es keine Unterschiede gegeben. Er wollte sie einfach nur integrieren, um jeden Preis. Er hatte verstanden, dass es von Vorteil war, ein vielfarbiges, vereintes Frankreich zu haben. Ein pluralistisches, starkes Frankreich. Bereichert durch die Vermischung der Rassen. Nicht das auf Blutsverwandtschaft basierende Frankreich, das die Könige des 17. Jahrhunderts so unvorteilhaft verkörperten.

»Wie gesagt, Frankreich ist laizistisch ... Vor allem jedoch ist das Land heuchlerisch, wie ich finde. Aber das ist nur meine persönliche Meinung.«

Napoleon runzelte die Stirn. Ein Angriff auf sein Land war ein Angriff auf seine Person.

»Heuchlerisch?«, hakte er nach, um Genaueres zu erfahren oder um eine Entschuldigung zu hören.

»Wenn ein Muslimin in der Schule einen Schleier trägt oder in der Burka auf den Markt geht, beruft man sich lautstark auf die französische Laizität, spricht von demonstrativ zur Schau getragenen Symbolen und so weiter. Auf der anderen Seite fahren die Franzosen an Ostern liebend gern in Urlaub, haben an Pfingsten frei, machen sich an Weihnachten Geschenke, feiern Allerheiligen und lassen an Dreikönig die Sternsinger ins Haus. Was für ein Laizismus ist das denn? In vielen Kalendern stehen immer noch die Heiligennamen. Und wenn man am Sonntagmorgen den Fernseher einschaltet, stolpert man unweigerlich auf einem der großen Kanäle über die Übertragung einer heiligen Messe. Läuten nicht auch heutzutage noch in den Städten und Dörfern unseres schönen Landes die Kirchenglocken? Und da heißt es, Frankreich sei laizistisch! Hahahahaha!«

Der Imam lachte gezwungen. Er klang wie ein Patient aus der Residenz von der Heiligen Rute, der einen Witz gehört hatte und beweisen wollte, dass er nicht verrückt ist. Dann verstummte er abrupt und fasste sich mit schmerzverzerrtem Gesicht mit der linken Hand an die rechte Flanke.

»Diese drei Rippen fehlen mir wirklich sehr ... Wissen Sie, der Islam ist eine Religion des Friedens und der Liebe, genau wie das Christentum, das Judentum, der Hinduismus. *Für die Religion töten ist wie ficken für die Keuschheit.* Das stammt nicht von mir, sondern von Stephen King. Nicht unser Glaube macht uns zu besseren Menschen, sondern unser Handeln. Andererseits ist man für das abweichende Verhalten gewisser Leute nicht verantwortlich. Man kann nicht für sie büßen. Man will nicht für sie büßen. Denn das Problem ist, dass gewisse Leute die Religion auf ihre eigene Weise interpretieren und sie als Deckmäntelchen für ihre Gewalttaten nutzen. So wie andere dies unter dem Deckmäntelchen der Politik tun, wo sie ihren Hass im legalen Rahmen einer Partei ausagieren. Oder denken Sie nur an die Pseudofans beim Fußball, denen das Ergebnis des Spiels ganz egal ist und die nichts anderes wollen als eine Prügelei mit den Ultras der gegnerischen Mannschaft. ›Wir leben in einer Welt, in der wir uns verstecken müssen, um uns zu lieben, während Gewalt am helllichten Tag ausgeübt wird.‹ Das ist von

John Lennon. Sehen Sie, ich kenne meine Klassiker. Die Terroristen sind nur Trottel, die sich eine Ideologie zusammenschustern, mit dem Zweck, ihre Gewalt und Aggressivität frei ausleben zu können, und zwar ohne die geringsten Schuldgefühle, denn aus ihrer Sicht handeln sie ja in guter Absicht. Diese Leute haben überhaupt nichts mit dem Islam, mit Politik oder Fußball am Hut. Sie sind kranke, primitive Menschen. Der primitive Mensch schlägt zu, wo der zivilisierte Mensch diskutiert. Der Primitive prügelt und mordet, wo der Zivilisierte debattiert.«

Rachid schlug ein Heft auf, das auf dem Tisch lag, und schrieb etwas hinein.

»Für spätere Wiederverwendung. Aber im Grunde, Monsieur ...«

»Bonaparte. Napoleon Bonaparte.«

»Buonaparte?« Der Imam riss die Augen auf.

Und nun klärte ihn der Kaiser darüber auf, dass er sein Urgroßvater war und offenbarte ihm den Zweck seines Besuchs. Er beabsichtige, mit Hilfe seiner Kindeskinder eine Armee aufzustellen, um einen Kreuzzug gegen die Dschihadisten zu führen. Es sei jedoch ein Fehler gewesen herzukommen, er habe zwar seiner kleinen Einführung in den islamischen Katechismus mit Gewinn gelauscht und danke ihm sehr, aber er wolle ihn nun nicht länger stören. Rachid sei schließlich Muslim und könne, das sei ihm bewusst, nicht gegen Glaubensbrüder in den Krieg ziehen, selbst wenn diese Gewalt und Schrecken verbreiteten.

»Aber Monsieur Bonaparte, ich bin Muslim, ein guter Muslim, und um Ihnen zu beweisen, dass Muslime und Dschihadisten nicht verwechselt werden sollten, werde ich an Ihrer Seite kämpfen. Um der Aufklärungsfeindlichkeit und der Gewalt entgegenzutreten. Damit der Mensch, der mit viel Mühe im Laufe von Jahrtausenden zum Menschen geworden ist, nicht wieder das Tier wird, das er am Anfang war. Nur eine einzige Bedingung, Monsieur Bonaparte. Wir werden niemanden töten.«

Das traf sich gut, denn das war auch Napoleons Absicht. Nicht so zu handeln wie die Terroristen. Sie mit anderen Waffen schlagen. Auch wenn er vorläufig noch nicht den leisesten Schimmer hatte, wie er das erreichen sollte.

»Nicht ein einziger Toter«, versprach der Kaiser, wobei ihm der blutige Traum einfiel, den er in seinem Zimmer in der Psychiatrie gehabt hatte. Der Araber erhob sich und nahm den Korsen in die Arme. Welch ein schöner Anblick – zwei Menschen, vereint in einer liebevollen Umarmung. Ein Vater mit seinem Sohn. Eine kleine Arbeitsbiene mit ihrer Königin.

So entpuppte sich der letzte Nachkomme – derjenige, von dem man es am wenigsten erwartet hätte und gegen den zunächst alles zu sprechen schien – als Hauptgewinn. Was wieder einmal bewies, dass Vorurteile etwas ganz Ungutes waren.

»Und nun zum Teufel mit den guten Manieren, Monsieur Buonaparte! Keine Umstände innerhalb der Familie. Ich darf dich doch Großpapa nennen, Großpapa?«, fragte der Imam der Großen Moschee von Paris, stieß urplötzlich einen Schmerzensschrei aus und erklärte Napoleon, dass er an Hämorrhoiden litt.

Napoleon fragte sich insgeheim, ob es sich wohl um eine Erbkrankheit handelte und fühlte sich gleich ein wenig schuldig.

Napoleons Große Armee wächst und gedeiht

Als Napoleon seine Cancan-Tänzerinnen in ihren blau-weiß-roten Kleidern und daneben Rachid in seiner senfgelben Djellaba sah, hatte er eine Idee. Seine Neue Große Armee würde das moderne Frankreich von heute repräsentieren. Vielgestaltig, aber einig. Multikulturell und bunt. Um sein großes Werk zu vollenden, musste er nun noch einen Schwarzen finden.

Die Vorsehung wollte es, dass der Erste, der ihm begegnete,

ein Straßenkehrer war. Er war um die zwanzig, und aus seiner kuriosen apfelgrünen Uniform schauten ein hübsches, pechschwarzes Gesicht und pechschwarze Hände heraus. Dazu trug er eine Signalweste, die hell wie die Sonne leuchtete und im Umkreis von zehn Metern alle blendete.

»Guten Tag, mein Bester«, sprach Napoleon ihn an, »haben Sie unter Umständen, wie der Zufall so spielt, ehrgeizigere Pläne für Ihr Leben, als es als simpler Straßenkehrer zu beschließen? Zum Beispiel die Welt retten?«

Nachdem er sich von seiner ersten Überraschung erholt hatte, merkte der Straßenkehrer, dass der Mann, der ihn so angesprochen hatte, sich nicht über ihn lustig machen wollte, lehnte seinen Besen gegen einen Baum und holte ein Päckchen Zigaretten aus der Tasche. Er hatte sich eine Pause redlich verdient.

»Ja, wissen Sie, unsereins ist entweder Straßenkehrer in Frankreich oder Staatsminister zu Hause ... Was die Rettung der Welt angeht ... Das ist eher so eine Sache für die Weißen.«

»Zu Hause?«

»Geboren bin ich hier, aber meine Eltern kommen von der Elfenbeinküste. Meine Cousins sind dort alle Minister. Aber ehrlich gesagt, ich bin lieber hier Straßenkehrer.«

Er hielt dem Kaiser seine Zigaretten hin, und Napoleon nahm eine.

»Was ist das?«

»Eine Kippe.«

»Eine Kippe?«, fragte Napoleon.

»Haben Sie noch nie eine Zigarette gesehen?«

»So eine nicht, nein. Wussten Sie, dass ich die Zigaretten in Frankreich eingeführt habe?«, fragte der Korse, nicht wenig stolz, und drehte das kleine weiße Stäbchen zwischen den Fingern. »Damals, zu meiner Zeit, wurden Tabak und Papier getrennt verkauft, und man hat sie selbst gerollt. Ich muss gestehen, dass Ihre Dinger gar nicht schlecht sind. Sie sind schon fertig, man spart Zeit. Wenn meine Männer bei Waterloo ›Kippen‹ gehabt hätten, wäre alles anders ausgegangen …«

»So alt sehen Sie gar nicht aus.«

Napoleon bestaunte seine Zigarette, als hielte er die größte Erfindung des 21. Jahrhunderts zwischen den Fingern. Der Straßenkehrer, der sich als Mamadou vorstellte, zündete mit einem Feuerzeug zwei Zigaretten an, was Napoleon, der ein solches Gerät noch nie gesehen hatte, restlos faszinierte. Dann formte er den Mund zu einem O und stieß kleine Rauchringe aus. Auch Napoleon tat einen Zug und musste schrecklich husten.

»Was ist das für eine Schurkerei«, schimpfte er, als er ein wenig zu Atem gekommen war. »Sie wollen mich umbringen!«

»Wenn ich Sie umbringen wollte, hätte ich Ihnen eine Gitane ohne Filter gegeben.«

»Aber was tun sie da hinein?«

»Teer«, antwortete der Straßenkehrer und deutete auf den Straßenbelag.

»Mein Gott, ihr seid ja krank!«, wütete Napoleon und warf die Zigarette auf das Pflaster.

»Moment mal! Ein bisschen mehr Respekt vor meiner Arbeit!«, empörte sich der Mann, griff nach seinem Besen und fegte die noch brennende Zigarette auf seine Schaufel.

»Und wenn ich Ihnen anbiete, in Frankreich Minister zu werden?«, fragte Napoleon, um wieder ins Gespräch zu kommen.

Mit der Zigarette im Mundwinkel prustete der Mann los.

»Unmöglich!«

»Unmöglich ist kein französisches Wort. Und um Ihnen dies zu beweisen, ernenne ich Sie von heute an zum Minister der Neuen Großen Armee von Napoleon I. Behalten Sie Ihre Uniform. Sie ist großartig.«

Mit diesen Worten schlug er den Straßenkehrer zum Ritter, indem er ihm mit dem Besenstiel rechts und links auf die Schulter tippte.

Die Neue Große Armee ist komplett

»Mamadou ist schwarz!«, verkündete Napoleon stolz, als er ihn dem Rest der Truppe vorstellte.

Die Anwesenden musterten den Neuen interessiert.

»Ich glaube, das weiß er schon«, sagte Valentin. »Er ist nicht Stevie Wonder.«

»Man sagt nicht *schwarz*«, beanstandete Adeline.

»Sondern Neger?«, fragte der kleine Korse.

»Um Himmels Willen!«, erregte sich die Tänzerin. »Man sagt nicht *schwarz* und *Neger* schon gar nicht, man sagt *black*.«

»Bleck? Und was soll das heißen?«

»Schwarz.«

»Du hast mir doch gerade gesagt, dass man *schwarz* nicht sagen darf.«

»Ja, deshalb muss man *black* sagen.«

»Aber wenn das doch *schwarz* heißt!«

»Ja, aber es ist Englisch, deshalb kommt es besser an. Es ist politisch korrekter.«

Der Kaiser kniff die Lippen zu einem schmalen Strich zusammen.

»Es ist Englisch, deshalb kommt es besser an!«, wiederholte er entrüstet. »Und warum kommt es in der Sprache des Feindes besser an?«

»Also zunächst einmal sind die Engländer schon lange nicht mehr unsere Feinde, außer bei der Eurovision, und außerdem hat Englisch Style.«

»Steil?«

»Style ist englisch. Es heißt, es ist *stilvoll*.«

»Dann sag bitte auch *stilvoll*!«

»Das klingt spießig.«

»Wenn ich es richtig verstehe, muss man Englisch sprechen,

damit das Französische besser ankommt, ist das so richtig? Nicht schlecht, Französisch auf Englisch reden! Originell! Ich bin vielleicht spießig, aber ihr werdet zugeben müssen, dass ihr komplett übergeschnappt seid!«

»Ich habe diese Mode doch nicht aufgebracht! Geh und heul dich bei der Sprachpolizei aus.«

»Oder bei der Académie Française«, sagte Mireille.

»Macht euch meinetwegen keine Gedanken«, mischte sich Mamadou ein. »Ich bin stolz darauf, schwarz zu sein. Kein Problem.«

»Siehst du«, krähte Napoleon triumphierend, »er sagt, er sei stolz darauf, schwarz zu sein, nicht stolz darauf, bleck zu sein! Bleck ist blanker Unsinn. Danke, Mamadou!«

»Also gut, wenn ihr mit euren linguistischen Spitzfindigkeiten fertig seid«, sagte Valentin, »können wir vielleicht erfahren, was du uns mitteilen wolltest.«

»Ich wollte euch sagen, dass mit Mamadous Ankunft unsere Armee nun vollzählig ist.«

Der Kaiser bedachte seine Truppen mit einem väterlich stolzen, wohlwollenden Blick. Die Neue Kleine Große Armee setzte sich nun zusammen aus fünf Cancan-Tänzerinnen (Charlotte, Peggy, Mireille, Adeline und Hortense), einem Gummimann (Valentin), einem patriotischen Muslim und einem schwarzen Minister (Mamadou). Die blau-weiß-roten Kleider, die senfgelbe Djellaba und die apfelgrüne Uniform schillerten wie ein Regenbogen und brachten ein wenig Glanz und Farbe in die grauen Hauptstadtstraßen.

Doch es waren nicht nur die Farben – hier waren hochmotivierte Menschen versammelt, mit einzigartigen Fähigkeiten. Valentin, den die Natur mit einem elastischen Körper ausgestattet hatte, konnte sich in jedem beliebig kleinen Koffer verstecken und durch jede noch so schmale Öffnung schlüpfen. Hortense, die vor ihrer Karriere als Tänzerin Stewardess gewesen war, hatte ein wenig Ahnung vom Fliegen und würde deshalb die Embraer steuern. Die restlichen jungen Frauen würden, bildhübsch, wie sie waren, die Dschihadisten bezirzen und ablenken und konnten außerdem kochen und das Geschirr spülen ... Upps! Napoleon biss sich auf die Zunge, als er sich an das Gespräch mit Charlotte über seine Flegelhaftigkeit und seine legendären Machoallüren erinnerte. Er würde eine Geschirrspülmaschine anschaffen. Rachid war ein wichtiges Element der Armee, denn obwohl er körperlich das schwächste Glied der Kette bildete (mit seiner Lungenentzündung, seinem Holzbein, seinen fehlenden drei Rippen und seinen Hämorrhoiden und weiß der liebe Himmel, was noch alles – Napoleon war durchaus auf Überraschungen gefasst), kannte er sich ausgezeichnet mit den bärtigen Männern aus, und das war für einen erfolgreichen Verlauf ihrer Mission ganz entscheidend. Außerdem sprach er Arabisch. Rachid würde als die Stimme und die Ohren Napoleons fungieren. So etwas war unerlässlich, wenn man den Feind ausspionieren oder in einer Menschenmenge untertauchen wollte, auch wenn es praktisch unmöglich war, eine Truppe französischer Cancan-Tänzerinnen, einen knallroten Ferrari und einen Privatjet unauffällig von A nach B zu bewegen. Doch das Wichtige war der Glaube. Man gewann keinen Krieg, wenn man nicht an den Sieg glaubte. Von Anfang an. Mamadou war die schönste Rolle zugedacht. Die Hauptrolle in dieser französischen Superproduktion.

Was für eine schöne Armee, dachte Napoleon. Und hegte nicht mehr den geringsten Zweifel am Erfolg seines Unternehmens.

Der letzte Soldat

»Sharon!«, brüllte Napoleon, während er sich im Bett aufsetzte.

Das kleine Zimmer im Formule 1 war in tiefdunkle Nacht getaucht.

Charlotte schlug die Augen auf. Sie verbrachten mittlerweile jede Nacht zusammen in dem kleinen Low-Cost-Hotel, das sie von ihrem Tänzerinnengehalt bezahlte. Sie unterhielten sich, sie sahen sich an, sie streichelten sich. Auch ohne Penis bereitete Napoleon Charlotte Genuss. Es gab schließlich nicht nur die Penetration im Leben!

»Charmant!«, hauchte sie verstört. Ihre Lippen glänzten im Dunkeln wie eine perlmuttfarbene Muschel. »Der Mann, mit dem ich schlafe, träumt von Sharon Stone!«

»Wer ist Sharon Stone?«, fragte Napoleon neugierig. Er wischte sich mit dem Handrücken über die schweißnasse Stirn.

»Du hast gerade Sharon gesagt, Napy, ich habe es genau gehört!«

»Sharon? Ach so! Georgette, meine Nachfahrin.«

»Warum nennst du sie Sharon, wenn sie Georgette heißt?«

»Weiß ich nicht. Frauen ändern doch heutzutage angeblich gern ihre Namen, nicht wahr, Josette?«

Bei der Erwähnung ihres richtigen Vornamens war Charlotte im Nu hellwach.

»Das ist ein Schlag unter die Gürtellinie!«, beschwerte sie sich.

»Ich hatte einen Traum oder, besser gesagt, einen Albtraum. Ich habe Sharon-Georgette als Teil meines Plans gesehen. Sie spielt für unsere Mission eine entscheidende Rolle. Ich muss unbedingt zu ihr und sie dazu bringen, dass sie uns hilft.«

»Was? Was erzählst du da?«

Napoleon stand auf, ging zu seinem Rucksack, holte eine

Coladose heraus, trank sie in einem Zug leer und begann, sich anzuziehen. Charlotte war einen ungläubigen Blick auf ihre Armbanduhr.

»Wohin willst du denn? Es ist drei Uhr morgens!«

»Genau«, antwortete der Kaiser, während er sich sein Shakira-T-Shirt überzog. »Um diese Zeit finde ich sie sicher bei der Arbeit.«

»Bei der Arbeit? Mitten in der Nacht?«

Georgette konnte unmöglich vom Schicksal dazu ausersehen sein, als simple Prostituierte in Pigalle zu enden. Der Alkohol war ihr Verderben. Er ruinierte ihre Gesundheit, er ruinierte ihre Zukunft. Das Schicksal hatte sie zu Größerem ausersehen, davon war der Kaiser überzeugt. Wie ihrem Vorfahren war es auch ihr bestimmt, ein großer Mann zu werden. Beziehungsweise eine große Frau.

Die kaiserliche Einkaufsliste

Drei Tage später versammelte sich die kleine Gesellschaft auf dem Parkplatz des Formule 1. Napoleon griff nach dem modernen Vierfarbfederhalter namens Bic, den Valentin ihm reichte, und fing an, aufzuschreiben, was sie als Ausrüstung für ihre Mission benötigten. Während er mit lauter Stimme die einzelnen Punkte aufzählte, stand die verliebte Charlotte neben ihm und himmelte ihn mit leuchtenden Augen an. Hinter jedem großen Mann stand eine Frau. Diese Frau würde sie sein.

4 Sechserpacks Coca-Cola light (schwarzer Champagner), 2 Pakete Fischstäbchen, 2 Flaschen Champagner (nicht schwarz), 4 Sechserpacks Mineralwasser, 10 Dosen Corned Beef, 5 Packungen Toastbrot, Tomatensauce, 10 Dosen Sardinen, 3 Nagelknipser für die Zehen, 5 Packungen Toilettenpapier, Kaffee, 6 Burkas in Normalgröße, 1 Burka Größe XXXXL, 5 Strings aus feiner

Spitze Größe S, 1 String mit Leopardenmuster Größe XXXXL, eine Schachtel mit 6 Präservativen, 1 Kinderpistole aus Plastik, mehrere Platzpatronen, 1 Schweinekopf (mit Petersilie in der Schnauze), 1 ziemlich großer Rollkoffer, in den Valentin passte, 1 Rollkoffer für den Proviant.

»Valentin, Adeline und Mireille, ihr kümmert euch um die Lebensmittel und die Burkas. Im Carrefour Barbès müsste es sie geben. Peggy, Hortense und Mamadou, ihr besorgt die Präservative und die Strings. Ach ja, und den Schweinekopf. Den findet ihr sicher in Pigalle.«

»Warte mal, warte«, unterbrach ihn Valentin mit erhobener Hand. »Strings, Präservative, Champagner, ein Schweinekopf – was soll das werden, eine Orgie oder ein Krieg?«

Charlotte hatte recht, Napoleon betrachtete den Krieg als eine Party à la Hugh Hefner. Komplett mit Häschen und allem, was dazugehörte. Eine Redensart besagte, dass ein See sich nie in ein Meer verwandelte, auch wenn man ihn stundenlang anstarrte. Sie konnte sich noch so angestrengt umsehen, sie entdeckte keine Große Armee, nur ein paar Cancan-Tänzerinnen, eine Prostituierte, einen Straßenkehrer und einen Imam. Aber ihr Mut, ihre Entschlossenheit und ihre Kraft würden diese Leute in eine schlagkräftige Armee verwandeln. Der See war vielleicht nur ein See, aber er hatte die Farbe und die Kraft eines Ozeans.

»Das mit dem Champagner kann ich euch erklären. Im Falle eines Siegs habe ich ihn verdient. Im Falle einer Niederlage habe ich ihn nötig. Was die Strings betrifft ...«

»Und was ist überhaupt mit Waffen?«, fiel ihm Valentin ins Wort.

»Er denkt an Platzpatronen«, sagte Charlotte.

»Und eine Kinderpistole«, setzte Peggy eins drauf.

»Super! Dann sind wir ja gerettet. Lautet der Plan, dass wir uns eine Handvoll Platzpatronen greifen und sie den Terroristen ins Gesicht werfen? Oder sie einfach nur mit einer Plastikpistole bedrohen und ›Peng peng!, ihr seid alle tot‹ sagen?«

Alle blickten Napoleon fragend an, der keine Regung erkennen ließ.

»Wir ziehen doch in den Krieg, oder?«, fuhr Valentin fort. »Wenn du sie nicht mit Coladosen oder Fischstäbchen bewerfen willst, müssen wir uns Waffen besorgen, mit denen wir die Terroristen töten können!«

Rachid wollte etwas sagen, aber der kleine Korse hielt ihn mit einer Handbewegung zurück.

»Ich habe lange Zeit auch an solche Methoden geglaubt, Valentin. Aber mir ist eines klar geworden: Wenn wir dieselben Methoden anwenden wie sie, sind wir nicht mehr wert als sie. Wir werden selbst zu Terroristen. Willst du auf dieses Niveau herabsinken?«

Die ganze Truppe trat näher und bildete einen Kreis um den Kaiser. Man kam sich vor wie auf einer Ferienfreizeit für Jugendliche. Es fehlten nur noch der Sonnenuntergang, die Gitarre und das Lagerfeuer.

»Wisst ihr, ich habe fast eine Million Menschen getötet, das heißt, getötet und töten lassen, was mir in der Presse die Bezeichnung ›Menschenfresser‹ eingebracht hat. Und es vergeht kein Tag, an dem ich nicht an diese Menschen denke, deren Tod ich für unvermeidbar hielt, an die Menschen, die in meinem Feldlager waren und für Frankreich gefallen sind, an die Menschen im gegnerischen Lager, die für ihr Land gefallen sind, wie auch immer es hieß. Wir waren alle von demselben Wunsch besessen: Wir wollten siegen. Die Gegner hätten zu meinen Soldaten gehören können, wenn sie auf der richtigen Seite der Grenze geboren worden wären. Ich habe Krieg geführt, um Frieden zu schaffen. Damit wir alle in einer friedlichen Welt leben könnten. Ich habe gegen die Aufklärungsfeindlichkeit gekämpft, gegen die Diktatur, gegen die Anarchie, gegen das

Chaos, für Gott. Ich war überzeugt, dass ich das Gute verkörperte und gegen die Barbarei kämpfte, im Namen der Französischen Revolution und ihrer Ideen. Ich bin immer noch davon überzeugt. Das heißt ...«

Eine Welle von Traurigkeit stieg in ihm auf.

»Ich habe an eure Karikaturisten gedacht und mir gesagt, dass man heute auf eine andere Art Krieg führen kann. Ohne so viele Verluste in Kauf nehmen zu müssen. Die vielen Schlachten haben mich gelehrt, dass Siegen zu nichts führt. Dass man überzeugen muss. Es wirkt viel länger nach. Ihr habt das Glück, in einer Zeit zu leben, in der die Technologie, die Wissenschaft und die Intelligenz unglaubliche Höhen erreicht haben, ja, ihr habt sogar das Toilettenpapier erfunden! Und das bringt mich auf den Gedanken – und dieser Gedanke gefällt mir –, dass es heute möglich ist, einen Krieg erfolgreich zu führen, ohne Menschen zu töten. Wir werden siegen und überzeugen.«

»Können wir dir vertrauen?«, fragte Valentin.

»Ein Schriftsteller meiner Zeit namens Stendhal hat geschrieben, dass kein General mit so wenigen Mitteln so viele große Schlachten gewonnen hat wie ich, noch dazu gegen so mächtige Gegner ...«

»Also wenn man mit Strings und Nagelknipsern einen Krieg gewinnen kann, dann ist das einen Eintrag ins Buch der Rekorde wert!«, rief Mamadou.

»Und wie willst du das erreichen?«, fragte Valentin mit hoffnungsvollem Blick.

»Würde mein Hut meinen Plan kennen, würde ich ihn essen.«

»Was bedeutet das?«, fragte Adeline.

»Dass ich meinen Plan niemals preisgebe.«

»Bist du abergläubisch?«, wollte Mamadou wissen, der es war.

»Oh, nein«, verteidigte sich Napoleon. »Nur ein bisschen paranoid.«

Professor Bartoli verliert nichts mehr

Seit er jede Spur von Napoleon verloren hatte, verbrachte Professor Bartoli seine Nächte im Formule 1 und seine Tage im Terminal des Flughafens Paris-Charles-de-Gaulle. Sein Schützling war nicht abgereist, davon war er überzeugt, er irrte vermutlich wie eine verlorene Seele zwischen dem Duty-Free-Shop, dem Transitbereich und den Cafés hin und her. Orientierungslos, verängstigt, allein, hungrig, ohne einen einzigen Euro in der Tasche für ein Sandwich. Armer Napoleon! Und alles war seine Schuld. Er hätte ihn nicht aus den Augen lassen dürfen. Nicht mal für fünf Minuten.

An diesem Morgen drehte der Professor seine übliche Runde. Durch Terminal 2F, wo er ihn verloren hatte, Gate F43, dann F44, F45, F46, alle Gates mit »F«, dann die mit A, B, C, D und E, die Toiletten, die Restaurants und sogar den kleinen Andachtsraum. Man konnte nie wissen. Vielleicht saß der Kaiser auf einer blauen Yogamatte und flehte alle Heiligen an, ihm zu Hilfe zu eilen, rechts von ihm ein zwischengelandeter Jude, links zwei Buddhisten.

Nachdem auch diese Suche erfolglos verlaufen war, beschloss er, sich in einer der Snackbars, durch deren Sichtfenster man die Pisten im Blick hatte, einen Kaffee zu gönnen und sich ein wenig zu entspannen, indem er den Flugzeugen dabei zusah, wie sie in alle möglichen Weltgegenden starteten. In Wirklichkeit entspannte ihn das ganz und gar nicht, denn jedes Flugzeug, das abhob, erinnerte ihn daran, dass er eigentlich mit Napoleon darin sitzen und zur Insel der Schönheit fliegen sollte, wo seine Frau eine gut gefüllte Platte mit korsischer Wurst und Schinken für ihn bereithielt.

Während er seinen Kaffee auf das hohe Tischchen stellte, beobachtete er durch die Glasscheibe, wie in der Ferne auf einem der Parkplätze, die für Prominente und Besitzer von Privatflugzeugen reserviert war, eine bunt zusammengewürfelte Gruppe von Menschen einen Privatjet bestieg. Er drehte den Hocker in die richtige Höhe, setzte sich und hob den Deckel vom Kaffeebecher. Eine Dampfsäule stieg vor ihm auf und beschlug für ein paar Sekunden die Glasscheibe.

Was haben die für ein Glück, dachte er, als die Sicht auf das buntscheckige Grüppchen wieder frei war. Er stellte sich unwillkürlich das Traumziel vor, das sie gleich ansteuern würden. Nach ihren roten, weißen und blauen Gewändern zu urteilen, handelte es sich um afrikanische Politiker. Oder die neueste Neuauflage von André Hellers *Afrika! Afrika!*

Dann fiel ihm auf, dass ihre Gesichter, abgesehen von einem, weiß waren, und dass das, was er für afrikanische Gewänder gehalten hatte, in Wirklichkeit Tanzkleider waren, wie sie die Cancan-Girls im Moulin Rouge trugen. Dieses Detail weckte seine Neugier zusätzlich. Hinter den Tänzerinnen ging ein Mann in der apfelgrünen Uniform der Pariser Straßenkehrer, wodurch die Kolonne ein wenig nach Village People aussah. Jetzt fehlten nur noch der Motorradpolizist und der Bauarbeiter mit dem nackten Oberkörper. Dann kam ein Dschellaba tragender Araber, der hinkte. Als Nächstes folgte eine unglaublich dicke Frau mit wild abstehenden Haaren, aufgetakelt wie eine Nutte aus einer B-Version von *Pretty Woman*, mit einer Flasche in der Hand. Was für ein komischer Haufen! Waren sie etwa auf dem Weg zu einem Kostümfest?

Doch als sein Blick am Ende der Schlange angelangt war, die nach und nach im Privatjet verschwand, stach ihm eine bekannte Silhouette ins Auge. Der Mann trug nicht mehr das weiße Hemd und die schwarze Anzugjacke wie bei ihrer ersten Begegnung, aber er erkannte ihn sofort. Sein Herz tat einen Satz. Der Mann am Ende der Schlange war Napoleon, und er trug stolz ein T-Shirt zur Schau, auf dem der Kopf von Shakira prangte.

Und dann ging alles sehr schnell. Bartoli erkannte den Privatjet. Es war derselbe, den er in den letzten Tagen auf dem Parkplatz des Formule 1 auf dem Anhänger des Ferrari gesehen hatte, der vor seinem Zimmer parkte. Als er heute früh das Hotel verlassen hatte, war der merkwürdige Konvoi verschwunden. Jetzt kannte er den Grund! Im Geist hörte er wieder die lauten Seufzer der Wölfin im Nebenzimmer und ihr »Es lebe der Kaiser!«. Kein Zweifel, Napoleon hatte sich im Hotel befunden, seit Tagen, direkt vor seiner Nase, und er hatte nichts gemerkt.

»Wohin fliegen Sie, Sire?«, schrie er durch die Glasscheibe. »Warten Sie auf mich!«

Die Touristen an den Nebentischen drehten sich zu dem Verrückten um, der auf die Flugzeuge einschrie und mit den Fäusten gegen die Glasscheibe hämmerte. War er ein Terrorist, der sich im nächsten Moment beim Frühstück in die Luft sprengen würde? Sicher ist sicher, dachten die Leute und versteckten sich unter den Tischen, während Professor Bartoli vom Hocker sprang und losrannte, verzweifelt nach der erstbesten Tür suchend, die zu den Startbahnen führte.

Napoleon lässt seine Armee antreten

Während Professor Bartoli wie ein Wahnsinniger an Passagieren und Gepäckstücken vorbeihastete, direkt vor den Bodenstewardessen durch eine Tür schlüpfte, einen Gang entlangspurtete, eine Tür aufriss, in großen Sätzen eine Treppe hinunterrannte und über das Flugfeld auf den Privatjet zuhetzte, ließ Napoleon ein letztes Mal seine Truppen antreten, ohne zu bemerken, welch hektische Aktivität er ausgelöst hatte.

»Charlotte?«

»Anwesend.«

Er wusste sehr gut, dass sie da war. Seit sie in das Flugzeug gestiegen waren, konnte er den Blick nicht von ihr wenden. Im Grunde konnte er das nicht, seit sie sich in der Garderobe des berühmten Cabarets begegnet waren, vor einer Woche also. Seit sie in sein Leben getreten war.

»Valentin?«

»Anwesend.«

Napoleon malte neben jeden Vornamen, der auf seinem Blatt stand, einen kleinen Strich, damit er sichergehen konnte, dass er keine Person zweimal aufrief und an Bord niemand fehlte.

»Georgette?«

»Sharon«, antwortete die Angesprochene, ohne die Nase von der Öffnung ihrer Weißweinflasche zu heben.

»Ich freue mich, dass du da bist, Sharon. Aufrichtig.«

Die Frau bedachte ihren Vorfahren mit einem glasigen Blick. Sie war schon um halb elf Uhr vormittags blau. Und müde, weil sie die ganze Nacht mit ihm diskutiert hatte.

Auf diesen kleinen Sieg war der Kaiser ganz besonders stolz. Es war ihm gelungen, sie zu überreden. Das war nicht leicht gewesen. Zunächst hatte da der Zuhälter an der Tür gesessen, der ihn wiedererkannte und es sich in den Kopf gesetzt hatte, ihn seine Faust spüren zu lassen. Um ihn einzuwickeln, hatte er ihm versprechen müssen, in seinem Bordell eine Privatvorstellung mit fünf Cancan-Tänzerinnen zu organisieren, für ihn allein – was er den jungen Frauen noch nicht gestanden hatte ... Dann hatte er zwei Stunden lang vergebens versucht, Sharon mit wohlgesetzten kaiserlichen Worten zu überzeugen, bis ihm endlich die richtigen Argumente einfielen. Der Wein hatte bewerkstelligt, was die Worte nicht vollbracht hatten. Er hatte ihr versprochen, sie mit Weißwein zu entlohnen. Sechs Zweiliterflaschen Sancerre, und die Sache war geritzt.

Mamadou, Hortense, Rachid, Peggy, Mireille, Adeline. Alle Namen wurden vom kaiserlichen Kugelschreiber abgehakt.

»Und zuletzt ich«, sagte er am Ende des Appells. »Zehn.«

Die Anzahl stimmte. Sie konnten losfliegen.

Als Valentin sich aus dem Flugzeug beugte, um die schwere Tür nach innen zu ziehen, sah er einen Mann quer übers Flugfeld rennen. Der Mann erreichte die Leiter und hielt sich mit hervorquellenden Augen und knallrotem, schweißnassem Gesicht an ihr fest.

»Wartet auf mich!«, keuchte er.

»Wer sind Sie?«, fragte der Gummimann.

»Mein Schutzengel«, ertönte Napoleons Stimme hinter ihm.

Wo man (endlich!) erfährt, was Professor Bartoli für ein Professor ist

»Ich suche Sie schon seit Tagen vergebens«, erklärte der große Korse, während er sich mit einem Stück Toilettenpapier, das Mireille ihm reichte, das schweißnasse Gesicht abtupfte. »Und ich habe sogar in demselben Formule 1 gewohnt wie Sie, denn das Flugzeug kommt mir sehr bekannt vor. Besitzen Sie auch einen Ferrari?«

»Ja, aber den habe ich Dessouches überlassen, meinem Ahnenforscher.«

Der Kaiser hatte sich für die Zeit seiner Mission schweren Herzens von dem Sportwagen trennen müssen, denn der Ferrari konnte zwar auf der Erde das Flugzeug in Schlepptau nehmen, doch umgekehrt konnte der Jet die Luxuskarre nicht mitziehen. Eine unwiderlegbare Logik.

»Ihr Ahnenforscher!«

Man ließ Napoleon Bonaparte zwei Sekunden aus den Augen, und schon zauberte er einen Ferrari, einen Privatjet und einen Ahnenforscher herbei, ratzfatz, wie McGyver im Amazonasdschungel mit drei Streichhölzern und einem Kaugummi ein Fünf-Sterne-Hotel bastelte. Die Historiker hatten sein Genie wahrlich nicht übertrieben. Und er hatte geglaubt, er irre durch den Flughafen, einsam und verzweifelt wie ein Kind!

»Mein Ahnenforscher«, wiederholte Napoleon, als sei das die natürlichste Sache der Welt. »Ja ...«

Er blickte sich verlegen um, weil ihm nichts mehr dazu einfiel. Was würde als Nächstes passieren? Würde ihn der Professor mit Gewalt auf die Insel der Schönheit verschleppen wollen, damit er dort seinen wohlverdienten Ruhestand antrat?

»Ich nehme an, Sie wollen nicht nach Korsika reisen?«, fragte der Professor ironisch.

»Sagen wir es so: Ich habe Dringendes zu erledigen. Ich habe zwei Jahrhunderte auf meinen Urlaub gewartet. Nun kann ich auch noch ein paar Tage länger warten.«

»Darf ich fragen, wohin die Reise geht? Wenn ich Sie so ansehe, würde ich auf eine Strandparty tippen. Martinique? Guadeloupe? Welches Traumziel steuern Sie an?«

»Syrien«, antwortete Valentin.

»Syrien?«, staunte Bartoli mit Augen so rund wie Wassermelonen. »Sie sprechen wirklich von dem Land, das sich im Krieg befindet? Dem Land, wo sie Kinder enthaupten? Wo sie Christen kreuzigen und Homosexuelle von Hausdächern in die Tiefe stoßen?«

»Reizend, nicht wahr? Als ich zum letzten Mal dort war, habe ich den Pestkranken von Jaffa einen Besuch abgestattet. Das war 1799. Schlimmer als das kann es nicht sein.«

»Zweifellos ...«

»Wollen Sie uns begleiten?«, fragte Napoleon hoffnungsvoll.

»Je mehr Verrückte wir sind ...«

Das kann man laut sagen, dachte Professor Bartoli. Diese Leute sind komplett irre. Meinten sie es ernst oder machten sie sich über ihn lustig? Die verschlossenen Mienen der beiden Männer deuteten auf Ersteres.

»Sie wollen, dass ich Sie nach Syrien begleite?«

»Na ja, es ist nicht Disneyland«, erwiderte der Gummimann, »Aber Sie sind kein Kind mehr, Sie sind sicherlich Christ, aber kein praktizierender, und Ihr XXL-Jeanshemd und Ihre Gürteltasche lassen mich vermuten, dass Sie nicht schwul sind. Demnach riskieren Sie nichts!«

Annonciade schluckte. Seine Unglücksserie setzte sich fort. In Gedanken legte er Syrien und das Formule 1 auf die beiden Seiten einer imaginären Waagschale und wog die Optionen ab, die das Leben ihm bot. In Syrien in Begleitung oder im Hotel allein. Er liefe Gefahr, ein paar Tage an einem miesen Ort zu verbringen, befände sich jedoch in netter Gesellschaft. Er fürchtete sich davor, mit zwei armseligen Whiskyflaschen wieder in seiner Billigabsteige zu landen. Und außerdem konnte er so sicher sein, Napoleon nicht wieder aus den Augen zu verlieren. Ach, wäre er nur endlich wieder zu Hause. Er sah seine Frau vor sich, als Mumie, die eine Platte mit verschimmelten, von Spinnweben überzogenen korsischen Wurstwaren, auf denen sich Maden tummelten, in den knochigen Armen hielt.

»Das klingt sehr amüsant«, log er. »Ich habe keine Verkleidung, aber ich schließe mich Ihrer kleinen Gesellschaft mit großem Vergnügen an.«

Und der Oscar für den besten Hauptdarsteller geht an ... Annonciade Bartoli! Er stellte sich vor, wie er unter donnerndem Applaus die Trophäe aus den Händen von Jack Nicholson entgegennahm.

»Aber Sie werden wohl kaum vorhaben, da unten eine Party zu veranstalten, sehe ich das richtig?«, fragte er vorsichtig.

»Das sehen Sie richtig«, erwiderte Napoleon. »Wir haben vor, die Dschihadisten zu erledigen. Sind Sie dabei?«

Der große Korse bekam eine trockene Kehle.

»Die Dschihadisten erledigen, ja?«, krächzte er mühsam.

»Warum nicht.«

Warum nicht? Was redete er denn da für einen Schwachsinn?

Ihm wurden doch nicht Tee mit Zitrone und Kekse angeboten. »Nehmen Sie noch einen Schluck Kaffee? Oh, gerne, warum nicht?« Er wurde aufgefordert, sich in einem vom Krieg verwüsteten Land abmurksen zu lassen, von Wilden, die Europäer auf Grillspießen brieten, bevor sie damit in ihren Zähnen herumstocherten, und er antwortete »Warum nicht«! Er schaffte es noch nicht einmal, seinem Nachbarn von oben die Meinung zu geigen, wenn der seine Musik zu laut stellte, und alles, was ihm einfiel, wenn man ihn zu den Dschihadisten nach Syrien schickte, war: »Warum nicht?«

»Übrigens«, sagte Napoleon, »plagt mich in Bezug auf Ihre Person eine Frage.«

»Ja?«, fragte Bartoli, auf das Schlimmste gefasst.

»Wofür sind Sie Professor, Professor Bartoli?«

»Oh, ich bin Chirurg«, antwortete der große Korse erleichtert. »Ein hervorragender Chirurg – das sage nicht ich –, der sich auf die plastisch-rekonstruktive Chirurgie spezialisiert hat.«

»Ein Arzt? Wir hätten uns für unsere gefahrvolle Mission keinen Besseren erhoffen können! Wir werden Ihre ganze Geschicklichkeit und berufliche Erfahrung benötigen.«

Bartoli legte den Kopf schief, aber er hörte schon nicht mehr zu.

»Äh ..., um an unser vorheriges Gespräch anzuknüpfen«, sagte er, als er sich wieder gefasst hatte, »Sie wissen aber schon, dass wir die besten Chancen haben, abgeknallt zu werden, sobald wir die große Zehe auf syrischen Boden gesetzt haben? Und wenn sie uns nicht gleich umbringen, dann nur, weil sie uns tagelang foltern und den schlimmsten Misshandlungen aussetzen wollen, und am Ende nehmen sie uns dann als Geiseln, damit Frankreich oder die Vereinigten Staaten für uns blechen, aber die werden natürlich keinen Finger für uns krümmen. Und Sie wissen, dass uns nach ein paar Unterstützervideos auf YouTube und ein paar schlampigen Videoclips, die irgendwelche pickeligen Jugendlichen, die nach Ruhm und Facebook-Likes gieren, in schlampigen Zimmern gedreht haben, der Rest der Welt genauso schnell vergessen wird wie den derzeit angesagten Sommertanz? Sie werden uns wie Schweine abstechen und uns noch lebend und warm in Massengräber stoßen, wo wir mit Glück bald unseren letzten Schnaufer tun. Das alles natürlich nur, sofern uns nicht ein rebellierender Schafhirte mit seinem selbst gebastelten Raketenwerfer beschießt, sodass wir uns in unsere Einzelteile auflösen? Das alles wissen Sie, nicht wahr?«

»Natürlich. Kommen Sie mit?«

»Gut, einverstanden.«

Napoleon zieht in den Krieg

»Professor Bartoli, Sie haben sich Ihre Fahrkarte für dieses unvergessliche Abenteuer redlich verdient. Entspannen Sie sich. Möchten Sie eine Cola light?«

Mit Schuss, dachte der Arzt. Mit einem ordentlichen Schuss Whisky und am besten auch gleich noch fünfundzwanzig Valium. Und einer Schubkarre voll Kamillenblüten und dreitausend Tropfen Lavendelöl, wenn das nicht zu viel verlangt ist. Ich habe nie an die Homöopathie geglaubt, aber in meiner derzeitigen Verfassung ... Und überhaupt, was war das da eben mit meinem Jeanshemd und meiner Gürteltasche?

Er war käsebleich.

»Alles wird gut, Sie werden sehen«, versicherte Napoleon ihm lächelnd.

Er gab dem Professor einen aufmunternden Klaps auf den Rücken und verschwand im Cockpit. Dort schnallte er sich auf dem Sitz des Co-Piloten an und lauschte den Sicherheitshinweisen, die Hortense den Passagieren in der Kabine gab. Er wäre gern auf der anderen Seite der Tür gewesen und hätte gesehen, wie sie sich im Gang in den Hüften wiegte, wie er es bei der Stewardess beim Abflug von Oslo beobachtet hatte. Er stellte sich vor, wie sie die Worte, mit denen sie auf die Sicherheitsbestimmungen hinwies, mit weichen, aber präzisen Gesten begleitete. Am besten gefiel es ihm, wenn die Flugbegleiterinnen in das kleine rote Plastikmundstück bliesen, das aus der Rettungsweste hervorschaute. Das fand er sehr erotisch. Unwillkürlich stellte er sich dann vor, dass er selbst sich an Stelle des Mundstücks befand. Das heißt, schon allein ein solches Mundstück zu haben, war für ihn ein Traum.

Ein paar Minuten später betrat Hortense das Cockpit und setzte sich vor die Armaturen. Sie betätigte geschickt die große Zahl von Knöpfen, die vor und über ihr mehr oder weniger hell leuchteten. Der Kaiser beobachtete die Handbewegungen der Tänzerin ganz genau und imitierte sie sogar, um sie sich einzuprägen und auf diese Weise zu lernen, wie man ein Flugzeug steuert. Wir erinnern uns – er war ein sehr intelligenter Mensch.

Bald darauf brummten die Motoren wie zwei riesige Bienenschwärme. Die Pilotin setzte sich Kopfhörer auf und stellte das Funkgerät auf die Frequenz des Towers ein.

»Privatflug ›Napoleon‹ mit Flugplan TTR4 erbittet Starterlaubnis auf Startbahn 26R für Instrumentenflug Ziel Raqqa, Syrien.«

Fluglotse Léo Machin, neuerdings dem Tower des Flughafens Charles-de-Gaulle zugeteilt, erteilte die Starterlaubnis und dachte dabei, dass in letzter Zeit sehr merkwürdige Anfragen an ihn gestellt wurden.

Zum zweiten Mal im Leben empfand der Kaiser ein körperliches Wohlbehagen, als sich das Flugzeug sanft zu den Wolken erhob und sein Magen sich entspannte. Die ersten Minuten eines Krieges hatten etwas geradezu Magisches. Er liebte diese Ruhe vor dem Sturm. Dasselbe hatte er vor der Schlacht bei Wagram empfunden, im Krieg gegen die Österreicher, und er erhoffte sich denselben glorreichen Ausgang.

Der Chef hält eine Rede

Nach einer technischen Zwischenlandung zum Nachtanken in Griechenland (Napoleon wollte die beiden Ersatzkanister Flugbenzin, die der Millionär ihm geschenkt hatte, nur im Notfall anbrechen), setzte der Privatjet, der inzwischen Marengo getauft worden war, seine Route über das Mittelmeer fort. Als die Embraer die Türkei überflog, verspürte der Kaiser in der Gegend des Geschwürs ein leichtes Ziehen im Magen. Sie näherten sich dem Ziel. Er war es gewohnt, die Nähe des Gegners physisch zu spüren, er spürte den Krieg in seinem ganzen Körper. Er verließ den Sitz des Co-Piloten und ging zu den Passagieren in die Kabine.

Getreu seiner Gewohnheit, die Männer – und sich selbst – vor jeder Schlacht mit einer Rede zu motivieren, stellte sich der General vor seine Truppe, aufrecht und imposant trotz seiner geringen Körpergröße (die anderen saßen), und räusperte sich ausführlich.

»Für jene, die mich gut kennen«, er blickte zu Professor Bartoli, »und jene, die mich weniger gut kennen«, er blickte zu Rachid, Valentin und den Cancan-Tänzerinnen, »beziehungsweise gar nicht«, Blick zu Mamadou, »oder denen es gleichgültig ist«, Blick zu Sharon, die schlaff in einer Ecke hing, den Blick starr auf ihre Weißweinflasche gerichtet, als sei sie das achte Weltwunder, »möchte ich sagen, dass ich mich in zahlreichen Schlachten ausgezeichnet habe. Zeitlebens hat man mein militärtaktisches Genie, als dessen Meisterwerk für immer Austerlitz gelten wird, gepriesen und mit Lob überschüttet. Das ist ein paar Jährchen her, wir werden alle nicht jünger, genauer gesagt war es am 11. Frimaire des Jahres XIV, am Montag, den 2. Dezember 1805 eurer Zeit, im Süden von Mähren, einem Teil der heutigen tschechischen Republik. Nach neun Stunden Kampf besiegte meine Große Armee eine Allianz österreichischer und russischer Truppen und zwang Kaiser Franz I. und Zar Alexander I., sich mir zu unterwerfen. Derselbe Alexander, der mich einige Jahre später besiegen und mir meinen Élysée-Palast rauben würde.«

Er machte eine Pause, als würde ihn die Erwähnung dieses unerfreulichen Ereignisses immer noch heftig schmerzen. Charlotte brachte ihm eine Dose Cola light, die er in einem Zug leerte. Gestärkt setzte Napoleon seine Rede fort.

»Doch der Feind von heute ist ein anderer. Ich werde mich deshalb nicht auf meine Erfahrungen und auch nicht auf die Erinnerung an vergangene Schlachten stützen können, auf keinen der großen Siege, die meinen Namen über die Länder, Meere und Jahrhunderte getragen haben. Unser Feind hat nicht *ein* Gesicht, er hat mehrere. Wie der Teufel hat er mehrere Namen, hinter denen er sich verbirgt. Islamischer Staat, Daesh, Al-Qaida, Aqmi, Al-Nusra-Front, Ansar Dine, Boko Haram ... So viele Namen, die alle denselben Krebs bezeichnen, dasselbe Geschwür« – Napoleon fuhr mit der Hand unter sein Shakira-T-Shirt –, »dasselbe Übel. Heute ist der Kampf ein anderer, denn obwohl unser Gegner sich Islamischer Staat nennt, ist er keineswegs ein Staat. Nein, wir ziehen nicht in den Krieg gegen ein Land oder ein Volk, wie ich es so häufig getan habe, sondern gegen eine Ideologie, einen Glauben. Nun ist es jedoch unmöglich, eine Ideologie zu zerstören, glaubt mir. Das kann ich euch versichern. Es ist unmöglich, einen Glauben zu zerstören, und die Langlebigkeit des Christentums, des Judentums, des Islam und der Ideen der Französischen Revolution bestätigen meine Worte. Personen sterben, Ideen überdauern. Man kann eine

Ideologie nicht zerstören, und schon gar nicht, wenn so viele Personen davon überzeugt sind, dass sie im Recht sind.«

»Das ist wie bei der Mafia«, sagte Mireille. »Man kann sie haufenweise umbringen, man kann die großen Fische ins Gefängnis stecken, die Mafia steht immer wieder auf, wie der Phönix aus der Asche, weil immer wieder irgendein junger Kerl aus dem Nichts auftaucht, der sich an die Spitze stellt. Es ist ein Kampf ohne Ende. Aber du hast Der Pate nicht gesehen, nehme ich an.«

»Nein, ich kenne diesen Paten nicht, aber der Glaube ist wie ein Regenwurm, der weiterwächst, wenn man ihn zweigeteilt hat. Nichts kann ihn am Wachsen hindern, es sei denn, man tötet ihn. Aber wir können den Wurm nicht töten. Zum einen, weil wir die Sache ohne Blutvergießen regeln wollen, das habe ich versprochen«, er blickte zu Rachid, »und zweitens, weil wir es mit Hunderttausenden Regenwürmern zu tun haben. Mit äußerst verästelten Netzwerken, die wie giftige Adern die Länder des Ostens wie des Westens durchziehen. Vom Nahen Osten nach Schwarzafrika, quer durch Asien und Europa. Selbst die Vereinigten Staaten sind betroffen. Der Gegner hat alles unterwandert. Er ist überall. Diese Leute sind zu allem bereit. Ihr Glaube drängt sie zum Kampf. Deshalb kann auch nur ihr Glaube sie veranlassen, die Waffen niederzulegen. Denn wenn ihr Glaube die Wurzel des Übels ist, ist er auch das Heilmittel. Wird nicht das Gegenmittel gegen das Gift einer Schlange aus ebenjenem Gift hergestellt? Enthalten unsere Impfstoffe nicht eine winzige Dosis der Krankheit, die sie bekämpfen sollen?«

»Das ist richtig«, bestätigte der Chirurg.

»Die Enzyklopädie Internet hat mich gelehrt, dass die Dschihadisten denken, es sei ihnen bestimmt, in die Hölle zu fahren, wenn sie von einer Frau getötet werden. Erstaunlich, nicht wahr? Primitives Stammesdenken, in den Dienst der Waffen und der Gewalt gestellt. Die Kurden machen sich dies zunutze und rekrutieren neuerdings immer mehr Frauen als Soldaten, was die Dschihadisten in höchstem Maße entsetzt. Eine Armee aus kämpfenden Frauen ist wie eine Dämonenarmee. Ich weiß, das klingt albern. Es ist ein wenig so, als würde man in den Karpaten Krieg führen wollen und hätte sich als Waffe nur eine Kette aus Knoblauchzehen um den Hals gehängt. Aber ist es nicht so, dass sich die Vampire vor Knoblauch fürchten, weil sie *glauben*, dass sie sich davor fürchten? Weil wir ihnen eingeredet haben, dass sie sich davor fürchten? ›Lügen Sie, lügen Sie – irgendetwas davon wird schon hängen bleiben‹, lautet eine Redensart. Lügen Sie, und Sie säen Zweifel. Sehen Sie, es hat immer geheißen, eine Kanonenkugel meiner Armee sei für die abgeschlagene Nase der ägyptischen Sphinx verantwortlich gewesen. Dabei zeigen Gravuren von 1400 schon, dass dem Monument die Nase fehlt. Lügen Sie, fabulieren Sie, so wie diese Gläubigen, die es sich in den Kopf gesetzt haben – in ihren eigenen und die Köpfe anderer Leute –, dass sie schnurstracks in die Hölle fahren, wenn sie von einer Frau getötet werden, und dass eine Heldentat sie ins Paradies katapultiert, wo fünfzig Jungfrauen sie erwarten!«

»Zweiundsiebzig!«, korrigierte der Imam der Großen Moschee von Paris, der gerade dabei war, sein Holzbein mit Antitermiten-Spray zu behandeln.

»Hat man im Paradies noch Erektionen? Ich bezweifle es, aber sie glauben solche Sachen, und das ist gut so, denn wir werden dafür sorgen, dass sie steif und fest an etwas ganz anderes glauben. Und das wird uns retten. Unsere Waffe ist ihr blinder Glaube. Wenn man einen Fanatiker nicht von seinem Glauben abbringen kann, muss man den Gegenstand seines Glaubens ändern. Auf meinem Ägyptenfeldzug habe ich 1798 niederfüllt Völker kennengelernt, die für Despoten ein gefundenes Fressen sind. Völker, die man aufwiegeln und fanatisieren kann, schlicht und einfach, indem man sich zum Propheten erklärt. Ich bin ein Kind der Aufklärung und werde nicht zusehen, wie die Welt in Aufklärungsfeindlichkeit versinkt ... Verstehen Sie mich nicht falsch, ich bin kein Atheist. Ich glaube an Gott, und ich respektiere den Glauben an Allah. Mein Kampf richtet sich nicht gegen die Muslime, sondern gegen diejenigen, die uns mit Säbel und Terror bekehren wollen.«

Napoleon begleitete seine Rede mit wohlüberlegten, stimmigen Gesten. Er änderte seine Sprachmelodie, wenn er ein Wort oder einen Satz unterstreichen wollte. Er war der geborene Redner. Die Gelben Seiten hätte er sicher nicht weniger überzeugend vorgelesen.

»Unsere Waffe ist ihr Glaube«, wiederholte er.

»Die Religion ist das Opium des Volkes«, zitierte Rachid. »Das hat Karl Marx gesagt.«

»Karl Marx? Kenne ich nicht.«

»Ein Kommunist. Der Erfinder der Theorie vom Klassenkampf. Das sagt dir natürlich nichts, es war nach deiner Zeit, Großpapa ...«

»Mir sagt das auch nichts«, meldete sich Adeline, »dabei war es vor meiner Zeit.«

»Doch«, widersprach Mirelle, »du kennst ihn, das ist der von den Marx Brothers. Der mit dem komischen Schnurrbart.«

»Wenn die Religion das Opium des Volkes ist«, sagte Napoleon, »dann sollen sie sich auf eine Überdosis gefasst machen!«

»Eine Überdosis!« Er lachte laut los. Alle stimmten ein.

»Hoch lebe der Kaiser!«, hallte es durch die Kabine.

»Der Kaiser lebe hoch!«

»Ja, unsere Waffe ist ihr Glaube«, wiederholte der kleine Korse, mit erhobener Hand um Ruhe heischend. »Und als ich das verstanden hatte, hatte ich auch verstanden, dass, selbst wenn unsere Gegner Millionen zählen und wir nur elf, der Sieg unser sein wird! Ganz gleich, wo auf der Erde er sich vergräbt, wir müssen nur das Gehirn unseres Gegners finden und es mit Zweifel infizieren, mit dem kleinen Wurm, der den Apfel faulen lässt.«

Und dann griff er auf den Satz zurück, den er zu seinen Marschällen am Vorabend der Schlacht bei Austerlitz gesagt hatte: »Junge Menschen, studieren Sie dieses Terrain, wir werden darauf kämpfen. Jeder von Ihnen hat dabei eine Rolle zu spielen.«

»Sogar ich?«, fragte der zum Minister der Neuen Kleinen Großen Armee mutierte Exstraßenfeger, den Zeigefinger wie ein braver Schüler erhoben.

»Du hast die wichtigste von allen, Mamadou!«

Zufrieden und stolz entblößte der junge Mann ein strahlend weißes Gebiss. Zum ersten Mal im Leben maß ihm jemand so viel Bedeutung bei.

Sharon hatte den Kopf gehoben. Erstaunlich für eine Person, die in der Regel für nichts Interesse aufbrachte, das nicht in irgendeiner Form einer Flasche Sancerre ähnelte. Ihr Blick war immer noch glasig, aber sie schien mit einer schier übermenschlichen Anstrengung gegen ihre Lethargie anzukämpfen, um dem Gespräch folgen zu können.

»Sogar ich?«, nuschelte sie mit Mühe.

»Natürlich, Sharon, sogar du. Jedem von euch ist eine wichtige Rolle zugedacht. Du bist ein Stern, meine kleine Urenkelin, ein Stern, dem bisher weder das Leben noch ein Lebewesen die Möglichkeit geboten hat, zu erstrahlen. Doch ein Stern bist du. Und heute stehst du kurz davor, mit deinem strahlenden Licht die Welt zu erhellen.«

Die Augen der Prostituierten schimmerten feucht, und eine Träne quoll zwischen ihren Tränensäcken hervor und rollte über ihre Wange. So hatte noch niemand mit ihr gesprochen. Ihr Leben hatte nur aus Brutalität und Beleidigungen bestanden. Niemand hatte jemals zu ihr gesagt, sie sei ein Stern. Niemand. Nicht einmal »Du bist massig wie ein Stern« hatte jemand zu ihr gesagt.

Napoleon wandte sich den anderen zu. Seine Kriegsstrategie hatte immer darin bestanden, schnell zu sein und an einem bestimmten Punkt für eine zahlenmäßige Überlegenheit zu sorgen. Er hatte gern verkündet, dass er mit den Beinen seiner Soldaten den Sieg errang, dass er zwar gelegentlich Schlachten verlor, aber nie und nimmer auch nur eine Minute. Bisher hatte es immer zu seinem Plan gehört, an einem Ort, den er vorher bestimmte, der Stärkste zu sein und dort eine große Anzahl Soldaten zusammenzuziehen, die den entscheidenden Schlag führen konnte, den Gnadenstoß, den Todesstoß, der zur endgültigen Vernichtung des Gegners führte. Doch nun war es an der Zeit, die Taktik zu ändern. Vor allem aus zwei Gründen. Sie waren nur so beweglich wie der Langsamste von ihnen, das hieß wie Rachid mit seinem Holzbein. Und bei elf Personen gegen Tausende waren sie weit davon entfernt, die zahlenmäßige Überlegenheit ins Feld führen zu können. Anpassung war gefordert. Sie mussten sich der Situation anpassen.

»Unsere geringe Truppenstärke muss in einen Vorteil umgemünzt werden, wie ich meine. Wir sind elf, sie sind mehrere Zehntausend, ich habe deshalb entschieden, den tödlichen Schlag gegen eine einzelne Person zu führen. Einen einflussreichen Anführer. Eine Person, deren Sicht der Dinge man ändert und die dann ihrerseits auf andere einwirkt, wie bei einem ...«

»Dominoeffekt?«, fragte Peggy.

»Kenne ich nicht, aber wenn du meinst. Er wird das Äpfelchen sein, in das wir den Wurm hineinschmuggeln.«

Dann erzählte Napoleon alles, was er über Mohammed Mohammed wusste, den man aus absolut nachvollziehbaren Gründen auch unter dem Namen »Der Bär von Mossul« kannte. Die kleine französische Truppe beschloss, ihn Mohammed im Quadrat zu taufen beziehungsweise Mohammed[2]. Diese Idee stammte natürlich von dem Wissenschaftler.

»Und siehe da, schon sind wir elf, und er ist ganz allein«, sagte Napoleon mit einem verschmitzten Lächeln. »Abrakadabra – auf einmal sind wir zahlenmäßig überlegen!«

Der Professor liebte Geschichten, in denen zehn Franzosen über zehntausend Kosaken triumphierten. Die Kosaken sahen heute nur eine Spur anders aus. Ein bisschen brauner, ein bisschen bärtiger.

»Eine brillante Strategie!«, jauchzte Peggy, entzückt über diese elegante und unerwartete Wendung.

Peggy war, wie Madame de Staël zwei Jahrhunderte vor ihrer Zeit, von der Aura des außergewöhnlichen Mannes hin- und hergerissen, sobald er nur den Mund aufmachte.

»Er ist Korse«, erklärte der Chirurg, der mutig war wie ein Korse, wenn es sich einrichten ließ.

Napoleon warf sich in die Brust.

»Und wie willst du an den gefährlichsten Mann der Welt herankommen, um ihm ein Würmchen ins Hirn zu schmuggeln?«, fragte der biegsame Tänzer.

»In der Liebe wie im Krieg muss man sich letztendlich aus der Nähe sehen.«

Bei diesen Worten blickte er Charlotte an, die dahinschmolz.

»Es wird kein massiver Angriff werden«, fuhr Napoleon fort. »Nein. Diesmal werden wir sehr umsichtig vorgehen, wie ein Chirurg. Dies ist eine Mission mit Rückfahrkarte. Wir fahren hin, wir pflanzen ihm das Würmchen ein, wir fliegen zurück. Und die Welt wird für immer eine andere sein. Deshalb habe ich diese Operation auch ›Espresso‹ genannt.«

Espresso? Chirurgie? Mamadou und Professor Bartoli gefiel der Name auf Anhieb. Mamadou, weil seine Mutter ihn als Kind immer »mein Kaffeeböhnchen« genannt hatte. Und Bartoli überstand seinen Krankenhausalltag an manchen Tagen nur mit Hilfe häufiger Espressopausen.

Manchmal hing die Motivation nur von ein paar gut gewählten Worten ab, die praktisch nichts aussagten, jedenfalls nicht viel.

Napoleon wechselt den Beruf

»Es ist unmöglich, sagt der Stolz; es ist gefährlich, sagt die Erfahrung; es ist sinnlos, sagt die Vernunft; versuchen wir es, murmelt das Herz«, hatte William Arthur Ward einmal gesagt. »Sie wussten nicht, dass es unmöglich ist, deshalb haben sie es getan«, schrieb Mark Twain. In den Selbsthilfe-Ratgebern, die in den Flughafenbuchhandlungen auslagen, konnte man Hunderte solcher Zitate von großen Schriftstellern und Philosophen finden. Aber Napoleon war als Erster darauf gekommen. »Unmöglich ist kein französisches Wort«, hatte er gesagt, kategorisch und scharf wie ein japanisches Messer aus dem Tele-Shopping. Denn wenn er eines wusste, dann das: Man konnte keinen Krieg gewinnen, in den man nicht als Gewinner zog. Die Unentschlossenen, die Zauderer, die Ängstlichen kamen nicht weit. Man musste sich einen eisernen Willen zulegen und vor nichts Angst haben, wenn man in diesem Leben erfolgreich sein wollte. Wagnisse eingehen, immer und immer wieder. Verlierer waren in aller Regel selbst schuld.

»Super, deine Rede, Napy. Als Coach im Personal Development wärst du der Knüller. Wir sind alle total scharf darauf ... uns umbringen zu lassen!«

Valentin war ins Cockpit gekommen. Er zog an einem Notsitz, der sich quietschend ausklappte, und setzte sich darauf.

»Valentin, können wir eines schönen Tages einmal ein Gespräch ganz in unserer eigenen Sprache führen, du und ich?«

»Aber das tun wir doch!«

»Ich bezweifle, dass ich *Kotschimpörsoneldiweloppment* schon mal gehört habe ...«

»Okay. Dann sage ich eben Ausbilder in der Persönlichkeitsentwicklung.«

»Gut, das klingt mehr nach der Sprache von Molière, auch

wenn der Sinn für mich immer noch genauso unverständlich ist.«

»Du könntest den Menschen helfen, ihre Ziele zu erreichen. Wie Steve Jobs oder diese anderen amerikanische Gurus, die Bestseller geschrieben haben. Dann wärst du bald Millionär und könntest mir meine fünfzig Euro wiedergeben. Das Leben ist ein bisschen wie eine Schlacht. Eine Schlacht gegen sich selbst, gegen die ganzen Schwierigkeiten, die so auftauchen. Arbeit finden, die Arbeit verlieren, einen nahen Angehörigen verlieren, einen Typ oder eine Freundin finden, sich verwirklichen, glücklich sein. Du hast es geschafft, elf Leute so zu motivieren, dass sie dir mit Plastikpistolen, Strings und Fischstäbchen als einzigen Waffen in ein Kriegsgebiet folgen! Hut ab! Oder besser gesagt: Zweispitz ab! Ich finde, das ist eine stramme Leistung. Napy, du hast die Gabe, aus jedem von uns das Beste herauszuholen. Das könnte zahllosen Leuten auf der ganzen Welt von Nutzen sein, desorientierten, unentschlossenen und unsicheren Leuten. Ja, du solltest ein Buch schreiben. Das mit den fünfzig Euro war ein Scherz, aber das mit dem Buch meine ich ernst. Du hast gesagt, dass du aus bescheidenen Verhältnissen stammst und als Kind nicht einmal Französisch gesprochen hast. Dein Aufstieg hat die kleinen Leute genauso beeindruckt wie die größten Intellektuellen. Weil sich alle mit dir identifizieren und von einer Success Story wie deiner träumen – entschuldige den Anglizismus. Ja, Napy, du bist ein Held zum Anfassen. Und deine Erfahrung könnte so vielen Leuten nützen!«

Der Kaiser kratzte sich am Kinn – ein Zeichen für intensives Nachdenken. Seine Memoiren, die er auf St. Helena geschrieben hatte, waren zweifellos ein Gewinn für die Menschheit. Sollte er ein neues Opus in die Welt setzen? Wie er erfahren hatte, erschien im Schnitt täglich irgendwo auf der Welt ein Buch über ihn. Natürlich ohne dass er dafür auch nur einen Franc Germinal als Tantiemen einstrich.

»Die Menschen brauchen mich nicht, um an sich glauben zu können.«

»Da täuschst du dich. Weißt du, wissenschaftliche Untersuchungen haben ergeben, dass das, was andere denken, unsere Meinung über uns selbst beeinflusst. Es gibt ein sehr berühmtes Experiment dazu, aber das musst du nicht kennen. Also, sie haben in einer Schule zwei Klassen ausgesucht, die auf demselben Leistungsstand waren, und in jede einen neuen Lehrer geschickt. Dem ersten Lehrer haben sie gesagt, dass die Schüler weniger intelligent seien als der Durchschnitt und er große Schwierigkeiten zu erwarten habe. Dem zweiten Lehrer sagte man, seine Schüler lägen über dem Durchschnitt. Am Ende des Schuljahres wurden die Ergebnisse analysiert, und es stellte sich heraus, dass die Schüler der ersten Klasse miserable Noten hatten, während die anderen Fortschritte gemacht hatten.«

»Wie ist das möglich?«

»Als sie dem ersten Lehrer erzählten, dass seine Schüler nichts taugen, änderte sich sein Blick auf sie. Er redete mit ihnen wie mit dummen, unbegabten Kindern. Er benutzte ihnen gegenüber eine vereinfachte Sprache und stellte ihnen bewusst weniger schwierige Aufgaben. Der zweite Lehrer, der sehr gute Schüler vor sich zu haben glaubte, behandelte sie auch so. Er brachte ihnen komplizierte Zusammenhänge bei, sprach ihre Fähigkeiten und ihre Kreativität an und hob ihren geistigen Standard. Napoleon, du hast uns als gescheite Menschen behandelt, und wir sind dabei, es zu werden. Durch dich.«

Der Blick des kleinen Korsen verlor sich im blauweißen Ozean, der sich unter ihnen erstreckte. Den Menschen helfen, ihre Ziele zu erkennen und ihnen raten, wie sie sie erreichen und glücklich sein konnten ... Das war eine schöne Tätigkeit. Zu seiner Zeit existierte so etwas noch nicht. Er nahm sich vor, ernsthaft darüber nachzudenken.

Falls er lebend aus diesem Krieg zurückkehrte.

Selfies und Syphilis

Als sie in den syrischen Luftraum eindrangen, war Rachid gefordert. Er setzte sich ins Cockpit und übernahm die Kommunikation mit dem örtlichen Tower. Sie durften auf keinen Fall als Besucher aus dem Westen erkannt werden, denn das würde zweifellos Verdacht erregen. Sie wussten nicht recht, wie tief der Islamische Staat im Land schon verwurzelt war, und deshalb war Vorsicht geboten. Besonders wenn man als Feind kam. Das Gift des Fanatismus war bereits in alle Schichten der Gesellschaft eingesickert, und es würde selbst für den Imam der Großen Moschee von Paris schwierig sein, die miesen von den lieben Muslimen zu unterscheiden. Der Feind konnte sich getarnt haben. Wie sie selbst.

Alle Passagiere des kleinen Flugzeugs lauschten dem Dialog, und allen schlug das Herz bis zum Halse.

Aus den Lautsprechern im Cockpit schepperte die blecherne Stimme eines syrischen Fluglotsen.

Rachid nahm das Mikrophon in die Hand und redete. Zwischen den beiden Männern entspann sich ein kurzes Gespräch.

»In Ordnung«, sagte der Imam. »Wir haben die Genehmigung, den syrischen Luftraum zu durchqueren und unseren Flug nach Raqqa fortzusetzen.«

»Gut«, sagte Napoleon. »Bravo!«

Alle atmeten erleichtert aus.

Mit Hilfe von Google Maps dauerte es nicht lange, bis sie die Basis des Islamischen Staats ausfindig gemacht hatten, dessen präzise Koordinaten der französische Auslandsnachrichtendienst als rotes Kreuz auf einer Generalstabskarte markiert hatte, die man von seiner Website downloaden konnte. Der Schlupfwinkel befand sich irgendwo im Süden der Stadt Raqqa, in einem üppigen Grüngürtel inmitten von Sandwüsten und

Felsformationen. Raqqa war der Ort, den das Terrornetzwerk, das täglich mehr von Syrien eroberte, sich zur Hauptstadt erkoren hatte.

»Eines verstehe ich nicht«, sagte Valentin. »Wenn der französische Geheimdienst weiß, wo sie sich verstecken, warum unternimmt er dann nichts?«

»Das ist wahr«, stimmte Peggy zu.

»Nun ja, zunächst einmal, sie verstecken sich nicht. Der Islamische Staat agiert ungestraft und offen. Frankreich interveniert nicht, weil es nicht seine Aufgabe ist zu intervenieren. Zumindest nicht allein. Man müsste eine Art internationale Koalition bilden, die ihre Kräfte, ihre Waffen und ihren Verstand für den Kampf gegen die Dschihadisten bündelt. Aber wie schon gesagt, das alles hätte nicht viel Sinn. Selbst wenn Europa sämtliche Trainingscamps angreifen würde, wäre damit nur ein Stück des Würmchens abgeschnitten. Und das wächst immer wieder nach, wie ihr euch erinnert. Unablässig. Jeden Tag bilden sich neue Splittergruppen. Notwendig ist eine definitive Lösung. Unsere. Deshalb sind wir hier. Wie wäre es, wollen wir eine kleine Syphilis machen, um den Augenblick zu verewigen?«

»Eine Syphilis?«, erschall es im Chor.

»Ihr wisst schon, eine Fotografie von uns selbst.«

»Ah, ein Selfie!«, korrigierte Adeline.

»Ja, eine Syphilis.«

Unter allgemeinem Gelächter wurde ein Foto geschossen.

Als die Worte »definitive Lösung« fielen, musste der Gummimann vom Moulin Rouge unwillkürlich an den Tod denken. Vielleicht erlebten sie gerade ihre letzten Augenblicke. Um wieder Mut zu fassen, schlängelte er sich bis zu den Vorräten durch, die im hinteren Frachtraum lagerten, und holte eine Flasche Chambertin Clos de Bèze Grand Cru 2005 hervor.

»Dein Champagner ist für nach dem Krieg«, sagte er zu Napoleon, als er mit der Flasche in der Hand zurückkam. »Mein Wein ist für davor. Wenn wir nicht überleben, haben wir wenigstens noch einen schönen Moment erlebt ...«

Die anderen wechselten Blicke, unsicher, ob man ihn moralisch aufrichten musste oder nicht. Mit viel Unbedarftheit optierte man für Variante zwei.

»Ich habe auf Wikipedia gelesen, dass du nur Chambertin getrunken hast«, fuhr Valentin fort, »fünf- bis sechsjährigen.«

Beim charakteristischen Plopp des Korkens schlug Sharon, die in einer Ecke vor sich hin döste, die Augen auf. Ihr auditiver Radar und ihre Geschmackspapillen kamen schlagartig auf Touren, und Speichelfäden bildeten sich, die ihren Lippen einen irisierenden Glanz verliehen. Dieses Geräusch hätte sie unter Hunderten erkannt. Am Klang eines Korkens konnte sie sogar Anbaugebiet und Rebsorte, Lage und Jahrgang erkennen. Leider hatte ihr dieses Talent bisher nie etwas genutzt. Pschhhh! Chambertin Clos de Bèze Grand Cru 2005, konstatierte sie. Und als sie die Rotweinflasche sah, verzogen sich ihre Mundwinkel bis zu den Ohren. Sie hatte richtig geraten. Sie persönlich hätte Weißwein vorgezogen, aber ein gutes Fläschchen war nie zu verachten, ganz egal, welche Farbe der Wein hatte.

»Der Wein, Opium für Sharon!«, rief Charlotte.

»Pfoten weg«, warnte Valentin. »Der Wein ist für Napoleon, der ihn mehr zu schätzen weiß als sie!«

Der Gummimann goss dem Kaiser ein Glas Chambertin ein. Napoleon hielt das Glas vor sich hin, um die Farbe zu prüfen, und roch daran. Valentin nickte beifällig. Er hatte sich nicht geirrt. Der Kaiser war ein echter Connaisseur. Und noch während er das dachte, nahm Napoleon eine Flasche Evian, die neben ihm auf einem Ablagebord stand, und füllte damit sein Weinglas bis zum Rand auf. Die Augen des Gummimenschen wurden groß und rund wie zwei Gymnastikbälle.

»Ich fasse es nicht! Er verdünnt einen edlen Grand Cru mit

Wasser!«, entsetzte sich der junge Tänzer. »He! Das ist doch kein Kochwein!«

»Häresiiiiiiie!«, brüllte Sharon solidarisch.

Professor Bartoli fing an, hysterisch zu kichern. Der junge Tänzer und die Schnapsdrossel drehten sich konsterniert zu ihm um.

»Weshalb lachen Sie?«, fragten sie wie aus einem Mund.

»Damals war es völlig normal, den Wein mit Wasser zu verdünnen«, erklärte der Arzt. »Sie hätten ihn niemals pur getrunken, er schmeckte widerlich!«

»Pur?«, sagte der kleine Korse, die Lippen angeekelt verzogen. »Mein Gott, wie grässlich!«

Und er trank sein Glas mit einem Zug aus, entgeistert angestarrt von Valentin, der prompt umkippte und in Ohnmacht fiel. Gefolgt von Sharon.

Die unsichtbare Burka

In der Gegend gab es einen kleinen behelfsmäßigen Flugplatz, der von den Dschihadisten kontrolliert wurde. Einen dieser extrem einladenden Orte, den sich nicht einmal Rambo zur Landung ausgesucht hätte, wenn ihm das Benzin ausgegangen wäre oder sein Flugzeug angefangen hätte zu brennen. Und genau an dieses Traumziel wollte Napoleon seine Freunde verfrachten.

»Wir leiten den Sinkflug ein«, sagte Hortense, die am Steuerknüppel saß. »Bitte kehren Sie auf Ihre Plätze zurück. Bis auf Weiteres ist es streng verboten, die Toiletten aufzusuchen. Bitte klappen Sie Ihre Tische hoch und schnallen Sie sich an. *Ladies and Gentlemen, this is your captain speaking ...*«

»Ich glaube nicht, dass es sich lohnt, das auch noch auf Englisch zu wiederholen«, fuhr Valentin dazwischen, der wieder auf dem Notsitz im Cockpit Platz genommen hatte.

»Danke, Valentin«, sagte Napoleon.

»Ich habe immer davon geträumt, einmal *This is your captain speaking* sagen zu können«, erklärte Hortense mit der verträumten Stimme eines kleinen Mädchens, das am Weihnachtsabend die Geschenke öffnet. »Und die Außentemperatur angeben und sagen, dass wir unsere Reiseflughöhe von 10 000 Metern erreicht haben und dass wir noch nicht starten können, weil das Gepäck eines Passagiers ausgeladen werden muss, der nicht am Gate erschienen ist, und dass es zu einer Verspätung aufgrund von Einschränkungen durch die Flugsicherung kommt.«

War sie voll und ganz mit ihrer Rolle verschmolzen oder wollte sie nur ein wenig die Atmosphäre lockern? Das wusste keiner so recht, denn alle hatten anderes im Kopf. Dass sie gerade ein Kriegsgebiet überflogen, zum Beispiel, eine Gegend, in der Homosexuelle von Hausdächern heruntergeworfen, Christen gekreuzigt und Leute aus dem Westen enthauptet wurden. Welches Los hatten diese Ungeheuer katholischen Schwulen aus dem Westen zugedacht?, fragte sich Valentin. Er stellte sich vor, wie er, kopflos an ein großes Kreuz genagelt, durch die Luft segelte. Er schloss die Augen und schlug zum ersten Mal im Leben das Kreuz.

Aber er war nicht der Einzige, mit dem die Phantasie durchging. Die Anspannung war mit Händen greifbar. Die einen waren ganz auf ihr Vorhaben konzentriert, die anderen starben fast vor Angst, wieder andere waren blau. Professor Bartoli saß mit aschfahlem Gesicht in einer Ecke. Man merkte ihm an, dass er am liebsten »zu Hilfe!« geschrien hätte und mit dem erstbesten Fallschirm ins Leere gesprungen wäre. Keine gute Idee, denn das hätte ihn nur umso schneller mitten in den Krieg katapultiert.

Beim Landeanflug zog Hortense kräftig am Knüppel.

»Napy, weißt du, warum ich Cancan-Tänzerin geworden bin?«, fragte sie, ohne die Landebahn aus den Augen zu lassen.

»Weil du gerne tanzt?«

»Nein, weil ich keine Flugbegleiterin mehr bin. Und weißt du, warum ich keine Flugbegleiterin mehr bin?«

»Ich glaube, dass mir die Antwort nicht gefallen wird.«

»Weil ich Angst vor der Landung habe ...«

»Genau das hatte ich erwartet. Deine Antwort gefällt mir nicht.«

»Und weißt du, warum ich früher Flugbegleiterin war?«, fragte Hortense weiter.

»Ich glaube, das wird mir auch nicht gefallen.«

»Weil ich bei einer der Prüfungen für die Pilotenlizenz durchgefallen bin.«

»Ich frage nicht, bei welcher.«

Die junge Frau nagte an den Lippen.

»Bei der Landung«, sagten beide gleichzeitig.

»Das habe ich befürchtet ... Gut, dann denke nicht daran, dass du landen wirst!«

»Und woran soll ich denken?«, fragte Hortense, während sie den Hebel für das Fahrgestell betätigte.

Es ertönte das Geräusch einer sich öffnenden Klappe. Durch den plötzlichen Verlust von Aerodynamik verlor das Flugzeug an Geschwindigkeit.

»Ich weiß nicht. Denk daran, dass du starten willst, zum Beispiel. Starten kannst du doch gut, oder?«

Hortense' verkrampfte Gesichtszüge lockerten sich ein wenig. Sie lächelte.

»Ja, aber beim Start würde das Flugzeug steigen. Und nicht sinken, wie jetzt gerade.«

»Dann stell dich auf den Kopf.«

Die Pilotin musste lachen, aber dann fand sie, das sei vielleicht doch gar keine so schlechte Idee. Ohne den Steuerknüppel loszulassen, neigte sie den Kopf zur rechten Schulter.

»Besser so?«

»Ich hätte nie gedacht, dass ich das einmal sagen würde, aber ja, es ist besser.«

»Gut.«

Und auf diese Weise gelang ihr die erste erfolgreiche Landung ihres Lebens. Die erste Landung ihres Lebens mit dem Kopf nach unten.

Während das Flugzeug zum Parkplatz rollte und sich Hortense den Nacken massierte, verteilte Napoleon die Ganzkörperschleier, und alle schlüpften hinein. Abgesehen von Rachid, der es nicht nötig hatte, westeuropäische Gesichtszüge zu verbergen, Valentin, der sich in einem der beiden Koffer zusammenfalten sollte, und dem korsischen Professor, den sie beim Kauf der Burkas nicht berücksichtigt hatten und den der Kaiser nun aufforderte, im Flugzeug zu bleiben. Bartoli war Arzt. In der Embraer versteckt, würde er am Leben bleiben, was von äußerster Wichtigkeit für sie war, falls einer von ihnen verwundet wurde und medizinische Behandlung brauchte. Und falls es nötig werden sollte, sich zu verschanzen, mussten sie ihn nur benachrichtigen, und er konnte die Maschine abflugbereit machen. Hortense hatte ihm kurz erklärt, wie man die Motoren startete. Das schien kaum komplizierter zu sein, als einen Fiat Panda anzulassen.

»Ich sehe Ihnen an, wie enttäuscht Sie sind, dass Sie uns auf unserer Mission nicht begleiten dürfen«, sagte Napoleon zu Professor Bartoli, »aber Sie spielen eine ganz entscheidende Rolle für den Erfolg unserer Unternehmung.«

»Ich verstehe«, erwiderte der Chirurg, Resignation heuchelnd. »Ich wäre so gerne mitgekommen, aber ich gebe zu, dass ich im Flugzeug nützlicher bin als an der Front ...« Und schwupps, wieder ging der Oscar für den besten Hauptdarsteller an Annonciade Bartoli.

»Ich bin froh, dass Sie es so gut aufnehmen«, sagte der Kaiser, bevor er in das lange Gewand schlüpfte und sein Gesicht hinter dem Burkagitter verschwand. Es erinnerte ihn an die schönen Zeiten, in denen er inkognito durch die Straßen von Paris gestreift war, weil er erfahren wollte, was das Volk von ihm hielt. Nicht immer gefiel ihm, was er da hörte. Das war das Risiko, das man einging, wenn man wissen wollte, was die Leute wirklich über einen dachten, und für kurze Zeit den heuchlerischen Lobsprüchen des Hofes entkommen wollte, der stets beteuerte, man sei der Allergrößte und furze Orangenblüten- und Veilchen-Düfte. Selbst nach einem deftigen Eintopf.

Rachid Bouhalouffa-Buonaparte stieg aus dem Flugzeug, rechts und links einen Samsonite-Rollkoffer hinter sich her ziehend. In dem einen steckte Valentin, gekrümmt, aber nicht gerade vor Lachen. Hinter ihm trippelten im Gänsemarsch sechs verschleierte Frauen die Metalltreppe hinunter.

Ganz schön schlau, diese Araber, dachte Napoleon, der als Letzter das Flugzeug verließ. Sie haben *das* Heilmittel gegen die Routine und Monotonie der Paarbeziehung gefunden: die Polygamie – oder wie man auf Mätressen verzichten konnte. Und sekundenlang beneidete er diese liberale Religion, die es ihm erlaubt hätte, jeden Wochentag mit einer anderen Frau zu schlafen, ohne dass irgendjemand – und schon gar nicht die betroffenen Damen – etwas dagegen haben konnte. Dann tröstete er sich damit, dass *eine* rechtmäßige Ehefrau schon genug Probleme machte.

Auf der Startbahn stand ein halbes Dutzend uniformierter Männer mit Kalaschnikows über der Schulter. Die Arme über dem athletischen Brustkorb gekreuzt, kauten sie geräuschvoll Nikotinkaugummi. Sie sprachen den Araber an, der gerade gelandet war, und stellten ihm Fragen, auf die der Imam vollkommen ungezwungen antwortete. Dann musterten sie den kleinen, verschleierten Trupp. Ihr Blick blieb auf Georgette haften. Es war auch kaum zu erwarten, dass sie nicht auffallen würde. Sie erregte Aufsehen wie eine Flamencotänzerin, die sich die Achseln nicht rasiert hat. Man hätte meinen können, jemand hätte einem Elefanten ein großes schwarzes Bettlaken übergeworfen. Vielleicht war es genau das, was der Mann glaubte, der sich an Rachid wandte und in etwa Folgendes fragte:»Wie viele sind da drunter?« Auch diese Frage beantwortete der Imam mit der größten Gelassenheit und rettete so die Situation. Napoleon nahm sich vor, ihm einen Orden zu verleihen, wenn sie unversehrt von der Mission zurückgekehrt waren. Er hatte sich nicht getäuscht. Sein Nachkomme war ein großer Mann, ungeachtet seiner Herkunft. Aber seine Herkunft war ja er, Napoleon Bonaparte.

Einer der Bärtigen holte ein Handy hervor und tippte eine Nummer. Er führte ein sehr kurzes Gespräch. Dann begann das Warten. Es schien endlos. Der Kaiser spürte durch das Stoffgitter der Burka hindurch den abschätzigen Blick eines Soldaten. Hinter ihm, in der zweiten Reihe, sah er Kindersoldaten mit modernen Gewehren, die in ihren dünnen Ärmchen gigantisch aussahen. In jedem von ihnen glaubte er Radwan, den kleinen Syrer, zu erkennen, dessen bewegende Geschichte er im Internet gelesen hatte. In jedem von ihnen sah er ein gefangenes, getäuschtes Kind, in den Händen von Erwachsenen, die ebenfalls in einem Glauben gefangen waren, dem sie sich eines Tages mit Haut und Haaren ausgeliefert hatten, an einem Tag, an dem sie sich entschlossen hatten, ihr Gehirn an der Garderobe abzugeben und gegen die ganze Welt in den Krieg zu ziehen. Er spürte die Verletzlichkeit der Kinder hinter ihren entschlossenen Mienen. Und er hatte unwillkürlich großes Mitgefühl mit ihrem Leid, obwohl ihm bewusst war, dass sie bei der geringsten falschen Bewegung seinerseits keine Sekunde gezögert hätten, ihn gnadenlos mit Kugeln zu durchsieben.

Nach einigen Minuten bog ein VW-Bus auf die Landebahn ein, ein Vehikel, wie es die Hippies in den siebziger Jahren fuhren. Am Steuer saß ein hochgewachsener Bärtiger mit einer sauerkrautfarbenen Djellaba. Seine Aufmachung bildete einen bemerkenswerten Kontrast zu der Ninja-Verkleidung der anderen Er wirkte nicht wie ein Soldat. Er bremste neben Napoleons Truppe ab und stieg aus.

Ohne Fragen zu stellen, half er Rachid, die schweren Koffer einzuladen und die acht Frauen im Bus zu verfrachten.

Dann knatterte der VW-Bus los.

Vorläufig verlief Napoleons Plan reibungslos.

Überall auf der Welt gab das Militär täglich Millionen Dollar aus, um neue Formen der Tarnung und neue Tarnuniformen zu erfinden, um möglichst unsichtbar zu werden, wo man doch für ein paar Euro im Carrefour Barbès eine Burka kaufen konnte. Eine Burka, die einen im Handumdrehen vollkommen unsichtbar machte, ähnlich wie der Umhang von Harry Potter, der Ring von Bilbo oder der von Gyges, und zwar im 18. Arrondissement von Paris genauso wie mitten im besetzten Syrien.

Noch einer wäre in diesem Augenblick gern unsichtbar gewesen: Professor Bartoli. Das war's, sie sind weg, ich bin allein, sagte er sich, nachdem er die Szene vom Cockpit aus beobachtet hatte. Er schlich in die Kabine zurück und fing an zu beten, dass niemand ihn entdecken möge und seine Freunde schnell zurückkämen. Ohne sie käme er nie von hier weg. Er öffnete eine Schranktür und schlüpfte in einen großen Seesack, das Handy in der Hand, falls sie ihn telefonisch aufforderten, die Motoren anzuwerfen. Es sah nach einer langen Wartezeit aus. Einer sehr langen. Um sich abzulenken, startete er auf seinem Smartphone ein albernes Browserspiel, in dem man Papierkügelchen, deren Flugbahn von Ventilatoren verzerrt wurde, in einen Papierkorb werfen musste. Unvermittelt stieg in ihm der Wunsch auf, selbst so ein Kügelchen zu sein und sich nach Hause schießen zu können, nach Korsika.

Im Rachen des Bären

Nachdem sie eine halbe Stunde lang durch ein Bergland voller Geisterdörfer gefahren waren, hielt Napoleons Neue Kleine Große Armee vor einem verfallenen Gebäude. Es war schwer zu sagen, ob die Fassade abgebröckelt oder nie richtig fertiggestellt worden war. Der Ort war verlassen, anscheinend hatten ihn sehr mächtige Angreifer ins Visier genommen. Sämtliche Fensterscheiben der Wohnhäuser und der anderen Bauwerke waren zerborsten, und Geschosse hatten Narben wie von Windpocken auf den Mauern hinterlassen.

Vor ihnen ragte eine riesige Wand aus Zement auf, die jeden Moment einzustürzen drohte. An ihr flatterten wie herabhängende Tapetenfetzen bunte Plakate, die offenbar eine örtliche Fußballmannschaft zeigten. Napoleons Truppe begriff, dass der Daesh sein Hauptquartier in einem ehemaligen Sportstadion aufgeschlagen hatte. Charlotte versuchte, dem Kaiser ins Ohr zu flüstern, was genau Fußball war: so etwas wie die Spiele im antiken Rom, auf modern getrimmt, bei der elf milliardenschwere Hampelmänner zwischen zwei Rasierwasser-Werbespots einem kleinen Ball hinterherrannten.

Der Fahrer stieg aus und öffnete die Schiebetür. Er hatte, seitdem er sie am Flugplatz eingeladen hatte, kein einziges Wort gesprochen und nur gelegentlich im Rückspiegel einen ironischen Blick auf den beachtlichen Harem geworfen. Nur Allah wusste, was ihm dabei durch den Kopf ging. Aber was auch immer er dachte, es waren genau die Phantasien, die Napoleon hatte auslösen wollen.

Der Iraker führte die Truppe auf einen Eingang zu. Es gab keine Tür, und der Farbanstrich des Flurs war stellenweise abgeplatzt. Die Briefkästen hingen verbeult und aufgebogen an der Wand.

Es sah aus wie in Sarcelles, fand Rachid, und der Gedanke tröstete ihn. Er bildete sich lieber ein, er wäre am Stadtrand von Paris, als Tausende Kilometer von zu Hause entfernt im Feindesland, irgendwo in den syrischen Bergen, umzingelt von bis an die Zähne bewaffneten Terroristen, die Leute wegen eines Wortes oder eines Lächelns enthaupteten.

Er trocknete sich mit dem Ärmel die schweißnasse Stirn. Wovor hatte er eigentlich Angst? Er war hergekommen, um dem Anführer der Dschihadisten ein Geschenk zu überbringen. Ein sehr schönes Geschenk. Ein Töpfchen Honig für den Bären von Mossul. Und üblicherweise wurden Leute, die zu einem kamen und einem ein sehr schönes Geschenk brachten, nicht umgebracht, oder? Napoleon hatte sich eine Neuauflage des Trojanischen Pferdes ausgedacht. Man konnte nur hoffen, dass die fanatischen Islamisten davon noch nie gehört hatten, aber angesichts ihrer etwas rudimentären Lektüre, die sich auf den Koran beschränkte, war das nicht zu befürchten. Da manche Europäerinnen durch die Attentate einen neuen Lebenszweck gefunden hatten, nämlich den, ihr Vaterland zu verraten und Mudscheheddins zu heiraten, hatte Napoleon entschieden, sich dies zunutze zu machen. Und so war Rachid nun der Transporteur und Begleiter williger Kandidatinnen für den irakischen Anführer und seine Männer.

Sie stiegen ins zweite Obergeschoss hinauf. Napoleon und Mamadou mussten Rachid helfen, der die Koffer allein nicht so weit schleppen konnte.

»Du hast erstaunlich starke und gehorsame Frauen«, sagte der Chauffeur.

Rachid nickte.

»Es sind nicht meine Frauen«, erklärte er. »Es sind die Frauen unseres Anführers, das heißt, wenn er sie haben will. Aber du hast recht, sie sind stark und gehorsam wie Kamele.«

Der Imam war ein milder, gemäßigter Mann, dem es nicht

an Respekt mangelte, und er klopfte nur sehr ungern solche Machosprüche, aber er musste nun mal seine Rolle ganz ausfüllen, und außerdem sprach er in Wirklichkeit von Napoleon und Mamadou.

Bald darauf standen sie vor einer Tür. Der ersten intakten Tür, seit sie die Bruchbude von Hauptquartier betreten hatten. Vor der Tür standen keine Wachen, was erstaunlich war – oder ein schlechtes Zeichen. Rachid ging auf, dass man sie nicht – wie von seinem Vorfahren geplant – zum Anführer gebracht hatte.

»Werden wir Mohammed Mohammed nicht sehen?«, fragte der Imam, bemüht, seine Nervosität zu kaschieren.

»Der Herr ist im Museum.«

»Bitte?«

Rachid glaubte, sich verhört zu haben. Sein ägyptisches Arabisch unterschied sich ein wenig vom irakischen, und manchmal war ihm der genaue Sinn der Sätze nicht gleich klar.

»Der Herr ist im Museum«, wiederholte der Mann.

Doch, er hatte richtig verstanden.

Der Herr ist im Museum. Rachid drehte und wendete den Satz in Gedanken hin und her, um einen versteckten Sinn zu entdecken. War das ein Code? Der Herr ist im Museum. Einen solchen Satz hätte er eher aus dem Mund eines Butlers in einer noblen Pariser Villa erwartet als von einem irakischen Dschihadisten im syrischen Hinterland. In diesem Augenblick war ihm noch nicht bewusst, dass *Der Herr ist im Museum* in Wirklichkeit bedeutete: *Der Herr ist im Museum von Mossul, Irak, und im Begriff, mit dem Presslufthammer dreitausend Jahre alten assyrischen Statuen die Köpfe abzuschlagen und unersetzliche Bücher und Manuskripte aus dem siebzehnten Jahrhundert zu verbrennen.*

Aber wie hätte er sich so etwas auch vorstellen sollen?

Napoleons iPhone

In der Wohnung holten sie als Erstes Valentin aus dem Koffer, bevor er vollkommen zerknautscht war. Napoleon zog das Gittergewand aus, damit er ein wenig glaubwürdiger wirkte. Als alle saßen, bat er Rachid, ihn über die Worte des VW-Bus-Fahrers in Kenntnis zu setzen.

»Mohammed im Quadrat wohnt auf diesem Stockwerk in Räumen am Ende des Ganges.«

»Perfekt.«

»Aber er ist noch nicht da. Er ist ... im Museum.«

»Im Museum?«

»Ja, ich war genauso überrascht wie du, Großpapa.«

»Hör auf, mich Großpapa zu nennen. Was zum Kuckuck macht er im Museum?«

»Das weiß ich nicht. Ich verstehe es nicht.«

»Gut. Wann kommt er zurück?«

»Zum Abendessen.«

»Perfekt.«

»Und was machen wir jetzt?«

Sein Plan, erwiderte Napoleon, der Plan, den noch niemand kannte, verlaufe ganz vorzüglich.

»Wir werden die Mahlzeit von Mohammed im Quadrat unterbrechen und ihm etwas anderes vorsetzen.«

»Eine schöne Metapher!«, sagte Rachid.

»Das ist keineswegs eine Metapher«, korrigierte der Kaiser.

Dann holte er aus der Tasche seiner Burka ein Smartphone.

»Ich muss mich ein wenig mit der neuen Technologie vertraut machen. Wir werden sie brauchen.«

»Hey, das ist das neue iPhone!«, staunte Valentin. »Wo hast du das her? Ich dachte, du hättest kein Geld. Du schuldest mir übrigens immer noch fünfzig Euro.«

»Ich werde erst nächstes Jahr mit der Rückzahlung beginnen. Zahlung in drei Raten ohne Zusatzkosten, SMS und Anrufe im Ortsnetz, Roaming im Ausland zum halben Preis. Wenn ich das in der Schlacht von Trafalgar gehabt hätte ...«

»... wäre sie ganz anders verlaufen«, ergänzte Charlotte hinter ihrem Burkagitter.

Dadurch konnte der Kaiser endlich das Gewand identifizieren, das die Liebe seines Lebens verhüllte, denn bei diesen komischen Roben wusste man nie, wen man vor sich hatte. Er lächelte und tauschte Telefonnummern mit Valentin.

»Nun gut, es ist an der Zeit, euch meinen Plan zu enthüllen«, verkündete er schließlich.

In einem Thriller hätten die Violinen in diesem Moment ein schrilles *wii wii wii wii* angestimmt, hinter ihm hätte der Donner gegrollt und sein gewaltiger Schatten hätte sich über die Mauer gelegt.

Die Biene und der Bär

Um Schlag 19 Uhr klopfte es an die Tür.

Ohne auf eine Aufforderung zu warten, trat ein Mann ein. Mit seinem Bart und dem dicken Bauch hätte er in dem Pariser Kaufhaus Galeries Lafayette den Nikolaus spielen können, wenn er willens gewesen wäre, Kinder zu mögen statt sie zu töten. Er hatte ein rot-weiß kariertes Geschirrtuch um den Kopf gewickelt, das mit einem Gummiband befestigt war, sodass er aussah wie ein Marmeladetopf, und trug unter einem alten, zerrissenen Anorak einen Kampfanzug mit einem Muster, das erstaunlich an brutzelndes Kebabfleisch erinnerte. Marmelade und Kebab, das war für sich genommen schon eine Mahlzeit.

Er hielt eine Kalaschnikow in der Hand, die er sich nun über die Schulter hängte. Obwohl er sich nicht vorstellte, stand seine Identität außer Zweifel. Selbstherrlichkeit, Arroganz, eine monströse Visage, ein leerer Blick. Das war Mohammed Mohammed, keine Frage.

Da steht er nun, der Bär, der sein Land terrorisiert und die Welt in Angst und Schrecken versetzt, dachte Napoleon. Da ist er, das Gehirn von alledem, der Tumor, die Geißel unserer Zeit. Da ist er, der große Chef des Daesh. Und er erinnerte sich an alles, was den Daesh ausmachte, an die vielen Worte, die er im Wörterbuch hatte suchen müssen. Die vielen Worte, die er nicht verstanden hatte und nie verstehen würde.

Wie ein Löwe über eine Gazellenherde ließ der Iraker seinen Raubtierblick über die neuen Bewerberinnen schweifen. Bei so vielen Quadratmetern Burka fühlte man sich an einen Gespensterball erinnert. Offenbar liebte Mohammed im Quadrat Gespenster, denn das grausame Glitzern in seinen Augen war für ein paar Sekunden matter geworden. Für Frauen hatte er eine Schwäche. Wie James Bond, nur fehlte ihm dessen Eleganz.

Er trat zu einer der jungen Frauen, musterte sie stumm und trat vor die nächste. So ging er von einer zur anderen, wie ein Tierzüchter, der vor dem Kauf die Zuchtstuten begutachtet.

»Das sind keine Frauen, das sind Giraffen!«, beschwerte er sich, als er durch war. »Und die hier ist ein Flusspferd! Hast du einen Zoo ausgeraubt, oder was?«

Rachid lächelte verlegen.

»Ich mag Frauen, die kleiner sind als ich«, fing der Anführer wieder an, »und schlank. Dann habe ich das Gefühl, sie zu beherrschen. Der da soll man den Kopf abhauen«, sagte er übergangslos und deutete auf Sharon.

»Chef, Scheherazade hat vielleicht nicht den anmutigsten Körper, und niemand zwingt dich, sie zur Liebe und Aufmunterung zu benutzen, aber sie ist eine treue Dienerin und eine unvergleichliche Köchin. Die anderen sind groß gewachsene

Frauen, gewiss. Aber sie sind Europäerinnen, vergiss das nicht. Und gibt es etwas Lustvolleres, als so große Frauen zu beherrschen? Deine Macht wird sich dadurch verzehnfachen! Es ist keine Kunst, kleine Püppchen zu beherrschen!«

»Ah ja, Europäerinnen, eine seltene Ware hierzulande. Europäerinnen, die verstanden haben, wo ihre Zukunft liegt«, fuhr der Bär fort, diesmal in gutem Französisch, »Frauen, die sich auf die Seite der Sieger geschlagen haben und dafür belohnt werden.«

»Oh, ich sehe, dass du unsere Sprache sprichst.«

»Auch ein blutrünstiger Barbar kann auf eine gewisse Kultiviertheit nicht verzichten«, sagte der Bär. »Unsere Truppe besteht zum größten Teil aus Franzosen. Frankreich ist eines der laxesten Länder im Hinblick auf den Terrorismus. Es lässt die Terroristen nach Belieben ein- und ausreisen. Es ist das Land der Menschenrechte und der Terroristen. Deshalb liebe ich Frankreich. Andererseits taugen unsere Leute da nicht viel. Sie spielen sich zwar in den Banlieues als große Bosse auf, aber sie haben weder in Afghanistan noch in Tschetschenien gekämpft, im Gegensatz zu anderen. Sie wissen nicht einmal, wie man den Sicherungshebel einer Kalaschnikow bedient. Deshalb benutzen wir sie für Selbstmordattentate. Als Kanonenfutter. Apropos Kanone – sind da drunter auch Blondinen?«, fragte der Bär unvermittelt, diesmal auf Arabisch.

»Ja, aber intelligente«, gab Rachid zu bedenken. »Die hier, die und die.« Er deutete auf Adeline, Charlotte und Mireille.

»Intelligent? Mit sind die fügsamen lieber. Wie bei den Soldaten. Männer, die tun, was ich ihnen sage, ohne lange nachzudenken. Kann ich mit jeder eine Schnuppernacht verbringen? Anschließend heirate ich die schönsten oder geschicktesten. Die anderen können meine Männer haben.« Er klang, als spräche er von Essensresten.

»Natürlich, Chef.«

Der Iraker beschrieb weiter seine Kreise um den Harem, unverhohlene Gier im Blick.

»Die hier hat eine ideale Größe und scheint ein knackiges Hinterteil zu haben.«

»Eine gute Wahl, Chef«, sagte Rachid, peinlich berührt, aber er wagte es nicht, dem Anführer der Dschihadisten zu widersprechen.

Der Mann streichelte die Burka seiner Erwählten auf Höhe der Wange.

»Ich würde gern vor dem Abendessen ein Weilchen mit ihr allein sein. Sie ist gewissermaßen mein Aperitif.«

Und so verzog sich Mohammed Mohammed in seine Gemächer, Arm in Arm mit seiner Einweg-Ehefrau.

Mamadou.

Der Dschihadist, der Straßenkehrer und Freud

In seinem Zimmer angekommen legte der Dschihadist als Erstes den falschen Bart ab und deponierte ihn auf einem alten Feldkoffer, der ihm als Nachttisch diente.

»Das ist gar kein echter Bart?«, fragte Mamadou mit hoher Quäkstimme erstaunt.

»Natürlich nicht! Aber so sehe ich mehr nach einem Terroristen aus. Wer hätte denn sonst Angst vor mir?«

Mohammed Mohammed massierte sich die glatt rasierten Wangen, als mache er Werbung für Rasierschaum.

»Kennst du Fred?«

»Fred?«

»Fred, der Holländer, der die Irren erfunden hat«, sagte der Nicht-mehr-Bärtige, stolz auf seine umfassende Bildung.

»Oh, Freud! Du meinst sicher Freud, den Österreicher, der die Psychoanalyse erfunden hat!«

Mamadou war vielleicht nur ein einfacher Straßenkehrer, aber er hatte dennoch in der Sekundarstufe Freud gelesen. Wie alle anderen.

»Das sage ich doch«, verteidigte sich der Mann im kebabfarbenen Tarnanzug. »Aber egal. Fred behauptet, dass alle Bartträger etwas zu verbergen haben. Pech für die mit Ziegenbart!«

Mamadou wunderte sich, dass dieser Barbar Freud kannte. Verbrannten seine Leute nicht alle Bücher? Hassten sie nicht alles, was der westlichen Kultur entstammte?

»Du wunderst dich, dass ich Fred zitiere?«, fragte der Anführer, als könnte er Gedanken lesen, allerdings konnte es damit nicht weit her sein, denn ihm war entgangen, dass es sich bei der Gestalt unter der Burka um einen Mann handelte.

»Ein bisschen, ja. Ich dachte, du hasst die westliche Kultur. Aus diesem Grund bin ich ja weggegangen«, erklärte Mamadou, der seine Rolle immer besser ausfüllte.

Er wollte herausfinden, welche tieferen Beweggründe diese Leute dazu veranlassten, zu morden, Bomben zu legen und im Namen eines Gottes, den er immer für wohlwollend und barmherzig gehalten hatte, die schrecklichsten Untaten zu begehen. So dumm konnten sie doch nicht sein. Wenn sie wirklich den IQ eines Zombies aus der ersten Staffel von *Walking Dead* hatten (ach was, erste Staffel, fünf Staffeln später waren sie noch genauso bescheuert), wären sie auch unfähig gewesen, eine Thunfischbüchse zu öffnen oder eine Kalaschnikow zu laden. Aber diese Typen konnten sehr wohl Konservendosen öffnen und Menschen erschießen. Nein, sie hatten nicht den IQ eines Kaninchens, und das folgende Gespräch sollte Mamadou endgültig davon überzeugen.

»Oh, ich hasse sie, glaub mir. Und Fred hat mit Kultur nichts zu tun. Ein kleiner, machtloser Jude, der alles auf die Sexualität zurückführt. Er steht übrigens auch auf meiner Fatwa-Liste.

Auf Position zwei. An erster Stelle stand diese Bande von Ungläubigen bei *L'Hebdo des Charlots*.«

»Ich fürchte, er ist schon tot«, quiekte Mamadou mit hoher Stimme.

»*L'Hebdo des Charlots*? Natürlich! Ich habe mich persönlich darum gekümmert.«

»Ich spreche von Freud. Er ist schon seit längerer Zeit tot.«

»Oh. Schon tot?«

Die Schultern des Bären sackten fast unmerklich herab. Er starrte verstört vor sich hin, wie jemand, der gerade zwei Stunden lang sein Auto gewaschen hat und beim letzten zärtlichen Polieren von einem Wolkenbruch überrascht wird.

Ungehalten zog er einen Zettel aus einer der zahlreichen Taschen seines Anoraks und strich den Namen Fred aus, so selbstverständlich, als würde er das Wort »Joghurt« von einer Einkaufsliste streichen.

»Gut, ein Jude weniger.«

»Ich wusste nicht, dass die Dschihadisten Nazis sind!«

Mamadou biss sich auf die Zunge, aber es war schon zu spät. Die Worte waren ihm entschlüpft. Große Schweißtropfen bildeten sich auf seiner Stirn, und er wusste selbst nicht, ob die Angst oder die Verkleidung dafür verantwortlich war. Unter dieser Burka war es heiß wie in Sevilla im Hochsommer, wie im Schnellkochtopf seiner Mutter, wenn sie für ihn ihr wunderbares Kédjénou kochte. Er war das Hühnchen, das dampfgegart wurde, bis es weich war, zusammen mit Attiéké. Er erinnerte sich an die Zeit, in der er als Goofy bei Disneyland Paris gearbeitet hatte. Zehn Kilo Pelzkostüm auf dem Buckel, und am Ende des Tages vollkommen durchgeschwitzt und erschöpft, und das für einen miserablen Lohn. In Mickys Welt war auch nicht alles rosig. Die sechs härtesten Monate seines Lebens, bevor er das Glück hatte, Straßenkehrer in Paris zu werden.

Der Iraker lächelte.

»Wie sagt ihr in Frankreich? Bingo! Rachid hatte recht, ihr seid intelligente Frauen.«

Er ging zum Nachttisch-Feldkoffer und griff nach einem Buch, das darauf lag. Der Titel zog sich in arabischer Schrift quer über den ganzen Umschlag.

»*Die Verwaltung der Barbarei* von Abu Bakr Naji, das *Mein Kampf* des Dschihadisten. Hitler ist altmodisch. Dieses Buch hier steht auf der Bestsellerliste von Amazon in der Kategorie ›Terrorismus‹ auf Platz 57!«

Aufgedreht wie ein Teleshoppingverkäufer erklärte der irakische Anführer, dass das 2004 veröffentlichte Werk auf seinen 248 Seiten sehr explizite Anweisungen gab, wie der Westen der Religion Allahs unterworfen und ein riesiges islamisches Kalifat errichtet werden könne, das eines schönen Tages, wenn man sich Wort für Wort an die Anweisungen hielt, die ganze Welt umfassen würde. Das Rezept? Regelmäßige Anschläge in Europa, um ein Klima des Schreckens und eine allgemeine Verunsicherung zu erzeugen, gewürzt mit ein paar Morden an westlichen Touristen in arabischen Ländern. Macht ein paar medienwirksame Journalisten fertig, kidnappt Angestellte großer Ölgesellschaften. Verlangt, dass in allen Schulkantinen weltweit halal gegessen werden muss. Zum Schluss das Ganze abschmecken.

»Jede Epoche hat ihren Hitler, Baby. Ich werde der Hitler des 21. Jahrhunderts sein. Weißt du, es heißt, wir seien hirnlose Monster ohne Prinzipien, wir seien intolerant. Ist das zu glauben? Wir, intolerant? Die Europäer, die sind intolerant, wenn man nicht mit ihnen einer Meinung ist. Die einzige Intoleranz, die ich habe, ist die gegen Laktose. Kamelmilch verursacht bei mir einen Juckreiz am Arsch, du kannst es dir nicht vorstellen. Ansonsten bin ich ziemlich umgänglich, wie ich finde. Die Franzosen glauben, sie stünden über dem göttlichen Gesetz, wenn sie unseren Propheten zeichnen, Friede sei mit Ihm, obwohl Er nicht dargestellt werden darf. Wofür halten sie sich, dass sie dieses Verbot überschreiten dürfen? Was für ein Mangel an Respekt unserer Religion gegenüber! Früher war es dasselbe mit ihrem Christus, weißt du. Nur haben sie das vergessen. In der Bibel wird ihnen verboten, sich ein Bildnis zu machen. Wir haben das nicht erfunden! Schon 750 haben die byzantinischen Kaiser den Ikonenkult verboten und die Bilder zerstört, die Christus darstellten. Damals war die Darstellung von Christus genauso verboten wie die von Allah oder dem Propheten. Bis 787, bis zum zweiten Konzil von Nicäa. Das war der Zeitpunkt, an dem die religiöse Kunst entstanden ist. Ja, von diesem Moment an haben sie alles vollgekleistert, vom Boden bis zur Decke. Sieh dir die Sixtinische Kapelle an! Ein Horror, eine unbeschreibliche Blasphemie!«

Er legte das Buch auf den Koffer zurück.

»Glaubst du, die Westler hätten noch nie im Namen ihrer Religion getötet? Die Eroberung Amerikas, habt ihr die schon vergessen? Oder die Grausamkeit der spanischen Konquistadoren in Südamerika. Sie haben die eingeborenen Stämme aus zwei Gründen nicht als Menschen behandelt – zum einen, weil sie nicht weiß waren, und zum anderen, weil sie nicht an Gott glaubten, was für die spanischen Frömmler schlichtweg undenkbar war. Man nennt uns Barbaren, die Köpfe abhacken, aber worin unterscheiden wir uns von dem französischen Volk, das während der Französischen Revolution plötzlich anfing, seine höchsten Würdenträger zu köpfen? Die Adligen wurden verprügelt, mit Säbelhieben massakriert, mit Küchenmessern enthauptet und ihre Köpfe wurden auf Lanzen gespießt, das stimmt doch, oder? Und nun halten sie uns Strafpredigten! Jetzt sind wir eben an der Reihe, jetzt machen wir unsere Französische Revolution. Unsere Säuberung.«

»Wenn ich den Advocatus Diaboli spielen darf ... das ist alles schon so lange her!«

»In Frankreich wurden noch in den siebziger Jahren Leute enthauptet! Die Franzosen haben ein kurzes Gedächtnis. Die Todesstrafe ist erst vor kurzem abgeschafft worden.«

Seine Argumentation war ausgefeilt, er war nicht umsonst ein Anführer. Die Dschihadisten waren nicht die Hirnlosen, als die die Medien sie hinstellten. Sie waren vielleicht dumm wie die Nacht, aber nicht kopflos. Ihre Barbarei war gut organisiert und folgte einem klar vorgezeichneten Weg. Mamadou hatte ihre Methode in kürzester Zeit verstanden.

»Das stimmt«, konnte er nur antworten, als sei das alles sonnenklar.

Und er nahm es sich selbst übel, dass er so dachte. Und so antwortete.

»Willst du noch zwei aktuelle Beispiele? Die ETA und die IRA sind Gruppierungen, die eines Tages zu den Waffen gegriffen haben, als die Politik am Ende war. Niemand hat sie je als Irre bezeichnet. Weil sie Europäer sind. Das heißt, weil sie so sind wie alle anderen. Wir Araber dagegen wurden sofort als Verrückte bezeichnet, obwohl wir für dieselben Ideen eintreten. Auch wir verlangen Unabhängigkeit. Religiöse und kulturelle Unabhängigkeit, mehr nicht. Ein kenianischer Präsident hat gesagt: ›Als die Missionare kamen, hatten wir das Land, und sie hatten die Bibel. Sie haben uns gelehrt, mit geschlossenen Augen zu beten. Als wir sie wieder aufgemacht haben, hatten sie unser Land, und wir hatten ihre Bibel ...‹. Das war im 20. Jahrhundert! Nicht im Mittelalter. Aber da es ums Christentum geht, redet man nicht darüber. Die Christen haben im Namen ihres Gottes die schrecklichsten Gräueltaten verübt, aber sie sind keine Wahnsinnigen ... Wir dagegen werden sofort aufs übelste beschimpft, wenn wir es wagen, dasselbe zu tun! Hältst du das für gerecht? Sie nennen uns intolerant, aber *sie* hindern uns doch daran, unsere Religion auszuüben, so wie wir sie verstehen! Wenn das keine Intoleranz ist! Warum lassen sie uns nicht in Frieden? Sie haben überhaupt keinen Grund, sich zu beklagen. Wir lassen zu, dass sie uns mit ihren Spielzeugwaffen, ihren Stiften, ihren Kugelschreibern, von mir aus ihrem ganzen Federmäppchen angreifen. Dann sollen sie gefälligst akzeptieren, dass wir mit unseren Waffen antworten.«

Zur Illustration seiner Worte schlug sich der Mann dreimal auf Höhe seiner rechten Achselhöhle auf den Anorak, um anzudeuten, dass er bewaffnet sei. Das Geräusch, das dieses Klopfen verursachte, entsprach nicht ganz seinen Erwartungen, denn er hob die Jacke hoch und starrte auf die Stelle, als wüchse dort ein dritter Arm hervor.

»Das habe ich ganz vergessen«, sagte er und zog, wie ein Zauberer eine Taube, eine Holzstatuette aus der Innentasche seiner Jacke hervor.

Verwundert drehte er sie zwischen den dicken Fingern hin und her. Sie stellte eine Frau mit großen Brüsten und einem runden Bauch dar.

»Ich habe sie verschont«, erklärte er stolz. »Popocaca, eine Gottheit.«

Wie hatten Menschen ihren Gott nur Popocaca nennen können? Wie konnte Popocaca mit einem solchen Namen auch nur eine Spur von Glaubwürdigkeit haben? Das war Mamadou zu hoch.

»Ein mesopotames Ding.«

»Mesopotamisch«, korrigierte der Franzose. »Stammt es aus dem Museum?«

»Ja, wir sind dabei, die Museen und Bibliotheken zu säubern.«

»Säubern?«

»Na ja, zerstören. Wir zerstören die Geschichte dieses Abschaums. Aber manchmal findet man zwischen der ganzen unreinen Scheiße etwas, das sich zu behalten lohnt.«

Mohammed Mohammed zeigte auf die Statuette. Immerhin war ihm noch ein Minimum an Achtung vor der Kunst übrig geblieben. Mamadou fragte sich, aufgrund welcher kulturellen oder ästhetischen Kriterien er ausgerechnet dieses Idol verschont hatte. Lag es an seinem unschätzbaren Wert, oder erinnerte es ihn an eine geliebte Person? Eine Frau mit großen Brüsten und einem runden Bauch, die er zärtlich geliebt hatte? Schlug ein liebendes Herz unter seiner kugelsicheren Weste? Der Mann ging zu einem Tisch hinüber, auf dem die Reste einer Mahlzeit standen. Es war eine unbeschreibliche Schweinerei, ganz so, als hätte sich ein Bär über das Essen hergemacht. Der Dschihadist beugte sich vor und schob Popocaca unter eines der Tischbeine, damit der Tisch nicht mehr wackelte. Er rüttelte ein wenig daran. Der Tisch rührte sich nicht, er stand gerade. Der Dschihadist lächelte zufrieden.

»Perfekt«, sagte er.

So wurde Mamadou eines Besseren belehrt, was die Kulturbeflissenheit des Irakers in punkto mesopotamische Gottheiten betraf.

»Weißt du, dieser Hitler hat Bücher geklaut, die schon für den Scheiterhaufen bestimmt waren. Anscheinend hat er ein Exemplar des *Kleinen Prinzen* gerettet.«

»Vielleicht hatte sein Bett gewackelt«, meinte der junge Straßenkehrer ironisch.

»Vielleicht, oder er hatte eine Schwäche für blonde Jungen mit blauen Augen. Eine Vorliebe, die er mit Michael Jackson teilte.«

Der Dschihadist lachte dröhnend über seinen eigenen Witz.

»Glauben Sie wirklich alles, was Sie da erzählen?«

»Was?«

»Ich weiß nicht, man liest auf Facebook doch ständig neue Sachen. Dass sich die Sonne um die Erde dreht und nicht umgekehrt, oder dass unsere Hände, wenn wir masturbieren, bei unserer Ankunft im Paradies schwanger sein werden ... Woher haben Sie diese ...«

»... Dummheiten?«

Nach einem kurzen Zögern nickte Mamadou zustimmend. »Weißt du, so wichtig ist das alles gar nicht. Wir wollen damit nur zu verstehen geben, dass wir anders denken als der Rest der Welt, dass wir so frei sind, anders zu denken, als uns die westliche Doktrin vorschreiben will.«

»Auch wenn ihr damit im Unrecht seid?«

»Was weißt du denn davon? Warst du schon im Weltraum und hast gesehen, was sich worum dreht? Hast du es mit eigenen Augen gesehen? Im Westen gibt es auch jede Menge dumme Ansichten. Haben die Priester nicht gesagt, dass man durch Masturbieren taub wird oder dass einem die Ohren abfallen, wenn man Kaugummi kaut? Und euer Weihnachtsmann erst! Jede Lüge ist recht, wenn sie nur die Werte vermittelt, die man den Kindern vermitteln will. Warum sind eure Ansichten besser als unsere? Wie heißt du noch mal?«

»Ähh ... Mamadou ... äh ... Mamadoufa«, stotterte der Franzose verdattert und ärgerte sich im selben Moment über seine übereilte Antwort.

»Mamadoufa?«

»Äh, ja, mein Vater kommt von der Elfenbeinküste, und meine Mutter ... ähm, ist Araberin. Ich wollte sagen Algerierin.«

Auf der ölverschmierten Stirn des Arabers, direkt unter dem Marmeladentuch, wölbten sich Augenbrauen zu Kamelhöckern.

»Hmmm ... ein Mischling. Eine Europäerin mit tiefschwarzer Haut. Ich ahne, dass ich bei dir die Blondinen vergessen werde. Nicht wahr?«

»Äh ... ich weiß nicht ...«

»Genug geredet von Fred und Hitler. Was kannst du am besten, Baby?«

»Kehren«, lag Mamadou auf der Zunge.

Der Iraker zog seinen Anorak aus, wodurch sich im ganzen Raum ein unerträglicher Schweißgeruch verbreitete und zwei

Pistolenholster sichtbar wurden, in denen mit dem Lauf nach unten zwei halbautomatische Waffen steckten. Er nahm sie heraus und hängte sie an Wandhaken. Dann stolzierte er, verfolgt von den flehentlichen Blicken Popocacas, deren Kopf zwischen Fliesen und Tischbein eingequetscht war, langsam auf seine Neuerwerbung zu.

»Und nun, Mamadoufa, wirst du den Mann entdecken, der ich wirklich bin.«

Das war witzig, denn Mamadou hätte genau dasselbe sagen können.

50 *Shades of Mohammed*

Als Napoleon im Türrahmen auftauchte, beugte sich Mohammed Mohammed gerade über Mamadou und streichelte dessen Burka.

»Wie schön du bist«, sagte er, während seine Hand von oben nach unten über den Stoff des Ganzkörperschleiers glitt, durch den man auch nicht einen Quadratzentimeter Haut des Menschen darunter sah. »Du bist flach, aber mir ist das lieber als große, schlaffe Brüste.«

Warte nur, bis du weiter nach unten kommst, dann wirst du sehen, wie flach ich bin!, dachte der Straßenkehrer, der jeden Moment ohnmächtig zu werden glaubte.

Der Kaiser hustete. Der Dschihadist drehte sich zu ihm um.

»Sieh mal an ... bist du interessiert an einem Dreier?«, fragte er auf Französisch. »Dann stimmt es also, was man über die Französinnen sagt.«

»Rachida ist unpässlich, wenn du weißt, was ich meine ...«, erklärte Napoleon mit sanfter, femininer Stimme.

»Rachida?«, fragte der Dschihadist stirnrunzelnd.

»Sie meint Mamadoufa«, verbesserte Mamadou hastig.

»Ja, Rachida Mamadoufa, natürlich«, flötete der kleine Korse.
»Sie ist viel zu schüchtern, um sich deinem Willen zu widerset-
zen, da du sie auserwählt hast. Aber ich glaube nicht, dass du
gerne im Roten Meer baden würdest.«

»Im Roten Meer baden? Ach so, unpässlich, ich verstehe.«

»Ich würde mich erbieten, sie heute Nacht zu vertreten.«

»Gut, gut. Ja, das ist besser. Kein Bad im Roten Meer heute
Abend.«

Und der Mann brach in brüllendes Gelächter aus.

Mucksmäuschenstill stand Mamadou auf, schlich an seinem
Retter vorbei und verließ den Raum. Napoleon konnte durch
das Stoffgitter hindurch noch einen kurzen Blick auf das erleichterte Gesicht seines Ministers werfen. Gut, seinen Soldaten
hatte er gerettet. Nun musste er sich selbst aus der Klemme ziehen. Aber davor wollte er seinen Gegner erst noch etwas besser
kennenlernen. Sein Plan konnte ein Weilchen warten.

Die Biene war allein mit dem Bären.

Der Iraker rieb sich die Hände. »Du scheinst mir eine ganz
Muntere zu sein«, frohlockte er. »Wie heißt du?«

»Yasmina«, antwortete der Kaiser, in Gedanken bei einer
Mätresse, die ihm seinen Ägyptenfeldzug versüßt und sich mit
Henna unauslöschlich in sein Gedächtnis eingeprägt hatte.

»Hoffen wir, dass du genauso frisch bist und dass deine Haut
genauso gut riecht wie die Blume, nach der du benannt bist ...
Aber reden wir von ernsthafteren Dingen. Hast du 50 *Shades of
Grey* gesehen, Yasmina?«

Napoleon erkannte sofort den Titel des Buches wieder, das
er in den Flughafenbuchhandlungen auf allen Regalen gesehen
hatte.

»Ich dachte, Sie hassen alles, was aus den Vereinigten Staaten
kommt.«

»Im Allgemeinen schon. Warst du nicht am Valentinstag in
50 *Shades of Grey*? Ach so, richtig, wir haben die Kinos in Brand

gesetzt. Ich war allerdings gezwungen, die Vorpremiere zu besuchen, damit ich wusste, ob er unrein war. Und ich muss gestehen, dass ich den Film sehr mochte. Natürlich würde ich das sogar unter der Folter leugnen, genau wie fünfundneunzig Prozent der Franzosen, die das Buch gelesen oder den Film gesehen haben. Aber gut, schließlich haben die Amerikaner Bondage Sex nicht erfunden, oder?«

»Sie gehen ins Kino ...«

»Oh, das ist nicht mein einziges Laster. Ich rauche auch und ich schaue mir auf Canal+Syrien Fußballspiele an.«

Napoleon war sprachlos. Bei diesem Mohammed im Quadrat war nicht nur der Bart falsch, nein, der ganze Kerl war fake. Er stank nach Lüge. Wie konnte er Kinder enthaupten, weil sie ein Fußballspiel gesehen hatten, und sich dann mit Chips und Bier vor den Fernseher setzen und sich die FIFA-Weltmeisterschaft reinziehen? Nach dem Motto: »Tut das, was ich sage, nicht das, was ich selbst tue.« Sehr praktisch! Napoleon war mehr als sauer (und das tat seinem Magen nicht gut), denn er hatte sich immer gezwungen, die Regeln, deren Einhaltung er von seinen Männern verlangte, selbst zu beachten. Darin bestand die Rolle eines Anführers. Alles mit den Soldaten teilen. Abgesehen von der Badewanne natürlich.

»Oh, ich weiß genau, was du denkst. Wie kann ich Menschen töten, weil sie rauchen, aber selbst paffen? Du fragst dich, wie ich mir morgens noch ins Gesicht sehen kann, wenn ich mir meinen falschen Bart anklebe. Weißt du, ihr in Europa seid da auch nicht anders. Eure Minister verurteilen arme, alleinerziehende Hausfrauen, weil sie im Supermarkt an der Ecke eine armselige Packung Hackfleisch klauen, während sie selbst sich Millionen Steuergelder unter den Nagel reißen. Sie verbieten Sadomaso per Gesetz, und zwei Stunden später sitzen sie im Kino, wo sie sich einen Film anschauen, in dem ein attraktiver Milliardär seiner neuen Freundin das Höschen auszieht ... Und kaum zu

Hause, flehen sie ihre Frau an, sie dasselbe mit ihr machen zu lassen. Aber wenn du 50 *Shades* nicht gesehen hast, ist mir das sogar recht. Umso besser. Ich möchte dir etwas zeigen.«

Der Dschihadist ergriff die behandschuhte Hand des Kaisers und zog ihn durch das Zimmer, bis sie vor einer rot bemalten Holztür standen.

»Mein Spielzimmer«, sagte der Dschihadist und holte einen kleinen Schlüssel aus der Tasche seines Tarnanzugs. »Er sieht genauso aus wie im Film. Es fehlen nur der Hubschrauber und das Klavier ... Aber sie müssten bald geliefert werden ...« Er schloss betont langsam die Tür auf, um die Spannung zu steigern, und sie traten ein. Napoleons Augen wurden rund wie Kanonenkugeln. Auf den ersten Blick wähnte man sich in einem Pferdestall, bei einem Kupferschmied oder einem Trödler, auf den zweiten Blick in einer mittelalterlichen Folterkammer. Dieser Ort kam von allen Orten, die er bisher gesehen hatte, seiner eigenen Zeit vielleicht am nächsten. Zwischen all den wild zusammengewürfelten Gegenständen konnte er das Bett kaum entdecken. Denn bei dem Raum handelte es sich tatsächlich um ein Schlafzimmer. Ein Schlaf- und Spielzimmer. Da Napoleon Gesellschafts- oder Geschicklichkeitsspiele erwartet hatte, brachte er vor lauter Staunen kein Wort heraus.

»Das sind Klopfpeitschen, Reitpeitschen, Federwische, Handschellen, Fesseln«, erklärte der Dschihadist. »Du darfst sie anfassen, Yasmina.«

»Wozu sind sie gut?«

»Um sich zu amüsieren.«

Manchmal kam es Napoleon vor, als würde der Mensch Arabisch reden, kein Wunder also, dass er nichts von alledem verstand. Aber der Iraker sprach gut Französisch. Das Problem war nicht sprachlicher Natur. Es war die Situation, die Napoleon nicht durchschaute. Er musste rasch eine Lösung finden, bevor er auf einmal, an die Bettpfosten gefesselt mit einem Federwisch im Hintern, auf der Matratze lag. Denn dann hätte nicht nur seine Ehre, sondern auch sein Plan Schaden genommen.

»Du siehst mir ganz danach aus, als wäre es dein erstes Mal ... Wie in 50 Shades of Grey.«

»Warum sagen Sie ständig ›wie in 50 Shades of Grey‹?«

»Weil es in 50 Shades of Grey für das Mädchen auch das erste Mal ist. Sie kommt einem vor wie ein Landei. Sie weiß überhaupt nichts von solchen Dingen. Dann schließen sie einen Vertrag. So könnten wir das Spiel auch spielen. Sagen wir, ich bin Grey, und du bist Anastasia Steele.«

»Einen Vertrag?«

»Ja, einen Vertrag wie diesen hier ...«

Mohammed Mohammed ging zu einem kleinen Holzpult, auf dem ein Bündel Blätter lagen. Er gab es Napoleon.

»Das ist arabische Schrift.«

»Meine Frauen sprechen alle Arabisch«, erklärte der Mann. »Du solltest es auch lernen.«

»Was wird durch den Vertrag festgelegt?«, fragte die kaiserliche Biene.

Und seine Stimme sackte ein wenig in die Tiefe. Er räusperte sich.

»Dass du dich einverstanden erklärst, die Einkäufe zu erledigen«, erwiderte der Bär, »das Kochen besorgst, meine Wäsche wäscht, und dass du ...«

»Dass ich ...«

»Dass du ... mir schriftlich deine Einwilligung gibst für Schläge auf den Hintern, Ball Gags, Faustficken, Analficks, Blowjobs, Handjobs, Tittenjobs und alles andere, was auf ›fick‹ oder ›job‹ endet.«

»Ich verstehe kein Wort von diesem Kauderwelsch.«

Napoleon war schon wieder die Stimme entgleist. Lange hielt er das nicht mehr durch. Schon jetzt plagte ihn ein schmerzhaftes Kratzen in der Kehle. Bei seinen kleinen Inkognito-Es-

kapaden durch die Straßen von Paris hatte er sich nie so lange
als Frau ausgeben müssen.

»Was für ein reines Wesen du bist ... Wie im Film! Genial!«,
rief der Dschihadist, außer sich vor Begeisterung. »Fassen wir
zusammen: Du verpflichtest dich, eine richtige kleine Sau zu
werden ... ich liebe versaute Frauen!«

»Ich hätte nie erwartet, so einen Begriff aus dem Munde eines Muslims zu hören, und noch dazu eines radikalen ... Geben
Sie mir einen Federhalter.«

»Was?«

»Das, was Sie einen Kugelschreiber nennen.«

»Du unterzeichnest?«

Der kleine Korse nickte zustimmend, wodurch seine Burka
leicht flatterte. Der Iraker riss die Augen auf. Das Ziel seiner
Wünsche in Reichweite, gab er Napoleon einen Bic und nahm
sein kariertes Geschirrtuch vom Kopf. Darunter kam ein rasier-
ter, von Narben überzogener Schädel zum Vorschein, der den
Kaiser an den seines verrückten Nachkommen in der Residenz
zur Heiligen Rute erinnerte. Er trocknete sich mit dem Tuch die
Stirn, verschmierte sich das Gesicht dadurch noch weiter mit
Öl, setzte es wieder auf und befestigte es mit einem schwarzen
Gummiband.

»Nur eine Bedingung habe ich.«

»Was immer du willst!«

Fünf Minuten später setzte sich Napoleon rittlings auf den
dicken Bauch des Bären, und dieser ließ sich unter leisem Lustgestöhn an die Gitterstäbe des Bettgestells fesseln. Am ersten
Abend, und nur am ersten, würde er sich fesseln lassen und
sich dem leidenschaftlichen Begehren der rätselhaften, aber
experimentierfreudigen Yasmina unterwerfen. Nur damit sie
eine leise Vorstellung davon bekam, was sie später zu erdulden
haben würde.

Das ist wirklich das wabbeligste und unerfreulichste Reittier,

auf das ich mich je schwingen musste, dachte der Franzose.
Dann blieb er ein Weilchen unbeweglich sitzen und beobachtete
Mohammed im Quadrat, der gefesselt unter ihm lag und schon
vor Aufregung sabberte, weil er daran dachte, welche lustvollen
Schmerzen ihm Yasmina gleich zufügen würde.

Unter Napoleon lag, hilflos ausgeliefert, der mächtigste
Dschihadist der Welt, der niederträchtigste Kerl, den die Erde
hervorgebracht hatte. Der größte Feigling auf Erden. Derjenige,
der Kinder tötete, Frauen vergewaltigte und steinigte, japa-
nische Touristen enthauptete, jordanische Piloten verbrannte.
Der Mann, der mit einem Lächeln auf den Lippen folterte und
mordete und sich danach mit zwanzig Frauen im Bett vergnügte.
Der Kaiser hatte Mitleid mit seiner Mutter, die sicherlich jede
Nacht weinte, weil sie einen solchen Sohn auf die Welt gebracht
hatte. Man konnte nur hoffen, dass sie schon tot war und diesen
Schmerz nicht mehr erleben musste.

In diesem Moment sah er etwas unter dem Kopfkissen her-
vorlugen.

Ein großes Jagdmesser. Ein Schlachtermesser, das zweifellos
Leben geraubt, Blut vergossen, Adern durchtrennt, Bäuche auf-
geschlitzt hatte.

Napoleon neigte sich dicht über das Gesicht des Irakers und
roch dessen ekelerregenden Atem. Er verspürte einen über-
wältigenden Widerwillen und war froh um den Schleier. Seine
Finger tasteten nach der eisigen Messerklinge. Sie berührten
den Griff. Der Dschihadist keuchte, vollkommen ahnungslos,
was ihn im nächsten Augenblick erwartete.

Napoleon beugte sich noch etwas weiter vor. In wenigen Sekunden wäre alles zu Ende. Er musste nur die blanke Klinge heben und sie dem Bären in die Brust stoßen. Denn der hatte seine
dicke Weste abgelegt. Mit etwas Glück würde er genau das Herz
treffen. Sein großes Schweineherz. Wenn er überhaupt eines
hatte. Was nicht sicher war.

Das hieß, in wenigen Minuten würde es keinen Mohammed Mohammed mehr geben.

Es war so einfach.

Aber es war nicht sein Plan.

Es war nicht DER Plan.

Töten hatte keinen Sinn.

Er hatte es Rachid versprochen. Er hatte es sich selbst versprochen. Ich bin nicht wie sie, nein. Wir sind nicht wie sie. Einen mächtigen Mann erkannte man daran, dass er, wenn er die Macht hatte, einen Menschen zu töten, diesen lieber am Leben ließ. Wie Julius Cäsar, der den Daumen hob und einen unglücklichen Gladiator begnadigte, nach dessen Tod die Zuschauer verlangten. Ja, Napoleon war ein mächtiger Mann, wie Julius Cäsar.

Er hob nicht den Daumen, aber er sprang vom Bett und verließ die rote Kammer, begleitet von dem glasigen Blick des Mohammed Mohammed, der dem Kaiser gegenüber keineswegs die gebotene unermessliche Dankbarkeit empfand, sondern gerade von einem Orgasmus, der sich wie Joghurtsauce auf seinen kebabfarbenen Anzug ergoss, in ekstatische Gefilde entrückt wurde.

Hörnchennudeln mit Butter

Um 21 Uhr beschloss Faysal, der Koch, nach seinem Herrn und Gebieter zu sehen. Mohammed Mohammed nahm gewöhnlich sein Abendessen gegen 20 Uhr ein, wenn er ausgehungert von seinen Missionen zurückkehrte. Das war bereits eine Stunde her, und noch immer kein Lebenszeichen von ihm. Selbst wenn er sich mit einer der Neuen eingeschlossen hatte, war eine solche Verspätung sehr ungewöhnlich. Seine »kleinen Affären« dauerten nie lange. Neugierig betrat der Koch die Wohnung am Ende des Ganges und begab sich auf direktem Wege ins Wohnzimmer. Niemand. Er warf einen Blick in die Küche, in die Toilette und den kleinen Abstellraum. Alles leer.

Vor der Tür zur Roten Kammer blieb er kurz stehen. Dann klopfte er. Als keine Antwort kam, öffnete er die Tür und steckte den Kopf durch den Türspalt, bereit, sich kniefällig zu entschuldigen, falls er seinen Gebieter in einer kompromittierenden Stellung mit der neuen Kandidatin überrascht haben sollte. Er wusste, dass der Chef in seiner Lustkammer nicht gerne gestört wurde. Aber hier handelte es sich um höhere Gewalt. Das Essen war seit einer Stunde fertig und war bereits abgekühlt und wieder aufgewärmt worden. Einen fünften Aufenthalt in der Mikrowelle würde es nicht mehr überstehen. Was nützte es, sich mit der Zubereitung leckerer Mahlzeiten abzumühen, wenn man sie dann derart massakrierte?

Plötzlich vergaß Faysal seine kulinarischen Sorgen. Der Anführer lag vor ihm, mit Handschellen an das Bettgitter gefesselt, und wand sich hin und her, um die Fesseln abzustreifen.

»Chef?«

»Faysal! Allah sei gepriesen. Ich dachte, ich würde bis zum Ende meiner Tage an das verdammte Bett gefesselt bleiben. Die Schlüssel liegen auf dem Nachttisch.«

Der Koch beeilte sich, sie zu holen und seinen Gebieter zu befreien.

»Diese kleine Französin! So ein freches Luder! Die hat eine hübsche Tracht Prügel verdient, Faysal! Aber jetzt habe ich erst einmal einen Bärenhunger.«

»Heute Abend gibt es Hörnchennudeln in Butter, viermal in der Mikrowelle aufgewärmt.«

»Gelobt sei Allah, du machst mich zum glücklichsten aller Menschen.«

Nachdem Mohammed Mohammed endlich von seinen Fesseln befreit und Faysal gegangen war, setzte sich der Dschiha-

dist an den Tisch, nahm das rot-weiß karierte Geschirrhand-
tuch vom Kopf und band es sich um den Hals. Er beugte sich
vor und starrte Popocaca an, die das volle Gewicht des Tisches
und zugleich die Last des Universums zu tragen schien. Dann
richtete er sich wieder auf und wartete darauf, dass Faysal ihm
seinen Teller Nudeln servierte. Beim Gedanken daran lief ihm
das Wasser im Mund zusammen.

Noch wusste er nicht, dass Napoleon Bonaparte sich an-
schickte, ihm die Mahlzeit gehörig zu versalzen.

Napoleons erste Erfahrungen mit dem Telefon

Der Kaiser der Franzosen hatte für den Rest der Offensive
seinen Ganzkörperschleier abgelegt und zeigte sich wieder im
Kampfanzug. Auf leisen Converse-Sohlen schlich er, in seinem
Shakira-T-Shirt, das mittlerweile Kultstatus erlangt hatte, und
den hautengen Slim-Fit-Jeans durch die langen Gänge des Gebäudes. Ein paar Meter hinter ihm warteten Rachid, die Cancan-Tänzerinnen sowie Sharon und Mamadou in einer dunklen
Ecke auf ein Zeichen von ihm, dass sie nachkommen sollten.

Da fing das Telefon, das Napoleon in der Hand hielt, an, leicht
zu vibrieren. Es war ein angenehmes Gefühl. Einen Moment
lang stellte sich der Kaiser vor, wie er splitterfasernackt auf
einer Matratze lag, Handys auf dem ganzen Körper. Während
Dutzende von Menschen gleichzeitig anriefen, sodass er von
Kopf bis Fuß vibrierte. Er nahm sich vor, die Erfindung gleich
nach seiner Rückkehr nach Frankreich zu testen und sie sich als
»napoleonische Massage« patentieren zu lassen. Ihm war aufgefallen, dass die heutigen Franzosen und Französinnen ganz
versessen waren auf die unterschiedlichsten Massagen mit den
exotischsten Namen, und fragte sich, warum noch niemand an
eine Massage per Handyvibration gedacht hatte.

Dann kehrte er wieder in die Realität zurück und drückte auf den grünen Knopf.

»Ja?«, murmelte er leise.

Er rechnete mit der hohen Stimme von Valentin, dem es gelungen war, in die Wohnung des Dschihadisten-Chefs zu schlüpfen und der nun mit einem »Alles in Ordnung« Meldung machte, beziehungsweise mit diesem unvermeidlichen »Okay«, dessen Ursprung der Kaiser nicht kannte, das ihm aber verdächtig englisch vorkam. Den Koch hatten sie abgefangen, gefesselt, geknebelt und in einen Schrank gesperrt. Und die von ihrer Burka verhüllte Peggy hatte an seiner Stelle das Servierwägelchen mit der leicht abgewandelten Mahlzeit in die Räume des obersten Salafisten geschoben. Bislang lief der Plan ganz hervorragend.

»Guten Tag, Monsieur Bonaparte Napoleon, ich bin Marie-Thérèse, Ihre Schnäppchenberaterin. Hätten Sie ein paar Minuten Zeit für uns? Gut, wunderbar, wir möchten Ihnen heute ein außergewöhnliches Angebot vorstellen, das bis Mitternacht gilt. Es handelt sich um eine private Alarmanlage. Die ersten drei Monate sind gratis ...«

»Pardon?«

»Eine Sicherheitsanlage für Ihr Heim, die vierundzwanzig Stunden lang mit einem Einsatzzentrum verbunden ist, das einschreitet, falls in Ihrer Abwesenheit eine verdächtige Aktivität in Ihrem Heim festgestellt wird, und im Falle eines tatsächlich erfolgten Einbruchs die Polizei verständigt. Wärmebildkameras im Badezimmer, in den Toiletten und im Wohnbereich werden bei sofortigem Bezug mitgeliefert.«

Napoleon war sprachlos.

»Und Valentin?«, fragte er.

»Valentin? Oh, wir haben auch Spezialangebote für den Valentinstag, wenn Sie dies wünschen. Ein Aufenthalt für zwei Personen in London, inklusive Anreise, öffentlichem Nahverkehr,

Shuttle vom Flughafen, Hotel, ideal für ein langes, romantisches Wo...«

Napoleon legte auf.

Er ging leise weiter und blieb vor einer Tür stehen. Hier war es. Er musste nur noch auf Valentins Signal warten. In wenigen Sekunden wäre die Mission vollendet und sie hätten den Krieg gewonnen. Das Angesicht der Welt wäre auf immer verwandelt. Durch ihn, dank seines Kampfgeists, seines Genies. Das musste in aller Bescheidenheit erwähnt werden. Napoleon hätte die Welt gerettet, wie es ihm der Bienenzüchter, den er kurz vor seiner Krönung kennengelernt hatte, quasi prophezeit hatte, als er ihm riet, die Biene als kaiserliches Symbol zu wählen. Napoleon lächelte in die Dunkelheit hinein.

Wieder vibrierte das Telefon.

»Valentin?«, flüsterte er.

»Wir sind getrennt worden, Monsieur Bonaparte Napoleon. Ich bin Marie-Thérèse, Ihre Schnäppchenberaterin. Sind Sie an der privaten Alarmanlage interessiert? Oder dem Aufenthalt für zwei Personen in London? Wenn nicht, hätten wir noch Spa-Pakete mit Massage und ...«

»Rutschen Sie mir den Buckel runter mit Ihren Schnäppchen!«, zischte der Kaiser, angestrengt bemüht, nicht zu laut zu sprechen. »Ich habe kein Haus, und ein Aufenthalt in der Hauptstadt des perfiden Albion würde mir nur einen brennenden Juckreiz verursachen, da wo ... Sie wissen schon. Ich möchte Sie bitten, diese Leitung nicht weiter zu belegen, ich erwarte einen Anruf von äußerster Dringlichkeit!«

Diese dumme Pute würde noch die ganze Mission gefährden!

Wütend legte Napoleon auf. Fast sofort vibrierte das Telefon aufs Neue.

»Monsieur Bonaparte Napoleon? Wir sind getrennt worden. Ich verstehe, dass Sie an der Alarmanlage und dem Aufenthalt in London nicht interessiert sind, und noch weniger an Spa-Paketen, aber ich bin sicher, dass Sie unsere ...«

Der kleine Korse legte auf. Diese Handys waren ein Albtraum! Und er hatte sie doch tatsächlich für einen kolossalen technologischen Fortschritt gehalten! Mit ihrer Hilfe konnte man mit Menschen überall auf der Welt kommunizieren, aber in Wirklichkeit redete man vor allem mit Leuten, mit denen man überhaupt nicht reden wollte.

Wieder vibrierte das Telefon.

»SIE KÖNNEN MICH MAL, SIE MIT IHRER ...«

»Napy?«

»Ja?«

»Hier ist Valentin«, murmelte eine gedämpfte Stimme am anderen Ende der Leitung. »Alles in Ordnung.«

Napoleon lächelte. Er pries sich glücklich, weil nicht wieder diese verdammte Marie-Thérèse am Apparat war, er pries sich glücklich, weil Valentin nicht »Okay« gesagt hatte. Er steckte das Smartphone in die Tasche, holte die Plastikpistole hervor und drückte den Türgriff hinunter. In seinem ganzen Leben war er noch nie so entschlossen gewesen.

Der Tod der Biene

Als Napoleon mit der Spielzeugpistole in der Hand das Wohnzimmer betrat, saß Mohammed Mohammed am Tisch und schlang einen Teller Hörnchennudeln in sich hinein. Der Kaiser hatte sich vorgestellt, dass ein Dschihadist eher an einem Wildschweingerippe nagte und sich nach einem anstrengenden Tag voller Morde eine gewaltige Schüssel Couscous einverleibte. Aber gut, Hörnchennudeln mit Butter. Warum auch nicht. Eine Gestalt, die er für Peggy hielt, stand aufrecht neben ihm, wie eine gehorsame, brave Ehefrau, die sich um das Wohlergehen ihres Mannes sorgt. Der Araber wirkte unbekümmert; die Tatsache, dass eine Frau ihm das Essen gebracht hatte und nicht Faysal, der Koch, schien ihn nicht weiter zu interessieren. Offenbar interpretierte er sie als Interesse an seiner Person. Die neu rekrutierten Bewerberinnen konnten nur ein Ziel im Leben haben: ihn zu befriedigen. Er dagegen hatte ein anderes: sich von ihnen befriedigen zu lassen.

Der Dschihadist hob verdutzt den Kopf. Die Nudeln schienen ihn in einen halb komatösen Zustand versetzt zu haben. Dennoch funktionierten seine Reflexe hervorragend, und er griff sofort zu der Pistole, die auf dem Tisch lag.

»Im Namen des französischen Volkes«, rief Napoleon mit durchdringender Stimme. »Und im Namen der Frei...«

Doch bevor er den Satz zu Ende sprechen konnte, hatte der Miese Muslim wütend, aber auch von einer unbeschreiblichen Freude erfüllt, fünfzehn Patronen auf ihn abgefeuert.

»*Allahu Akbaaaaaaar!*«, nuschelte er mit vollem Mund, mörderische Wut im Blick und auf den Lippen noch ein paar Nudelstückchen, die durch die geschmolzene Butter fettig glänzten.

Der Kaiser der Franzosen sackte schwer zu Boden, die Kinderpistole noch in der Hand. Der kleine Körper der Biene summte noch einige Male und verfiel dann in Zuckungen.

Shakira weinte blutige Tränen.

Das Empire schlägt zurück

Noch während Napoleon zusammenbrach, spürte Mohammed Mohammed einen heftigen Schmerz am Kopf. Bevor er seinerseits umfiel, hatte er gerade noch genug Zeit zu sehen, wie ein Blutfleck, der die Umrisse von Spanien hatte, sich scharlachrot auf seinem kebabfarbenen Tarnanzug ausbreitete, sodass er auf Höhe der Brust wie Kebab mit Tomatensauce aussah. Er konnte sich nicht daran erinnern, dass sein Gegenüber auf ihn geschossen hatte, aber alles war so schnell passiert. Das war der Tod, begriff er, ein Ereignis, das sehr schnell eintrat, ohne dass man es richtig wahrnahm. Er erwartete, dass sein Leben im Zeitraffer und in Schwarz-Weiß an ihm vorüberziehen würde, aber nichts dergleichen geschah. Als hätte den Filmvorführer selbst ein sehr rascher und unerwarteter Tod ereilt. Vielleicht war auch einfach mal wieder Streik. Das Einzige, was er sah, war ein Mann, der ausgestreckt auf seinem Teppich lag. Scheiße, er wird mir meinen Perser versauen, dachte Mohammed Mohammed, und dann fielen ihm die Augen zu. Er war getroffen. Er hatte den Ungläubigen getötet, aber er starb mit ihm.

Der Bär kroch ein paar Meter über den Boden, um seinen Leibwächter zu alarmieren. Er stieß gegen den Fuß der Frau, die noch aufrecht stand. Sie hatte sich keinen Millimeter gerührt. Er hob den Kopf und sah, dass sie ihn durch das Burkagitter hindurch beobachtete. Warum hatte sie nicht Alarm geschlagen? Er stellte sich ihr zu Tode erschrockenes Gesicht vor. War sie vor Angst wie gelähmt? Auch ihre nackten Brüste stellte er sich vor. Waren sie auch so klein und flach wie die der beiden Französinnen, die ihm entgangen waren? Er stellte sich ihren Hintern vor, ihr enthaartes Geschlecht, das er nie in den Mund nehmen würde, wenn er erst die Hörnchennudeln mit Butter aufgegessen hatte ... Scheiße, die Hörnchennudeln! Sie würden schon wieder kalt werden! Dann fiel ihm ein, dass zweiundsiebzig Jungfrauen, genau wie diese hier, ihn im Paradies erwarteten, mit zweiundsiebzig dampfenden Nudelgerichten, und er stieß erleichtert den Atem aus. Heute Abend würde er, tot oder lebendig, seine Orgie bekommen. Mädchen. Und Nudeln. Und so überließ er sich ruhig dem Schlaf, unzüchtigen Gedanken und einer immerwährenden Magenverstimmung.

Fast hätte er gelächelt.

Bevor er sich vom Tod davontragen ließ.

Glücklich. Denn, wie schon erwähnt, war der Bär nur dann glücklich, wenn jemand starb. Umso mehr, wenn es ihn selbst betraf.

Die Dschihadisten werden zu einer Hippiekommune

Wenige Wochen nach der Geheimoperation »Espresso« erlebte die Welt ein Aufflackern des Interesses an der denkwürdigen Hippiezeit. Denn Mohammed Mohammed, der mächtige, fanatische Anführer, Henker, Schlächter und Großmeister der Grausamkeit auf Erden, war tot. Und dann wiederauferstanden. Nicht wie Jesus Christus, nein, eher wie jemand, der feststellt, dass er während einer Operation am offenen Herzen von einem Lichtbogen am Ende des Tunnels angesaugt wird, und dann umkehrt, weil seine Zeit einfach noch nicht gekommen ist.

Doch den Bären hatte diese Erfahrung von Grund auf verändert. Nach seinem erstaunlichen Erlebnis postete er auf allen radikalislamischen Seiten der sozialen Netzwerke Videos, in denen er die Dschihadisten auf der ganzen Welt anflehte, ihre terroristischen Aktivitäten einzustellen und sich überall der Verbreitung friedvoller, positiver Schwingungen zu widmen. Die Kalaschnikow, die er früher geschwenkt hatte, sobald eine Kamera in der Nähe war, hatte er durch einen Strauß roter Orchideen ersetzt (in der Sprache der Blumen stand das für den Wunsch nach Liebe), und er lud die Gemeinschaft der Muslime ein, Mahomets wohltätige und heilige Worte zu predigen.

Er berichtete von einer Erfahrung, die die Wissenschaftler »Nahtoderlebnis« nennen. Dabei war ihm der Prophet erschienen, der schwarz (jawohl, schwarz!) war und ihn über die Gemeinheit seines bisherigen Handelns und das den hasserfüllten Dschihadisten zugedachte Schicksal aufgeklärt hatte. Es bestand nämlich keineswegs die Aussicht, die Ewigkeit im Kreise von Jungfrauen und mit einem Mojito in der Hand zu genießen. Wortgewaltig beschrieb der Bär, welche Qualen er innerhalb weniger Minuten erduldet hatte, die ihm wie eine Ewigkeit vorgekommen waren, Qualen, die er seinem ärgsten Feind nicht wünschte. Seine Äußerungen lösten bei allen terroristischen Organisationen zunächst ausgesprochen polemische Reaktionen aus. Doch Mohammed Mohammed war ein Vorbild, er war die Inkarnation der Tücke und Grausamkeit. Viele hatten gesehen, wie er eine Zigarette auf einen Mann warf, der vorher mit Benzin übergossen worden war, nur weil dieser eine seiner Ehefrauen gegrüßt hatte. Sie hatten gesehen, wie er Esel enthauptete, die sich weigerten, seinen Befehlen zu folgen – ja, Esel, echte Esel, keine Menschen. Sie hatten gesehen, wie er einem jungen Syrer beide Arme abhackte, nur weil dieser ein grünes T-Shirt trug (grün ist grässlich, das stimmt schon). Sie hatten ihn eine Menge scheußliche, unerträgliche Dinge tun sehen. Und nun tauchte er auf einmal mit dieser albernen, honigsüßen Friedensbotschaft vor ihnen auf, einen Strauß Blumen in der Hand und ein XXL-Lächeln auf der Visage. Ihm musste wirklich etwas Außergewöhnliches zugestoßen sein, sonst hätte er nicht so anders geredet. Und seine Videobotschaften schlossen mit den Worten:»Hört zu, ihr könnt tun, was ihr wollt, aber ich werde meine zweiundsiebzig Jungfrauen bekommen!« Daraufhin hob er den Korb auf, den er zu seinen Füßen abgestellt hatte, und ging mit freudiger Miene in sein neu angelegtes Gemüsegärtchen, Karotten und Rüben ernten.

Der Bär von Mossul war neuerdings harmlos wie ein Plüschtier im Kinderbett. Nach einer Weile begann man, ihm zu glauben. Daraufhin schlossen sich auch die Chefs anderer Organisationen seinem Beispiel an. Auch ihnen war ein Schwarzer mit Turban erschienen, als ihnen der Tod drohte, und hatte ihnen befohlen, Allahs Wort zu verbreiten und die Botschaft von

Liebe und Frieden in die Welt zu tragen – und dafür winkten hundert Jungfrauen! War das nicht ein Deal?

Das Berufsbild des Dschihadisten erwies sich als überholt. Der neue Trend verlangte nach Frieden, Blumen, Kräutertee und Ziegenkäse.

Bald darauf ließ Mohammed Mohammed Videos zirkulieren, auf denen er selig die neuen Einrichtungen präsentierte, die einmal als Trainingslager gedient hatten. Das graue Stadion, seine ehemalige Geheimbasis, hallte wider vom Freudengeschrei der Kinder, die dort Fußball spielten. Einer von ihnen fiel als besonders talentiert auf und war in die Nationalmannschaft berufen worden. Er hieß Radwan. Er hatte ein Grübchen auf der rechten Wange, das die Mädels verrückt machte.

Die Schießstände waren in Gärten umgewandelt worden, in denen Blumen, Gemüse und Früchte wuchsen. So wurde der Lebensunterhalt der Gemeinschaft gesichert, die nun keine illegalen Finanzgeschäfte mehr tätigte. Aus den Todeslagern wurden islamische Ferienlager. Die Kinder lernten, sich um die Gärten zu kümmern, Bäume und Tierspuren und das Alter von Marienkäfern zu erkennen, sie lernten die lateinischen Namen der Schmetterlinge, lernten Brunnen und Hütten zu bauen, Brot zu backen und den Koran zu lesen. Daesh war zu einer Art gemeinnützigem Verein geworden, eine Art Hippiekommune, wie in den siebziger Jahren im Westen. Sie hatten die Kalaschnikows gegen Gitarren eingetauscht, Raketenwerfer gegen Gartengeräte, Maschinengewehre gegen Rasenmäher. Die Humvees waren gelb bemalt worden, und vorne stand in Großbuchstaben SCHOOL. Mit den alten Militärfahrzeugen wurden die Schüler aus den umliegenden Dörfern abgeholt.

Die Frauen konnten ihre Burkas ablegen und bekamen die Möglichkeit, Lehrerin zu werden. Manche der besonders gut ausgebildeten Männer wurden Sportlehrer, die anderen halfen bei der Feldarbeit. Sie hörten auf, die Grills mit Büchern zu befeuern und gründeten Bibliotheken, um das Menschheitswissen zu bewahren. Statt Bücher grillten sie Hammel, und ein appetitlicher Duft zog durch die Straßen der Stadt, der für immer den Gestank des Todes überdeckte. In den Lagern wurden Mediatheken eröffnet, und einer der Panzer wurde zu einem Bibliobus umgebaut, der durch die Umgebung fuhr und Menschen, die bisher nur Zugang zu einem einzigen Buch, dem Koran, gehabt hatten, kulturelle Vielfalt nahezubringen. Im Herzen der syrischen Berge begeisterte man sich von nun an leidenschaftlich für die Größen der Weltliteratur, für Émile Zola, Goethe, Cervantes, Paulo Coelho. Die Maßnahme hatte eine so durchschlagende Wirkung, dass sich die Nachricht bis in den Irak verbreitete, das Vaterland des Exanführers der Dschihadisten, der daraufhin sogar im Vatikan vom Papst empfangen und zu seinem radikalen Gesinnungswandel beglückwünscht wurde.

Salman Rushdie wurde rehabilitiert, desgleichen alle verurteilten Schriftsteller und Musiker. Mohammed Mohammed verbrannte seine Fatwa-Liste. Die Beziehungen zu den westlichen Ländern entspannten sich. Einige proislamistische Intellektuelle aus kriminellen Organisationen stellten sich jedes Mal, wenn neue Karikaturen des Propheten auf der Bildfläche erschienen, vor Fernsehkameras und erinnerten daran, dass der Hauptbetroffene sie sehr lustig fand und sich über sie köstlich amüsierte. Der irakische Anführer, der Mahomet bei seiner Nahtoderfahrung begegnet war, erzählte allen, die es hören wollten, dass der Prophet diese Art von Humor außerordentlich schätzte und sich unter seinem Turban gehörig an ihnen ergötzte. Nach wenigen Monaten hörten die westlichen Zeichner auf, Mahomet zu zeichnen, als sie merkten, dass die Dschihadisten nicht mehr in Wut gerieten und ihre Karikaturen niemanden mehr aufregten, und suchten sich andere Opfer, denen sie auf den Wecker gehen konnten.

Der wiederauferstandene Napoleon

Napoleon saß zehntausend Meter über dem Atlantischen Ozean in einem Flugzeug. Lebendig und quietschfidel. »Sagen Sie, Sire, wodurch konnten Sie die blutrünstigen Terroristen in harmlose kleine Schäfchen verwandeln?«, wollte Professor Bartoli wissen, der neben ihm saß. »Und den schrecklichen Bären von Mossul in einen Teddybären?« Napoleon nahm einen Schluck Cola light. Sein Blick schweifte durch das Fenster und verlor sich in der Weite. Das Flugzeug, in dem er saß, war viel größer als sein Privatjet. Es war eine Boeing, die amerikanische Konkurrenz zum europäischen Airbus, und der Kaiser fühlte sich irgendwie schuldig, weil er damit ein wenig sein Volk verriet, aber schließlich flog er in die USA, und da war es normal, wenn er eine amerikanische Maschine nahm. Er kannte eine ganze Reihe von Ländern, aber auf amerikanischen Boden setzte er zum ersten Mal den Fuß. *Napoleon in the US.* So hätte der Titel eines Albums von Bruce Springsteen lauten können.

Nach dem Abschluss der Mission »Espresso« war die Truppe noch einige Wochen in Raqqa geblieben, so lange die Vorräte an Fischstäbchen reichten. Die Kinder aus der Gegend waren ganz wild darauf, und wie er es dem norwegischen Kapitän versprochen hatte, vergaß Napoleon ihn nicht – er hatte ihn immerhin ins Leben zurückgeholt – und machte engagiert Werbung für Tiefkühlkost, denn die fehlte hier ganz gewaltig. Seine Truppe hatte den Dschihadisten geholfen, ihr Trainingscamp in ein Ferienlager umzuwandeln, wobei sie sehr darauf achteten, nie von Mohammed Mohammed gesehen zu werden, damit er sie nicht wiedererkannte und ihr Täuschungsmanöver durchschaute. Nachdem alles erledigt war, war die Truppe in ihre Heimat zurückgekehrt, wo sie sich aufgelöst und gegenseitig beim

Abschied viel Glück und alles Gute für die Zukunft gewünscht hatte. Der Kaiser hatte auch seinem dritten Nachkommen Jonathan einen dankbaren Gedanken gewidmet, denn auch er hatte auf seine Weise und durch seine Abwesenheit zum Erfolg der Operation beigetragen.

Die Neue Kleine Große Armee hatte gesiegt. Allein zu diesem Zweck rekrutiert, war ihr nun die Existenzgrundlage entzogen. Und so hatten sich auf der Startbahn des Flughafens Charles-de-Gaulle ihre Wege getrennt; Napoleon und Professor Bartoli hatten gleich anschließend einen Linienflug in die USA angetreten, genauer gesagt, nach New Jersey. Es gab etwas, das der kleine Korse sich dort wiederholen wollte, etwas, das ihm gehörte. Nach seiner Rückkehr würde er Charlotte wiedersehen, und das süße Leben konnte beginnen.

»Dschihadisten, die zu Hippies werden!« Der korsische Professor konnte sich gar nicht beruhigen. »Das müssen Sie mir unbedingt erzählen. Was ist an jenem Abend in Raqqa geschehen? Ich bin im Flugzeug geblieben, Sie erinnern sich?«

Ja, wir erinnern uns: Der Arzt hatte sich die ganze Zeit über im Flugzeug versteckt, die auf dem syrischen Flugfeld parkte, und sich die Langeweile damit vertrieben, dass er auf seinem Smartphone Papierkügelchen verschoss. Und wie viele er verschossen hatte! Hunderte! Bis der Akku den Geist aufgab und er endgültig von der Welt abgeschnitten war. Und ihn endgültig die Panik überfallen hatte.

»Ich erinnere mich, mein Guter. Ich bin vielleicht mehr als zweihundert Jahre alt, aber ich bin deshalb noch lange nicht senil!«

Zwar gab Napoleon seine Pläne sehr ungern vor Vollendung preis, doch er hatte nichts dagegen, über sie zu sprechen, wenn der Einsatz beendet war. Insbesondere, wenn er von Erfolg gekrönt war.

Der Kaiser räusperte sich und setzte zu seiner Geschichte an.

»Nun also, kurz nachdem wir uns aus den Augen verloren hatten ...«

»Nachdem Sie mich zurückgelassen hatten«, korrigierte Annonciade.

»... fing ich an, mich für den Glauben der Dschihadisten zu interessieren. Ich habe mich gefragt: ›Was hat ein Terrorist zu gewinnen, der solche Untaten begeht?‹. Die Antwort fand ich in den Suren 55:72 und 56:35. Es steht alles im Internet. Die Passagen beziehen sich, kurz gesagt, auf die Houris, die Jungfrauen im Paradies, die weder von Männern noch von Djinns entjungfert wurden.«

»Von Jeans?«

»Von Djinns, von Geistern. Diese Jungfrauen tauchen ständig auf, die reinste Obsession. Es kommt einem unsinnig vor, sich auf solche Vorstellungen zu fixieren, aber das ganze Problem hat da seinen Ausgangspunkt. Die vielen Probleme, die wir mit diesen Leuten haben, und dass sie der ganzen Welt den Krieg erklärt haben, gründen auf ihrem Glauben, sie würden im nächsten Leben belohnt. Man hat keine Angst mehr vor dem Tod, wenn man an ein Leben im Jenseits glaubt, ein besseres natürlich. Alles wurzelt in diesem Glauben. Die Dschihadisten haben keine Angst vor dem Tod, und eine Armee von Männern, die keine Angst vor dem Tod haben, ist die mit Abstand furchterregendste, glauben Sie mir, denn nichts kann sie aufhalten. Diese Tatsache musste ich ausnutzen. Indem ich ihnen bewies, dass das Leben, das sie nach dem Tod erwartete, keineswegs so glorreich ist, und sie sich deshalb vor dem Tod fürchten sollten. Einmal habe ich nachts von Sharon geträumt. Meiner Nachfahrin. Sie ist ganz Ordnung, die Arme, aber sie kann einem Angst einjagen, wie Sie selbst bemerkt haben werden. Ich habe mir überlegt, dass sie Mohammed Mohammed in Angst und Schrecken versetzen könnte. Und ich habe mich nicht getäuscht. Irgendwo habe ich gelesen – in einer Zeitschrift mit dem Namen

Cosmopolitan, glaube ich –, dass er ein Frauenheld ist. Und dass er zierliche Damen bevorzugt. Das kam mir gerade recht! Ich habe mir also eine kleine Inszenierung ausgedacht. Und zwar sollte ihm Mahomet ›erscheinen‹, gespielt von Mamadou, mit der Stimme von Rachid, der hinter ihm stehen würde. Außerdem würden ihm aufreizende Jungfrauen erscheinen, gespielt von unseren hinreißenden Cancan-Tänzerinnen. Die Rolle der abstoßenden Jungfrau, die schon längst keine mehr ist, hatte ich Sharon-Georgette zugedacht. Ich musste Dove Attia aufsuchen, damit das Täuschungsmanöver möglichst realistisch wirkte. Ich hielt ihn für einen Theatermann, in Wirklichkeit ist er ein Musical-Produzent. Seine Sachkenntnis brachte mich auf den Einsatz von Platzpatronen, von deren Existenz ich vorher nichts gewusst hatte. Was hätte man zu meiner Zeit nicht alles mit Phantasiekugeln anstellen können! Die echten Gewehrkugeln haben für meinen Geschmack schon genug Schaden angerichtet ... Und Dove Attia hat mich auch auf die Idee gebracht, mit Hilfe von Tomatensauce in Präservativen meinen Tod und den von Mohammed im Quadrat vorzutäuschen. Anscheinend wird das im Film so gehandhabt. Damit hatte ich alles, was ich brauchte. Nur die entscheidende Frage blieb noch unbeantwortet: Wie sollte ich mich dem Feind unbemerkt nähern? Zumindest so, dass er keinen Verdacht schöpfte? Da fiel mir das Trojanische Pferd ein. Um genau zu sein, die Burkas haben mich auf den Gedanken gebracht. Unter die kann man stecken, was man will ...«

Professor Bartoli lauschte gebannt und legte den Kopf schief, um sich die Szene besser vorzustellen.

»Bei meinen Recherchen in der Enzyklopädie Internet«, fuhr Napoleon fort, »habe ich – nicht ohne ein gewisses Entsetzen und Unverständnis – festgestellt, dass die letzten Anschläge in Frankreich bei einigen Europäerinnen, die auf der Suche nach sich selbst sind, zu einer neuen Sportart geführt haben: der

Jagd nach Mudschaheddins als Ehemännern. Wenn das eine olympische Disziplin wäre, stünde Frankreich ganz oben auf dem Treppchen! Können Sie sich so etwas vorstellen? Die Bevölkerung ist starr vor Schreck über die jüngst verübten Gräueltaten, aber für manche Frauen sind die Täter Helden, und sie sind so von ihnen angetan, dass sie sich ihnen mit Haut und Haar an den Hals werfen wollen. Aus Masochismus? Wenn man sieht, was die Dschihadisten den Damen antun, fühlt man sich geradezu in meine Zeit zurückversetzt! Nachdem es so viele Jahre gedauert hat, bis sie sich ihre Rechte erkämpft hatten, ist es doch Wahnsinn, einen Dschihadisten heiraten zu wollen. Haben die Frauen den Verstand verloren? Man müsste sie alle in die Heilige Rute einweisen!«

Der Arzt kannte diese Rute nicht. Er fand allerdings den Namen mehr als seltsam.

»Immerhin konnte diese Geschichte uns helfen, an den Feind heranzukommen. Rachid wurde zum Jungfrauentransporteur ernannt. Frische europäische Jungfrauen für den Feinschmecker. Womit besänftigt man einen Bären? Natürlich mit Honig.

Danach ging alles sehr schnell: Das Abendessen wird abgefangen, indem wir den Koch betäuben. Wir schütten den Inhalt einer kleinen grünen Kapsel auf die Hörnchennudeln, ein starkes Beruhigungsmittel, das ich in der Irrenanstalt bekommen habe. Zum Glück hatte ich es aufbewahrt! Wir legen einen Schweinskopf unter eine Servierglocke. Wir stecken Valentin in das Wägelchen, und Peggy serviert dem Mistkerl seine Nudeln. Während sie ihn ablenkt, schlüpft Valentin aus seinem Versteck und tauscht die scharfe Munition in Mohammeds Waffen gegen die Platzpatronen aus, die wir vor der Abreise gekauft hatten. Die grüne Kapsel beginnt zu wirken, der Mann fällt in eine Art Koma, der Tänzer schleicht in ein Nebenzimmer und benachrichtigt mich telefonisch – zwischen diversen Anrufen einer gewissen Marie-Thérèse, die mit ihren Alarmanlagen und

London-Wochenenden fast die Sache platzen lässt. Unser charmanter Gummimann schleicht leise zurück, stellt sich hinter den Dschihadisten und wartet auf mich. Als ich den Raum betrete und so tue, als würde ich eine Pistole ziehen, zerdrückt er auf der Brust des Dschihadisten ein mit Tomatensauce gefülltes Präservativ. Das große Schauspiel kann beginnen.«

»Die Show.«

»Die Schoh?«

»Show, mit einem S und einem W. Das klingt besser als ›das große Schauspiel‹.«

»Schon wieder Englisch«, grummelte Napoleon.

Er hatte vergessen, dass das Französische viel besser klang, wenn es englisch ausgesprochen wurde. Aber daran würde er sich nie gewöhnen.

Was die Dschihadisten erwartet

»Wo sind meine zweiundsiebzig Jungfrauen?«, war der erste Satz, den Mohammed Mohammed von sich gab, als er die Augen aufschlug. Mit Augen groß wie Boulekugeln und einem matten, dümmlichen Lächeln im Gesicht sah er sich nach den Göttinnen um, auf die er ein Anrecht hatte. Noch immer ziemlich groggy, lag er auf dem Fransenteppich, auf dem ihn die Kugel getroffen und niedergestreckt hatte.

»Ich habe gar keine Schmerzen«, staunte er und fuhr sich mit der Hand über die tomatenrote Stelle auf dem kebabfarbenen Feldanzug.

Sein Blick fiel auf den Leichnam des Ungläubigen, der ihn kaltgemacht hatte. Zusammengerollt wie ein schlafender Hund lag der Mann in der Ecke. Er hatte sich gerächt. Ein Tod für einen Tod. Auf einmal stürmten zahllose Fragen auf ihn ein. Wer war dieser Mann überhaupt? Wie hatte er bis zu ihm vordringen können? Warum hatte ihn niemand aufgehalten? Wo war sein Leibwächter?

Dann erinnerte er sich, dass er seinen Männern den Abend freigegeben hatte. Der Tag im Museum war kein Zuckerschlecken gewesen, und bei ihrer Rückkehr waren alle gleich aus dem Jeep gesprungen, hatten sich Shorts und Sportschuhe übergestreift und waren auf einer großen, holprigen, von mörderischen Löchern durchsetzten Rasenfläche ihrer Lieblingsbeschäftigung nachgegangen, dem Fußballspiel. Sie hatten nicht umsonst ihr Quartier in einem ehemaligen Stadion aufgeschlagen. Er konnte es ihnen nicht verdenken. Fußballspielen war das einzige Privileg, das Mohammed Mohammed seiner Leibgarde gewährte. Fußballspielen, ohne dafür enthauptet zu werden. Er hatte ihnen schon Kaugummi mit Nikotingeschmack zugemutet, er würde ihnen nicht noch den Sport verbieten. Ein paar Zugeständnisse musste er machen, aus dem einfachen und triftigen Grund, dass er, wenn er seine gesamte Leibgarde enthauptete, keine Leibgarde mehr hatte. Diese Kamelköddel von Leibwächtern waren sicherlich gerade mitten im Spiel, dachte er aufgebracht, als ich umgebracht wurde!

Plötzlich ging die Tür auf, und ein Schatten stand im Türrahmen.

»Willkommen, Mohammed Mohammed«, ertönte eine arabisch sprechende Stimme. »Du bist nun tot und stehst ganz zu meiner Verfügung.«

Der Schatten glitt auf ihn zu, gefolgt von jungen Mädchen, die nichts als einen String auf der Haut trugen. Sie hatten lange, schlanke Beine. Ihr Busen war so groß wie seine Hände, ihre Haut strahlend schön, ihr Lächeln verführerisch, ihre Haare weich und gewellt, ihre Körper makellos, und sie hatten kleine, pralle Pobacken, die Lust machten, darauf zu klatschen, sie zu lecken oder ohne große Umstände in sie einzudringen. Noch nie hatte Mohammed im Quadrat so schöne Frauen gesehen.

Dazu hatte er erst sterben müssen. Nun bekam er seinen gerechten Lohn. Er spürte, wie sein Glied steif wurde. Dann hatte man als Toter also doch noch Erektionen. Er beglückwünschte sich dazu.

»Meine Jungfrauen!« Er zählte die Frauen. Es waren nur fünf.

»Wo sind die siebenundsechzig anderen?«, fragte er, leicht düpiert.

»Geduld, Mohammed Mohammed«, mahnte der Schatten, der weiter auf ihn zuglitt. Einen Moment später stand er im Licht – ein schöner Mann mit schwarzer Haut und einem elegant gestutzten Bart. Um seinen Kopf war ein großer, goldener Turban gewickelt.

»Mahomet?«, fragte der Chef der Dschihadisten überrascht und respektvoll.

»So ist es, ich bin der Prophet. Man nennt mich auch den Großen Straßenfeger.«

Mohammed Mohammed lächelte glücklich. Er hatte sich den Propheten nie schwarz vorgestellt. Er hatte immer geglaubt, Mahomet sei Araber wie er, er gliche ihm, auch wenn er nie Abbildungen gesehen hatte, weil sie verboten waren. Gab es schwarze Araber? Schwarze, die Arabisch sprachen, gab es, das wusste er, aber das Gegenteil? Immerhin war es nur einer. Der Prophet. Alle Religionen hatten nun mal eine anthropomorphe Vorstellung von ihrem Gott. Die Christen hatten einen weißen Gott mit zwei Armen und zwei Beinen, die Buddhisten einen dicken Chinesen, und welcher Araber hatte sich nicht irgendwann einmal Allah als Araber mit Turban vorgestellt? Obwohl Gott genauso gut ein Licht oder etwas Formloses sein konnte, stellte man sich Ihn immer wie ein Abbild des Menschen vor. Wie selbstbezogen die Menschen doch sein konnten! Und so hatte nun eben Mahomet ebenholzschwarze Haut. Sie glänzte, als wäre der Gesandte Gottes gerade einem Aromabad entstiegen. Der Prophet achtete auf sich. Was ihm alle Ehre machte.

»Sie sind schwarz ...«, bemerkte der Dschihadist.

»Sehr richtig! Weißt du, ich habe ausgesehen wie du, als ich auf die Erde kam, eher sonnengebräunt, und dann bin ich mit jeder eurer Untaten, mit jedem eurer Verbrechen immer schwärzer geworden. Ich wurde schwarz wie das Herz der Menschen ...« Als er den verwirrten Blick seines Gegenübers sah, prustete er heraus: »Nein, ich scherze, ich bin immer schwarz gewesen. Aber wenn das die Araber wüssten, würden sie nicht mehr an mich glauben ... Und die Araber stellen weltweit zwanzig Prozent der Muslime. Sie sind ein bisschen meine Geschäftsgrundlage, wenn du verstehst, was ich meine. Deshalb keine Karikaturen, kein Streit, so muss es sein. Alle glauben, dass ich so aussehe wie sie. Schwarz, braun, gelb ...«

»Das also ist die Antwort auf das ewige Rätsel«, sagte der Anführer der Dschihadisten verblüfft, »auf die ewig lastende Sünde.«

Und er fragte sich, welche Hautfarbe Jesus wohl hatte.

»... welche allein diejenigen kennen können, die sterben«, fügte der Schwarze hinzu.

In diesem Moment begriff Mohammed Mohammed, dass der Prophet sprechen konnte, ohne die Lippen zu bewegen. Wie eine Art Bauchredner. Mahomets glühender Blick ruhte auf ihm, aber seine Lippen waren geschlossen und aus seinem Geist drangen vernehmbare Wörter hervor. Die Stimme klang kräftig und ernst und hatte einen leicht ägyptischen Akzent.

»Dann bin ich wirklich im Paradies ...«, sagte der Terrorist und linste zu den Jungfrauen hinüber, die ein Stück neben Mahomet standen und mit dem Hintern wackelten wie Stripperinnen in Las Vegas.

»Da irrst du dich gewaltig!«, sagte der Prophet mit schneidender Stimme. »Sieh dir an, was du getan hast!«

Mahomet deutete mit dem Zeigefinger auf die Stelle, an der der Leichnam des Franzosen lag.

»Ein ungläubiger Hund!«, stieß Mohammed im Quadrat verächtlich aus. »Ich habe ihn getötet, um Dir zu dienen.«
Die Augen des Propheten füllten sich mit Tränen.

»Hältst du mich für so schwach, dass ich mich nicht allein
gegen die Angriffe oder Demütigungen wehren kann, die mir
deiner Ansicht nach zugefügt werden? Bin ich nicht groß und
mächtig genug, selbst zu entscheiden, wer mich verletzt, und
diejenigen zu vernichten, von denen ich mich gekränkt fühle?
Wer bist du, dass du dir das Richten anmaßt, wo doch diese Rolle allein mir zusteht? Wer bist du, dass du an meiner Stelle urteilst? Hast du eine so hohe Meinung von dir, während du doch
ein Nichts bist? Ein Mensch, dem Allah das Leben nimmt oder
belässt, mit einem einfachen Fingerschnipsen? Wer bist du, dass
du in meinem Namen urteilst? Für mich handelst – für mich, der
niemals tötet, nicht das kleinste Insekt, nicht das niedrigste Ungeziefer? Für mich, der vor Mann und Frau ebenso viel Achtung
hat wie vor einem Tier oder einer Blume. Glaubst du, du bist mir
überlegen? Sieh dir an, was du eben getan hast. Schon wieder ein
Toter auf deiner Liste, die so lang ist wie der Fluss, der durchs
Gebirge fließt, lang wie die Adern, die sich durch deinen Körper
ziehen und durch die der Hass rinnt. Und was die französischen
Zeichner betrifft, die du ermordet hast ... Dazu will ich dir eines sagen – ihre Karikaturen bringen mich zum Lachen! Allah
hat sich übrigens auch amüsiert. Kannst du dir das vorstellen?
Er und ich als Araber, obwohl wir schwarz sind! Hahaha! Nein,
ihnen grolle ich nicht, sondern dir, dir und den Männern von
deinem Schlag, die mich anwidern. Denn durch deine Haltung
demütigst du mich in höchstem Maße, und du machst den anderen Muslimen Schande, ihnen und allen anderen Menschen. Du
bist vom Hass besessen und tötest in meinem Namen. Mit mir
könnt ihr das ja machen, wie? Der Prophet hat ein breites Kreuz.
Ich führe nicht denselben Kampf wie du. Ich führe überhaupt
keinen Kampf, höchstens einen gegen Menschen wie dich, die

meinen, ihnen sei alles erlaubt, die sich für Allah halten und keine Achtung vor dem Leben haben und es wegwerfen. Das Leben, das Er mit so viel Mühe, Schweiß und Tränen auf der Erde gesät hat. Du zerstörst mit deinen dreckigen Händen in einer Sekunde das, was Allah in neun Monaten im wunderschönen Leib einer Frau heranreifen ließ. Der Frau, die du wie das letzte Ungeziefer behandelst, obwohl sie es ist, die das Leben auf diesen schönen Planeten bringt. Hast du vergessen, dass du die Frucht einer Frau bist? Du bist nicht unter einem Stein hervorgekrochen, Mohammed Mohammed. Du zerstörst das Werk Allahs. An jedem Tag, den Allah erschafft, vernichtest du Sein Werk, wenn du Männer, Frauen und Kinder tötest. Wer bist du, dass du die Welt verunstaltest und dich hinter Ihm versteckst? Du begehst die schlimmsten Gräueltaten in Seinem Namen und wagst es, vom Paradies zu träumen? Von zweiundsiebzig Jungfrauen? Woher hast du das überhaupt? Wir haben nie von zweiundsiebzig Jungfrauen gesprochen. Ewiger Friede, okay, aber keine Jungfrauen ... Hältst du mich für einen Bordellbesitzer, oder was? Wie kannst du eine Belohnung erwarten, wenn du auf Erden nur Schrecken, Entsetzen und Herzlosigkeit verbreitest? Du säst Tränen unter den Familien und Freunden der Getöteten. Seid ihr alle so beschränkt, dass ihr nicht wie erwachsene, vernunftbegabte Menschen diskutieren könnt, wenn euch etwas stört? Darüber reden statt zu den Waffen zu greifen und auf alles zu schießen, was sich bewegt? Wie Wesen ohne jeden Funken Intelligenz, die nur mit ihrem primitiven Instinkt reagieren können, nur durch Gewalt, nur durch Rohheit? So verschafft man sich keine Anhänger. Habt ihr nichts aufgebaut? Habt ihr kein Wissen erworben, dass ihr nun alles zerstören wollt? Habt ihr keine Achtung vor dem Leben, das Allah gewährt, sodass ihr es jedem Beliebigen, wann immer es euch beliebt, wegnehmen wollt? Du verdienst gar nichts, Mohammed Mohammed, nichts als die Hölle. Du und deine Kumpane, ihr habt das ewige Feuer verdient.«

Der Prophet klatschte in die Hände, und die fünf Sexbomben im String verschwanden. Gleichzeitig materialisierte sich in einer Ecke eine unförmige Silhouette.

»Hier ist diejenige, die du verdienst. Wenn es nach mir ginge, bekämst du gar keine.«

Eine dicke, dunkelhaarige Europäerin, die bestimmt zwei Doppelzentner wog, rollte auf Mohammed Mohammed zu. Sie hatte wild zerzauste Haare und trug einen Leopardenstring, der von dem herabhängenden Fleisch und den Fettwülsten fast komplett verdeckt wurde. Ihre Brüste ähnelten zwei Socken, in die der Weihnachtsmann seine Geschenke gestopft hatte. Sie hingen ihr bis zum Nabel. Sie lächelte ihn an. Ihre Lippen waren mit fuchsiarotem, billigem Lippenstift bepinselt, der nach Tempera roch.

Sie trat dicht an Mohammed Mohammed heran und hauchte ihm ins Gesicht. Ihr Atem stank bestialisch nach billigem Fusel.

»Sie ist hässlich und fett!«, beklagte sich der Dschihadist und wich entsetzt zurück.

»Was? Dachtest du vielleicht, ich würde dir Claudia Schiffer bieten? Außerdem sind Hässlichkeit und Fettleibigkeit subjektiv. Selbst die hässlichste Frau ist ein schönes Geschöpf Allahs. Wagst du es, das Gegenteil zu behaupten?«

»Nein, nein, aber meine zweiundsiebzig Jungfrauen ...«

»Pech gehabt. Die Dschihadisten werden nicht von zweiundsiebzig Jungfrauen erwartet, sondern von einer, und wenn du meine Meinung hören willst, ist die hier auch nicht gerade sehr jungfräulich ...«

In den Augen von Mohammed Mohammed stand helles Entsetzen.

»Sie gehört dir für den Rest deines Lebens nach dem Tod. Bis du dich reinkarnierst als ...«

Wie ein Kellner im Luxusrestaurant hob Mahomet die Servierglocke, die einen der Teller auf dem Servierwägelchen bedeckte. Zum Vorschein kam ein gewaltiger Schweinskopf mit Petersilie in der Schnauze.

Der Dschihadist war erschüttert. Der Anblick übertraf seine schlimmsten Albträume.

»Die Männer, die in meinem Namen oder in dem von Allah töten, reinkarnieren sich als Schweine. Wer nicht weiß, wie man den Koran lesen muss, Mohammed Mohammed, wer meine Heiligen Schriften auslegt, wie es ihm passt, hat nichts anderes verdient. Er endet als Schwein.«

»Als Schwein?«

»Jetzt weißt du, warum Allah es den Muslimen verbietet, Schweinefleisch zu essen. Da es reinkarnierte Dschihadisten sind, käme das einem kannibalischen Akt gleich.«

»Ich habe immer gedacht, es kommt daher, dass das Tier so viele Krankheiten überträgt.«

»Du bist das Tier, das die größte Krankheit überträgt, Mohammed Mohammed! Die Dummheit! Du hast heute eine ganze Menge gelernt, nicht? Mehr als in deinem ganzen bisherigen Leben!«

Der Dschihadist schluckte schwer.

»Wenn du wüsstest, wie wütend ich auf euch alle bin«, fuhr der Prophet mit funkelnden Augen fort. »Ich bin so wütend auf euch! Wenn ich sehe, wie ihr sechsjährige Kinder kidnappt, um sie zu indoktrinieren, wenn ich sehe, wie ihr sie bewaffnet und ihnen beibringt, im Namen Allahs zu morden! Wenn ich sehe, wie ihr ihnen die Kindheit raubt, ihre kindlichen Träume, wird mir übel. Die Karikaturisten von *L'Hebdo des Charlots* hatten recht, es ist hart, von Dummköpfen geliebt zu werden!«

»Verzeiht mir, verzeiht mir!«

Der Bärtige fiel weinend und zerknirscht auf die Knie. Er senkte unterwürfig den Kopf.

»Wenn deine Opfer vor dir niederknieten, hast du ihnen aus nächster Nähe eine Kugel in den Kopf gejagt. Wie viele untreue

Frauen hast du exekutiert? Wie viele ausländische Touristen hast du verbrannt oder enthauptet? Du widerst mich an. Warum sollte ich es mit dir nicht genauso machen?«

»Aber ich bin seit meinen frühesten Kindertagen auch indoktriniert worden«, jammerte Mohammed Mohammed, um die Schuld von sich zu schieben. »Auch ich bin nur ein Opfer von denen, die vor mir da waren und gegen die Ungläubigen gekämpft haben. Sie haben aus mir den gemacht, der ich geworden bin.«

Die dicke Frau drückte sein Gesicht gegen ihre Brust. Er schnappte nach Luft.

»Damit hast du nicht ganz unrecht«, sagte der Gesandte. »Der Mensch hat meine Worte und Schriften immer dazu missbraucht, seine Gewalt, seine Barbarei, seine Mordlust und seinen Rachedurst zu rechtfertigen. Mir wird schlecht, wenn ich daran denke, dass Allah euch nach Seinem Bild geschaffen hat und nun sehen muss, was aus euch geworden ist. Aber man hat im Leben immer eine Wahl. Und das sage nicht nur ich. Falls dich das Thema interessiert, lies Sartre. Du kannst die Schuld für deine Übeltaten nicht ewig anderen zuschieben. Du hast eine schlechte Wahl getroffen. Und du wirst den Preis dafür bezahlen.«

»Ich verstehe nichts«, nuschelte der Mann, dessen Kopf immer noch zwischen Georgettes enormen Brüsten steckte. Er nahm alle seine Kräfte zusammen und riss sich los.

»Gibt es denn keine Möglichkeit, daran etwas zu ändern und Vergebung zu erlangen? Bitte, biiiitte, biiiiiiitte ...«, jaulte er im Tonfall eines bettelnden Roma-Kindes in der Pariser Metro.

Hätte er ein Akkordeon gehabt, hätte er auch noch *La Vie en Rose* angestimmt und dem Propheten einen Starbucks-Becher unter die Nase gehalten. Während er bettelte und flehte, umarmte ihn die dicke Brünette erbarmungslos weiter und verteilte fuchsiaroten Lippenstift auf seinem haarigen Oberkörper.

Sie nahm ihre schlaffen Brüste in die Hände und ließ sie wie
Wetterfahnen kreisen. Mohammed Mohammed fühlte sich wie
ein Boxer der ausgezählt wurde: fünf – vier – drei – zwei ...
»Da du mich schon fragst: ja, es gibt etwas«, antwortete Ma-
homet mit hohler Stimme.
Und seine Lippen verzogen sich zum ersten Mal zu einem
Lächeln.

Wo es noch einmal um Napoleons Penis geht

»Den Rest kennen Sie. Die Videos, die Friedensbotschaft des
Exdschihadistenführers, seine Blumensträuße, das Ferienlager,
das aus dem Trainingscamp wurde, der Bibliobus ...«
»Ach, das ist der Grund, warum es verboten ist, den Prophe-
ten zu karikieren und die Muslime kein Schweinefleisch essen
dürfen ...«, sagte der Professor, der gedanklich noch an dieser
Stelle der Erzählung festhing.
»Oh nein, nicht alles, was Rachid gesagt hat, ist das Evan-
gelium. Ich habe ihm für seine Rede freie Hand gelassen. Aber
seine Gedankengänge taugen auf jeden Fall genauso viel wie
ihre Glaubenssätze ...«
»Mir müssen Sie das nicht sagen.«
»Ach übrigens, haben Sie schon gehört?«, fragte Napoleon.
»Mohammed Mohammed ist heute früh gestorben, Herzstill-
stand. Ironie des Schicksals.«
Der Kaiser schwenkte die Titelseite von *Le Monde*, auf der ein
Foto des ehemaligen irakischen Henkers abgebildet war, wie
er lächelnd vor einem Hintergrund psychedelisch rankender
Blumen stand, der Jimi Hendrix bei einem seiner Konzerte alle
Ehre gemacht hätte.
»Das ist eine alberne Aussage.«
»Was?«, fragte der kleine Korse.

»Dass er an einem Herzstillstand gestorben ist. Jeder Mensch stirbt an einem Herzstillstand. Ob Sie mit einem Schweizer Armeemesser erstochen werden, ob Sie in Ihrer Badewanne ertrinken, ob Sie von einem Elefanten zertrampelt werden, Sie sterben, weil Ihr Herz in einem bestimmten Augenblick aufhört zu schlagen. Man stirbt immer an Herzstillstand.«

»Das ist nicht falsch«, stimmte Napoleon zu.

»Sie hätten darauf warten können.«

»Worauf warten?«

»Nun ja, dass er stirbt. Laotse hat gesagt: ›Wenn dich jemand gekränkt hat, strebe nicht nach Rache. Setz dich ans Ufer eines Flusses, und bald wirst du seinen Leichnam vorübertreiben sehen.‹«

»Ich für mein Teil ziehe es vor zu handeln. Darauf zu warten, dass Mohammed Mohammed stirbt, hätte den Dschihadismus keineswegs beendet.«

»Das stimmt.«

»Glauben Sie, dass er mit zweiundsiebzig Jungfrauen im Paradies ist?«

»Wenn das der Fall ist, weiß er inzwischen, was für einen bösen Streich wir ihm gespielt haben, und tobt vermutlich!«

Der Arzt brach in schallendes Gelächter aus.

»Um ehrlich zu sein«, sprach er weiter, als er sich wieder beruhigt hatte, »glaube ich weder an das Paradies noch an ... Jungfrauen. Ich wollten Ihnen noch eines sagen, Sire: Sie sind ein Genie. Sie sind Ihrem Ruf in jeder Hinsicht gerecht geworden. Die Welt hat Ihnen so viel zu verdanken. Ihren Kampfgeist – und noch so vieles andere. Die Möbel im Empire-Stil, die Universitäten, Beethovens 3. Sinfonie (die Ihnen gewidmet ist), der Code Napoléon, das metrische System, die Ambulanzen, die Entschlüsselung der Hieroglyphen (durch Champollion, den Sie auf Ihrem Ägyptenfeldzug mitgenommen haben). Nur eine Sache lässt mir keine Ruhe.

»Ja?«

»Rachid ist Muslim, nicht wahr?«

»Und was für einer! Er ist Imam der Großen Moschee von Paris!«

»Ach, tatsächlich. Wie haben Sie ihn dann dazu gebracht, bei dieser Maskerade, bei Ihrem diabolischen Plan mitzuspielen? Denn Sie haben den Islam ja schon ein wenig im Misskredit gebracht, ich meine damit, Sie haben ihn lächerlich gemacht, indem Sie einen seiner prägenden Glaubenssätze angegriffen haben, nämlich den, dass jeder gute Märtyrer zweiundsiebzig Jungfrauen als Belohnung bekommt.«

»Rachid ist der Meinung, dass der Islam eine Religion des Lebens und nicht eine Religion des Todes ist. Und dass unsere Taten sich in diesem Leben auszahlen. Er glaubt nicht an die zweiundsiebzig Jungfrauen im Paradies, und was das betrifft, ist er nicht der einzige Muslim.«

»Das ist alles in allem sehr beruhigend ... Wer sich so etwas ausgedacht hat, muss ja auch ordentlich frustriert gewesen sein! Warum nicht zweiundsiebzig Teller Sauerkraut? Oder zweiundsiebzig Villen mit Pool und Jacuzzi? Das entspräche meiner Vorstellung vom Paradies deutlich mehr. Daran sieht man doch, dass die Religionen alle von Männern erfunden wurden! Und was ist mit den neuen Kämpferinnen des radikalen Islam, sollen die sich auch zweiundsiebzig Jungfrauen genehmigen? Die Moral hat sich gewandelt. Bei der Neubearbeitung des Koran sollten sie daran denken, zweiundsiebzig Brad Pitts aufzunehmen und die Dschihadistinnen zu belohnen.«

»Wir haben in der katholischen Religion auch unsere Hirngespinste. Maria, die als Jungfrau ein Kind auf die Welt bringt, oder Jesus, der Wasser in Wein verwandelt. Ich halte das für Folklore, für eine hübsche Fabel. Das Wichtigste ist die spirituelle Kraft, der Halt, den man in der Religion sucht, die Zusicherung, dass wir uns niemals allein fühlen müssen. Niemals.«

»Das ist wie mit dem Leben nach dem Tod. Für mich ist die Vorstellung ein bisschen zu simpel, dass einer, der sich in diesem Leben wie ein Schurke aufführt, in einer späteren hypothetischen Existenz dafür bestraft wird, finden Sie nicht auch?«

»Ja, in diesem Fall könnten wir die Gefängnisse niederreißen und die Todesstrafe abschaffen, weil die Kriminellen später für ihre Taten bezahlen.«

»Die Todesstrafe ist bereits abgeschafft, Sire ...«

»Ach ja, richtig. Das hatte ich ganz vergessen.«

»Wie auch immer – was Sie erreicht haben, ist viel wert. Es war gut, dass Sie sich in den Kampf gegen die Dschihadisten gestürzt haben. Um Frankreich zu retten. Und die Welt. Sie hätten es nicht tun müssen. Ich muss anerkennen, dass Sie immer noch der große Mann sind, an den die Welt sich erinnert.«

Professor Bartoli verstummte. Er schien noch etwas auf dem Herzen zu haben.

»Auch wenn Ihre Manieren ein wenig zu wünschen übrig lassen ...«, ergänzte er dann.

»Aha?«, sagte Napoleon überrascht. »Ich habe doch niemanden getötet!«

»Davon rede ich nicht, sondern von der armen Georgette. Sie haben Sie als Schreckgespenst missbraucht. Finden Sie nicht, dass Sie ein wenig herzlos mit ihr umgesprungen sind?«

»Ein wenig? Ich war ein wahrer Schinder, meinen Sie wohl!«

»So hätte ich das nicht ausgedrückt, aber gut ...«

»Ich musste sie wachrütteln, sie aus ihrer Lethargie herausholen, hinter der sie sich verschanzt hatte.«

»Moment mal, gleich werden Sie sagen, dass Sie ein toller Hecht sind und es nur zu ihrem Besten war!«

»Aber genauso ist es! Sie brauchte einen ordentlichen Tritt in den Hintern! Wenn eine Frau dazu dienen soll, abstoßend auf einen Mann zu wirken, ist das nicht gerade gut für ihr Selbstbewusstsein. Es gibt Menschen, denen muss man die Augen öffnen. Das nennt man Kotschimpörsoneldiweloppment.

»Hä?«

»Ausbilder für Persönlichkeitsentwicklung.«

»Ah, ich verstehe.«

»Und es hat funktioniert, wie Sie gesehen habe. Die Arme hat während des gesamten Rückflugs nicht einmal den Mund aufgemacht. Weder zum Reden noch zum Trinken.«

»Aber klar doch, sie war sauer auf Sie!«

»Wissen Sie, als guter Vater muss man es aushalten, gehasst zu werden. Ob man eine Armee befehligt oder eine Familie, das macht keinen Unterschied.«

»Dann können Sie zufrieden sein. Es ist Ihnen gelungen. Georgette hasst Sie.«

»Sie wird mich bald verstehen. Sobald sie wieder nüchtern ist. Sie wird verstehen, dass ich ihr geholfen habe, aus ihrem Loch herauszukommen. Ich habe sie nicht angelogen, als ich ihr sagte, sie sei ein Stern, den keiner je zum Leuchten gebracht hat. Das war keine Demagogie. Es war mir ernst. Und es wird mir eine große Befriedigung sein, wenn es mir gelungen sein sollte, auch nur einen kleinen Funken Lebendigkeit und Hoffnung bei ihr zu entfachen.«

»Der Kaiser lebe hoch!«

»Die Große Armee lebe hoch! Wissen Sie, die wichtigste Fähigkeit eines guten Kriegsherrn – nein, jeder kaiserlichen Biene – besteht darin, sich mit den richtigen Gefolgsleuten zu umgeben. Tapfere kleine Arbeitsbienen, Baubienen, Sammelbienen und Ernährerinnen zu finden, die dem Bienenstock mit Gewinn dienen. Sie waren allesamt großartig.«

»Oh, ich habe doch gar nichts dazu beigetragen. Ich habe bei dieser Operation keine Rolle gespielt. Ich bin nur ein Anhängsel.«

Das war keine falsche Bescheidenheit. Seine Rolle hatte sich tatsächlich darauf beschränkt, Papierkügelchen in einen Korb zu werfen und sie nicht von Ventilatoren wegpusten zu lassen. Score: 46 000 Punkte. Expertenebene.

Napoleon trank einen Schluck Cola light.

»Ich habe für Sie den Knalleffekt zum Schluss reserviert. Ihre wichtigste Rolle beginnt jetzt erst, Annonciade.«

Der Kaiser deutete leise lächelnd auf seinen Schritt.

»Glauben Sie, sie wird einverstanden sein?«, fragte er unsicher.

Nachdem Dr. Lattimer aus dem Leben geschieden war, hatte seine Tochter Evan seine umfangreiche Kuriositätensammlung geerbt. Und damit auch die berühmte Keksdose.

»Wir werden sie überreden«, sagte der große Korse.

»Und dann kommen Ihre brillanten Fähigkeiten der chirurgischen Rekonstruktion ins Spiel.«

Der Arzt legte geschmeichelt, aber auch sorgenvoll den Kopf schief. Es kam schließlich nicht alle Tage vor, dass er gebeten wurde, den kleinsten Penis des größten Kaisers von Frankreich wieder anzunähen.

Napoleon auf der Insel der Schönheit

Wenn ein Prominenter starb, gab es immer ein paar Phantasten, die eine Verschwörungstheorie in die Welt setzten und behaupteten, sie hätten ihn auf einer einsamen Insel erspäht, wo er mit anderen toten Stars Karten spielte. Marilyn Monroe, Albert Einstein und Elvis Presley waren nicht tot. Nein. Sie spielten irgendwo im Pazifik Karten. Das war doch allgemein bekannt.

Napoleon war zwar noch nicht tot, aber auch er saß auf einer Insel, nur mit dem Unterschied, dass es keine einsame war, er nicht Karten spielte und seine Gefährten weder eine berühmte Schauspielerin noch ein Held der Wissenschaft war, sondern die Frau, die seinem Leben nach der Enteisung wieder einen Sinn gegeben und ihm das Herz erwärmt hatte.

An der Reling der Segeljacht lehnte Charlotte und betrachtete das Meer. Hin und wieder spielte eine leichte Brise mit ihren Locken. Napoleon, der hinter ihr stand, hielt sie um die Taille gefasst und atmete in vollen Zügen den Duft seiner Geliebten und die salzige Frische der Gischt ein, eine hinreißende Mischung. Er hatte sein Shakira-T-Shirt, das ohnehin eine gründliche Wäsche gebrauchen konnte, gegen ein schönes Seidenhemd von Dolce & Gabbana eingetauscht, dem berühmten korsischen Schneider.

Charlotte drehte sich um, und sie setzten sich nebeneinander auf das Deck und ließen die Beine baumeln, damit die Schaumkronen der Wellen bis zu ihren Zehen hochspritzen konnten.

Napoleons Blick schweifte zu der fernen Insel.

Vor seinem geistigen Auge erschien am Ufer Le Vizir, der gerade das Heu fraß, das sie für ihn an der Reede des Hafens Tino-Rossi deponiert hatten. Auf Anraten Charlottes hatte er sich das Tier wiedergeholt, im Tausch gegen einen alten Brief von Napoleons eigener Hand (den er am Vorabend geschrieben hatte). Der reiche Sammler, von dem er den Ferrari und den Jet hatte, zögerte, als er die dynamische, schwungvolle, fast unleserliche Handschrift seines Idols erkannt hatte, keine Sekunde (dass das Briefpapier eine Seite war, die er aus der *Gala* der Vorwoche ausgerissen hatte, schien ihn nicht besonders zu stören). Der kleine Korse hatte mit einem Schlag zwei Menschen glücklich gemacht. Die junge Ex-Cancan-Tänzerin war ihrem kaiserlichen Liebsten um den Hals gefallen, als eines Morgens das Pferd aus einem Transporter herausstakste. Einen Schimmel fand sie noch viel romantischer als einen roten Sportwagen. Der Mythos vom Traumprinzen auf dem edlen weißen Ross war noch lange nicht verschwunden. Zumindest nicht aus dem Herzen echter Prinzessinnen.

Napoleon betrachtete seine Insel.

Zum letzten Mal hatte er sie 1799 bei seiner Rückkehr aus Ägypten zu Gesicht bekommen. Zweihundert Jahre hatte es gedauert, bis er sein heimatliches Korsika wiedersehen und den Duft der Macchia riechen konnte. Die Felsen und das Wasser hatten sich nicht verändert. Das Meer auch nicht. Nur ein paar Häuser mehr standen am Ufer. Doch der Charme der Insel war nicht verflogen.

Er hob den Blick zum Himmel. Wenn ihm die neue Zeit gar nicht mehr behagte, konnte er einfach, wo immer er sich befand, den Blick zum Himmel wenden und sich in seine Zeit zurückversetzt fühlen. Der Himmel war noch der Gleiche wie 1800. Außer wenn ein Flugzeug vorbeiflog und seine weißen Kondensstreifen hinterließ. Der Himmel tröstete ihn ein wenig. Und Charlotte, die er immer in seiner Nähe haben wollte. Er kehrte mit den Gedanken in die Gegenwart zurück und sah zu ihr hinüber. Charlotte war eine Zeitmaschine, mit der er zur Liebe reisen konnte. In der neuen Zeit, in der alles ›Einweg‹ war, die Rasierapparate, die Fotoapparate, die Männer, die Frauen, die Freunde, wäre sie sein Anker, sein Halt. Er wünschte sich, dass sie für den Rest seines neuen Lebens bei ihm blieb.

Inzwischen hatte Professor Bartoli ihm operativ das Magengeschwür entfernt, und er konnte bis zum Ende seiner Tage Austern, Seeigel oder gegrillten Fisch essen, auch die guten Fleisch- und Wurstwaren seiner Insel und iberisches Schwein. Und Cola light trinken natürlich. Die Hämorrhoiden, die ihn so häufig plagten, hatte der Arzt bedauerlicherweise nicht heilen können, aber immerhin gab es jetzt Anusol-Salbe. Sie erleichterte vieles.

Die Dolce Vita konnte beginnen.

Er hatte es verdient.

Er hatte dazu beigetragen, dass das Gute auf Erden triumphierte. Die kleine kaiserliche Biene hatte den schrecklichen Bären besiegt und ihren Bienenstock gerettet. Nun konnte sie sich der wohlverdienten Entspannung widmen. Dank für ihre Tat würde sie sicherlich nie erhalten, aber sie würde immer die Genugtuung haben zu wissen, was sie erreicht hatte. Ihre wahre Geschichte würde niemand kennen. Nicht einmal François Hollande, Nicolas Sarkozy oder Manuel Valls, die sich zufrieden die Hände rieben, weil jemand ihre Arbeit erledigt hatte. Der Präsident der Republik Frankreich würde die Operation für sich beanspruchen, wenn ihm das gelegen kam. Wenigstens einmal konnte er eine wirklich große Idee für sich beanspruchen.

Niemand würde je begreifen, wieso sich die Dschihadisten in Hippies und glückliche Gärtner verwandelt hatten, aber letztlich zählte nur das Resultat. Wer glücklich leben will, lebt im Verborgenen, hatte Charlotte ihm geraten, wie schon Bartoli am Tag ihrer ersten Begegnung. Und er hatte auf seinen Wunsch nach öffentlicher Anerkennung verzichtet, um glücklich und zufrieden mit ihr auf seiner Insel leben zu können, fern von allem.

Das Liebespaar hatte die anderen nicht wiedergesehen, weder Sharon noch Valentin, die Tänzerinnen aus dem Moulin Rouge, Rachid oder Mamadou. Aber sie hatten mehrere Mails und SMS bekommen, die sie über die Ereignisse nach der Trennung der Truppe informierten.

Georgette arbeitete nicht mehr im der Bar *Zum Rüstigen Rammler* am Pigalle. Dass jemand an sie glaubte – ihr Urgroßvater, um genau zu sein – und ihr dies auch sagte, hatte genügt, ihren Glauben an sich selbst zu wecken. Manchmal war das alles, was es brauchte: dass jemand einmal im Leben an einen glaubte. Ihre weitreichenden Kenntnisse auf dem Gebiet der französischen Spirituosen und ihre Gabe, jeden beliebigen Grand Cru am Geräusch des Korkens zu identifizieren, hatten ihr die Kristalltüren des Luxusrestaurants *Les Cinq* geöffnet, in dem nicht weniger luxuriösen Hotel *George V* gelegen, wo sie eine Stelle als

Sommelière im Praktikum gefunden hatte. Sie hoffte – beziehungsweise erwartete –, in einigen Jahren Chef Sommelière zu werden. Solange sie sich die noch fehlenden Umgangsformen aneignete, arbeitete sie in der Küche, weit weg von den Tischen der zahlenden Gäste. Sie hatte sich aus freien Stücken eine radikale Diät auferlegt, eine Mischung aus Dukan, Slim-Fast, Weight Watchers, Burger King und Head & Shoulders, durch die sie bereits 150 Kilo abgenommen hatte. In der Rückenansicht, in einer nicht besonders gut beleuchteten Straße, hätte man sie abends gegen 22 Uhr fast für eine andere Sharon halten können.

Valentin hatte mit seinem frisch angetrauten Ehemann Roberto alle bürokratischen Klippen umschifft, um Chinh Truc Doan Trang Xuan Phong adoptieren zu können, ein süßes vietnamesisches Baby, in das sie sich in ihren Flitterwochen rasend verliebt hatten. Sie beabsichtigten, ihn nach ihrer Rückkehr aus Hanoi auf einen Namen umzutaufen, der sich besser aussprechen ließ. Kevin oder Brandon. Immer wenn Valentin in das hübsche, exotische Gesichtchen seines Sohnes blickte, schwor er sich, nie mehr einen Gedanken daran zu verschwenden, ob er möglicherweise theoretisch in Erwägung ziehen könnte, den Front National zu wählen.

Die Tänzerinnen Peggy, Adeline und Mireille waren vom Moulin Rouge zu der Filiale von McDonald's auf den Champs-Élysées übergewechselt. Sie wurden noch genauso ausgebeutet, verdienten dasselbe Geld und mussten am Wochenende arbeiten, aber niemand verlangte mehr von ihnen, dass sie auf ihre Linie achteten. Ganz im Gegenteil, sie konnten so viele Hamburger in sich hineinstopfen, wie sie nur wollten. Sofort fühlten sie sich besser in Form. Sie hatten allesamt schon zehn Kilo zugenommen. Und die Uniform und das kleine Käppi standen ihnen nicht schlecht.

Apropos Uniform. Hortense hatte ihr Pilotenexamen abgelegt

und eine Anstellung bei Ryanair gefunden. Aus reiner Liebe zu ihrem Beruf, denn sie verdiente genauso viel wie ihre Kolleginnen bei McDonald's. Aus Gründen der Fairness praktizierte das Low-Cost-Unternehmen seine Politik der kleinen Preise nicht nur bei seinen Kunden, sondern auch bei seinen Angestellten.

Mamadou hatte die Welt der Kehrbesen endgültig hinter sich gelassen. Ermutigt von Napoleon und seiner eigenen zentralen Rolle bei der Mission »Espresso«, bereitete er sich derzeit gewissenhaft auf die interne Aufnahmeprüfung an der ENA vor, der zentralen Ausbildungsstätte für die höheren französischen Verwaltungsbeamten. Die vier Jahre Arbeit im öffentlichen Dienst, die er dazu vorweisen musste, stellten für ihn kein Problem dar, denn ein städtischer Straßenkehrer war, bis zum Beweis des Gegenteils, ein Staatsdiener. Er hegte den Wunsch, in Frankreich Minister zu werden. Mamadou war hartnäckig. Er würde Minister werden. Ohne jeden Zweifel. Er hatte eine Vorliebe für das Kultusministerium. Deshalb hatte er auch dem assyrischen Museum in Paris die Holzstatuette geschenkt, die er aus der Wohnung von Mohammed Mohammed mitgenommen hatte. Der Dank Popocacas war ihm auf ewig sicher.

Rachid hatte seine Arbeit an der Großen Moschee von Paris wieder aufgenommen und leitete die Gebete an. Seine Erfahrungen mit Großpapa Napoleon hatten ihm die Augen über die jungen Müßiggänger geöffnet, die manchmal am Gottesdienst teilnahmen, ohne so recht zu wissen, was sie in ihrer religiösen Praxis eigentlich suchten.

Er redete beharrlich über die Notwendigkeit eines gesunden Glaubens, über die Liebe und über die Dummheit der Fanatiker, die schon immer schief gewickelt waren, nun jedoch den richtigen Weg wiedergefunden hatten, ihre Waffen zerstörten und in ihren Ferienlagern, in denen sie die gute Botschaft verkündeten, Barbecues veranstalteten. Rachid hatte sich mit viel Spaß in seine Rolle als Mahomet gestürzt und predigte nun in seiner Moschee mit demselben Elan, derselben Leidenschaft, derselben Befriedigung wie damals an jenem Abend in Raqqa. Die jodhaltige Luft kitzelte Napoleon in der kaiserlichen Nase. Er selbst war Valentins Rat gefolgt und hatte unter Pseudonym ein Buch über Persönlichkeitsentwicklung geschrieben (man hatte ihm abgeraten, den Namen Lionel Messi zu verwenden, der in seinem Pass stand), das ihm die bescheidene Summe bescherte, die er für ein bequemes Leben mit seiner Dulcinea in seinem Elternhaus in der Rue Saint-Charles in Ajaccio brauchte. *Die Napoleon-Methode oder wie Sie Ihre Ziele erreichen und ein glückliches Leben führen* skizzierte die letzte Mission des kleinen Korsen, in Kapitel und ebenso viele Lektionen unterteilt: ein Ziel erkennen, alle Mittel zu dessen Erlangung beschaffen, sich mit den richtigen Menschen umgeben, mit Hilfe eines persönlichen Gegenstands (ein Zweispitz oder ein anderer Hut aus Zeitungspapier) das Selbstwertgefühl stärken, sich groß fühlen, obwohl man klein ist, indem man auf ein Pferd oder gegebenenfalls einen Stuhl steigt, und eine Menge anderer Anregungen und Techniken, mit denen sich die Menschen besser fühlen und die Welt erobern können.

Napoleon wusste nicht, wie viel Zeit ihm nach seiner Enteisung bleiben würde. Vielleicht war er sehr alt; in Gedanken fühlte er sich noch jung. Die zwei Jahrhunderte, die er in seinem Eisklotz verschlafen hatte, wollte er nicht dazu zählen, es ging ihm da ein wenig wie Menschen, die an einem 29. Februar geboren sind und bei ihrem Alter schummeln, indem sie ihren Geburtstag nur alle vier Jahre feiern. Charlotte hatte ihm gesagt, dass die Tagescreme von Barbara Gould den Alterungsprozess nicht aufhalten würde. Dass alle Menschen dazu verdammt sind, alt zu werden, und dass es schön ist, dies gemeinsam zu tun. Deshalb hatte er seinen Arztfreund gebeten, ihm ein paar Falten von der Stirn zu entfernen und ihm ein wenig die Wangen zu straffen. Gerade genug, damit ein Anschein von

Jugendlichkeit entstand und Charlotte und er sich einander etwas annäherten.

Man wusste nie, was einen erwartete. Man musste den gegenwärtigen Augenblick leben. Und warum nicht noch einen kleinen Korsen zusammen machen? Er hatte wieder Lust auf Vaterschaft bekommen, ganz wie früher. Sein kleiner Adler könnte jetzt in einer besseren Welt leben. Die Welt von heute war nicht perfekt, aber wenigstens bestand nicht mehr die Gefahr, dass man wegen einer Zeichnung umgebracht wurde. Wer weiß, vielleicht würde sein Sohn sogar eines Tages in einem dieser charmanten islamischen Ferienlager Urlaub machen. Sie würden ihn Iglo nennen, Iglo Bonaparte, zu Ehren des norwegischen Kapitäns, der ihm seine zweite Chance verschafft hatte. Iglo, das erinnerte an Schnee und Eis, und damit an die zweite Herkunft seines Vaters. Iglo Bonaparte, das klang großartig. Mit einem solchen Namen würde er ein für alle Mal den Fluch der dämlichen Vornamen aus der Welt schaffen, der seine Nachkommen zu verfolgen schien.

»Leben wir den gegenwärtigen Augenblick«, sagte der Kaiser mit einem schelmischen Blick auf seinen Schritt. »Ich bin jetzt ein ganzer Mann ...«

Charlotte lächelte verständnisvoll.

»Für mich warst du immer ein ganzer Mann.«

Napoleon hatte sich nicht geirrt, als er Professor Bartoli versichert hatte, es würde kein Problem darstellen, sein Geschlechtsteil wiederzubekommen. Dr. Lattimers Tochter hatte die Keksdose sogar im Laufschritt herbeigebracht, höchst erfreut, dass sie »dieses kümmerliche alte Ding«, das ihr nie etwas genützt hatte (nicht einmal während ihrer langen Phasen als Single), endlich loswurde. Sie hatte nichts dafür gewollt.

In der Klinik von Ajaccio hatte Professor Bartoli beim ersten Blick auf das »Ding« sofort vorgeschlagen, dem Kaiser den Penis eines kürzlich auf Korsika gelandeten, jamaikanischen

DJ zu transplantieren, den der Tod durch Stromschlag ereilt hatte, als er eines schönen Abends mit den Händen auf seinen Platinscheiben in einer kleinen Bucht bei Piana mit den Füßen im Wasser stand. Doch Napoleon hatte seinen eigenen Penis vorgezogen. Er wollte nicht mit dem Glied eines anderen einen Ständer kriegen. 2,62 Zentimeter waren wenig, aber es waren seine. Vier Zentimeter in Habachtstellung. Charlotte liebte es, »Stramm gestanden!« zu ihrem Soldaten zu sagen. Und der Kaiser liebte es, wenn sie ihm Befehle gab.

Bei dem Gedanken an »Stramm gestanden« bekam Napoleon Lust, ihr zu gehorchen, hier und jetzt, sofort. Er spürte, wie sich in ihm das Verlangen regte, Charlotte in die Arme zu nehmen und sie zu besitzen. Charlotte, das waren alle seine Siege in einem. Er ging auf sie zu. In der Liebe wie im Krieg musste man sich letztendlich von nahem sehen.

Er umarmte sie leidenschaftlich, dann gab er ihr ein Zeichen, noch zu warten.

Er holte eine kleine, rautenförmige blaue Pille aus der Tasche und spülte sie mit einem Schluck Cola light hinunter.

»Wir leben wahrlich in großartigen Zeiten«, sagte Napoleon und ließ sich auf seinen Liegestuhl sinken.

Bald würde das Viagra wirken.

Romain Puértolas
Das Mädchen, das eine Wolke so groß wie der Eiffelturm verschluckte
Roman
Aus dem Französischen von Maja Ueberle-Pfaff
256 Seiten, gebunden
ISBN 978-3-455-60037-7
Atlantik Verlag

Wenn Liebe Flügel verleiht: Providence Dupois ist eine Pariser Briefträgerin mit großem Herzen. Das hat sie an Zahera verloren, ein kleines marokkanisches Mädchen. Zahera hat »eine Wolke verschluckt«, die ihr die Luft zum Atmen nimmt. Im Krankenhaus in Marrakesch wartet sie darauf, dass ihre Adoptivmutter Providence vom Himmel fällt, um sie zu retten. Aber am Flughafen Orly erfährt Providence, dass alle Flüge gestrichen wurden, denn in Island ist ein Vulkan ausgebrochen. Providence ist verzweifelt: Die Zeit wird knapp, und Zahera wartet. Was bleibt Providence da anderes übrig, als selber fliegen zu lernen? Ein modernes Märchen – komisch, phantasievoll und berührend.